i grandi libri Garzanti

OPERE DI LUIGI PIRANDELLO
dirette da Nino Borsellino

## Romanzi e novelle

*L'esclusa*

*Il fu Mattia Pascal*

*I vecchi e i giovani*

*Quaderni di Serafino Gubbio operatore*

*Uno, nessuno e centomila*

*Novelle per un anno* (6 voll.)

## Maschere nude

*Liolà.* Testo siciliano e traduzione dell'autore a fronte

*Pensaci, Giacomino!* – *'A birritta cu 'i ciancianeddi* –
*Il berretto a sonagli*

*Sei personaggi in cerca d'autore* – *Ciascuno a suo modo* –
*Questa sera si recita a soggetto*

*Così è (se vi pare)* – *Il giuoco delle parti* – *Come tu mi vuoi*

*Enrico IV* – *Diana e la Tuda*

*La nuova colonia* – *Lazzaro* – *I giganti della montagna*

### Atti unici

*Lumie di Sicilia* – *Il dovere del medico* – *All'uscita* –
*La giara* – *La patente* – *L'uomo dal fiore in bocca*

## Saggi

*L'umorismo*

Luigi Pirandello

# Il fu Mattia Pascal

Introduzione di Nino Borsellino
Prefazione e note di Giorgio Patrizi

Garzanti

I edizione: gennaio 1993
III edizione: marzo 1994

La *Guida bibliografica* e la *Cronologia*
sono a cura di Graziella Pulce

© Garzanti Editore s.p.a., 1993
Printed in Italy

Pirandello, Luigi
*Il fu Mattia Pascal*. Introduzione di Nino Borsellino.
Prefazione e note di Giorgio Patrizi.
(I grandi libri Garzanti).

ISBN 88-11-58497-3

I. Borsellino, Nino   II. Patrizi, Giorgio   III. Tit.

853

Luigi Pirandello  la vita

profilo storico-critico
dell'autore e dell'opera

guida bibliografica

cronologia delle opere
e delle prime rappresentazioni

prefazione

Luigi Pirandello in una fotografia del 1920.

## Una modernità permanente

La presenza di Pirandello in questo declinante Novecento *Pirandello oggi* è artisticamente e culturalmente tra le più rilevanti in tutto il panorama della letteratura mondiale; ma essa rappresenta anche un caso eccezionale di sconfinamento dell'opera nella vita, di trasferimento dei suoi contenuti dentro un sentire comune. Il nome, Pirandello, ormai non designa soltanto un autore ma anche un soggetto di identificazione collettiva, ovviamente d'ambito intellettuale. Pure, *Il nome e i derivati* chi non abbia mai letto uno dei suoi capolavori sa che a quel nome risalgono i derivati di valore ormai proverbiali che definiscono particolari sentimenti e concetti via via acquisiti nel linguaggio corrente. Si dice "pirandelliano" uno stato d'animo che introduce dubbi psicologici, sulla nostra identità, o incertezze conoscitive che mettono in crisi l'evidenza stessa dei fatti; ed è "pirandelliana" (la pubblicistica dei giornali, della radio e della tv ne dà quotidianamente conferma) una situazione indistinta in cui le asserzioni si contraddicono, le parti si scambiano, la verità si maschera lasciando il giudizio sospeso. Ancora, è pirandelliano un momento politico che non consenta soluzioni radicali (diversamente dal momento "machiavelliano"), senza dire del rilievo che assume l'aggettivo quando viene applicato oltre che ai personaggi in senso proprio di Pirandello agli individui che la tipologia umana creata dallo scrittore ci induce a caratterizzare in quel modo, con implicito un marchio di anomalia o stravaganza intellettuale. E si aggiunga la fortuna fraseologica, e pur sempre allusiva a una realtà non circoscrivibile, aperta, di tanti titoli pirandelliani: *Così è (se vi pare)*, *Il giuoco delle parti*, *Ciascuno a suo modo*, *Come tu mi vuoi*. *Non si sa come*, *Uno, nessuno e centomila*, e l'abuso, con le opportune variazioni del numero di base, di *Sei personaggi in cerca d'autore* (talvolta anche con inversione del rapporto: un autore in cerca di personaggi). Come dire, insomma, che quell'opera si è trasformata in un bene linguistico di consumo espressivo.

Quanto al "pirandellismo", alla derivazione più esplicitamente concettuale dal nome dello scrittore, il termine vale *Il pirandellismo* soprattutto a significare nella mappa degli ismi novecenteschi una *forma mentis* esasperata del relativismo moderno, a torto bollata come cerebralismo, che caratterizza un particolare uso della ragione (non un suo contro-uso irrazionale) inquieto, sospettoso delle apparenze e antifideistico, critico in definitiva, anche ostentatamente, delle verità tanto del senso comune quanto di quelle astratte dello scientismo, ma, di riflesso, anche delle ideologie e mitologie totalitarie. Perciò questa generalizzata appropriazione del termine vale più del suo significato ristretto che è analogo a tutti gli altri ismi letterari e che serve ad indicare la pratica di un'imitazione e anche dell'interpretazione dell'opera, la quale, peraltro, continua ad essere fermentante.

La presenza di Pirandello non è solo un dato accertato per il presente, ma anche una fondata previsione per il futuro.

*Una creatività illimitata* La creatività di questo scrittore è illimitata; si è manifestata fuori d'ogni confine di genere: con poesie, saggi letterari, romanzi, novelle, drammi e perfino scenari cinematografici. Ma in definitiva non è questa dilatazione letteraria in tante forme d'espressione che dà la sensazione di una eccezionalità e spiega perciò la fortuna di Pirandello. Si potrebbe dire, anzi, che essa è la caratteristica di una *belle époque* novecentesca, dei primi decenni del secolo, in cui si riversa ancora un'onda tardo-ottocentesca di artisticità affluente, con tutti i suoi detriti di romanticismo, decadentismo e realismo, mentre si apre un'avventurosa stagione di novità e sperimentazioni individuali e di gruppo. Basti pensare in Italia al movimentismo futuristico e all'opera tanto dissimile di un D'Annunzio e anche a quella affine e per certi aspetti congeniale di Svevo, entrambe multiformi. Ma fuori d'Italia gli esempi si possono moltiplicare, senza limitarci per di più alla letteratura. Tutta l'opera di Pirandello sembra avere una sigla epocale e di lunga durata più esemplificativa dei processi di trasformazione e condensazione delle forme tradizionali messi in atto in riferimento ai mutamenti della sensibilità letteraria. La sua poetica di supporto è nota, è quella coscientemente elaborata dallo scrittore e sintetizzata nella nozione di "umorismo"; la sua forma, narrativa o teatrale che sia, si può a sua volta, e sbrigativamente, riportare a quella di tragicommedia: un ircocervo, un corpo chimerico solo per un'estetica fondata su nette distinzioni categoriali, che è ormai da molto in disuso. La modernità è caratterizzata da questo genere biforme in cui il basso e il sublime si intrecciano, e tragico e comico a vicenda si legittimano dentro l'inseparabilità dell'esperienza quotidiana, vissuta come realtà e rivissuta come sentimento. E non è pensabile che questa condizione umana muti nella svolta del millennio e che l'effetto Pirandello si attenui.

La presenza di Pirandello, la sua persistente e crescente

modernità, è infine, e in misura ancora maggiore, legata a un fattore che solo per pregiudizio idealistico può essere considerato antiestetico: il carattere di reversibilità e alienabilità della sua opera, il suo *valore d'uso*. Pirandello stesso aveva teorizzato la stabilità della Forma rispetto alla mobilità della Vita, ma è un fatto che le sue forme, i modi diversi con cui egli esprimeva la sua vita creativa sono il prodotto di un'incessante mobilità e variazione di generi, dalla novella alla commedia, dalle riflessioni del saggista alle affabulazioni del romanziere, e poi ancora dal teatro al cinema, la nuova industria artistica che trasse presto alimento dall'opera pirandelliana e con la quale egli accettò di collaborare vincendo con entusiasmo di neofita la sua diffidenza verso la contaminazione di parola e immagine e la conseguente applicazione delle tecniche di riproduzione. In realtà l'era tecnologica favorisce la trasmissione del repertorio pirandelliano senza fissare confini formali alla sua traducibilità e alla sua ricezione che i mezzi audiovisivi già estendono di là dai recinti delle biblioteche, delle sale teatrali e cinematografiche, con tutti i rischi che può comportare questa convertibilità postuma, e necessariamente più popolare, della forma pirandelliana. Del resto, già da parte sua Pirandello aveva voluto tramutare la scena tradizionale nella messinscena di un *evento*, nella recita di un accadimento, in un'azione che mobilitasse tutti gli elementi che concorrono a fare spettacolo: attori, regista, personaggi e pubblico, tentando di estraniare da tutto l'insieme soltanto l'autore con funzione esclusiva di *medium*. E se l'esperimento si è poi rivelato ripetibile solo accettando il suo carattere di finzione scenica, resta tuttavia l'efficacia simbolica di questa utopia creativa che i mezzi di comunicazione di massa possono valorizzare, quando, come è frequente, non siano indotti a degradarla con facili effettismi. In questo senso l'interpretazione più radicale del pensiero di Pirandello è stata formulata da un suo personaggio di fattezze caricaturali, il dottor Hinkfuss, il regista di *Questa sera si recita a soggetto*, lo stregone della scena che pretende di trasformare un racconto dello scrittore in un suo prodigio teatrale:

*Convertibilità delle forme*

Se un'opera d'arte sopravvive è solo perché noi possiamo ancora rimuoverla dalla fissità della sua forma; sciogliere questa sua forma dentro di noi in movimento vitale; e la vita glie la diamo allora noi; di tempo in tempo diversa, e varia dall'uno all'altro di noi; tante vite, e non una; come si può desumere dalle continue discussioni che se ne fanno e che nascono dal non voler credere appunto questo: che siamo noi a dar questa vita [...].

Infine, questa presenza di Pirandello a tutte le latitudini, questa sua compenetrazione nel vissuto delle esperienze

*Un classico "anomalo"*

interpersonali e personali, sanciscono un riconoscimento di classicità, ma anche di classicità anomala. Infatti, la nostra esperienza di posteri di quella modernità di cui Pirandello è già un estremo testimone, ci consente di acquisirla non in riferimento a parametri dettati dalla tradizione ma come portatrice di valori dinamici, alienabili di volta in volta a riscontro dei mutamenti di una società (e tanto più della nostra, definita "complessa") che se li aggiudica e li rigenera con i mezzi che essa possiede e sperimenta. Se consideriamo questa classicità come una modernità permanente, dobbiamo alla fine trarre qualche conclusione che può valere come un vademecum per la lettura: 1. Considerare esaurito quel tipo di *pirandellismo* che consiste nel ridurre le motivazioni fantastico-razionali interne all'opera a un ricettario di sentenze più o meno provocatorie; semmai riconvertire, stando a quanto desiderava lo stesso Pirandello, la sua *logica* («pompa che filtra la vita») in *sentimento*, in quell'energia del sentire che spiega le esasperazioni della ragione, e più ancora nella "verità" diffusamente percepita, e più volte proverbialmente ribadita, che il pirandellismo è una situazione esistenziale, che la vita stessa è per la sua contraddittorietà pirandelliana; 2. Mostrare indifferenza per le sopravviventi dispute tra lodatori e detrattori in senso estetico-valutativo dell'opera di Pirandello: la sua acquisizione è un fatto sociale, pubblico, come tutte le acquisizioni nel tempo dei valori classici. Il resto, come ogni questione di gusto, è un fatto privato, personale, su cui è vano disputare; 3. Prendere atto della trasformazione della critica da esperienza militante e giudicante, in pratica dell'*interpretazione*, in un'ermeneutica che comporta un incremento di senso indotto dalla ricezione del messaggio artistico dello scrittore così come esso si determina modificandosi nei decenni e quindi rendendosi disponibile a una varietà di valutazioni.

Appunto guardando indietro, agli ultimi decenni, questo incremento di senso può apparire finanche esorbitante per la pluralità delle metodologie – talora non garantite da pur elementari riscontri filologici –, degli strumenti di lettura storica e critica e delle strategie sceniche messe in atto non solo per rappresentare ma anche per esplorare il continente pirandelliano e anche per de-costruirlo delle forme, strutture e delle significazioni del testo, anziché per ricostruirlo rappresentandolo. Ma se la letteratura è dominio dell'immaginario, la critica come del resto la messinscena teatrale, quando è anch'essa motivata da un'esigenza di interpretazione, vuol essere la coscienza delle immagini e dei processi dell'immaginazione, del loro valore storico e simbolico. Pirandello fu un grande produttore di immagini; tanto più dunque la sua opera mette alla prova.

Anche l'esistenza di Luigi Pirandello può essere rievocata in chiave pirandelliana, quanto meno come realizzazione involontaria di un destino soggetto fin dalla nascita all'imprevedibilità delle circostanze. Il titolo di una autobiografia lasciata nello stato iniziale di un piccolo frammento (pubblicato postumo), *Informazioni sul mio involontario soggiorno sulla terra*, è in questo senso esplicito, ed è esplicita la simbologia della nascita nell'intonazione lirica del racconto che inquadra il mistero dell'origine dentro uno scenario notturno di campagna magicamente animata da sprazzi di lucciole:

*Esistenza e destino*

Una notte di giugno caddi come una lucciola sotto un gran pino solitario in una campagna d'olivi saraceni affacciata agli orli d'un altipiano d'argille azzurre sul mare africano. Si sa le lucciole come sono. La notte, il suo nero, pare la faccia per esse che, volando non si sa dove, ora qua ora là vi aprono un momento quel loro languido sprazzo verde. Qualcuna ogni tanto cade e si vede sì e no quel suo verde sospiro di luce in terra che pare perdutamente lontano. Così io caddi quella notte di giugno, che tant'altre lucciole gialle baluginavano su un colle dov'era una città la quale in quell'anno pativa una grande moria. Per uno spavento che s'era preso a causa di questa grande moria, mia madre mi metteva al mondo prima del tempo previsto, in quella solitaria campagna lontana dove si era rifugiata.

La magia della rievocazione non altera i dati biografici essenziali e neppure quelli paesaggistici di contorno. Luigi Pirandello nacque infatti il 28 giugno 1867 in una contrada di campagna presso Agrigento (allora Girgenti) dove la famiglia si era ritirata per sfuggire a un'epidemia di colera. La campagna era chiamata, a quanto pare, Caos, e Pirandello volle sottolineare l'evidenza simbolica del toponimo, come dichiarava nel 1893 in un *Frammento d'autobiografia* dettato a un amico: «Io dunque son figlio del Caos; e non allegoricamente, ma in giusta realtà, perché son nato in una nostra campagna, che trovasi presso ad un intricato bosco, denominato, in forma dialettale, *Càvusu* dagli abitanti di Girgenti», aggiungendo che la pronuncia locale corrompeva il «genuino e antico vocabolo greco Xaos». Pirandello coltivava questa mitologia greco-sicula e insulare delle sue origini, anche se per linea paterna la sua ascendenza era continentale. Dalla Liguria il nonno Andrea si era trapiantato a Palermo, dove aveva raccolto buone sostanze con iniziative mercantili, che poi il padre, Stefano, impiegò a lungo con fortuna nell'industria e nel commercio dello zolfo a Girgenti e Porto Empedocle. Il matrimonio del padre con Caterina Ricci-Gramitto nel '63 siglò l'unione di due famiglie di patrioti antiborbonici e garibaldini. Il nonno materno Giovanni fu nel governo provvisorio siciliano del 1848, per cui dovette ri-

*Figlio del Caos*

*Tradizione risorgimentale*

fugiarsi a Malta (dove lo raggiunse la famiglia) e subire la
confisca dei beni. Garibaldini nel '60, nel '62 e nel '66
furono i tre fratelli della madre. Quanto a Stefano, a
venticinque anni combatté con Garibaldi a Palermo e fu
con lui sull'Aspromonte, sfuggendo in tempo alla carce-
razione.
La tradizione familiare del Risorgimento resta impressa
nella formazione ideologica di Pirandello e nella memoria
dello scrittore. Ne traggono alimento le più polemiche
poesie giovanili e i temi di alcune novelle e di romanzi: in
parte dell'*Esclusa* e abbondantemente de *I vecchi e i giovani*. E resta anche viva nello scrittore un'impronta domestica anticlericale che estraniò il fanciullo da pratiche re-
golari di devozione, ma non da fascinazioni mistiche, di
animismo magico-popolare, che la nutrice Maria-Stella
coloriva di favole e leggende superstiziose e che Pirandello rievocherà più volte, e specialmente negli anni termina-
li, in trame mitiche, narrative e drammatiche. Quanto alla
sua istruzione, essa fu dapprima molto poco normativa,
forse non diversa da quella che Mattia, protagonista del
*Fu Mattia Pascal*, riceve dall'aio Pinzone, nella realtà ana-
grafica tale Fasulo. Avviato in seguito agli studi tecnici, li
abbandonò per quelli ginnasiali avendo rivelato un preco-
ce interesse per la letteratura e una vivace passione per il
teatro come organizzatore di recite in casa e autore a dodici anni di una tragedia, *Barbaro* (perduta), scritta per in-
flusso dell'*Eufemio da Messina* del Pellico. Compì gli studi liceali a Palermo, dove la famiglia si era trasferita dopo
un dissesto aziendale, e vi rimase anche dopo il rientro dei
suoi a Girgenti. All'università si iscrisse contemporaneamente in due facoltà, di Legge e di Lettere. Optò infine per
quest'ultima, decidendo ben presto di abbandonare Palermo per seguire i corsi nell'università di Roma.

*Poesie della* Adolescenza e prima giovinezza erano state stagioni lette-
*giovinezza* rariamente non eccezionali ma operose. Il primo reperto
dei suoi *juvenilia* è un quaderno autografo di quarantadue
poesie composte nel 1883 che, secondo il suo più attento
biografo, Gaspare Giudice, «debbono costituire appena
uno stralcio di una produzione infinita». La baldanza vitalistica del poeta sedicenne è intonata sui classici strenuamente affrontati a scuola e sui moderni paganeggianti
(Carducci, Stecchetti e il corregionale Rapisardi) letti con
più immediata partecipazione e costituisce un elemento
di continuità con la prima raccolta di versi edita a Palermo nel 1889 con un titolo già bifronte, tipico di altri titoli
successivi, *Mal giocondo*. In quello stesso anno si sbaraz-
zava allegramente del suo rapisardismo, come dimostra-
no gli schizzi beffardi disegnati su una copia delle stucche-
voli *Elegie* del vate catanese in vena di effusioni sentimentali dopo aver esibito in poemi e polemiche un ceffo

luciferino. E in realtà ritmi e metri di *Mal giocondo* mettono in evidenza sprezzature stilistiche e movenze scapigliate seppure ancorate su un fondo libresco di dantismi e leopardismi talora crudi, intercalati con richiami evidenti a forme tardo-romantiche, aleardiane, e soprattutto del poeta per allora prediletto, Arturo Graf. A Palermo, dove lo studente universitario ebbe contatti con i giovani che fondarono il movimento socialista dei Fasci siciliani, era possibile aggiornare un'educazione scolastica e provinciale con aperture alla cultura europea (sollecitate dalla rivista di G. Pipitone Federico, «Il Momento») e interventi di critica militante, che più di altri G.A. Cesareo animava contrapponendo il primato di Verga all'infatuazione dannunziana, ma anche con non consuete esplorazioni nella tradizione italiana (nei territori contermini della filosofia e della letteratura) forse suggerite da Enrico Sicardi, editore del *Candelaio* di Giordano Bruno.

*Vita letteraria a Palermo*

Di taglio veristico, verghiano, è la prima prosa narrativa (apparsa nella torinese «Gazzetta del popolo della domenica» del 1° giugno 1884), il bozzetto siciliano *Capannetta*. Lo stile è rigido, ma serve a dar risalto a un gesto di collera paterna: l'incendio della nera capanna da parte di un grosso contadino dopo che la maggiore delle sue figlie è fuggita con l'amante. Vi si può riconoscere l'effetto provocato dalla tipologia delle *Rusticane*, pubblicate l'anno prima, e specie della furia autodistruttiva dell'avaro Mazzarò nella *Roba*, ma anche l'anticipazione di un altro esasperato gesto paterno, seppure caratterizzato in senso opposto, depressivo e autopunitivo, quello del padre di Marta nell'*Esclusa*. Tuttavia, il bozzetto vale di più come spia di un antagonismo filiale, che nella vita e nell'opera di Pirandello si caratterizza come separazione delle due figure parentali, mai agenti in piena solidarietà di coppia. Un gesto clamoroso di collera l'aveva compiuto proprio il quattordicenne o quindicenne Luigi sputando su una donna (una parente) scoperta in tenero colloquio col padre nel parlatorio di un convento palermitano, come a lavare un'offesa fatta al vincolo coniugale garantito dalla madre. Un temperamento esuberante ed anche prepotente come quello di Stefano provocava forse inconsapevolmente l'ostilità del figlio. Ma era anche la sua sensibilizzazione traumatica all'amore e al sesso che gli ispirava quei risentimenti. Da bambino gli capitò di assistere ad un incontro furtivo di una coppia di adulteri in un rudere cittadino adibito a *morgue* per assassinati e ignoti suicidi. Contenuti non ancora espliciti – il sesso come brutalità virile e, per condensazione psichica, paterna; la morte che si associa a quella violenza e che è, fuori da ogni credenza religiosa, peccato, soggezione carnale – emergeranno più tardi, benché non tutti autenticamente pronunciati, dal fondo di una mate-

*«Capannetta»*

*Padre e figlio*

ria narrativa e drammatica di fatto incontrollabile. Per il momento valgono come rivelazione *a posteriori* di una difficile educazione sentimentale.

*A Roma* Il trasferimento a Roma faceva profilare una doppia carriera, universitaria e letteraria, non dissimile da altre parallele carriere di poeti-professori, da Carducci a Pascoli a *Prove di teatro* Graf, tipiche della cultura fine-secolo. Pirandello comunque in questo primo periodo sembra insistere su opportunità di successo teatrale. Le lettere alla sorella Lina conservano titoli o accenni di commedie perdute per cui vagheggiava qualche recita: *La gente allegra*, da affidare alla compagnia di Cesare Rossi, e un copione addirittura in prova per una messinscena al Valle poi non eseguita; ed è di qualche anno dopo un titolo che forse rinvia a quell'esperienza incompiuta ed è premonitore della sua vocazione metateatrale, *Provando la commedia*. Ma il soggiorno romano non durò a lungo. Un battibecco con un suo professore, il latinista Onorato Occioni, lo indusse, su consiglio di un maestro di studi romanzi, Ernesto Monaci, ad abbandonare la Sapienza per l'università di Bonn, in Germania, dove avrebbe potuto perfezionare la sua prepara-
*La stagione di* zione linguistica e filologica. Vi si trasferì dal novembre
*Bonn* 1889 e frequentò tre corsi semestrali laureandosi nel marzo 1891 con una dissertazione in tedesco di fonetica e morfologia siciliana, *Laute und Lautentwickelung der Mundart von Girgenti* (Suoni e sviluppo di suoni della parlata di Girgenti), subito recensita da W. Meyer-Lübke. Poco dopo lascia Bonn e, dopo un soggiorno a Girgenti, torna a Roma, dove prende stabilmente dimora.

A Roma si chiude il percorso dall'isola al continente, un percorso senza ritorno, se non da morto, e per volontà testamentaria espressa molto presto. L'esperienza tedesca non era stata affrontata in alternativa a quella palermitana e alla romana. Bisognava concludere un curriculum universitario nei modi severi in cui era stato avviato e con un impegno non privo di civetteria specialistica testimoniato piuttosto che dalla tesi di laurea (che in definitiva non esorbita dai limiti descrittivi rilevati dal titolo), da una "corrispondenza" letteraria, l'articolo *Petrarca a Colonia* apparso nel 1891 nella rivista fiorentina «Vita nuova», dove G.S. Gargàno aveva recensito favorevolmente
*Poemetti ed* *Mal giocondo*. E proseguiva la sua attività poetica col poe-
*elegie* metto *Pasqua di Gea* (edito a Milano nel '91), la traduzione delle *Elegie romane* di Goethe e la composizione di altri distici, le *Elegie renane* (inizialmente *boreali*), entrambe completate e pubblicate più tardi, tra il '95 e il '96. Quel vitalismo naturalistico, che già annunciava nella precedente raccolta «la sacra pasqua di Gea», si infervora nei settenari del pometto celebrando l'epifania della primavera in opposizione alla mesta festività cristiana; ma la dedi-

ca a Jenny Schulz-Lander, la ragazza con cui intrattiene a Bonn un pieno rapporto amoroso, resta come testimonianza di una ben controllata bohème goliardica e di un addio alla giovinezza recitato sul filo dell'autocommiserazione e dell'autoironia.

In definitiva, l'esperienza tedesca non altera la fisionomia mediterranea di un giovane scudiero dei classici, non ci consegna un Pirandello europeo. Semmai essa sarà fruttuosa a distanza, nel recupero che in seguito la sua matura riflessione farà della classicità di Goethe e dell'ironia dei romantici, da Tieck fino a Heine, così come dei filosofi dell'idealismo, ma soprattutto di Schopenhauer. Che li leggesse allora pare certo, ed è certo che la memoria acquisirà i dati di quella breve gioventù renana per colorire successivamente tipi e situazioni: in varie novelle siciliane, dove il rapporto tra nord e sud sembra incolmabile, nell'*Esclusa*, dove un bizzarro irlandese riproduce i tratti di un compagno di studi, nell'*Enrico IV*, che rievoca il discepolato di Bonn, e nella *Vita che ti diedi*, che attualizza lontane apprensioni materne per il distacco del figlio dalla casa. Tuttavia, per il momento, a Roma, quell'esperienza sembra chiusa in vitro.

Invece Roma si caratterizza subito come il suo *habitat*, nel senso appunto di un insieme ambientale che favorisce lo sviluppo della sua vita in privato e in pubblico. E tuttavia, per la sua anomalia di capitale del recente stato unitario, di urbe antica e sacra incapace di assumere un'immagine moderna, la città gli ispirerà un sentimento duplice, di compianto per una grandezza sempre visibile in monumenti e ruderi e di sdegno per i guasti della speculazione edilizia dopo l'arrivo dei "piemontesi", ma anche di adesione, di simpatia, si direbbe, con la sua degradazione borghese, con la mescolanza dei suoi abitanti, fatta di pochi romani ormai e già di molti forestieri, in cui egli coglieva agitazioni febbrili, etiche e dialettiche che sono poi quelle dei suoi personaggi, anche se nella quotidianità cittadina esse non erano sempre apparenti. È perciò una Roma dissacrata, opposta a quella che D'Annunzio esalta seppure per inveire contro la sua decadenza e di cui nella pubblicistica tra fine e inizio di secolo si tentava di celebrare una rinascita. Ma proprio per questo Pirandello la fa sua, come Mattia Pascal quando vi viene ad abitare col nome di Adriano Meis. Valgono in quel romanzo, a definire i sentimenti dello scrittore per Roma, le considerazioni di un estroso pensatore, l'affittacamere di Mattia, Anselmo Paleari:

I papi ne avevano fatto – a modo loro, s'intende – un'acquasantiera; noi italiani ne abbiamo fatto, a modo nostro, un portacenere.

XV

D'ogni paese siamo venuti qua a scuotervi la cenere del nostro sigaro, che è poi il simbolo della frivolezza di questa miserrima vita nostra e dell'amaro e velenoso piacere che essa ci dà.

*Il noviziato del narratore* — Piccolo *rentier* con attività libera di pubblicista oltre che di poeta, narratore e autore drammatico, Pirandello è per il momento noto a pochi. Letterati siciliani, Ugo Fleres soprattutto, e il più autorevole della colonia isolana, Luigi Capuana, assumono una specie di patrocinio del suo noviziato nel decennio 1892-1902, folto di articoli e saggi e ancora di versi (raccolti nel 1901 nel volume *Zampogna*, che include divagazioni riflessive e memoriali entro cornici agresti), ma soprattutto per la svolta verso il genere narrativo compiuta nel 1893 con un romanzo, *Marta Ajala*, pubblicato nel 1901 col titolo *L'esclusa*, e infine con le prime serie di novelle in progressiva crescita. Decresce, comunque, nel pieno della svolta narrativa, l'interesse per la poesia, che però non si esaurisce mai del tutto. Nel 1912 uscirà un'altra raccolta, *Fuori di chiave*, che incorpora componimenti intenzionalmente dissonanti, su temi difformi, oscillanti dalla pensosità sociale di *Padron Dio* a quella etico-politica di *Pier Gudrò* fino alla vacuità ironica di un *Belfagor*.

Si intrecciano peraltro con la maturazione letteraria di Pirandello gli eventi familiari e in particolare quelli coniugali. Una più anziana cugina era stata la sua prima fidanzata in Sicilia, e alla sua famiglia era legata anche la nuova, Maria Antonietta Portulano, figlia di un socio in affari del padre, il quale aveva preso l'iniziativa del matrimonio che si celebrò a Girgenti nel gennaio 1894. Col matrimonio la sistemazione a Roma fu definitiva e garantita da una carriera di professore di lingua italiana, stilistica e precettistica nell'Istituto Superiore di Magistero (femminile) di Roma, dapprima per incarico, nel 1897, poi in cattedra, dal 1908 al '22, quando lascerà volontariamente l'insegnamento. Tra il 1895 e il '99 nacquero i tre figli, Stefano, Lietta (Rosalia) e Fausto, e già si profilavano i primi sintomi della labilità nervosa della moglie, destinati ad aggravarsi in forma paranoica, dopo un attacco di paralisi nel 1903 per la notizia della perdita della sua dote investita dal suocero nello sfruttamento di una miniera di zolfo allagatasi per una frana. Il tracollo economico e la malattia di Antonietta, segnata da deliri di persecuzione e di gelosia, forzeranno il ritmo del lavoro intellettuale di Pirandello sia per sopperire al mantenimento della famiglia, una volta venuto meno il sostegno del padre e del suocero, sia per liberare creativamente una tensione altrimenti insostenibile. Girgenti è il maggiore serbatoio della tipologia seria e comica e perfino farsesca che anima le sue storie; e la più farsesca e provinciale è quella intrecciata nel

*Il matrimonio*

*Turno*, il breve romanzo scritto nel '95 e pubblicato nel 1902. Ma la materia "umoristica" del *Fu Mattia Pascal*, pubblicato nel 1904 – vale a dire il tema dominante della morte-rinascita – denuncia un'istanza autobiografica impellente, di liberazione da un nodo di angosce familiari che le lettere coeve mettono drammaticamente in evidenza.

A Girgenti risale invece la memoria narrativa che detta *I vecchi e i giovani* (1909), anche se la vicenda si proietta nella capitale di una terza Italia già inquinata dai giochi del potere, e perciò in rapporto speculare con una provincia non certo innocente, ma ancora segnata da inquietudini postrisorgimentali. Ma Roma è poi lo scenario vivente, non il semplice fondale, dei successivi *Suo marito* (1911) e *Si gira...* (1915; nel '25 col titolo ritoccato in *Quaderni di Serafino Gubbio operatore*); e quelle trame romanzesche, pur tanto fitte di notazioni di costume, ridavano forma con nuove riflessioni a una poetica che Pirandello da tempo aveva maturato e infine aveva argomentato storicamente e teoricamente nel saggio *L'umorismo* del 1908, breviario di un'arte "filosofica", manifesto antiretorico di una letteratura della crisi.

*Memoria di Girgenti*

Nelle novelle del quinquennio 1909-14, via via raccolte in volume con titoli che riflettono l'ambivalenza tragicomica di quella poetica, la drammatizzazione umoristica dell'esistenza è spinta all'estremo, mentre emergono aspetti più latenti di quella poetica che testimoniano un'affinità elettiva, che Pirandello non volle mai ammettere, con la psicoanalisi e, di fatto, con gli sviluppi della psico-letteratura.

All'inizio anche il suo accesso al teatro fu possibile per un'intermediazione siciliana, per la richiesta pressante di Nino Martoglio, poeta e drammaturgo catanese, di brevi lavori per il «Teatro Minimo», la compagnia da lui diretta nel 1910 (e furono gli atti unici *La morsa* e *Lumie di Sicilia*), e poi per una strettissima, ma tutt'altro che tranquilla, collaborazione col grande attore comico Angelo Musco, particolarmente fitta tra il '15 e il '17 e caratterizzata da una serie di copioni dialettali, originali o tradotti. Capuana, Martoglio, Musco: le svolte verso il successo del narratore e del drammaturgo sono segnate da un vincolo di solidarietà regionale che però è anche testimonianza di una sicura intuizione critica, di un valore artistico riconoscibilissimo in tutte le latitudini, anzi destinato al successo proprio fuori dal perimetro isolano, sulle grandi piazze teatrali, per il momento esclusivamente nazionali. Ed era un successo che la popolarità di Musco gli assicurava. Pirandello trasferiva alla scena il materiale già ingente del suo magazzino di novelliere, in alcuni casi solo con un minimo di ristrutturazione dialogica o monologica di una

*Martoglio, Musco e il teatro siciliano*

scrittura che si presentava di per sé drammatica, ma per lo più reinventava le situazioni e la fisionomia dei personaggi mettendo in atto sulla misura del diverso linguaggio scenico i meccanismi interni della sua creatività. Ricordava Corrado Alvaro: «Spesso, a una battuta che partiva dal palcoscenico, egli suggeriva una replica là per là, e altre volte era la stessa che si sentiva poi sulla scena. Era come se conoscesse la matematica dell'opera di teatro».

*La Grande Guerra*

L'attività del drammaturgo fu particolarmente intensa nei primi anni della Grande Guerra, ma fu intensa anche la sua partecipazione emotiva, prima che politica, e anzitutto per le sue apprensioni nei confronti dei due figli, Stefano, presto catturato al fronte, dove era arrivato volontario, e del minore, Fausto, ammalatosi ai polmoni durante il servizio militare. L'aggravarsi delle condizioni psichiche della moglie (qualche anno dopo internata in una clinica romana) gli imponeva di surrogare anche a quel ruolo materno che la guerra solitamente esalta, ma che Pirandello esercitò sempre, anche superata quell'emergenza e anche e di più con la figlia Lietta, come appare dalle lettere e dalle testimonianze dei più stretti familiari che mettono allo scoperto un rapporto improntato a un'affettività esclusiva, molto possessiva, con alternanza di effusioni e risentimenti. La sua opera del triennio '15-18 non reca segni di entusiasmo bellico, semmai di intimizzazione dell'esperienza collettiva colta nella sofferenza dei padri e delle madri dei combattenti e dei caduti (come nella novella *Quando si comprende*) o in figure anacronistiche ritratte con partecipe ironia (*Berecche e la guerra*, *Frammento di cronaca di Marco Leccio*). Un'altra novella pubblicata nel '22 ma composta a caldo nel '18, *Un goj*, esprime addirittura una condanna radicale della più clamorosa contraddizione della cristianità belligerante con il messaggio di fraternità pur sempre diffuso nella festività del Natale. Le circostanze lo inducevano a vivere gli eventi in modo duplice nella simultaneità della loro eccezionalità storica e insieme della loro irrilevanza rispetto alla natura, ai suoi ritmi che restano nel tempo invariati. Uno dei personaggi ai quali egli ingiunge (nel primo dei *Colloquii coi personaggi* pubblicati nel «Giornale di Sicilia» a breve distanza dall'entrata in guerra dell'Italia) di non fare domanda e presentare titoli «per essere ammessi in qualche romanzo o novella» considerate le drammatiche circostanze, finirà invece per costringerlo a dare ascolto alla sua voce interiore:

Che contano i fatti? Per enormi che siano, sempre fatti sono. Passano con gli individui che non sono riusciti a superarli. La vita resta, con gli stessi bisogni, con le stesse passioni, per gli stessi istinti, uguale sempre, come se non fosse mai nulla: ostinazione bruta e quasi cieca, che fa pena. La terra è dura, e la vita è di terra.

Questa "religione" della vita, questo "gusto" assaporato in «quel profondo oscuro» che sfugge alla coscienza, è in Pirandello più forte della religione della patria e non interrompe il flusso della sua creatività. L'abbozzo di un «romanzo da fare» già intitolato *Sei personaggi in cerca d'autore*, pubblicato postumo e sicuramente databile nel luglio 1917, nasce da quella tensione duplice della belligeranza, traducendosi in una belligeranza interna, tra i suoi atti di coscienza che gli dettano una poetica del rifiuto, cioè di difesa dalle sue figurazioni e animazioni letterarie, e il richiamo che viene dal profondo e lascia emergere la sua vita creativa, quel doppio oscuro dell'esistenza di cui l'autore si dichiara soltanto testimone. Ma la manifestazione di questa poetica tutta in tensione, impossibile da realizzare con la forma "autoriale" del romanzo, si compirà qualche anno più tardi in teatro, e paradossalmente proprio come un dramma "impossibile" dallo stesso titolo, sovvertendo ogni verosimiglianza scenica.

Dalla sua duplicità di sentimenti, politico-sociali da una parte, filosofici e creativi dall'altra, Pirandello volle uscire clamorosamente dopo l'avvento del fascismo e nel pieno della crisi del nascente regime dopo la sua messa in stato d'accusa per il delitto Matteotti. Con una lettera a Mussolini, pubblicata su «L'Impero» il 19 settembre 1924, chiese l'iscrizione al partito fascista suscitando sdegnate reazioni tra gli intellettuali d'opposizione; più tardi il suo consenso al regime non conobbe pentimenti, semmai insofferenze e incomprensioni. Ebbe dal duce ufficiali riconoscimenti e vestì la marsina di accademico d'Italia; ottenne sovvenzioni per un teatro da lui diretto, ma non per quel teatro nazionale che vagheggiava e per il quale chiedeva la solidarietà del potere. Fu peraltro oggetto di polemiche perfino aspre di parte della cultura fascista, ma anche di tentativi di assimilazione della sua arte all'ideologia dominante. Questi, certo, sono i fatti, e in quanto tali chiusi nel loro tempo, ma il loro contenzioso non è ancora chiuso, e non basta ribattere con un motto di Pirandello stesso, che un fatto è un sacco vuoto se non lo riempiamo della nostra comprensione. Quel che colpisce della sua adesione al fascismo, che fu comune alla stragrande maggioranza della classe colta italiana e limitò l'efficacia della minoranza attiva antifascista, fu il suo carattere di scelta arrogante, compiuta all'indomani di un misfatto generalmente esecrato; e colpisce la contraddizione tra questa scelta e il valore critico, etico più che politico, della sua opera. La filosofia della forza – l'ideologia del solidarismo totalitario, il simbolismo del fascio – non incrinerà mai il senti-

*Pirandello e il fascismo: l'adesione al regime*

*La contraddizione dell'opera*

mento umoristico, disgregante, della realtà che lo scrittore professerà sempre e che è semmai coerente con quella "pena di vivere" che lo induceva a dichiarare «sono apolitico, mi sento soltanto uomo sulla terra», e a disporre per la sua morte la cremazione del corpo (quasi il suo assorbimento alla terra) e umili esequie, senza alcuna onoranza ufficiale, da "dimissionario" dalla storia, come i personaggi delle sue opere "testamentarie", Vitangelo Moscarda del romanzo *Uno, nessuno e centomila*, edito nel '26, e il mago Cotrone degli incompiuti *Giganti della montagna*.

*La fama internazionale* Eppure la sua gloria, dopo il successo dei *Sei personaggi*, immediatamente seguito al tumultuoso fiasco della prima romana nel maggio 1921, era mondiale. Il Nobel nel 1934 non fece che consacrarla, quando ormai teatri e compagnie in Italia e all'estero si disputavano le sue novità drammatiche, l'industria cinematografica affidava a registi del muto e poi del sonoro (L'Herbier, Palermi, Righelli, Camerini) e ad attori popolari (Mosjoukine, Veidt, la Garbo, von Stroheim, Douglas), traduzioni filmiche delle sue opere, e Pirandello stesso vi collaborava firmando sceneggiature (*Acciaio*, con regia di Ruttmann), mentre il «Teatro d'Arte», da lui fondato nel '25, univa esigenze di impresa a una volontà di sperimentazione e promozione di una nuova drammaturgia.

Il suo non fu quindi un fascismo vissuto e meno che mai celebrato. Tentare di rintracciare nella sua opera, come pure si continua a fare, presagi di ideologia totalitaria, interpretando in chiave pre-fascista la delusione post-risorgimentale de *I vecchi e i giovani* e il ribellismo del *Fu Mattia Pascal*, significa applicare ai testi una lettura del sospetto per denunciare forzatamente responsabilità "oggettive" secondo criteri di critica giudiziale, questa sì totalitaria. Politicamente Pirandello fu un radicale, spingeva alle ultime conseguenze la critica all'Italia umbertina, in cui cessava la spinta "propulsiva" del Risorgimento (e più in particolare del garibaldinismo) nella pratica amministrativa dello stato, con le sue compromissioni e corruzioni, e nel parlamentarismo spesso vacuo dei partiti. Da qui probabilmente la sua sopravvalutazione del fascismo e della novità che i suoi ideologi propagandavano, cioè la sua pretesa di essere la "forma" politica originale della storia dell'Italia moderna dopo le forme che avevano improntato altre epoche del passato, da porre a confronto con le altre forme politiche nazionali dell'Europa postbellica, e eventualmente da proporre come modello. Pirandello sopravvaluta questo aspetto del fascismo (o vuole sopravvalutarlo) per sottrarsi all'angoscia della conflittualità sociale allora molto acuta, che la sua opera registra e commenta, e dell'avvilimento elettoralistico degli ideali risorgimentali, e ha bisogno di tradurlo in un mito indivi-

*Pirandello e il «disagio della civiltà»*

duale. Donde la promozione di Mussolini a "personaggio", e il suo "mussolinismo" oscillante, nell'esperienza del rapporto dello scrittore col dittatore e nell'inevitabile ridimensionamento del personaggio, tra culto, fastidio e finanche avversione. L'ascesa del movimento totalitario in Italia è anticipato, invece, proprio da quelle esaltanti mitologie dell'antico e del moderno (D'Annunzio, da una parte, e i futuristi dall'altra) che proprio Pirandello smascherava, come altri interpreti del «disagio della civiltà», Freud, Musil e anche Svevo, testimoni dell'unica cultura critica e analitica, tutt'altro che celebrativa, con cui l'opera pirandelliana resta di fatto solidale.

Ma la presenza di Pirandello degli anni Venti e Trenta va riportata alla storia che fu veramente sua e che coincide con la stagione del Novecento di più fervida modernità. In Italia lo scrittore rappresentò un elemento attivo di coagulo artistico e intellettuale e di rinnovamento. Sottovalutato dapprima, come narratore popolare (in compagnia di Luciano Zuccoli e Carola Prosperi l'aveva collocato il sensibilissimo Renato Serra in un suo noto ragguaglio d'annata letteraria), denigrato come divulgatore di pseudo-concetti (tra questi niente di meno che la teoria dell'umorismo) e di funambolismi romanzeschi dalla cultura idealistica, *in primis* dal Croce, avversato da quella cattolica ufficiale per il suo criticismo antifideistico fino a fargli rischiare la scomunica papale (evitata *in limine*), Pirandello dovette vincere in patria ostilità e incomprensioni che all'estero invece non incontrò. E infatti egli poté dichiarare che la sua affermazione in Italia fu un fenomeno di ritorno (come quella di Svevo), e più per un consenso di pubblico alla novità della sua opera teatrale portata al successo con messe in scena di grande effetto anziché per una valorizzazione della critica. Anche quella militante, delle cronache teatrali, s'era mostrata perplessa e oscillante tra la stroncatura e l'entusiasmo, e in realtà il *dossier* dei giudizi più o meno meditati sulle "prime", fittissimo di nomi di rilievo non solo giornalistico, da Marco Praga a Silvio d'Amico, Renato Simoni, Antonio Gramsci, Piero Gobetti, costituisce di per sé un capitolo di storia della cultura teatrale italiana inseparabile dall'"effetto" Pirandello. Si deve comunque a un filosofo, ad Adriano Tilgher, la conversione, nel 1924, del giudizio di valore su singole opere, peraltro opinabile, in un'interpretazione globale dell'opera pirandelliana in parte coincidente con l'antistoricismo e col «casualismo critico» da lui professati, come espressione di una *Weltanschauung* che esprime una irriducibile opposizione tra la mobilità della Vita e la fissità della Forma. Da allora anche Pirandello accentuò il carattere filosofico della sua arte, pur sottolineandone l'origine creativa, fantastica, come testimonia la *Prefazione* del '25 alla terza

*L'"effetto" Pirandello: misconoscimenti e rivalutazioni*

*Tilgher: la Vita contro la Forma*

*Gramsci: dialettica e dialettalità*

edizione dei *Sei personaggi*. Gramsci nel carcere elaborava una sua interpretazione programmaticamente antitilgheriana, radicata in una dialettica e in una dialettalità di tipo popolare in parte alterata da un intellettualismo d'ambizione cosmopolita. E da allora in realtà, soprattutto con il forte e poi inarrestabile rilancio delle interpretazioni critiche e sceniche negli anni Sessanta, l'attenzione alla sua opera si è sviluppata in senso sempre meno frammentario, inscindibile da un riscontro con tutto il "sistema" pirandelliano, ovvero con la sua poetica della modernità. Per temperamento Pirandello era portato a smentire

*Bontempelli e il «candore»*

l'irrigidimento della sua immagine di scrittore. Massimo Bontempelli, commemorandone ufficialmente la morte, mise in risalto il suo «candore», quasi una disponibilità ingenua all'arte come alla vita, che egli infatti seguitò ad

*«Rinascere»: un mito personale*

affrontare senza ostentazioni di celebrità. Un dramma del '33, *Quando si è qualcuno*, vuole essere l'apologo dell'artista che tenta di ribellarsi al ruolo fisso e cristallizzato assegnatogli dalla mitologia del divismo per rinascere sempre diverso.

Nelle opere più tarde svolgeva in modi imprevedibili la sua personale mitologia della «rinascita», dal romanzo *Uno, nessuno e centomila*, del '26, alla novella *Una giornata*, apparsa postuma, fino ai miti teatrali, in cui il tema si articola su tre piani simbolici, della società, della fede e dell'arte, ma in definitiva ribadendo, con l'ultimo, *I giganti della montagna*, il desiderio di una «rinunzia»: alla storia più che al mondo, di cui vagheggia un recupero magico, dentro la natura.

*In Europa e in America*

Viaggiava molto in Europa – a Parigi, a Berlino, in Svizzera – e nelle due Americhe, raccogliendo successi (particolarmente graditi quelli negli Stati Uniti) e concedendo interviste, alcune illuminanti per la genesi dei suoi lavori

*Il sodalizio con Marta Abba*

drammatici. Molto spesso gli era accanto nelle *tournées* della compagnia da lui diretta Marta Abba, l'attrice che egli aveva scoperto giovanissima e subito valorizzata come "prima donna" e come destinataria di drammi composti proprio per lei, *Diana e la Tuda*, *Come tu mi vuoi*, *Trovarsi*. La relazione con la Abba appare improntata nelle lettere fin qui rese note a un'esclusiva devozione amorosa e insieme a un bisogno di risarcimenti paterni non pienamente soddisfatti; colmava almeno in parte il rammarico per la lontananza della figlia, sposatasi con un diplomatico e stabilitasi in Sud America. Di fatto non era solo né privo di devote amicizie e di affetti filiali. A Roma il figlio Fausto s'andava affermando come pittore e Stefano, che aveva mutato il suo cognome in Landi per distinguere la sua fisionomia di scrittore, collaborava col padre anche con funzioni di segretario. A lui si deve la rivelazione dell'estremo concepimento del finale dei *Giganti della mon-*

*tagna* raccolto sulle labbra del padre morente. Pirandello non era riuscito a portare a termine quella storia di trasformazioni dell'arte nella vita e della vita nell'arte che l'aveva occupato per molti anni. Morì di polmonite nella sua casa romana di via Antonio Bosio, nel quartiere Nomentano, la mattina del 10 dicembre 1936. Nel decennale della morte le ceneri furono traslate ad Agrigento; poi una «rozza pietra», come egli desiderava – e tuttavia profilata da mano discreta –, fu posta per memoria ai piedi di un pino della contrada del Caos, dove sessantanove anni prima lo scrittore era nato.

*La morte: il ritorno al Caos*

## Le opere

Tutta l'attività letteraria di Pirandello fu accompagnata da una coscienza critica dell'arte che non si esaurisce in una professione di poetica individuale. Lasciando da parte la sua dissertazione universitaria, tuttavia recuperabile come testimonianza di un interesse linguistico perdurante, articoli, recensioni, saggi, discorsi ed anche interviste formano tutti insieme un'ingente raccolta solo marginalmente contraddistinta dall'occasionalità più effimera. Nella sua pubblicistica giovanile più volte viene ribattuto il chiodo del «sincerismo», una specie di programma di letteratura antiretorica che rifletteva prese di posizione di gruppo facenti capo alla lezione del Capuana (e alla rivista «Ariel», di breve durata) e che più tardi, nel '20, con il *Discorso su Giovanni Verga* si tradurrà nella distinzione tra «scrittori di cose» e «scrittori di parole» applicata a tutta la tradizione italiana. E intanto la sua attenzione si concentrava su esemplari più o meno rilevanti di letteratura scapigliata e bizzarra che favoriscono la sua definizione storica di umorismo: le divagazioni bozzettistiche di Alberto Cantoni, del quale promosse la fortuna postuma pubblicando e introducendo il romanzo *L'illustrissimo* nel 1906, e soprattutto la discussione nel 1896 sulla poesia di Cecco Angioleri a proposito di uno studio di Alessandro D'Ancona, da cui prende le mosse per il suo saggio più celebre, *L'umorismo*, pubblicato nel 1908.

*«L'umorismo»: storia, poetica, teoria*

Il motto che si può porre a questo libro coincide con quello che apre *Il candelaio* di Giordano Bruno: *In tristitia hilaris in hilaritate tristis*, «che pare – dichiara infatti Pirandello – il motto dello stesso umorismo». Ad esso risale la formula che distingue l'umorismo dal comico, cioè il «sentimento del contrario», generato dal pathos dell'identificazione col soggetto che produce il ridicolo, dall'«avvertimento del contrario, prodotto dall'effetto immediato e irriflessivo della situazione comica». Su questa base è più facile per Pirandello orientarsi nella ricerca degli antenati umoristi in un arco sovranazionale che copre la prima parte del volume e va da Socrate a Manzoni passando

*Il «sentimento del contrario»*

attraverso l'ironia dei poemi cavallereschi e soprattutto dell'*Orlando furioso* e culminando nel *Don Chisciotte*. Poi, nella seconda parte, l'inchiesta si spinge più oltre fino al personaggio dei romanzi di Dostoevskij (di cui dà un'interpretazione in senso parodistico-tragico che anticipa quella "polifonica" di M. Bachtin) e si richiama alla nozione romantica di *humour* e alla valorizzazione da parte di Federico Schlegel dell'ironia come «coscienza dell'irrealtà della nostra creazione». Le argomentazioni teoriche della seconda parte del saggio sono strettamente legate a quelle storiche e sono improntate a una discorsività che acquisisce i contributi specifici sull'argomento (*Le rire* di Bergson del 1900 e il meno noto *Komik und Humor* di Th. Lipps, ma non la fondamentale teoria del motto di spirito di Freud, il trattato sul *Witz* del 1905 che non conosceva) e altri più generali di estetica e di psicofisiologia (di Séailles, di Binet, Negri, Marchesini): una bibliografia anomala per un saggio di estetica storica e filosofica che forse diede filo alle contestazioni di principio di Benedetto Croce (1909), cui Pirandello rispose con una concitazione dialettica finanche eccessiva nella riedizione del suo libro del 1920.

*La polemica con Croce*

*Una strategia della crisi*

A distanza appare chiara l'importanza del saggio. Se si riassume col termine onnicomprensivo, e pertanto equivoco, di decadentismo la crisi di fine e inizio di secolo di cui Pirandello stesso si sentiva partecipe, *L'umorismo* può essere considerato un *passe-partout* dell'esperienza artistica moderna e delle sue non sempre consapevoli finalità: una strategia per quella crisi. Per la coscienza critica dello scrittore la sua teoria ebbe un valore risolutivo; espresse *a posteriori* la poetica implicita della sua opera di narratore, in particolare dei suoi romanzi, e in questo senso fu indirizzata la loro interpretazione. La prima edizione del saggio (1908) reca una dedica inequivocabile: «Alla buon'anima di Mattia Pascal bibliotecario», cioè al protagonista di una storia che più visibilmente manifesta una condizione umana «umoristica». Ma nello stesso anno, pubblicando in volume *L'esclusa*, apparsa a puntate nel quotidiano «La Tribuna» nel 1901, aggiunge una lettera di ringraziamento a Luigi Capuana che l'aveva incoraggiato «a provarsi nell'arte narrativa in prosa» sottolineandola necessità per il lettore di cogliere la «parte più originale del lavoro: parte scrupolosamente nascosta sotto la rappresentazione affatto oggettiva dei casi e delle persone; al fondo insomma essenzialmente umoristico del romanzo». L'intenzione di ridurre a unità la sua esperienza di narratore e di orientare il giudizio per quella in corso è evidente. In realtà nell'*Esclusa* la vicenda di Marta, sposa ripudiata per un sospetto d'adulterio e poi riabilitata quando quell'adulterio è consumato, sembra determinata

*I romanzi*

*«L'esclusa»*

da condizionamenti diversi da quelli che definiscono il soggettivismo umoristico di successivi protagonisti pirandelliani. Semmai è umoristica la situazione non la coscienza del personaggio, il suo essere «alla discrezione della vita», della vita esterna con le sue convenzioni ambientali e sociali e soprattutto (come rivela l'analisi stratigrafica delle tre edizioni del romanzo: 1901, 1908, 1927) della sua vita interna, psichica. Ma questo aspetto più profondo né i personaggi né l'autore lo testimoniano coscientemente. In versione più comica la poetica dell'umorismo può essere applicata anche al secondo romanzo di Pirandello, *Il turno*, scritto nel 1895 e pubblicato nel 1902. Brevemente, in rapida successione narrativa, il romanzo svolge un intreccio farsesco a sorpresa, da commedia matrimoniale con un lieto fine ritardato per un giovane pretendente timido e squattrinato, a conclusione di due altri matrimoni per cui passa la ragazza desiderata. In «questa sciocca fantocciata che chiamiamo vita», dice il vecchio e smaliziato don Diego Alcozèr, «c'è da piangere e c'è da ridere». Nel racconto dominano però gli ingredienti del ridicolo di marca sessuale (la contrapposizione tra l'impotenza del primo sposo e la frenesia del secondo) che Pirandello sfrutterà più tardi nel teatro, in *L'uomo, la bestia e la virtù*, in *Liolà* e in parte nel suo terzo romanzo, *Il fu Mattia Pascal*. Ma qui l'alternativa del serio e del comico, che caratterizza anche le novelle del decennio 1894-1904, fino alla composizione, appunto, del suo capolavoro narrativo, perde ogni residua tipicità distintiva, definisce inscindibilmente la fisionomia umoristica del personaggio, sulla quale si costruisce la vicenda, la sua autobiografia romanzesca. Il tema del romanzo è quello di un'identità perduta, del dissolvimento della *persona* ovvero di quell'io empirico ed esistenziale che è riconoscibile dentro una trama di relazioni sociali e familiari. Ma è anche quello di una rinascita come *personaggio*, nello spazio che la letteratura viene ad acquistare in sostituzione della vita e con una nuova durata, dentro il tempo permanente del racconto che egli stesso scandisce per significare un destino, non solo una semplice successione di eventi.

La nascita del personaggio è l'evento creativo più carico di conseguenze per l'opera pirandelliana. A differenza del "carattere" o del "tipo" della tradizione teatrale e romanzesca (ovviamente della più convenzionale), il personaggio pirandelliano non è riconoscibile su canoni morali e comportamentali o su posizioni sociali gerarchicamente definite, benché sia determinato dalle circostanze reali e pressanti dell'esistenza, tutt'altro che fantastiche o immaginarie. In una appendice polemica alla edizione del *Fu Mattia Pascal* del 1921, *Avvertenza sugli scrupoli della fan-*

*Una «fantocciata»: «Il turno»*

*«Il fu Mattia Pascal»: nascita del personaggio*

La «maschera nuda» *tasia*, Pirandello volle siglare con un arduo stilema, «maschera nuda», la natura autentica, credibile, del suo personaggio, tacciato di inverosimiglianza:

> Credo che non mi resti che di congratularmi con la mia fantasia, se, con tutti i suoi scrupoli, ha fatto apparir come difetti reali, quelli ch'eran voluti da lei: difetti di quella fittizia costruzione che i personaggi stessi han messo su di sé e della loro vita, o che altri ha messo sù per loro: i difetti insomma della *maschera* finché non si scopre *nuda*.

Messi insieme, i due termini, «maschera» e «nuda», compongono un *adynaton*, una figura retorica dell'impossibilità, che però corrisponde alla condizione inconciliabile del personaggio pirandelliano, alla sua conflittualità irrisolta. Il denudamento della maschera trasforma il simulacro sociale dell'individualità in un volto che si riconosce ma che continua a essere deformato nello specchio degli altri. Questa tensione tra l'apparire e l'essere costituisce il primo nucleo delle molte *drammaturgie* del personaggio, ne esaspera la dialettica *istrionica*, quella sua mimica verbale e gestuale che esprime lo sforzo di legittimare le ragioni del sentimento con le ragioni della logica. Lo stile di Pirandello, il suo caratteristico «parlato-recitato» (Nencioni), talora sconfinante nel "declamato", è strettamente aderente a questa poetica dell'istrione, tanto interiorizzata. Mattia Pascal ne è la più vistosa incarnazione ed è anche l'esemplificazione della propria istanza esistenziale, della necessità di costituirsi come personaggio nello spazio residuo della letteratura.

Drammaturgie del personaggio

Lo spazio dell'istrione

Nei romanzi che seguono, *I vecchi e i giovani*, del 1909, e *Suo marito*, del 1911, quell'istrionismo, espresso con la loquacità di un io narrante che media il rapporto con gli avvenimenti, si stempera per effetto di una riduzione della materia sotto il controllo dell'autore, nello schema del racconto in terza persona e quindi del narratore che ne tiene dall'alto le fila e ne svela le motivazioni oggettive e soggettive. «Romanzo della Sicilia dopo il '70, amarissimo e popoloso romanzo, ov'è racchiuso il dramma della mia generazione», *I vecchi e i giovani*, è a suo modo, in modo più diretto, senza la mediazione di un io in cui si trasferisca l'autore, un'autobiografia pubblica piuttosto che privata. La storia nazionale qui preme da vicino, ed è una storia sociale e politica disgregata dalla mediocrità degli intrighi parlamentari e sindacali che hanno rivelato il carattere illusorio delle idealità postrisorgimentali; in definitiva qui è la storia stessa che si fa personaggio distribuendo il carico della sua coscienza sulle spalle delle molte figure che la rappresentano e l'interpretano ancora una volta col pathos dell'umorismo, della maschera nuda che rovescia quella storia in una contro-storia. Il provvidenzialismo

«I vecchi e i giovani» o l'illusione storica

storico di Manzoni è molto lontano (ma non il suo modello letterario), mentre è evidente la consonanza con lo scetticismo dei veristi siciliani, il Verga del *Mastro-don Gesualdo* e anche del sarcastico *Dal tuo al mio*, più ancora il De Roberto dei *Viceré* e dell'*Imperio*. Dalla storia nella cronaca precipita l'intreccio mondano-intellettuale di *Suo marito*, romanzo a chiave dell'ascesa letteraria di una scrittrice, la Deledda, insignita più tardi del Nobel, ma oggi recuperabile fuori dalle sue intricanti vicende di costume (dove la poetica umoristica si traduce in satira), come presa di coscienza di un destino artistico o metafora dell'atto creativo incarnato nella donna-scrittrice, quasi un tramite dei poteri della natura e dell'arte come *gestazione*: un tema che aveva occupato e continuerà ad occupare la riflessione estetica di Pirandello.

*«Suo marito»: l'arte come gestazione*

La ripresa del modello storico-cronachistico del racconto in terza persona non va oltre *Suo marito*. Con i *Quaderni di Serafino Gubbio operatore* ovvero *Si gira...* (come suona il titolo della prima edizione del 1915 ritoccato nel '25) la voce narrante rientra nel campo del protagonista, che è in questo caso percettivo piuttosto che rievocativo, attua l'idea di un «romanzo da fare» che anticipa la «commedia da fare» dei *Sei personaggi in cerca d'autore*. La sua struttura tende a mettere in sintonia la narrazione con l'imprevedibilità degli accadimenti che il protagonista registra con lo sguardo meccanico dell'operatore cinematografico sottolineando però la dimensione nascosta alla macchina, un *oltre* che non sfugge alla sua passione conoscitiva e svela antefatti drammatici, cascami di vita privata e sociale depositati all'interno di ciascun personaggio fino a determinare la catastrofe dei comprimari del romanzo, figure in apparenza di puro trucco spettacolare, e quella del protagonista-narratore, ridotto dalla sua pretesa impassibilità tecnica al mutismo, a diventare «silenzio di cosa». Scrivendo, Serafino Gubbio soddisfa, come egli stesso dichiara, «a un bisogno di sfogo, prepotente» e vendica anche la condanna sua e di tanti «a non esser altro, *che una mano che gira una manovella*». Da qui, da questo bisogno di sfogo, l'intonazione monologante e allocutoria del suo racconto, come di chi chieda a un'udienza di lettori-spettatori indulgenza per la sua inazione, se non come macchina, e proprio per non essere, come gli altri suoi personaggi, «alla discrezione della vita». Con un'intonazione analoga si sviluppano le *Considerazioni di Vitangelo Moscarda, generali sulla vita degli uomini e particolari sulla propria in otto libri*: sottotitolo di *Uno, nessuno e centomila* nella pubblicazione a puntate nella «Fiera letteraria» tra il dicembre del '25 e il giugno del '26, caduto poi nella prima edizione in volume. La didascalia suona come un omaggio al modello digressivo del *Tristram Shandy* di Sterne,

*«Si gira...»: la macchina e l'"oltre"*

*«Uno, nessuno e centomila»: un breviario di fede*

«al suo ritmo mobilissimo e continuamente interrotto, ai suoi brevi capitoletti staccati, all'uso smodato dell'"opinione" che ostacola l'azione, alla tessitura umoristica e disordinata di tutto l'insieme» (Macchia).

Pirandello nell'*Umorismo* vagheggiava l'idea di un narrare sterniano, e forse già da allora cominciò a concepire questa sua bizzarra storia di una volontaria disgregazione dell'io e della sua mimesi nella natura in cui la vita si converte annullandosi come individualità storica e moltiplicandosi in centomila. Protraendosi poi la sua elaborazione per decenni, *Uno, nessuno e centomila* divenne il romanzo testamentario di Pirandello, assunse un significato insieme conclusivo e inaugurale per esplicita volontà dell'autore («c'è la sintesi completa di tutto ciò che ho fatto e che farò», ebbe a dichiarare), raccolse gli sviluppi della sua opera drammatica, di cui avrebbe dovuto essere «il proemio» mentre divenne il «riepilogo», come testimoniava ancora lo scrittore, rivelava infine la soluzione vitale, seppure sempre illusoria, dei conflitti che avevano preso forma nelle varie drammaturgie del personaggio. Il figlio Stefano lo definì un «breviario di fede», e Pirandello stesso rilasciava in interviste attestati di fede: «La realtà, io dico, siamo noi che ce la creiamo: ed è indispensabile che sia così. Ma guai a fermarsi a una sola realtà: essa si finisce per soffocare, per atrofizzarsi, per morire. Bisogna invece variarla, mutarla continuamente, mutare e variare la nostra illusione». In realtà, l'atto di fede era tutt'altro che una conclusione appagante, esprimeva un desiderio di liberazione esistenziale con una resa alla discrezione della natura, attuata, utopisticamente, dentro un tempo bergsoniano, della coscienza immediata non più storica.

*Le novelle*  L'ospizio di mendicità, finanziato da lui stesso, dove Vitangelo Moscarda si ritirerà a vivere in camicione e zoccoli, solo, senza nome e senza ricordi, ma rinascendo in ogni attimo e ad ogni variazione della natura, può considerarsi simbolicamente la stazione d'arrivo del personaggio più tipico delle novelle pirandelliane: il personaggio in cerca d'assoluto, che tenta di uscire dal limite del quotidiano.

*La realtà,*  Nella misura del racconto breve, adottata con più regola-
*l'assoluto,*  rità a partire dal 1909 con un'assidua collaborazione al
*l'inconscio*  «Corriere della sera», Pirandello inscena vicende più o meno rilevanti di borghesi apparentemente opachi invischiati nei più esasperati rapporti quotidiani e tuttavia ansiosi di riconoscersi in un'identità inconfondibile. Circostanze fin troppo futili inducono il notaio-filosofo dell'*Avemaria di Bobbio* verso la scoperta di un inconscio, quanto meno di un soggetto inconsapevole depositario di pensieri latenti e di memorie occasionalmente emergenti, quasi di una memoria involontaria. I monologanti di *Candelora*, *La carriola*, *La trappola* drammatizzano fino

alla farneticazione la loro condizione esistenziale, denunciano vanamente l'irreversibilità del *fatto*, lamentano la *pena della forma*, alla quale cercano di sfuggire anche con atti gratuiti, bizzarramente infantili. Il tema della disgregazione della personalità e della coesistenza di "grandezze" diverse della coscienza risale molto indietro; è già presente a livello autobiografico nelle lettere con cui nel 1893 Pirandello svelava ad Antonietta, ancora fidanzata, la compresenza nel suo io di un «gran me» e di un «piccolo me», forze che di volta in volta tendono a sopraffarsi e da cui lo scrittore trae materia di ragionamento etico in due *Dialoghi* del '95 e del '97. In questi racconti è la dialettica del protagonista che svela la trama del vissuto. Tuttavia, il repertorio novellistico pirandelliano non è strettamente condizionato da questo fervore razionale esplicito o celato. Un piccolo capolavoro del 1912, *Ciàula scopre la luna*, risospinge il motivo della rinascita in una situazione elementare e verghiana che sottolinea senza mediazioni intellettuali la simbologia delle tenebre e della luce; mentre uno scherzo come *La vita nuda* (1910) valorizza impulsi francamente edonistici. Il titolo definitivo, *Novelle per un anno*, con cui a partire dal 1922 vengono ristampate le varie raccolte, appare volutamente indicativo di una grande, variatissima offerta narrativa: una novella al giorno, come prometteva l'autore (che però non superò, sommando anche le postume, il traguardo di 241), a specchio quasi della vita vissuta e in sintonia con la sua imprevedibilità. Prima di assumere la veste di un megalibro, quasi di una domestica Bibbia laica, le novelle erano però già state per Pirandello un serbatoio di storie teatrali. In qualche modo erano esse stesse nuclei di spettacolo "alienato" dalla forma narrativa, attraverso la quale era facile per lo scrittore, una volta intrapreso il viaggio dentro il nuovo territorio della scena, risalire all'archetipo.

Nell'*Umorismo* Pirandello aveva dato scarso peso ai procedimenti drammatici per la definizione della sua poetica. Nello stesso anno (1908) un suo intervento polemico, *Illustratori, attori, traduttori*, degrada addirittura il teatro a funzioni sussidiarie rispetto alla narrazione, come l'illustrazione rispetto alla parola. A meno che non si realizzasse quella piena autonomia del dramma dal racconto di cui egli s'era fatto banditore già nel 1899 nell'articolo *L'azione parlata*, quando vagheggiava il prodigio dell'animazione spontanea senza sostegni descrittivi e mediazioni d'attori, cioè l'evento al quale proprio il suo teatro approderà. E su un altro prodigio aveva fantasticato nel *Fu Mattia Pascal* con quella parabola dello strappo del cielo di carta nella scena di una tragedia per marionette che muta un piccolo Oreste di legno manovrato dai fili del fato nel personaggio del dubbio, nell'incerto Amleto, e segna il diva-

*Il «gran me» e il «piccolo me»*

*«Novelle per un anno»: una Bibbia laica*

*Il "corpus"*

*Un serbatoio teatrale*

*Il teatro*

*Idee del teatro moderno*

rio fra teatro antico e teatro moderno. Di fatto, forme drammatiche e narrative appaiono strettamente congiunte nello spazio dell'immaginazione pirandelliana, non solo perché egli le aveva tentate entrambe ai suoi esordi di scrittore, ma perché i suoi romanzi e le sue novelle avevano elaborato quei processi di teatralizzazione senza i quali il personaggio resterebbe una sagoma incorporea e priva di credibilità. L'itinerario del personaggio pirandelliano procede infatti dalla narrazione verso la scena. Ma questo è anche l'itinerario dello scrittore quale è prefigurato in *Suo marito* dalla carriera della protagonista che ha il suo compimento nel teatro e anche dal destino di Serafino Gubbio, dalla sua riduzione a *sguardo* che testimonia lo sforzo di passare dalla partecipazione alla rappresentazione.

*Narrazione e teatralizzazione*  Tutta la prima produzione pirandelliana, comprendente atti unici e commedie, tra il 1910 e il 1916, mostra sul vivo la possibilità di ricomposizione del materiale narrativo sulla necessità delle funzioni interpersonali, della situazione e dello sviluppo, ma soprattutto sulla misura del personaggio: basta confrontare con i precedenti novellistici testi come *Lumìe di Sicilia, La giara, Pensaci, Giacomino!, Il berretto a sonagli*. In quella successiva il trasferimento di quel materiale dal magazzino del narratore alla vetrina del commediografo si svolge in modo meno lineare. Anche quando il precedente è accertato e confrontabile - come per il capolavoro del problematicismo pirandelliano, *Così è (se vi pare)* – la drammatizzazione sembra annullare la narrazione, e i personaggi s'impongono con un carattere inedito che può rivelarsi solo sulla scena: con la loro presenza priva di passato, proveniente da un nulla o da un caos, con la loro inquietante identità di sopravvissuti a un terremoto che ne ha cancellato i dati anagrafici e vanificato l'inchiesta sulle loro divergenti verità. La *storia*, in questi casi, si produce autonomamente sulla scena come in un incalzante processo verbale che impone più crudamente l'opinabilità dei fatti, la loro riduzione al relativismo dei molteplici punti di vista: *Vestire gli ignudi* e *Come tu mi vuoi* esemplificano questo meccanismo. Per lo più, invece, è un antefatto ineliminabile che esaspera la funzione della *maschera*, una volta constatata la vanità del denudamento e quindi di una ricerca di verità (*Il giuoco delle parti, Enrico IV, Quando si è qualcuno*). Oppure è energia vitale che vuole "consistere" premendo sull'avvenimento scenico che si sforza di emarginarla ma poi finisce per provocarne la continua, assidua interferenza, senza la quale, del resto, il teatro è impossibile. *Sei personaggi in cerca d'autore, Ciascuno a suo modo, Questa sera si recita a soggetto*, attuano con quel tipo di drammaturgia che va sotto il nome di "teatro nel teatro" (e oggi anche di

*Il «teatro nel teatro»*

"metateatro") proprio questa irruzione della vita che violenta la struttura chiusa della scena tradizionale; non sono esemplari di puro sperimentalismo teatrale, anche se esaltano in un crogiolo di procedimenti scenici inusitati le motivazioni profonde dell'avanguardia novecentesca. Secondo Antonin Artaud realizzavano il fine stesso del teatro, «offrire uno sbocco ai nostri sentimenti repressi», convalidavano l'assioma del suo «teatro della crudeltà», che non può esistere «se non a partire dal momento in cui comincia veramente l'impossibile».

*Il dramma
"impossibile"*

Ma infine è il mito a rinnovare il fervore sperimentale di Pirandello, *Lazzaro, La nuova colonia, I giganti della montagna*, gli apologhi della fede, dell'utopia sociale e dell'arte, esprimono la volontà di far uscire il dramma dal circuito individuale del personaggio e di strappare all'azione scenica, superando ogni verosimiglianza nell'allegoria, messaggi di valore generale e conclusivo. Ma è vero che nelle forme illusionistiche del teatro dei miti Pirandello confermava il suo mito del teatro, come prodigio, come seconda realtà poetica.

Si può dire che l'esperienza teatrale ripercorre in definitiva l'esperienza del novelliere e del romanziere, che il percorso compiuto dall'*Esclusa* a *Uno, nessuno e centomila* corrisponde a quello che va da *La morsa* ai *Giganti*. Ma è certo che il teatro ebbe una straordinaria efficacia come reagente espressivo dei vari contenuti narrativi e quindi in funzione di una loro piena valorizzazione. Da un punto di vista strettamente linguistico, il teatro introduce una seconda lingua pirandelliana, quel dialetto divulgato con la forma e la pronuncia catanese del satiresco Angelo Musco che legò il successo del primo repertorio pirandelliano alle *tournées* della sua compagnia siciliana. Pirandello lo praticò con passione, anche per traduzioni dal teatro classico, ma non volle dargli consistenza letteraria se non per l'originaria versione agrigentina di *Liolà*, che curò come gli altri testi raccolti in *Maschere nude*. Gli interessava più che l'esotismo vernacolare, che pure seduceva il pubblico del continente, la traducibilità di quel dialetto nel «dialetto borghese» che «con qualche goffaggine, appena appena arrotondato, diventa lingua italiana, cioè quella certa lingua italiana parlata comunemente, e forse non soltanto dagli incolti, in Italia», come scriveva nell'introduzione a *Liolà*. In ogni caso i limiti del siciliano gli sembravano troppo vincolanti e frastornanti per la comprensione di personaggi che egli voleva non compromessi da caratterizzazioni regionali, esclusive, e quindi esotiche.

*La scrittura
scenica*

*Il dialetto
borghese*

Più rilevante, invece, nel confronto con la scrittura narrativa l'intensificazione iperespressiva delle modalità più significative e caratterizzanti del racconto, una volta convertite in dialogo. Lo schema novellistico della ritorsione

*Dal narrato al
dialogato:
l'iperespressività*

e della beffa si esalta nel pathos dialettico dello scrivano Ciampa del *Berretto a sonagli*, in quel suo argomentare su tre corde, la civile, la seria e la pazza che esprime, secondo Leonardo Sciascia, «le componenti dell'esaltazione virile e della disgregazione sofistica» proprie della tipologia intellettuale del siciliano; l'autocaricatura di Rosario Chiàrcaro della *Patente*, in fama di iettatore, produce il riconoscimento di un potere malefico con vantaggio economico; il dandismo intellettuale di Leone Gala nel *Giuoco delle parti* ritorce su altri il piano di morte architettato per lui dalla moglie adultera. Il tema della irrealtà quotidiana si manifesta in *Così è (se vi pare)* con evidenza allucinatoria e effetti di demonismo che invertono i rapporti tra il coro dei benpensanti-inquisitori e gli inquisiti, vittime acquiescenti di quella violenza per conservare la forza della loro vita illusoria: che è poi per il personaggio pirandelliano una realtà potenziata, come quella che vivono prepotentemente i sei personaggi del primo dramma della trilogia del teatro nel teatro e ancora di più Enrico IV, fisso con tutta la sua spettacolare finzione storica in una «eternità di maschera». Anche i procedimenti meno realistici, quelli con cui Pirandello traduce la scena nel luogo dell'immaginario, si possono far risalire a quella sua investigazione avventurosa del mistero, a quella «lanterninosofia» professata nel *Fu Mattia Pascal* e ripresa nell'*Umorismo*, a quella teoria del sentimento che come un lanternino proietta una luce limitata sulla conoscenza, colorata dai vetrini delle nostre credenze e illusioni, mentre lascia nel buio una realtà inesplorata. In teatro una scenotecnica d'avanguardia – effetti di illuminazione e proiezione, messa in atto di dispositivi propri del teatralismo magico del teorico e drammaturgo russo Nikolaj Evrèinov – rese possibile la concretizzazione di quell'*oltre* che romanzescamente egli aveva solo enunciato e che nelle ultime novelle, quelle postume della raccolta *Una giornata*, interiorizzava con procedimenti sempre più "straniati" e sempre meno discorsivi per penetrare in una terra di nessuno senza peso né spessore, dove sopravvive soltanto lo stupore della vita. Più degli altri generi sempre sperimentati, il teatro fu per Pirandello un'"occasione storica": fu la carta di riconoscimento della sua opera nel mondo, non solo in Italia, e di autoriconoscimento delle sue risorse espressive. In un'epoca di grande trasformazione delle forme artistiche e dei mezzi tecnici il teatro era diventato il luogo deputato del suo immaginario. Ma non se ne contentava, ne rivelava i limiti e li oltrepassava, per rispondere ai richiami della sua modernità.

*«Lanternino-sofia» e creazione teatrale*

NINO BORSELLINO

## Guida bibliografica

BIBLIOGRAFIE

Per la bibliografia delle opere si veda L. Pirandello, *Saggi, poesie, scritti varii*, a cura di M. Lo Vecchio-Musti, Milano, Mondadori, 1960, IV ed. riv. 1977, pp. 1291-397.

Bibliografia della critica: A. Barbina, *Bibliografia della critica pirandelliana 1889-1961*, Firenze, Le Monnier, 1967; C. Donati, *Bibliografia della critica pirandelliana 1962-1981*, pref. di A. Luzi, Firenze, Editrice La Ginestra, 1986. Ma si vedano anche G. Marchi, *Dieci anni di critica pirandelliana*, in AA.VV., *Pirandello negli anni Sessanta*, «Quaderni dell'Istituto di studi pirandelliani», 1, Roma, Carucci, 1973, pp. 151-61; S. Costa, *Pirandello*, Firenze, La Nuova Italia, 1978, pp. 144-58; S. Blazina, *Rassegna di studi pirandelliani: i romanzi (1961-1983)*, in «Lettere italiane», XXXVI (1984), 3, pp. 69-131; P. Cudini, nel vol. *Il Novecento* della nuova ed. accresciuta e aggiornata, diretta da N. Sapegno, della *Storia della letteratura italiana* (1969), diretta da E. Cecchi e N. Sapegno, Milano, Garzanti, 1987, pp. 532-42. Una bibliografia integrativa a cura di M. Costanzo nel tomo II del vol. III delle *Novelle per un anno*, Milano, Mondadori, 1990, pp. 1493-504; M. Ermilli, *Rassegna di studi su Pirandello (1978-1991)*, in «Lettere italiane», XLIV (1992), pp. 310-39. Per gli ulteriori aggiornamenti si consultino le «Schede bibliografiche» ragionate della «Rivista di studi pirandelliani», nuova serie (1984-85) e terza serie (1988-), edita dal Centro nazionale di studi pirandelliani, che annualmente si riunisce a convegno su un tema specifico.

Storia della critica: S. Monti, *Pirandello*, Palermo, Palumbo, 1974. Notevole il contributo di G. Ferroni, *Luigi Pirandello*, in *I classici italiani nella storia della critica*, opera diretta da W. Binni, vol. III, Firenze, La Nuova Italia, 1977, pp. 57-129. Per gli orientamenti della critica più recente si veda F. Angelini, *Il punto su Pirandello*, Roma-Bari, Laterza, 1992.

EDIZIONI

Poesie: *Mal giocondo*, Palermo, Libreria Internazionale L. Pedone Lauriel di Carlo Clausen, 1889; *Pasqua di Gea*, Milano, Libreria Editrice Galli, 1891; *Belfagor*, in «Tavola rotonda», 10 luglio 1892; *Pier Gudrò*, Roma, Enrico Voghera, 1894, ed. riv. e ampliata in «La Riviera ligure», luglio 1906; *Elegie renane (1889-90)*, Roma, Unione Cooperativa Editrice, 1895; *Zampogna*, Roma, Società Editrice Dante Alighieri, 1901; *Laòmache*, I e II parte in «Rivista di Roma», 25 febbraio 1906, per intero in «Noi e il mondo», 1° giugno 1916; *Scamandro*, in «Rivista di Roma», 25 giugno e 10 luglio 1906, poi Roma, Tipografia «Roma» di E. Armani e W. Stein, 1909; *Fuori di chiave*, Genova, Formiggini, 1912; *Elegie romane* (trad. in versi da Goethe), Livorno, Giusti, 1896.

Saggi in volume: *Laute und Lautentwickelung der Mundart von Girgenti* [Suoni e sviluppi di suono della parlata di Girgenti], Halle a.S., Druck der Buchdruckerei des Waisenhauses, 1891 (rist. con pref. di G. Nencioni, Pisa, Marlin, 1973; trad. it. con il titolo *La parlata di Girgenti*, introd. di S. Milioto, trad. di S. Milioto con la collaborazione di S. Castellana e M. Trapani, Firenze, Vallecchi, 1981); *Arte e scienza*, Roma, Modes, 1908; *L'umorismo*, Lanciano, Carabba, 1908, II ed. aumentata, Firenze, Battistelli, 1920; *Scritti di arte figurativa, 1895-1897*, a cura di A. Scotti Tosini, Milano, Biblioteca Comunale, 1987; *Verga e D'Annunzio*, a cura di M. Onofri, Roma, Salerno, 1993.
Per un'edizione complessiva delle poesie, degli articoli, dei saggi e degli scritti vari, si ricorra a *Saggi, poesie, scritti varii*, cit.

Romanzi: *L'esclusa*, in «La Tribuna», 29 giugno-16 agosto 1901, poi Milano, Treves, 1908, nuova ed. riveduta e corretta, Firenze, Bemporad, 1927; *Il turno*, Catania, Giannotta, 1902; *Il fu Mattia Pascal*, in «Nuova Antologia», 16 aprile-16 giugno 1904, poi Roma, Edizioni della «Nuova Antologia», 1904, nuova ed. riv., Milano, Treves, 1918, «nuova ristampa con un ritratto per prefazione e in fine un'*Avvertenza sugli scrupoli della fantasia*», Firenze, Bemporad, 1921; *Suo marito*, Firenze, Quattrini, 1911 (nell'ed. Mondadori, Milano 1941, il testo, fino al principio del cap. V, viene presentato secondo un rifacimento che l'autore lasciò incompiuto e con il nuovo titolo *Giustino Roncella nato Boggiòlo*); *I vecchi e i giovani*, I e II parte fino al I paragrafo del cap. IV in «Rassegna contemporanea», II, gennaio-novembre 1909, integralmente Milano, Treves, 1913, 2 voll., «nuova edizione completamente riveduta e rielaborata», Milano, Mondadori, 1931; *Si gira...*, in «Nuova Antologia», 1° giugno-16 agosto 1915, poi Milano, Treves, 1916, col titolo *Quaderni di Serafino Gubbio operatore*, Firenze, Bemporad, 1925; *Uno, nessuno e centomila*, in «La Fiera letteraria», anni I e II, 13 dicembre 1925-13 giugno 1926, in vol., con qualche modifica, Firenze, Bemporad, 1926.
L'edizione complessiva di *Tutti i romanzi*, a cura di G. Macchia e M. Costanzo, premessa di G. Macchia, Milano, Mondadori, «I Meridiani», 1973, 2 voll., fornisce in appendice un ricco apparato critico.

Novelle: *Amori senza amore*, Roma, Stabilimento Bontempelli, 1894; *Beffe della morte e della vita*, Firenze, Lumachi, 1902; *Quand'ero matto...*, Torino, Streglio, 1902; *Beffe della morte e della vita*, seconda serie, Firenze, Lumachi, 1903; *Bianche e nere*, ivi 1904; *Erma bifronte*, Milano, Treves, 1906; *La vita nuda*, ivi 1910; *Terzetti*, ivi 1912; *Le due maschere*, Firenze, Quattrini, 1914, «nuova edizione riveduta» col titolo ·*Tu ridi*, Milano, Treves, 1920; *La trappola*, ivi 1915; *Erba del nostro orto*, Milano, Studio Editoriale Lombardo, 1915; *E domani, lunedì...*, Milano, Treves, 1917; *Un cavallo nella luna*, ivi 1918; *Berecche e la guerra*, Milano, Facchi, 1919; *Il carnevale dei morti*, Firenze, Battistelli, 1919.

*Novelle per un anno*, Firenze, Bemporad, poi Milano, Mondadori, 1922-1937, 15 voll.: I *Scialle nero*, Firenze, Bemporad, 1922; II *La vita nuda*, ivi 1922; III *La rallegrata*, ivi 1922; IV *L'uomo solo*, ivi 1922; V *La mosca*, ivi 1923; VI *In silenzio*, ivi 1923; VII *Tutt'e tre*, ivi 1924; VIII *Dal naso al cielo*, ivi 1925; IX *Donna Mimma*, ivi 1925; X *Il vecchio Dio*, ivi 1926; XI *La giara*, ivi 1928; XII *Il viaggio*, ivi 1928; XIII *Candelora*, ivi 1928; XIV *Berecche e la guerra*, Milano, Mondadori, 1934; XV *Una giornata*, ivi 1937.

*Novelle per un anno*, a cura di M. Costanzo, 3 voll. in 6 tomi, premessa di G. Macchia, Milano, Mondadori, «I Meridiani», 1985, 1987, 1990; *Amori senza amore: tutti i racconti esclusi dalle «Novelle per un anno»*, a cura di G. Macchia, Milano, Mondadori, 1989.

Opere teatrali: *L'epilogo*, in «Ariel», 20 marzo 1898, poi, con qualche modifica e con il titolo *La morsa*, in «Noi e il mondo», 1° marzo 1914; *Lumie di Sicilia*, in «Nuova Antologia», 16 marzo 1911; *Il dovere del medico*, in «Noi e il mondo», gennaio 1912; *Cecè*, in «La Lettura», ottobre 1913; *Se non così*, in «Nuova Antologia», gennaio 1916, con il titolo *La ragione degli altri*, in *Maschere nude*, vol. IV, Milano, Treves, 1921; *All'uscita*, in «Nuova Antologia», 1° novembre 1916; *Pensaci, Giacomino!*, in «Noi e il mondo», 1° aprile-1° giugno 1917; *Liolà*, Roma, Formiggini, 1917 (testo siciliano con traduzione italiana a fronte); *Così è (se vi pare)*, in «Nuova Antologia», 1°-16 gennaio 1918; *La patente*, in «Rivista d'Italia», 31 gennaio 1918; *Il piacere dell'onestà*, in «Noi e il mondo», 1° febbraio-1° marzo 1918; *Il berretto a sonagli*, in «Noi e il mondo», 1° agosto-1° settembre 1918; *Il giuoco delle parti*, in «Nuova Antologia», 1°-16 gennaio 1919; *Ma non è una cosa seria*, Milano, Treves, 1919; *L'uomo, la bestia e la virtù*, in «Comoedia», 10 settembre 1919; *Tutto per bene*, Firenze, Bemporad, 1920; *L'innesto*, Milano, Treves, 1921; *Come prima, meglio di prima*, Firenze, Bemporad, 1921; *Sei per-

*sonaggi in cerca d'autore*, ivi 1921; *Enrico IV*, ivi 1922; *La signora Morli una e due*, ivi 1922; *Vestire gli ignudi*, ivi 1923; *La vita che ti diedi*, ivi 1924; *Ciascuno a suo modo*, ivi 1924; *Sagra del Signore della nave*, in «Il Convegno», 30 settembre 1924; *L'altro figlio* e *La giara* (insieme alla *Sagra del Signore della nave*), Firenze, Bemporad, 1925; *L'imbecille* (insieme a *Lumie di Sicilia, Cecè* e *La patente*), ivi 1926; *L'uomo dal fiore in bocca* (insieme a *All'uscita, Il dovere del medico, La morsa*), ivi 1926; *Diana e la Tuda*, ivi 1927; *L'amica delle mogli*, ivi 1927; *La nuova colonia*, ivi 1928; *Liolà* (testo italiano), ivi 1928; *Bellavita*, in «Il Secolo XX», luglio 1928; *Sogno (ma forse no)*, in «La Lettura», ottobre 1929; *Lazzaro*, Milano, Mondadori, 1929; *O di uno o di nessuno*, Firenze, Bemporad, 1929; *Questa sera si recita a soggetto*, ivi 1930; *Come tu mi vuoi*, ivi 1930; *I giganti della montagna*, I atto, col titolo *I fantasmi*, in «Nuova Antologia», 16 dicembre 1931, II atto, in «Quadrante», novembre 1934; *Trovarsi*, Milano, Mondadori, 1932; *Quando si è qualcuno*, ivi 1933; *La favola del figlio cambiato*, musiche di G.F. Malipiero, Milano, Ricordi, 1933; *Non si sa come*, Milano, Mondadori, 1935; *Pari*, commedia incompiuta, in *Almanacco letterario Bompiani*, Milano, Bompiani, 1938, pp. 51-62.

Un'edizione complessiva delle *Maschere nude*, pref. di S. d'Amico, cronologia della vita e delle opere a cura di M. Lo Vecchio-Musti, Milano, Mondadori, 1958, 2 voll.

Dell'edizione critica a cura di A. d'Amico, è stato pubblicato il vol. I, premessa di G. Macchia, Milano, Mondadori, «I Meridiani», 1986: comprende *La morsa, Lumie di Sicilia, Il dovere del medico, Cecè, La ragione degli altri, All'uscita, Pensaci, Giacomino!, Liolà, Così è (se vi pare), La patente, Il piacere dell'onestà, Il berretto a sonagli*, opere delle quali si forniscono ampie notizie, nota ai testi e varianti.

Infine, *Tutto il teatro in dialetto*, a cura di S. Zappulla Muscarà, 2 voll., Milano, Bompiani, 1993.

Lettere: S. Lopez, *Dal carteggio di Virgilio Talli raccolto da E. Roggero*, Milano, Treves, 1931, pp. 137-63; *Lettere al figlio Stefano durante la grande guerra*, in *Almanacco letterario Bompiani*, Milano, Bompiani, 1938, pp. 32-45, rist. anast. in L. Sciascia (a cura di), *Omaggio a Pirandello. Almanacco letterario Bompiani*, Milano, Bompiani, 1987; L. Sciascia, *Pirandello e il pirandellismo (con lettere inedite di Pirandello a Tilgher)*, Caltanissetta, Sciascia, 1953, pp. 89-99; S. d'Amico, *Luigi Pirandello. Lettere ai familiari*, in «Terzo Programma», 1961, 3, pp. 273-312; Pirandello-Martoglio, *Carteggio inedito*, commento e note di S. Zappulla, Milano, Pan, 1979; *Carteggi inediti (con Ojetti, Albertini, Orvieto, Novaro, De Gubernatis, De Filippo)*, a cura di S. Zappulla Muscarà, Roma, «Quaderni dell'Istituto di studi pirandelliani», 2, Bulzoni, 1980; *Lettere da Bonn (1889-1891)*, a cura di E. Providenti, Roma, Bulzoni, 1984; *Epistolario familiare giovanile (1886-1898)*, a cura di E. Providenti, Firenze, Le Monnier, 1986; *Lettere d'amore di Luigi ad Antonietta*, a cura di A. Barbina, Roma, Bulzoni, 1986.

Fra le numerose traduzioni è importante quella, ricca di note, pubblicata nella «Bibliothèque de la Pléiade» di Gallimard: *Théâtre complet*, vol. I, a cura di P. Renucci, Paris 1977; vol. II, a cura di A. Bouissy e P. Renucci, ivi 1985 (con contributi di molti studiosi francesi e italiani).

CONTRIBUTI BIOGRAFICI

F.V. Nardelli, *L'uomo segreto. Vita e croci di Luigi Pirandello*, Milano, Mondadori, 1932, nuova ed. col titolo *Vita segreta di Pirandello*, Roma, Bianco, 1962, poi col titolo *Pirandello l'uomo segreto*, a cura e con pref. di M. Abba, Milano, Bompiani, 1986; G. Giudice, *Luigi Pirandello*, Torino, UTET, 1963 (opera di notevole valore critico oltre che biografico); E. Lauretta, *Luigi Pirandello. Storia di un personaggio fuori di chiave*, Milano, Mursia, 1980; M.L. Aguirre D'Amico, *Vivere con Pirandello*, Milano, Mondadori, 1989 (vi si intessono ricordi familiari); P. Frassica, *A Marta Abba per non morire. Sull'epistolario tra Pirandello e la sua attrice*, Milano, Mursia 1991 (pubblica ampi brani del fitto epistolario intercorso con M. Abba); *Album Pirandello*, con un saggio biografico e il commento alle immagini di M.L. Aguirre D'Amico, ricerche iconografiche di M.L. Aguirre D'Amico, E. Romano e V. Semproni, introd. di V. Consolo, Milano, Mondadori, 1992.

STUDI COMPLESSIVI

F. Tozzi, *Luigi Pirandello*, in «La Rassegna italiana», II (15 gennaio 1919), pp. 285-89; P.M. Rosso di San Secondo, *Luigi Pirandello*, in «Nuova Antologia», 1° febbraio 1916, pp. 390-95; E. Fabbri, *Pirandello*, Firenze, La Nave, 1921; P. Rost, *Pirandello*, Milano, Modernissima, 1921; A. Artaud (1923), in *Il teatro e il suo doppio* (1938), Torino, Einaudi, 1972, pp. 301-03; M. Alajmo, *Luigi Pirandello e il «suo modo»*, Girgenti, Montes, 1926, poi in Id., *Sintesi di Pirandello. Saggi, riflessioni e note critiche tra edito e inedito*, Agrigento, Edizioni Centro Culturale Pirandello, 1986; W. Starkie, *Luigi Pirandello*, London, Dent, 1927, 1937², III ed. riv. e ampl., University of California Press, Los Angeles-Berkeley 1965; F. Pasini, *Luigi Pirandello (come mi pare)*, Trieste, Vedetta d'Italia, 1927; «Quadrivio», II, 18 novembre 1934 (numero monografico dedicato a Pirandello, con scritti di M. Bontempelli, M.

Gallian, T. Napolitano, C. Alvaro, P. Aschieri); B. Croce, *Luigi Pirandello* (1935), in Id., *La letteratura della nuova Italia*, VI, Bari, Laterza, 1940, pp. 359-77; D. Vittorini, *The Drama of Luigi Pirandello*, Philadelphia, University of Pennsylvania Press, 1935, 1957[2] (con una bibliografia di scritti inglesi e americani); D. Mondrone, *Escursione su Pirandello*, in «La Civiltà cattolica», LXXXVI (1935), pp. 264-78; C. Alvaro, *Luigi Pirandello*, in *Enciclopedia italiana*, Roma, Istituto della Enciclopedia Italiana, vol. XXVII, 1935, *ad voc.*; P. Mignosi, *Il segreto di Luigi Pirandello*, Palermo, La Tradizione, 1935, 1937[2]; B. Croce, *Il Pirandello e la critica*, in «La Critica», XXXIV (1936), pp. 79-80, poi in Id., *Pagine sparse*, vol. III, Bari, Laterza, 1960[2], pp. 94-96; D. Mondrone, *Luigi Pirandello e la sua «perfetta ortodossia»*, in «La Civiltà cattolica», LXXXVIII (1937), pp. 15-28; L. Antonelli, *Maschera nuda di Pirandello*, Roma, Vettorini, 1937; G. Patané, *Pirandello*, Catania, Studio Editoriale Moderno, 1937; M. Bontempelli, *Pirandello o del candore* (1937), in Id., *Sette discorsi*, Milano, Bompiani, 1942, pp. 1-30; F. Pasini, *Pirandello nell'arte e nella vita*, Padova, Stediv, 1937; L. Baccolo, *Luigi Pirandello*, Genova, Emiliano degli Orfini, 1938, II ed. Milano, Bocca, 1949; M. Lo Vecchio-Musti, *L'opera di Luigi Pirandello*, Torino-Milano-Padova, Paravia, 1939; A. Di Pietro, *Saggio su Pirandello*, Milano, Edizioni di «Vita e Pensiero», 1941; L. Russo, *Il noviziato letterario di Luigi Pirandello*, Pisa, Il Paesaggio, 1947, poi in Id., *Ritratti e disegni storici*, serie IV, Bari, Laterza, 1953, pp. 347-95; A. Janner, *Luigi Pirandello*, Firenze, La Nuova Italia, 1948; L. Russo, *Luigi Pirandello*, in Id., *I narratori*, Milano-Messina, Principato, 1951, pp. 237-43; C. Alvaro, *Appunti e ricordi su Luigi Pirandello*, in «Arena», I (1953), 3, pp. 160-84; L. Sciascia, *Pirandello e il pirandellismo*, cit. (dello stesso si vedano anche *Pirandello e la Sicilia*, Caltanissetta-Roma, Sciascia, 1961, e *Note pirandelliane*, in Id., *La corda pazza. Scrittori e cose della Sicilia*, Torino, Einaudi, 1970, pp. 108-35); W. Benjamin, *L'opera d'arte nell'epoca della sua riproducibilità tecnica* (1955), Torino, Einaudi, 1966, pp. 32-34; P. Szondi, *Il dramma impossibile (Pirandello)*, in Id., *Teoria del dramma moderno* (1956), Torino, Einaudi, 1962, pp. 105-12; C. Salinari, *Lineamenti del mondo ideale di Luigi Pirandello*, in «Società», XIII (1957), pp. 425-62, con qualche modifica e con il titolo *La coscienza della crisi*, in Id., *Miti e coscienza del decadentismo italiano*, Milano, Feltrinelli, 1960, pp. 249-84 ; F. Puglisi, *L'arte di Luigi Pirandello*, Messina-Firenze, D'Anna, 1958; E. Levi, *Il comico di carattere da Teofrasto a Pirandello*, Torino, Einaudi, 1959, pp. 153-81; A. Leone de Castris, *Storia di Pirandello*, Bari, Laterza, 1962 (ed. ampliata 1971); G. Giudice, *Luigi Pirandello*, cit.; F. Rauhut, *Der Junge Pirandello*, München, Verlag C.H. Beck, 1964; G. Macchia, *Luigi Pirandello*, in *Storia della letteratura italiana*, vol. IX, diretta da E. Cecchi e N. Sapegno, Milano, Garzanti, 1969, pp. 441-92, poi, con qualche aggiunta e col titolo *Saggio su Luigi Pirandello*, in Id., *La caduta della luna*, Milano, Mondadori, 1973, pp. 221-308; L. Lugnani, *Pirandello*, Firenze, La Nuova Italia, 1970; C. Vicentini, *L'estetica di Pirandello*, Milano, Mursia, 1970; G.F. Venè, *Pirandello fascista*, Milano, Sugar, 1971 (ma cfr. su questo tema N. Borsellino, *Pirandello e la politica. Fatti e opinioni di ieri e di oggi*, in «Rivista di studi pirandelliani», terza serie, IX, 1991, 6/7, pp. 101-05); R. Barilli, *La linea Svevo-Pirandello*, Milano, Mursia, 1972; J.-M. Gardair, *Pirandello. Fantasmes et logiques du double*, Paris, Larousse, 1972 (trad. it. *Pirandello e il suo doppio*, introd. di G. Ferroni, Roma, Abete, 1977); R. Alonge, *Pirandello tra realismo e mistificazione*, Napoli, Guida, 1972; E. Mazzali, *Luigi Pirandello*, Firenze, La Nuova Italia, 1973; D. Della Terza, *Luigi Pirandello e la ricerca della distanza umoristica* (1974), poi in Id., *Letteratura e critica tra Otto e Novecento: itinerari di ricezione*, Cosenza, Edizioni Periferia, 1989, pp. 79-93; F. Virdia, *Pirandello*, Milano, Mursia, 1975; E. Lauretta (a cura di), *I miti di Pirandello*, Palermo, Palumbo, 1975; G.P. Biasin, *Malattie letterarie*, Milano, Bompiani, 1976, pp. 125-55; E. Ferrario, *L'occhio di Mattia Pascal. Poetica e estetica in Pirandello*, Roma, Bulzoni, 1978; S. Costa, *Luigi Pirandello*, cit.; E. Lauretta, *Luigi Pirandello. Storia di un personaggio fuori di chiave*, cit.; A. Di Pietro, *Luigi Pirandello e la «crisi della ragione»*, in *Letteratura italiana del Novecento. I contemporanei*, diretta da G. Grana, vol. III, Milano, Marzorati, 1979, pp. 2195-234; N. Borsellino, *Immagini di Pirandello*, Cosenza, Lerici, 1979; G. Corsinovi, *Pirandello e l'Espressionismo*, Genova, Tilgher, 1979; A. Barbina, *La biblioteca di Luigi Pirandello*, premessa di U. Bosco, Roma, Bulzoni, 1980; M. Rössner, *Pirandello Mythenstürzer*, Vienna, Böhlau, 1980; G. Macchia, *Pirandello o la stanza della tortura*, Milano, Mondadori, 1981; N. Borsellino, *Ritratto di Pirandello*, Roma-Bari, Laterza, 1983, poi, con ulteriori contributi pirandelliani, in Id., *Ritratto e immagini di Pirandello*, ivi 1991; S. Milioto-E. Scrivano (a cura di), *Pirandello e la cultura del suo tempo*, Milano, Mursia, 1984; R. Jacobbi, *Luigi Pirandello*, in Id., *L'avventura del Novecento*, a cura di A. Dolfi, Milano, Garzanti, 1984, pp. 373-418; L. Lugnani, *L'infanzia felice e altri saggi su Pirandello*, Napoli, Liguori, 1986; G. Guglielmi, *Peri Bathous* e *Poetiche di romanzo in Pirandello*, in Id., *La prosa italiana del Novecento*, Torino, Einaudi, 1986, pp. 56-113; L. Sciascia (a cura di), *Omaggio a Pirandello. Almanacco letterario Bompiani*, Milano, Bompiani

1987 (in appendice *Almanacco letterario Bompiani*, cit., rist. anast.); W. Krysinski, *Il paradigma inquieto. Pirandello e lo spazio comparativo della modernità*, a cura di C. Donati, Napoli, ESI, 1988; L. Sciascia, *Alfabeto pirandelliano*, Milano, Adelphi, 1989; U. Artioli, *L'officina segreta di Pirandello*, Roma-Bari, Laterza, 1989; E. Lauretta (a cura di), *La «persona» nell'opera di Luigi Pirandello*, Milano, Mursia, 1990; Id. (a cura di), *Pirandello e l'«oltre»*, ivi 1991; G. Querci, *Pirandello: l'inconsistenza dell'oggettività*, Roma-Bari, Laterza, 1992; L. Martinelli, *Lo specchio magico. Immagini del femminile in Luigi Pirandello*, Bari, Dedalo, 1992; R. Luperini, *Introduzione a Pirandello*, Roma-Bari, Laterza 1992; E. Lauretta (a cura di), *Pirandello e la politica*, Milano, Mursia, 1992; C. Vicentini, *Pirandello. Il disagio del Teatro*, Venezia, Marsilio, 1993.

STUDI SPECIFICI

Sulla poesia: T. Gnoli, *Un cenacolo letterario: Fleres, Pirandello & C.*, in «Leonardo», VI (1935), pp. 103-07; G. Andersson, *Arte e teoria. Studi sulla poetica del giovane Luigi Pirandello*, Stoccolma, Almqvist & Wiksell, 1966; F. Bonanni, *Pirandello poeta (motivi della poesia pirandelliana)*, Napoli, Morano, 1966; V. Esposito, *Pirandello lirico*, Brescia, Magalini, 1968; F. Nicolosi, *Luigi Pirandello. Primo tempo. Dalla poesia alla narrativa*, Roma, Edizioni dell'Ateneo, 1978; P. D. Giovanelli (a cura di), *Pirandello poeta*, Firenze, Vallecchi, 1981.

Sui saggi: B. Croce, *«L'umorismo» di Luigi Pirandello* (1909), in Id., *Conversazioni critiche*, serie I, Bari, Laterza, 1939, pp. 43-48; A.M. [A. Momigliano], in «Giornale storico della letteratura italiana», LIV (1909), pp. 429-32; A. Barbina, *Sul primo Pirandello recensore e recensito*, in AA.VV., *Pirandello negli anni Sessanta*, cit., pp. 121-50; U. Eco, *Pirandello Ridens* (1978), in Id., *Sugli specchi e altri saggi*, Milano, Bompiani, 1985, pp. 261-70; G. Macchia, *Pirandello (mascherato) contro Pascoli* (1980), poi, col titolo *I rischi e i vantaggi dello pseudonimo*, in Id., *Pirandello o la stanza della tortura*, cit., pp. 131-46; G. Nava, *Arte e scienza nella saggistica di Pirandello*, in «Inventario», n.s., XX (1982), 5-6, pp. 112-25; AA.VV., *Pirandello saggista*, Palermo, Palumbo, 1982.

Sui romanzi: P. Pancrazi, *L'altro Pirandello*, in Id., *Scrittori italiani del 900*, Bari, Laterza, 1934, pp. 14-20; G. Debenedetti, *Il fu Mattia Pascal*, in Id., *Il romanzo del Novecento. Quaderni inediti* [1961-62], presentazione di E. Montale, Milano, Garzanti, 1971, pp. 305-414; F. Angelini, *Serafino Gubbio, la tigre e la vocazione teatrale di Luigi Pirandello*, in AA.VV., *Letteratura e critica. Studi in onore di Natalino Sapegno*, vol. II, Roma, Bulzoni, 1975, pp. 855-82, poi, con altri saggi pirandelliani, in Id., *Serafino e la tigre. Pirandello tra scrittura, teatro e cinema*, Venezia, Marsilio, 1990; R. Barilli, *I romanzi di Pirandello e il discorso retorico*, in E. Lauretta (a cura di), *Il romanzo di Pirandello*, Palermo, Palumbo, 1976, pp. 209-22, poi, con altri studi pirandelliani, in R. Barilli, *Pirandello. Una rivoluzione culturale*, Milano, Mursia, 1986; R.S. Dombroski, *La totalità dell'artificio. Ideologia e forma nel romanzo di Pirandello*, Padova, Liviana, 1978; AA.VV., *Il romanzo di Pirandello e Svevo*, introd. di E. Lauretta, Firenze, Vallecchi, 1984; M.A. Grignani, *Quaderni di Serafino Gubbio operatore: sintassi di un'impassibilità novecentesca*, in «Rivista di studi pirandelliani», n.s., v (1985), 3, pp. 7-24; G. Mazzacurati, *Pirandello nel romanzo europeo*, Bologna, Il Mulino, 1987; AA.VV., *Lo strappo nel cielo di carta. Introduzione alla lettura del «Fu Mattia Pascal»*, Roma, La Nuova Italia Scientifica, 1988; G. Petronio, *Restauri letterari da Verga a Pirandello*, Roma-Bari, Laterza, 1990, pp. 147-206; G. Mazzacurati, *L'arte del titolo, da Sterne a Pirandello* in AA.VV., *Effetto Sterne, La narrazione umoristica in Italia da Foscolo a Pirandello*, Pisa, Nistri-Lischi, 1990, pp. 294-332.

Sulle novelle: G.A. Borgese, *Luigi Pirandello. La vita nuda*, in Id., *La vita e il libro. Saggi di letteratura e di cultura contemporanea*, serie II, Torino, Bocca, 1911, pp. 116-24; A. Momigliano, *Impressioni di un lettore contemporaneo*, Milano, Mondadori, 1928, pp. 246-60; G. Debenedetti, *«Una giornata» di Pirandello* (1937), in Id., *Saggi critici*, Roma, Edizioni del Secolo, 1945, pp. 264-88; G. Petronio, *Pirandello novelliere e la crisi del realismo*, Lucca, Lucentia, 1950; C. Alvaro, *Prefazione* al vol. I delle *Novelle per un anno*, Milano, Mondadori, 1956, pp. 3-41; S. Battaglia, *La narrativa di Luigi Pirandello*, in «Il Veltro», v (1961), 11-12, pp. 17-24; R. Barilli, *La poetica di Pirandello* e *Le novelle di Pirandello*, in Id., *La barriera del naturalismo. Studi sulla narrativa italiana contemporanea*, Milano, Mursia, 1964, pp. 9-31 e 32-61; B. Terracini, *Le «Novelle per un anno» di Luigi Pirandello*, in Id., *Analisi stilistica. Teoria, storia, problemi*, Milano, Feltrinelli, 1966, pp. 283-395 (trad. e rifacimento di una monografia comparsa a puntate fra il 1941 e il 1945 sulla rivista argentina «Insula»); G. Guglielmi, *Mondo di carta*, in Id., *Ironia e negazione*, Torino, Einaudi, 1974, pp. 155-79; M. Baratto, *Relazione conclusiva*, in S. Milioto (a cura di), *Le novelle di Pirandello*, Agrigento, Centro nazionale di studi pirandelliani, 1980, pp. 360-70; F. Zangrilli, *L'arte novellistica di Pirandello*, Ravenna, Longo, 1983; N. Borsellino, *Sul testo delle «Novelle per un anno»: redazioni e varia-*

*zioni*, in G. Biasin-N.J. Perella (a cura di), *Pirandello 1986*, Roma, Bulzoni, 1987, pp. 201-12, poi in N. Borsellino, *Ritratto e immagini di Pirandello*, cit., pp. 155-66.

Sul teatro si vedano anzitutto alcune importanti raccolte di cronache:

A. Tilgher, *Il problema centrale (Cronache teatrali 1914-1926)*, a cura di S. d'Amico, Genova, Edizioni del Teatro Stabile di Genova, 1973.

R. Simoni, *Trent'anni di cronaca drammatica* [1911-1952], 5 voll., vol. I, Torino, Società Editrice Torinese, 1951, gli altri quattro a cura di L. Ridenti, Torino, ILTE, 1954-1960. Raccoglie interventi pubblicati sul «Corriere della sera», dal 1916 in poi.

M. Praga, *Cronache teatrali 1919-1928*, Milano, Treves, 1920-1929, 10 voll.

A. Gramsci, *Letteratura e vita nazionale*, Torino, Einaudi, 1950. Raccoglie cronache pubblicate sull'«Avanti!» tra il '16 e il '20 (alle pp. 46-53 *Il teatro di Pirandello*); dello stesso si vedano anche i *Quaderni del carcere*, a cura di V. Gerratana, Torino, Einaudi, 1975, 4 voll.: vol. II, pp. 1195-97; vol. III, pp. 1670-74, 2235-36.

P. Gobetti, vol. III delle *Opere*, *Scritti di critica teatrale*, a cura di G. Guazzotti, Torino, Einaudi, 1974. Le cronache pirandelliane furono pubblicate su «L'Ordine nuovo» tra il 1921 e il 1922.

S. d'Amico, *Cronache del teatro*, a cura di E.F. Palmieri e Sandro d'Amico, Bari, Laterza, 1963-64, 2 voll. Raccoglie interventi pubblicati soprattutto su «L'idea nazionale», dal 1918 in poi.

Tra i numerosissimi contributi e interventi, dopo quelli determinanti di A. Tilgher, raccolti in *Studi sul teatro contemporaneo*, Roma, Libreria di scienze e lettere, 1923 [ma 1922], pp. 187-91 e in *La scena e la vita. Nuovi studi sul teatro contemporaneo*, Roma, Libreria di scienze e lettere, 1925, pp. 134-43, si ricordano: A. Artaud, *«Sei personaggi in cerca d'autore» alla Comédie des Champs-Elysées* (1923), in Id., *Il teatro e il suo doppio*, Torino, Einaudi, 1968, pp. 110-11; I. Siciliano, *Il teatro di Pirandello, ovvero dei fasti dell'artificio*, Torino, Bocca, 1929 (che pretende a una liquidazione); M. Baratto, *Le théâtre de Pirandello*, in J. Jacquot (a cura di), *Réalisme et poésie au théâtre*, Paris, Centre nationale de la recherche scientifique, 1960, saggio che, in forma rielaborata e in versione italiana, compare col titolo *Per una storia del teatro di Pirandello*, in *Atti del Congresso internazionale di studi pirandelliani (2-5 ottobre 1961)*, Firenze, Le Monnier, 1967, pp. 285-302 (il saggio è raccolto, insieme con altri studi pirandelliani, nel vol. postumo dello stesso Baratto, *Da Ruzante a Pirandello. Scritti sul teatro*, premessa di G. Mazzacurati,

Napoli, Liguori, 1990); G.F. Malipiero, *Luigi Pirandello mio librettista*, in *Atti del Congresso internazionale di studi pirandelliani*, cit., pp. 913-15; *Luigi Pirandello*, in *Enciclopedia dello spettacolo*, Roma, Le Maschere, 1961, *ad voc.* (voce di vari autori comprensiva di un repertorio delle opere e studi sulla fortuna); G. Genot, *Caractères du lieu théâtral chez Pirandello*, in «Revue des études italiennes», XIV (1968), pp. 8-25; Id., *Pirandello*, Paris, Seghers, 1970; G. Guglielmi, *Le allegorie di Pirandello*, in Id., *Ironia e negazione*, cit., pp. 128-54; G. Livio, *Il teatro in rivolta. Futurismo, grottesco. Pirandello e il pirandellismo*, Milano, Mursia, 1976; E. Lauretta (a cura di), *Il teatro nel teatro di Pirandello*, Agrigento, Centro nazionale di studi pirandelliani, 1977; S. Milioto (a cura di), *Gli atti unici di Pirandello (tra narrativa e teatro)*, ivi 1978; G. Bárberi Squarotti, *Le sorti del tragico. Il Novecento italiano: romanzo e teatro*, Ravenna, Longo, 1978, pp. 137-237; F. Fergusson-R. Brustein, *Pirandello e la drammaturgia del '900*, in *Letteratura italiana del Novecento. I contemporanei*, diretta da G. Grana, vol. III, cit., pp. 2249-65; R. Scrivano, *Pirandello. Codici e meccanismi dell'«Enrico IV» e Pirandello tra racconto e teatro*, in Id., *Finzioni teatrali. Da Ariosto a Pirandello*, Messina-Firenze, D'Anna, 1982, pp. 207-68; S. Zappulla Muscarà-E. Zappulla, *Sicilia: dialetto e teatro. Materiali per una storia del teatro dialettale siciliano*, Agrigento, Centro nazionale di studi pirandelliani, 1982; Id., *Pirandello in guanti gialli*, Caltanissetta-Roma, Sciascia, 1983; S. Milioto (a cura di), *Pirandello e il teatro del suo tempo*, Agrigento, Centro nazionale di studi pirandelliani, 1983; E. Gioanola, *Pirandello la follia*, Genova, Il Melangolo, 1983; P. Milone, *Pirandello: arte e follia*, in «Rivista di studi pirandelliani», n.s., IV (1984), 1, pp. 68-81; AA.VV., *Pirandello e il teatro*, introd. di E. Lauretta, Palermo, Palumbo, 1985; E. Scrivano (a cura di), *Pirandello e la drammaturgia tra le due guerre*, Agrigento, Centro nazionale di studi pirandelliani, 1985; AA.VV., *Testo e messa in scena in Pirandello*, Roma, La Nuova Italia Scientifica, 1986; AA.VV., *Pirandello tra scrittura e regia*, Firenze, Vallecchi, 1986; A. d'Amico-A. Tinterri, *Pirandello capocomico. La Compagnia del Teatro d'Arte di Roma 1925-1928*, Palermo, Sellerio, 1987; P. Puppa, *Dalle parti di Pirandello*, Roma, Bulzoni, 1987; C. Segre, *La comunicazione teatrale in Pirandello*, in G. Biasin-N.J. Perella (a cura di), *Pirandello 1986*, cit., pp. 75-87, poi in C. Segre, *Intreccio di voci. La polifonia nella letteratura del Novecento*, Torino, Einaudi, 1991, pp. 45-57; L. Squarzina, *Questa sera Pirandello. Scritti e note di regia*, Venezia, Marsilio 1990.

Su Pirandello e il cinema: N. Genovese-S.Gesù (a cura di),

*La musa inquietante di Pirandello: il Cinema*, Acireale, Bonanno, 1990, 2 voll.; E. Lauretta (a cura di), *Pirandello e il cinema*, introd. di S. Milioto, Agrigento, Centro nazionale di studi pirandelliani, 1977; F. Callari, *Pirandello e il cinema. Con una raccolta completa degli scritti teorici e creativi*, Venezia, Marsilio, 1991; M.A. Grignani (a cura di), *Il cinema e Pirandello*, Firenze, La Nuova Italia, 1992.

Studi linguistici: M. Guglielminetti, *Il soliloquio di Pirandello*, in Id., *Struttura e sintassi del romanzo italiano del primo Novecento*, Milano, Silva, 1964, pp. 65-120; L. Personè, *Pirandello e la sua lingua*, Bologna, Nuova Cappelli, 1968; G. Contini, *Luigi Pirandello*, in Id., *Letteratura dell'Italia unita. 1861-1968*, Firenze, Sansoni, 1968, pp. 607-27; A. Pagliaro, *Teoria e prassi linguistica di Luigi Pirandello*, in «Bollettino del Centro di studi filologici e linguistici siciliani», x (1969), pp. 249-93; P. Mazzamuto, *L'arrovello dell'arcolaio. Studi su Pirandello agrigentino e dialettale*, Palermo, Flaccovio, 1974 (dello stesso si veda anche *Pirandello: la maschera e il dialetto*, Palermo, Panopticon, 1988); M.L. Altieri Biagi, *La lingua in scena: dalle novelle agli atti unici*, in S. Milioto (a cura di), *Gli atti unici di Pirandello (tra narrativa e teatro)*, cit., pp. 259-315; S. Zappulla Muscarà (a cura di), *Pirandello dialettale*, Palermo, Palumbo, 1983; G. Nencioni, *Parlato-parlato, parlato-scritto, parlato-recitato*, in «Strumenti critici», xi (1976), 29, pp. 1-56; Id., *L'interiezione nel dialogo teatrale di Pirandello* (1977), in Id., *Tra grammatica e retorica. Da Dante a Pirandello*, Torino, Einaudi, 1983, pp. 210-53 (alle pp. 176-90, *Pirandello dialettologo*, presentazione della rist. anast. della tesi di laurea di Pirandello, cit.); S. Zappulla Muscarà (a cura di), *Pirandello dialettale*, Palermo, Palumbo, 1983; L. Sedita, *La maschera del nome. Tre saggi di onomastica pirandelliana*, Roma, Istituto della Enciclopedia Italiana, 1988; L. Salibra, *Lessicologia d'autore. Studi su Pirandello e Svevo*, Roma, Edizioni dell'Ateneo, 1990.

Studi filologici: J. Moestrup, *Le correzioni ai «Sei personaggi» e il Castelvetro di Pirandello*, in «Revue Romane», Copenhagen, ii (1967), 2, pp. 121-35, poi, in forma rielaborata, in Id., *The Structural Patterns of Pirandello's Work*, Odense, Odense University Press, 1972; N. Borsellino, *Stratigrafia dell'«Esclusa»* (1975) e *Il manoscritto del «Fu Mattia Pascal»* (1988), in Id., *Ritratto e immagini di Pirandello*, cit., pp. 139-54 e 167-83; G. Cappello, *Quando Pirandello cambia titolo: occasionalità o strategia?*, Milano, Mursia, 1986; L. Sciascia, *La biblioteca di Mattia Pascal*, in Id., *Fatti diversi di storia letteraria e civile*, Palermo, Sellerio, 1989, pp. 94-101.

Per la situazione testuale delle opere teatrali fino al 1917, si vedano le *Notizie* e le *Note ai testi e varianti* di A. d'Amico che accompagnano l'ed. critica del vol. I delle *Maschere nude*, a cura di A. d'Amico, cit.

Sulla fortuna: R. Lelièvre, *Le Théâtre dramatique italien en France de 1855 à 1940*, Paris, Colin, 1959, pp. 337-519; O. Büdel, *Pirandello sulla scena tedesca*, in S. d'Amico (a cura di), *Pirandello ieri e oggi*, in «Quaderni del Piccolo Teatro di Milano», 1961, 1, pp. 99-122; A. Weiss, *Le Théâtre de Luigi Pirandello dans le mouvement dramatique contemporain*, Paris, Librairie 73, 1965; *Atti del Congresso internazionale di studi pirandelliani*, cit., dove, tra l'altro, si affronta in dettaglio la questione della fortuna di Pirandello all'estero; J. De Jomaron, *Le mises en scène de Georges Pitoëff*, in «Revue des études italiennes», n.s., XVI (1968), pp. 51-71; G. Pennica (a cura di), *Pirandello e la Germania*, Palermo, Palumbo, 1984; M. Cometa, *Il teatro di Pirandello in Germania*, Palermo, Novecento, 1986; M.B. Mignone (a cura di), *Pirandello in America*, Roma, Bulzoni, 1980; F. Zangrilli, *Linea pirandelliana nella narrativa moderna*, Ravenna, Longo, 1990.

(a cura di Graziella Pulce)

1878 ca   Scrive la tragedia in cinque atti *Barbaro*, perduta, che rappresenta nel teatrino di famiglia con le sorelle e gli amici.

1881 ca   Compone un dramma in versi martelliani, di cui è conservato il manoscritto anepigrafo e incompiuto.

1884   Pubblica la prima novella, *Capannetta* («Gazzetta del popolo della domenica», 1° giugno).

1886   Compone poesie, molte delle quali distrugge o disperde, il poemetto *Belfagor*, in gran parte distrutto, e la commedia *Gli uccelli dell'alto*.

1887   Brucia la commedia *Gli uccelli dell'alto*, dopo averla proposta senza esito alla Compagnia Pietriboni, e con essa molti altri manoscritti. Per Eleonora Duse compone due commedie, *Fatti che or son parole* e *La gente allegra*. Perdute entrambe, non furono mai rappresentate.

1888   Offre senza esito a Cesare Rossi una commedia composta nel gennaio, *Le popolane*, perduta.

1889   Pubblica la raccolta di versi *Mal giocondo* (Palermo, Libreria Internazionale L. Pedone Lauriel di Carlo Clausen).

1890   Esce in rivista il saggio *La menzogna del sentimento nell'arte* («Vita nuova», II, n. 26, 29 giugno e n. 27, 6 luglio). Lavora alla traduzione delle *Elegie romane* di Goethe e alla composizione delle *Elegie boreali* (in volume nel 1895, col titolo *Elegie renane*).

1891   Presso l'editore milanese Galli pubblica la seconda raccolta di versi, *Pasqua di Gea*. Lavora alle scene drammatiche *Provando la commedia*, poi perdute. La sua tesi di laurea, discussa il 21 marzo, ha per titolo *Laute und Lautentwickelung der Mundart von Girgenti* [Suoni e sviluppi di suono della parlata di Girgenti] (Halle a.S., Druck der Buchdruckerei des Waisenhauses).

1892   In febbraio annuncia la composizione di una commedia, *La signorina*, perduta (lo stesso titolo recherà una novella pubblicata nel 1894). Nel giugno pubblica su «L'O di Giotto» l'atto unico *Perché?* (sarà rappresentato a Roma il 25 giugno 1986) e in rivista («Tavola rotonda», 10 luglio) il I canto del poemetto *Belfagor*. Dà notizia dell'atto unico *L'epilogo*. Non resta traccia dell'annunciato *Le vittime*.

1893 Nel febbraio dà notizia di vari lavori cui attende, fra cui i drammi in un atto *L'elemosina* e *Schiavi*, forse nuovo titolo di *Le vittime*, la commedia in tre atti *La moglie fedele* e la commedia in un atto *Armeggiamenti*, tutti perduti. Scrive il primo romanzo, *Marta Ajala*, pubblicato nel 1901 col titolo *L'esclusa*. Il 15 agosto detta il *Frammento d'autobiografia* a Pio Spezi, che lo pubblicherà nel 1933.

1894 Pubblica la prima raccolta di novelle, *Amori senza amore* (Roma, Stabilimento Bontempelli Editore), e il poemetto *Pier Gudrò* (Roma, Enrico Voghera).

1895 Scrive il secondo romanzo, *Il turno* (edito nel 1902), e pubblica le *Elegie renane* (Roma, Unione Cooperativa Editrice). Lavora alla novella *Il nido* per ricavarne un dramma.

1896 Pubblica la traduzione delle *Elegie romane* di Goethe (Livorno, Giusti). Avvia la collaborazione alla «Rassegna settimanale universale» (durata fino all'anno successivo) con recensioni che firma con lo pseudonimo di Giulian Dorpelli.

1897 Con la pubblicazione dei *Dialoghi tra il Gran Me e il piccolo me. II. L'accordo* (29 novembre) avvia la collaborazione a «Il Marzocco», proseguita fino al gennaio 1909. Compone una commedia, *La signora*, andata perduta.

1898 Scrive articoli di critica teatrale per il settimanale «Ariel», che ospita anche l'atto unico *L'epilogo* (20 marzo).

1899 Viene edito in rivista il saggio *L'azione parlata* («Il Marzocco», 7 maggio). Lavora al poemetto dialogato *Scamandro*.

1901 Esce a Roma *Zampogna* (Società Editrice Dante Alighieri), raccolta di versi scritti tra il 1892 e il 1898. Viene pubblicato a puntate («La Tribuna», 29 giugno-16 agosto) il romanzo *L'esclusa*, scritto nel 1893.

1902 Pubblica in volume il romanzo *Il turno*, composto nel 1895 (Catania, Giannotta) e due raccolte di novelle, *Beffe della morte e della vita* (Firenze, Lumachi) e *Quand'ero matto...* (Torino, Streglio). Avvia la collaborazione alla «Nuova Antologia» con il racconto *Lontano* (1° e 16 gennaio).

1903 Pubblica la seconda serie di *Beffe della morte e della vita* (Firenze, Lumachi).

1904 Dà notizia del progetto di un romanzo che ha per soggetto il cinema, *Filàuri*. Approntato solo nel 1913 con il titolo *La tigre* (il futuro *Si gira...*), sarà pubblicato nel 1915. Esce a puntate *Il fu Mattia Pascal* nella rivista «Nuova Antologia» (16 aprile-16 giugno), per i cui tipi, nello stesso anno, il romanzo è edito in volume. Pubblica la raccolta di novelle *Bianche e nere* (Torino, Streglio).

1905 Annuncia la composizione della commedia in un atto *Formalità*, della quale non si ha altra notizia.

1906 Esce la raccolta di novelle *Erma bifronte* (Milano, Treves). Pubblica in rivista la prima e la seconda parte del poemetto *Laòmache* («Rivista di Roma», 25 febbraio) e il poemetto dialogato *Scamandro* («Rivista di Roma», 25 giugno e 10 luglio). Ristampa, in edizione riveduta e ampliata, il poemetto *Pier Gudrò* («La Riviera ligure», luglio).

1907 Si ha notizia della stesura di due commedie, *'U flautu* e *Giustizia*, che Nino Martoglio avrebbe dovuto rappresentare e delle quali non si hanno altre tracce.

1908 Pubblica le raccolte di saggi critici *Arte e scienza* (Roma, Modes) e *L'umorismo* (Lanciano, Carabba) e, presso l'editore milanese Treves, il romanzo *L'esclusa*.

1909 Esce a puntate la prima parte del romanzo *I vecchi e i giovani* («Rassegna contemporanea», II, gennaio-novembre); lavora a *Suo marito*, romanzo che pubblicherà nel 1911. Con la novella *Mondo di carta* (4 ottobre) avvia la collaborazione al «Corriere della sera», proseguita ininterrottamente fino all'8 dicembre 1936. Esce in volume il poemetto dialogato *Scamandro* (Roma, Tipografia «Roma» di E. Armani e W. Stein), edito in rivista nel 1906. Attende alla stesura del romanzo *Uno, nessuno e centomila* (pubblicato tra il 1925 e il 1926).

1910 Il 9 dicembre esordisce sulle scene con l'atto unico *Lumie di Sicilia* e l'epilogo in un atto *La morsa* (Roma, Teatro Metastasio, Compagnia del Teatro Minimo, diretta da Nino Martoglio), il secondo pubblicato nel '98 col titolo *L'epilogo*. Pubblica in volume il romanzo *Il fu Mattia Pascal* e la raccolta di novelle *La vita nuda* (entrambi Milano, Treves).

1911 Presso l'editore fiorentino Quattrini pubblica in volume il romanzo *Suo marito*, scritto nel 1909, all'interno del quale compaiono le trame dei due drammi *Se non così* (concepito nel 1895) e *La nuova colonia* (rappresentato nel 1928). La nuova edizione, postuma (Milano, Mondadori, 1941), presenterà il testo secondo un rifacimento rimasto incompiuto (fino al principio del cap. v) e con il nuovo titolo *Giustino Roncella nato Boggiòlo*. Esce in rivista («Nuova Antologia», 16 marzo) l'atto unico *Lumie di Sicilia*, rappresentato l'anno precedente. Detta le *Mie ultime volontà da rispettare*.

1912 Pubblica la raccolta di novelle *Terzetti* (Milano, Treves) e *Fuori di chiave* (Genova, Formiggini), liriche composte tra il 1895 e il 1910. Esce in rivista («Noi e il mondo», 1° gennaio) l'atto unico *Il dovere del medico* (dalla novella *Il gancio* del 1902).

1913 Lavora ad alcuni soggetti cinematografici tra cui, *Nel segno*, che offre, senza esito, a Martoglio. Il 20 giugno, prima rappresentazione di *Il dovere del medico* (Roma, Sala Umberto I, Compagnia del Teatro per Tutti, direttori Lucio D'Ambra e Achille Vitti). Compone e pubblica l'atto unico *Cecè* («La Lettura», ottobre). A questo periodo si deve far risalire la *Lettera autobiografica* a Filippo Surico, pubblicata nel '24. Esce in due volumi l'edizione completa del romanzo *I vecchi e i giovani* (Milano, Treves).

1914  Pubblica la raccolta di novelle *Le due maschere* (Firenze, Quattrini; in «nuova edizione riveduta», Milano, Treves, 1920, col titolo *Tu ridi*). Stampa in rivista una versione riveduta dell'atto unico *L'epilogo* con il titolo con cui è già andato in scena, *La morsa* («Noi e il mondo», 1° marzo).

1915  Progetta una commedia, *Il continentale*, da scrivere con Martoglio e da affidare a Musco. La commedia, con il titolo *L'aria del continente*, sarà portata a compimento dal solo Martoglio. Prime rappresentazioni: 19 aprile, la commedia *Se non così*, tratta dal dramma *Il nido*, poi intitolato *Il nibbio* e infine *La ragione degli altri* (Milano, Teatro Manzoni, Compagnia Stabile Milanese, diretta da Marco Praga); 1° luglio, la versione siciliana approntata da lui stesso di *Lumìe di Sicilia* (Catania, Arena Pacini, con Angelo Musco); 14 dicembre, *Cecè* (Roma, Teatro Orfeo, Compagnia di Ignazio Mascalchi e Arturo Falconi). Pubblica a puntate il romanzo *Si gira...* («Nuova Antologia», 1° giugno-16 agosto; l'edizione del '25 recherà il titolo *Quaderni di Serafino Gubbio operatore*) e allestisce due raccolte di novelle, *La trappola* (Milano, Treves) e *Erba del nostro orto* (Milano, Studio Editoriale Lombardo).

1916  Pubblica in rivista la commedia *Se non così* («Nuova Antologia», 1° gennaio), per intero il poemetto *Laòmache* («Noi e il mondo», 1° giugno) e il mistero profano *All'uscita* («Nuova Antologia», 1° novembre). Dalla novella omonima del 1910, ricava la commedia *Pensaci, Giacominu!*, in dialetto siciliano, rappresentata il 10 luglio (Roma, Teatro Nazionale, Compagnia Angelo Musco). Compone la commedia in due atti *'A birritta cu 'i ciancianeddi* [*Il berretto a sonagli*], in dialetto siciliano, e progetta *'U cuccu*, non pervenuto e forse da mettere in reiazione con *La patente*. In dialetto agrigentino compone la commedia campestre *Liolà* (prima rappresentazione 4 novembre, Roma, Teatro Argentina, Compagnia Angelo Musco) e la commedia in un atto *'A giarra*, tratta dalla novella *La giara* (1909). Esce l'edizione in volume del romanzo *Si gira...* (Milano, Treves).

1917  Traduce in italiano *Pensaci, Giacominu!* («Noi e il mondo», 1° aprile-1° giugno). Pubblica la raccolta di no-

velle *E domani, lunedì...* (Milano, Treves) e la commedia *Liolà* con traduzione italiana a fronte (Roma, Formiggini). Lavora ad un «romanzo da fare», dal titolo
*Sei personaggi in cerca d'autore* (pubblicato postumo).
Prime rappresentazioni: 18 giugno, la parabola *Così è
(se vi pare)*, tratta dalla novella *La signora Frola e il signor Ponza, suo genero* (Milano, Teatro Olympia, Compagnia Virgilio Talli); 27 giugno, la commedia *'A birritta cu 'i ciancianeddi* (Roma, Teatro Nazionale, Compagnia Angelo Musco); 9 luglio, la commedia in dialetto
siciliano *'A giarra* (Roma, Teatro Nazionale, Compagnia Angelo Musco); 27 agosto, il dramma scritto in collaborazione con Nino Martoglio *'A vilanza* [*La bilan-
cia*] (Palermo, Compagnia Giovanni Grasso jr.); 27 novembre, la commedia *Il piacere dell'onestà*, dalla novella *Tirocinio*, 1905 (Torino, Teatro Carignano, Compagnia Ruggero Ruggeri). In collaborazione con Nino
Martoglio scrive in dialetto siciliano anche la commedia in tre atti *Cappiddazzu paga tuttu* [*Cappellaccio paga tutto*] (prima rappresentazione 8 marzo 1958, Taormina, Palazzo Corvàia, Compagnia del Teatro Mediterraneo, direttore Giovanni Cutrufelli).
1918 Pubblica in rivista la commedia, messa in scena
l'anno precedente, *Così è (se vi pare)* («Nuova Antologia», 1°-16 gennaio), l'atto unico *La patente* («La Rivista d'Italia», 31 gennaio, tratta dalla novella omonima
del 1911) e la versione italiana di *Il berretto a sonagli*,
rappresentato l'anno prima («Noi e il mondo», 1° ago-
sto-1° settembre). Esce la raccolta di novelle *Un cavallo
nella luna* (Milano, Treves) e cura una «nuova edizione
riveduta» de *Il fu Mattia Pascal* (Milano, Treves); avvia
la pubblicazione delle *Maschere nude*, titolo sotto il
quale, con l'editore Treves, raccoglierà organicamente
la sua produzione teatrale; il vol. I, dei quattro previsti,
comprende *Pensaci, Giacomino!, Così è (se vi pare), Il
piacere dell'onestà*. Il 22 novembre, al Teatro Rossini di
Livorno, la Compagnia di Emma Gramatica rappresenta *Ma non è una cosa seria* (dalle novelle *La signora Speranza*, 1902, e *Non è una cosa seria*, 1910). Al Quirino
di Roma, prima rappresentazione di *Il giuoco delle parti*, con la Compagnia di Ruggero Ruggeri (6 dicembre),
tratta dalla novella *Quando s'è capito il giuoco* del 1913.
Lavora alla versione siciliana del *Glauco* di Ercole Luigi
Morselli.
1919 Pubblica in rivista *Il giuoco delle parti* («Nuova
Antologia», 1°-16 gennaio). Si susseguono le prime rappresentazioni: 26 gennaio, *'U Ciclopu* (Roma, Teatro
Argentina, Compagnia del Teatro Mediterraneo di Nino Martoglio); 29 gennaio, *L'innesto* (Milano, Teatro
Manzoni, Compagnia Virgilio Talli); 19 febbraio, *'A pa-*

*tenti*, versione in dialetto siciliano de *La patente*, approntata dallo stesso Pirandello (Roma, Teatro Argentina, Compagnia del «Teatro Mediterraneo», diretta da Nino Martoglio); 2 maggio, *L'uomo, la bestia e la virtù*, da una novella del 1906, *Richiamo all'obbligo* (Milano, Teatro Olympia, Compagnia Antonio Gandusio). Pubblica il vol. II di *Maschere nude*, *Il giuoco delle parti* e *Ma non è una cosa seria* (Milano, Treves) e due volumi di novelle, *Berecche e la guerra* (Milano, Facchi) e *Il carnevale dei morti* (Firenze, Battistelli). Lavora alla traduzione in dialetto siciliano de *Il Ciclope* di Euripide, di cui pubblica la prima scena («Il Messaggero della domenica», 13 novembre; *'U Ciclopu* sarà edito per intero, postumo, nel 1967).

1920  Prime rappresentazioni: 2 marzo, *Tutto per bene*, dalla novella omonima del 1906 (Roma, Teatro Quirino, Compagnia Ruggero Ruggeri); 24 marzo, *Come prima, meglio di prima* (Venezia, Teatro Goldoni, Compagnia Ferrero-Celli-Paoli); 12 novembre, *La signora Morli, una e due* (Roma, Teatro Argentina, Compagnia Emma Gramatica). L'editore Treves pubblica il vol. III di *Maschere nude* (*Lumie di Sicilia*, *Il berretto a sonagli*, *La patente*). Versione cinematografica di *Ma non è una cosa seria* (adattamento di Augusto Camerini e Arnaldo Frateili). Con *Tutto per bene* avvia la pubblicazione di una seconda raccolta delle *Maschere nude* per l'editore fiorentino Bemporad (fino al 1929), cui succederà Mondadori (per complessivi 31 volumi).

1921  L'editore Treves pubblica il vol. IV ed ultimo di *Maschere nude* (*L'innesto* e *La ragione degli altri*). Il 9 maggio, prima rappresentazione di *Sei personaggi in cerca d'autore* (Roma, Teatro Valle, Compagnia Dario Niccodemi). Pubblica in volume con Bemporad le commedie *Come prima, meglio di prima*, *Sei personaggi in cerca d'autore* (voll. II e III di *Maschere nude*) e la versione definitiva de *Il fu Mattia Pascal*.

1922  Prime rappresentazioni: 24 febbraio, la tragedia *Enrico IV* (Milano, Teatro Manzoni, Compagnia Ruggero Ruggeri); 29 settembre, il mistero profano *All'uscita* pubblicato nel 1916 (Roma, Teatro Argentina, Compagnia Lamberto Picasso); 10 ottobre, la commedia *L'imbecille*, dalla novella omonima del 1912 (Roma, Teatro Quirino, Compagnia di Alfredo Sainati); 14 novembre, la commedia *Vestire gli ignudi* (Roma, Teatro Quirino, Compagnia Maria Melato). Escono i primi quattro volumi delle *Novelle per un anno*, titolo con il quale l'editore fiorentino Bemporad pubblica una raccolta generale delle novelle: *Scialle nero*, *La vita nuda*, *La rallegrata*, *L'uomo solo*. Con lo stesso editore pubblica *Enrico IV*, *L'uomo, la bestia e la virtù*, *La signora Morli, una e due* (voll. IV, V e VI di *Maschere nude*).

1923 Progetta *Taide* e *Don 'Uzula Bummula*, in siciliano, poi non realizzati. Escono i voll. v e vi delle *Novelle per un anno*: *La mosca* e *In silenzio* (entrambi Firenze, Bemporad). Prime rappresentazioni: 21 febbraio, il dialogo *L'uomo dal fiore in bocca*, dalla novella *Caffè notturno*, 1918 (Roma, Teatro degli Indipendenti, Compagnia Anton Giulio Bragaglia); 12 ottobre, la tragedia *La vita che ti diedi* (Roma, Teatro Quirino, Compagnia Alda Borelli); 23 novembre, l'atto unico *L'altro figlio*, dall'omonima novella del 1905 (Roma, Teatro Nazionale, Compagnia Raffaello e Garibalda Niccoli). Pubblica in volume *Vestire gli ignudi* (Bemporad, Firenze; vol. vii di *Maschere nude*).

1924 Il 22 o 23 maggio prima rappresentazione della commedia *Ciascuno a suo modo* (Milano, Teatro dei Filodrammatici, Compagnia Niccodemi). Per i tipi di Bemporad escono i voll. viii e ix di *Maschere nude* (*La vita che ti diedi* e *Ciascuno a suo modo*), nonché il vol. vii delle *Novelle per un anno* (*Tutt'e tre*). Pubblica in rivista la commedia in un atto *Sagra del Signore della nave* («Il Convegno», 30 settembre), tratta dalla novella *Il Signore della Nave*, del '16.

1925 Pubblica i voll. viii e ix delle *Novelle per un anno*, *Dal naso al cielo* e *Donna Mimma*, e ristampa il romanzo *Si gira...* col nuovo titolo *Quaderni di Serafino Gubbio operatore* (tutti per l'editore fiorentino Bemporad). Il 4 aprile, prima rappresentazione della commedia in un atto *Sagra del Signore della nave* (Roma, Teatro Odescalchi, Compagnia del «Teatro d'Arte», diretta dallo stesso Pirandello). Lavora ad un soggetto cinematografico, tratto dalla novella *Il pipistrello*, del 1910. Marcel L'Herbier, a Parigi, realizza la prima versione cinematografica de *Il fu Mattia Pascal*. Attende a due lavori rimasti incompiuti, *Pari* (dalla novella omonima del 1907; trasmissione radiofonica, Radio Italiana, Terzo Programma, 15 marzo 1965) e a una commedia tratta dalla novella *Zia Michelina* del '14. Pubblica il vol. xii (*Sagra del Signore della nave*, *L'altro figlio*, *La giara*) di *Maschere nude* (Firenze, Bemporad), raccolta della quale escono pure, in una «nuova edizione riveduta e corretta» i voll. x (*Pensaci, Giacomino!*), xi (*Così è (se vi pare)*), xiii (*Il piacere dell'onestà*), xiv (*Il berretto a sonagli*), xv (*Il giuoco delle parti*), xvi (*Ma non è un cosa seria*), xvii (*L'innesto*), xviii (*La ragione degli altri*). Di *Sei personaggi in cerca d'autore* esce una iv edizione, «riveduta e corretta con l'aggiunta di una prefazione» (già edita in «Comoedia», 1° gennaio, con il titolo *Come e perché ho scritto «Sei personaggi in cerca d'autore»*). Il romanzo *Uno, nessuno e centomila* è pubblicato in rivista («La Fiera letteraria», anni i e ii, dal 13 dicembre 1925 al 13 giugno dell'anno successivo).

1926 L'editore Bemporad pubblica in volume il romanzo *Uno, nessuno e centomila*, già edito in rivista, e il volume x delle *Novelle per un anno* (*Il vecchio Dio*). Il 20 novembre, prima assoluta della tragedia in tre atti *Diana e la Tuda*, nella traduzione tedesca di Hans Feist (Zurigo, Schauspielhaus; prima rappresentazione in Italia, 14 gennaio 1927, Milano, Teatro Eden, Compagnia Luigi Pirandello). Pubblica i volumi xix (*L'imbecille*, insieme a *Lumìe di Sicilia*, *Cecè* e *La patente*) e xx (*All'uscita*, *Il dovere del medico*, *La morsa*, *L'uomo dal fiore in bocca*) di *Maschere nude* (Firenze, Bemporad).

1927 Prime rappresentazioni: 28 aprile, la commedia *L'amica delle mogli* (Roma, Teatro Argentina, Compagnia Luigi Pirandello); 27 maggio, l'atto unico *Bellavita*, dalla novella *L'ombra del rimorso*, del '14 (Milano, Teatro Eden, Compagnia Almirante-Rissone-Tofano). L'editore Bemporad pubblica in volume *Diana e la Tuda*, *L'amica delle mogli* (voll. xxi e xxii di *Maschere nude*) e una «nuova ristampa riveduta e corretta» del romanzo *L'esclusa*.

1928 Prime rappresentazioni: 19 febbraio, il poemetto *Scamandro*, composto nel 1899 (Firenze, Teatro dell'Accademia dei Fidenti, con il Gruppo Accademico); 24 marzo, il mito *La nuova colonia*, la cui trama è accennata nel romanzo *Suo marito*, edito nel 1911 (Roma, Teatro Argentina, Compagnia Luigi Pirandello); 7 marzo, il sogno mimico *La salamandra*, che probabilmente risale al 1924 (Teatro di Torino, Compagnia Teatro della Pantomima futurista di Enrico Prampolini). Pubblica, in rivista, *Bellavita* («Il Secolo xx», luglio), rappresentato l'anno precedente e, per i tipi di Bemporad, i voll. xi, xii e xiii delle *Novelle per un anno* (*La giara*, *Il viaggio* e *Candelora*), nonché *La nuova colonia* e, nel testo italiano, *Liolà* (voll. xxiii e xxiv di *Maschere nude*). Di *Liolà*, Mondadori pubblicherà un'edizione postuma (1937), con correzioni dell'autore.

1929 Prime rappresentazioni: 9 luglio, il mito *Lazzaro*, nella traduzione inglese di C.K. Scott Moncrieff (Huddersfield, Royal Theatre; prima in Italia, 7 dicembre, Teatro di Torino, Compagnia Marta Abba); 4 novembre, la commedia *O di uno o di nessuno* (Teatro di Torino, Compagnia Almirante-Rissone-Tofano); il 12 novembre, *Liolà* in versione italiana (Roma, Teatro Orfeo, Compagnia Ignazio Mascalchi). *O di uno o di nessuno* e *Lazzaro* (voll. xxv e xxvi di *Maschere nude*) vengono pubblicati dal nuovo e definitivo editore Mondadori, cui sarà anche affidata la ristampa delle opere già edite per Bemporad. Pubblica il saggio *Se il film parlante abolirà il teatro* («Corriere della sera», 16 giugno). Tra la fine dell'anno e l'inizio del successivo lavora al libretto per una commedia musicale, *Proprio così*, non pervenuto.

1930 Prime rappresentazioni: 25 gennaio, il dramma *Questa sera si recita a soggetto*, nella traduzione tedesca di H. Kahn (Königsberg, Neues Schauspielhaus; prima in Italia, 14 aprile, Teatro di Torino, Compagnia appositamente costituita sotto la direzione di Guido Salvini); 18 febbraio, la commedia *Come tu mi vuoi* (Milano, Teatro dei Filodrammatici, Compagnia Marta Abba). Pubblica in volume *Questa sera si recita a soggetto* e *Come tu mi vuoi* (Milano, Mondadori, voll. XXVII e XXVIII di *Maschere nude*).

1931 Attende alla composizione di *Sgombero*, pubblicata postuma nel 1938 (prima rappresentazione il 2 febbraio 1951, «Teatro Ciellepì» diretto da Giovanni Cutrufelli, con Paola Borboni, al Palazzo Bianca di Navarra di Taormina). Il 22 settembre, prima rappresentazione dell'atto unico *Sogno (ma forse no)*, nella traduzione portoghese di C. de Abreu Beirâo (Lisbona, Teatro Nacional; prima in Italia, 11 gennaio 1936, trasmissione radiofonica, Ente Italiano Audizioni Radiofoniche). Pubblica una edizione «completamente riveduta» del romanzo *I vecchi e i giovani* (Milano, Mondadori). Esce in rivista il primo atto del mito *I giganti della montagna*, col titolo *I fantasmi* («Nuova Antologia», 16 dicembre).

1932 Il 4 novembre, prima rappresentazione di *Trovarsi* (Napoli, Teatro dei Fiorentini, Compagnia Marta Abba), che pubblica anche in volume (vol. XXIX di *Maschere nude*, Milano, Mondadori). Porta a compimento il libretto per musica *La favola del figlio cambiato* (da una novella del 1902), che si rappresenterà nel 1934. In collaborazione con il figlio Stefano, scrive lo scenario *Giuoca, Pietro!*, dal quale Walter Ruttmann ricaverà il film *Acciaio* (1933).

1933 Pubblica in volume *La favola del figlio cambiato* (Milano, Ricordi) e, in rivista, *Giuoca, Pietro!* («Scenario», II, 1, gennaio [suppl.]). Il 20 settembre, prima rappresentazione di *Quando si è qualcuno*, nella traduzione spagnola di H. Guglielmini (Buenos Aires, Teatro Odeón; prima in Italia, 7 novembre, San Remo, Teatro del Casino Municipale, Compagnia Marta Abba). L'opera viene pubblicata in volume lo stesso anno (vol. XXX di *Maschere nude*, Milano, Mondadori).

1934 Il 13 gennaio, prima rappresentazione di *La favola del figlio cambiato*, musica di Gian Francesco Malipiero (Braunschweig, Landtheater; prima in Italia, 24 marzo, Roma, Teatro Reale dell'Opera, direttore Gino Marinuzzi, con l'interpretazione di Florica Cristoforeneau e Alessio De Paolis). Compone il dramma *Non si sa co-*

*me*, che rappresenterà l'anno successivo. Cura la regia de *La figlia di Iorio* di Gabriele d'Annunzio al Teatro Argentina, con Marta Abba e Ruggero Ruggeri. Pubblica il secondo atto del mito *I giganti della montagna* («Quadrante», novembre) e il volume XIV delle *Novelle per un anno, Berecche e la guerra* (Milano, Mondadori).

1935  Pubblica in volume il dramma *Non si sa come* (vol. XXXI di *Maschere nude*, Milano, Mondadori), prima rappresentazione il 13 dicembre (Roma, Teatro Argentina, Compagnia Ruggero Ruggeri).

1936  Pubblica una parte degli *Appunti* («Nuova Antologia», 1° gennaio). Trae uno scenario dalla novella *L'abito nuovo* (1913) per Eduardo De Filippo e cura i dialoghi del film che Pierre Chenal realizza dal romanzo *Il fu Mattia Pascal*, girato, presente lo stesso Pirandello, a Roma.

1937  Prime rappresentazioni: 1° aprile, *L'abito nuovo* (Milano, Teatro Manzoni, Compagnia Napoletana dei Fratelli De Filippo); 5 giugno, il mito incompiuto *I giganti della montagna* (Firenze, Prato della Meridiana del Giardino di Boboli, Complesso artistico diretto da Renato Simoni). L'editore Mondadori pubblica postumo il XV volume delle *Novelle per un anno* (*Una giornata*).

1938  Nell'*Almanacco letterario Bompiani* (Milano) esce la commedia incompiuta *Pari*, del 1925.

(a cura di Graziella Pulce)

*L'opera*  *Il fu Mattia Pascal* fu scritto in pochi mesi all'inizio del 1904. È un periodo drammatico per Pirandello: la moglie Antonietta è obbligata all'immobilità da sei mesi per una paresi, il patrimonio familiare dissestato da una speculazione sfortunata del padre di Luigi, questi costretto a provvedere interamente al sostentamento della famiglia con i proventi del suo incarico di professore presso l'Istituto Superiore Femminile (poi Magistero) di Roma. I primi successi letterari aiutano, in parte, a fronteggiare la situazione. Le riviste «Il Marzocco» e la «Nuova Antologia» cominciano a retribuire le collaborazioni dello scrittore: soprattutto la seconda che pubblica a puntate, fra l'aprile e il giugno, il nuovo romanzo di Pirandello, *Il fu Mattia Pascal*, che uscirà successivamente, secondo la consuetudine, in estratto.

Pirandello è, in questi anni, autore moderatamente noto; ha pubblicato due romanzi, poesie, novelle, alcuni saggi con cui è intervenuto nel dibattito estetico. La sua collaborazione alle più importanti riviste italiane suscita attenzione; la critica accoglie infatti con interesse *Il fu Mattia Pascal*, anche se è ben lontana dal registrare la novità del romanzo. Sulla stessa «Nuova Antologia» lo recensisce, nel novembre del 1904, Alfredo Grilli che ne sottolinea il «riso pessimista», mentre, due anni dopo, il recensore del «Giornale di Sicilia» – che firma N. L. (forse Luigi Natoli) – legge nel personaggio di Mattia soprattutto un forte sentimento di umana pietà ed Enrico Corradini, su «Il Marzocco» dello stesso mese, individua nel romanzo addirittura un carattere «sano e schietto». Attraverso numerose incomprensioni – come ad esempio gli interventi di Serra e di Papini – occorrerà arrivare al febbraio del 1916 perché Rosso di San Secondo, ancora sulla «Nuova Antologia», riconosca nel *Fu Mattia Pascal* l'opera più compiuta e importante di Pirandello; Federigo Tozzi invece, sulla «Rassegna italiana» del gennaio 1919, avanzerà perplessità per la «distruzione dei sentimenti» compiuta dal romanzo, pur apprezzandone l'intensa carica emotiva che esso sprigiona. La diversità dei giudizi testimonia bene il disorientamento dinanzi ad un opera complessa ma apparentemente piana, con una matrice realista attorno a cui concrescono la bizzarria dei personaggi, la novità della struttura e quella fantasia loicizzante che doveva divenir il registro più caratteristico e vincente dell'espressività pirandelliana.

È nota la vicenda del romanzo: Mattia Pascal è un "malmaritato", che, dopo un'adolescenza spensierata e agiata, sposatosi quasi per caso, si ritrova depauperato da un amministratore rapace e angariato dall'ostilità della suocera. La morte delle due figlie (con le quali, in un primo momento, aveva creduto di poter ritrovare serenità e speranza) gli rende insopportabile la vita quotidiana. Decide di allontanarsi per qualche giorno ma una sorta di forza misteriosa – il diabolico che spesso aleggia ai margini della realtà in Pirandello – lo spinge a tentare la sorte al Casino di Montecarlo dove vince una grossa somma alla roulette. Sulla via del ritorno a casa, una notizia letta sul giornale – nel suo paese natale, Miragno, in Liguria, un affogato, supposto suicida, è stato scambiato per lui – gli apre la strada della libertà. Approfittando dello scambio di persona, muterà nome e, come Adriano Meis, vivrà girando per il mondo. Ma la felicità e l'illusione durano poco: nel soggiorno a Roma, sperimenta l'impossibilità di vivere con una falsa identità, impossibilità per la quale gli è preclusa proprio la libertà a cui aspirava. Decide di far sparire, con i segni apparenti del suicidio, Adriano Meis e ritornare a Miragno. Ma qui scoprirà che gli spazi familiari per lui sono definitivamente chiusi: la moglie si è risposata con il suo migliore amico di un tempo. Non gli resta che portare fiori sulla tomba su cui resta inciso il suo nome e raccontare la propria storia dal rifugio di una solitaria biblioteca.

È una vicenda carica di densi significati simbolici e metaletterari, costruita con una struttura e uno stile tanto semplici quanto efficaci, perché aperti agli scarti paradossali dei ragionamenti e dei gesti del protagonista. Nella riedizione del romanzo, presso Bemporad, a Firenze, nel 1921, Pirandello aggiunse alla narrazione una *Avvertenza sugli scrupoli della fantasia*: intendeva così rispondere alle accuse (rivolte al *Fu Mattia Pascal*, ma soprattutto alle più vicine opere teatrali: ricordiamo che il '21 è l'anno del debutto dei *Sei personaggi in cerca d'autore*) di scarsa verosimiglianza ed eccessiva bizzarria delle sue storie. La tesi di Pirandello è che il paradosso dei casi umani è nella vita e non è frutto della sua invenzione. La giustificazione, che deve essere letta nel quadro della notorietà conquistata dallo scrittore in quell'epoca, è, per certi versi, una svalutazione della sua fervida fantasia, disinnescata dalla carica di immaginazione dirompente per essere ricondotta ad un ruolo di rispecchiamento del reale.

Una narrazione così nuova nasceva da suggestioni diverse, raccolte dalla sensibilità con cui Pirandello guardava    *Le fonti* alle storie e ai personaggi capaci di sottrarsi ai luoghi comuni del realismo in direzione di un allegorismo magico, grottesco o ironico-fantastico. Il romanticismo tedesco offriva al romanziere – che, non dimentichiamolo, aveva terminato i suoi studi in Germania dall'89 al '91 ed era rimasto sempre in contatto con quella cultura – alcuni personaggi che si confrontano con la perdita di tratti della propria umanità e con l'"attraversamento" della morte. Dunque la *Storia straordinaria di Peter Schlemihl* pubblicata nel 1814 da Adelbert von Chamisso (la vicenda della "diversità" di uno studente che vende la propria ombra al diavolo) e *Fiori, frutti e spine, ossia vita coniugale, morte e nozze dell'avvocato dei poveri F. S. Siebenkas* (del 1796) di Jean Paul, pseudonimo di Johann Richter, ricordato da Pirandello, a più riprese, nel saggio su *L'umorismo*. In questo romanzo lo scambio di identità tra due sosia avvia un gioco di sdoppiamenti e ribaltamenti con una finta morte: una lettura "umoristica" del mondo, dissacrante senza riconciliazioni. Ma precedenti tematici che potevano essere noti a Pirandello erano presenti anche in due novelle di Zola, *La mort d'Olivier Bécaille* e *Jacques Damour* – in cui i protagonisti narrano le vicende del ritorno dalla propria morte – e nel romanzo di Emilio De Marchi, *Redivivo*, del 1895 – che già propone il mutamento di identità come una possibile fuga dai problemi, familiari ed economici, della vita quotidiana. Vanno poi ricordati, tra le fonti e i riferimenti al dibattito filosofico-scientifico di cui si nutre la teoria dell'umorismo: tutta l'area culturale ormai abbondantemente definita e analizzata dagli studi di Andersson, Vicentini, Macchia, Barilli e, in tale area, soprattutto *Le génie dans l'art* (del 1883) di Gabriel Séailles, che suggerisce la poetica degli oggetti come depositari di memoria e matrici di immagini. Per quanto riguarda la cultura teosofica di cui si parla nella seconda parte del romanzo, è particolarmente importante *The Astral Plane* di Charles Webster Leadbeater, forse letto da Pirandello nella traduzione francese del 1899. In esso si discute delle materializzazioni delle forze del pensiero, anche nelle forme della creazione artistica. È una sorta di fondazione pseudoscientifica di quella poetica del personaggio che, proprio a partire dal *Fu Mattia Pascal*, si definisce in tutta la sua centralità nell'universo pirandelliano.

Gli enunciati filosofici di cui è intessuta la *fabula* del romanzo erano annunciati da testi precedenti di Pirandello, come le novelle *Notizie del mondo* (del 1901) e *Pallottoline!* (del 1902), dove è già presente la presa di coscienza della precarietà, dell'insignificanza della collocazione dell'uomo nell'universo. Da questa sofferta consapevolezza nasce quel nucleo teorico del romanzo che la fantasia umoristica dell'autore svolge poi attraverso passaggi paradossali: Mattia Pascal è un personaggio "umoristico" (come sancisce anche la dedica che apre il saggio *L'umorismo*, nell'edizione di Carabba del 1908) sia nell'approccio alla realtà, sia nella paradossale vena raziocinante che gli permette di cogliere, con tranquilla angoscia, gli aspetti bizzarri, se non assurdi, della realtà stessa. Ma Mattia è anche il suo autore: non poche le proiezioni di Pirandello nel proprio personaggio, negli ambienti, nelle vicende che costellano la sua quotidianità. Nei luoghi agrigentini che traspaiono dietro una toponomastica di fantasia, allusiva alla riviera ligure, nella biblioteca di monsignor Boccamazza, calco di quella Lucchesiana di Girgenti (appunto la vecchia Agrigento) dove il giovane Pirandello aveva fatto le sue prime esperienze libresche; in alcuni personaggi di preciso ricordo autobiografico, come l'aio Pinzone, già apparso come precettore di un Pirandello bambino nella novella *La scelta* del 1898; nello stesso Mattia in cui è da riconoscere la voce monologante dell'autore: ed è forse possibile anche leggere il desiderio di libertà e di evasione che caratterizza il protagonista del romanzo come un tratto proprio dello stesso scrittore, stretto, come si è detto, tra dissesto economico e crisi familiare.

Se *Il fu Mattia Pascal* è, secondo la definizione di Gaspare Giudice, una «favola autobiografica», i tratti dell'autobiografia non tanto sono significativi di una particolare organizzazione dei fatti e dei personaggi, quanto piuttosto appaiono rilevanti per illuminare a pieno la struttura profonda del romanzo, complessa e organizzata su diversi modelli testuali. Indicare la presenza dello schema autobiografico vuol dire quindi sottolineare come la narrazione ordini gli eventi costantemente all'interno dell'istanza del soggetto, del confronto di questa con gli altri, delle successive modifiche o trasformazioni che essa subisce: ma anche e soprattutto vuol dire che è nel punto di vista del soggetto monologante che si mantiene l'unica struttura "forte" del romanzo, cioè l'unica forma capace di dare omogeneità alla narrazione e di "fondare" la realtà – una possibile realtà – degli eventi.

Romanzo antinaturalista, *Il fu Mattia Pascal* rompe i ponti con la tradizione verista in cui Pirandello si era formato e in cui si era riconosciuto, sia pure avvertendone e dichiarandone l'inadeguatezza, nei primi due romanzi e nelle novelle pubblicate nell'ultimo decennio del secolo. *L'esclusa* (del 1901) e *Il turno* (edito nel 1902, ma redatto già attorno al '95) testimoniano una irrequieta frequentazione di ambienti e personaggi di derivazione verista, ma sempre con una forte dosatura di colore e d'espressività e soprattutto con un'ironica (forse già, in parte, "umoristica") corrosione di quel principio di causalità che è fondamentale nella tradizione del romanzo, almeno nel canone

*L'autobiografia*

dominante il genere nell'Ottocento. Se *L'esclusa* registra il paradosso di un "effetto senza causa" e di una "causa senza effetto" (a proposito di una esclusione sofferta per un adulterio inesistente e di un perdono ottenuto nonostante la colpa), *Il turno* propone un grottesco dove la ripetizione di eventi simili, la riproposizione di medesimi ruoli e rapporti tra i personaggi in maniera degradata e casuale, dissolvono ogni motivazione realistica dei fatti. Alla terza prova con il romanzo, Pirandello radicalizza la presa di distanza dalla narrativa tradizionale per spingere la propria pagina verso quella rivoluzione del genere che si preciserà con i *Quaderni di Serafino Gubbio operatore* e giungerà agli esiti estremi con *Uno, nessuno e centomila*.

*Un testo rivoluzionario* Dunque un'opera centrale *Il fu Mattia Pascal*, in cui Pirandello fa uscire definitivamente alla luce sia le sue scelte di poetica e di scrittura, sia il suo rifiuto dei canoni del narrare. Canoni che egli è tra i primi nel secolo a dissacrare, se rileggiamo il *Pascal* del 1904 accanto ai testi che, all'inizio del Novecento, rivoluzionano il genere: dal primo libro della *Ricerca del tempo perduto* di Proust del '13 alle *Metamorfosi* di Kafka del '16, dall'*Ulisse* di Joyce del '22 alla *Coscienza di Zeno* di Svevo del '23, all'*Uomo senza qualità* di Musil di cui la prima parte apparve nel '30. Tutto questo per accennare solo esteriormente alla straordinaria novità di un romanzo maturato sulla rielaborazione originale dei suggerimenti e delle suggestioni derivate dalla cultura tedesca, tanto da poter anche accostare, in modo non peregrino, alle fughe di Mattia il rifiuto della parola del *Lord Chandos* narrato nell'emblematico racconto di Hofmannsthal del 1901. Ma *Il fu Mattia Pascal* è anche un romanzo nato attraverso la riflessione di Pirandello sui modi e le finalità dell'arte, attraverso i suoi saggi sulla letteratura, sulla contemporaneità, su un approccio critico alla realtà che sin dal '96 si delineava nella peculiare accezione di "umorismo" (si veda il saggio dedicato a *Un preteso poeta umorista del secolo XIII*, pubblicato su «La vita italiana» il 15 febbraio 1896). Scritti come *La menzogna del sentimento nell'arte* del '90, *Il momento* e *Rinunzia* del '96, *L'azione parlata* del '99, o *Scienza e critica estetica* del 1900 rappresentano tappe graduali verso una definizione dell'arte come distanziamento e, insieme, comprensione profonda del mondo. È un itinerario che da un lato conduce a *L'umorismo* del 1908 e dall'altro alla revisione definitiva dello statuto del narrare in direzione di quella essenzialità rappresentativa indicata nell'«azione parlata»: così Pirandello definisce il dialogo drammatico caratterizzato da una precisa corrispondenza tra parola e azione, tra personaggio e parola. Il distacco dalla narrazione romanzesca è consumato proprio attraverso la ricerca di un codice espressivo capace di proporre, senza mediazioni di sorta (quella mediazione, quella traduzione che è l'oggetto polemico dello scritto *Illustratori, attori, traduttori*, apparso sulla «Nuova Antologia» il 16 gennaio 1908), appunto il "personaggio" che è la sola realtà capace di esprimere per intero la nuova problematicità di una esperienza soggettiva del mondo. Infatti, scriverà Pirandello, nel '18, nel saggio *Teatro e letteratura*, «non si tratta d'imitare o di riprodurre la vita... Ciascuno in realtà crea a se stesso la propria vita» che però è «soggetta a tutte le necessità naturali e sociali che limitano le cose, gli uomini e le loro azioni». «La persona, per riempire in modo sicuro la scena del mondo, ha inventato il personaggio», ha affermato Massimo Bontempelli in una commemorazione pirandelliana del '36; proprio nel passaggio da una identità annullatasi con la dissoluzione di ogni pretesa realtà dei rapporti sociali a quella forma della «intenzionalità individuale» che è il personaggio (la definizione è di Vicentini), capace di rielaborare una visione problematicamente profonda del mondo, si compie la distruzione della forma narrativa. Quella forma che, nell'esperienza più forte del genere "romanzo", in tutto il secolo precedente, aveva indicato la necessità dei rapporti di omologia e rispecchiamento, la relazione stretta tra il testo e un universo ontologicamente dato.

Il personaggio, Mattia Pascal come personaggio, va letto allora al centro di questo duplice processo: quello che conduce Pirandello alla scena e al codice drammatico e quello che destruttura i canoni del genere e impone, nello scenario novecentesco, un narrare strutturato *a partire* dal personaggio, sulla sua parola, sul suo linguaggio, sulla sua visione del mondo. E ciò naturalmente non nel senso della "tipicità" lukacsiana, dove il personaggio rimanda ad un mondo che sussiste al di fuori di sé e da cui egli prende significato: piuttosto nel senso che il mondo acquista significato, è dicibile, narrabile, soltanto se filtrato dalla «maschera» personaggio. Una maschera che è artificiosa – quanto è reso necessario dal suo dover essere umoristica, cioè straniata, distinta e impermeabile ad ogni proiezione realistica – ma anche «nuda», cioè sincera, capace di esibire la sua natura profonda, la carica sentimentale che nutre i suoi tratti umani. «Maschera nuda» è già Mattia, fin dal momento in cui decide di prendere a narrare la propria bizzarra vicenda, da quella specola solitaria che è la biblioteca di Miragno, dietro le sollecitazioni di quell'involontario maieuta che è lì il suo unico compagno, don Eligio: «maschera» come forma letteraria che si riscatta all'umanità proprio grazie al suo gesto di ribellione alle convenzioni sociali. Fondamentali a questo proposito le pagine di Giacomo Debenedetti: «Nella misura in cui l'arte e i problemi umani di Pirandello nascono da una accusa

*Mattia come personaggio*

contro la storia divenuta prigione, mortificazione, smentita per gli uomini che hanno dentro di sé un nuovo mondo da esprimere o da vivere, questa svolta del *Mattia* aveva raggiunto la tappa cruciale; aveva liberato un uomo dalla storia, una storia ormai inadeguata a lui, e l'aveva messo in grado di rifarsi la storia» (*Il romanzo del Novecento*, Milano, Garzanti, 1971, p.333). Una «poetica istrionica», come la definisce Nino Borsellino (*Ritratto e immagini di Pirandello*, Roma-Bari, Laterza, 1991, p. 121), di cui Mattia, con la sua «necessità di costituirsi personaggio», è l'esemplificazione più convincente. La realtà si dà solo nella dinamica di questo ruolo che di essa si fa attivo interprete, che la riconduce alla propria dimensione, che non è quella tutta letteraria del testo: è una dimensione accesamente vitalistica dove il bisogno di provare e ricevere sentimenti, di trovare una giusta collocazione nel mondo, si scontra con le istanze censorie delle istituzioni sociali, con i matrimoni sbagliati, con i problemi economici, con gli ambigui rapporti interpersonali, tutto quanto costituisce l'universo-prigione di Mattia, in cui si sopravvive solo fuggendone. Mattia trova la propria realizzazione soltanto diventando il personaggio di una messa in scena di vita e di morte. Messa in scena che si organizza in una forma di romanzo a cui mancano alcuni dei parametri che lo avevano contraddistinto fino a Pirandello: il rapporto di causa-effetto come motivazione e senso degli eventi, l'identità irriducibile del protagonista – vale a dire la sua definizione semantica e la sua presenza attiva nell'azione – l'irreversibilità degli eventi, la linearità temporale dell'intreccio e della narrazione, l'identificazione autobiografica tra narratore interno e narratore esterno; infine l'assunzione dei tratti di onnipotenza del raccontare, non straniati da riflessioni, ironiche o metaletterarie.

*Una tradizione che muove da Sterne* Ma esiste, accanto a quella strutturata su tali caratteristiche, un'altra tradizione a cui Pirandello guardava, prima e al di sopra dei romantici tedeschi o degli umoristi italiani, la tradizione in cui «la scrittura stessa si fa figura, ritratto di sé, si racconta o si sostituisce al racconto» (Giancarlo Mazzacurati, *Pirandello nel romanzo europeo*, Bologna, Il Mulino, 1987, p. 9, n. 1): quella inaugurata da *Vita e opinioni di Tristram Shandy* di Laurence Sterne, nel 1760, e poi dispiegatasi attraverso esperienze molteplici di romanzi umoristici, antiromanzi, metaromanzi, insomma la produzione in cui si concretizza una sorta di coscienza lucida, ma anche patologicamente ironica e autoironica, del narrare. Sterne è una presenza costante nel Parnaso umoristico disegnato da Pirandello nel saggio del 1908: e a lui guarda certamente Mattia quando, nella *Premessa seconda (filosofica)* – e la definizione «filosofica» è da leggersi non autoironicamente, ma nel segno dell'umo-

Non si capisce completamente il senso profondo del romanzo e la sua volontà di destrutturare i canoni narrativi se non si indugia sulla pluralità delle dimensioni temporali attive in esso e sul complesso valore non solo letterario, ma epistemologico di questa pluralità: il soggetto acquisisce la coscienza della parzialità della propria esperienza del tempo in un trauma di angoscia e di caducità. Dal rifugio atemporale della biblioteca Mattia denuncia – come scrive Mazzacurati – «l'essere astratto di un tempo sociale, storico-oggettivo, che non sappia coincidere con il tempo soggettivo della coscienza e dei suoi bisogni» (*Pirandello nel romanzo europeo*, cit., p. 193). Mattia non ha la possibilità di riconoscersi in una propria storia, come accade nei più tradizionali modelli autobiografici ottocenteschi, anzi può raccontarla soltanto perché ora egli è altro da quella storia, se ne è distaccato con una duplice morte simbolica.

Mattia scopre che l'unica fuga è nella morte: ma egli non è eroe romantico, nemmeno dell'umorismo tragico di certo romanticismo; e nemmeno è personaggio di rinascita, di palingenesi ascetica, come voleva Debenedetti e come Pirandello, volendo costruire un proprio ruolo di scrittore "positivo", finirà per proporre a Vitangelo Moscarda, il protagonista di *Uno, nessuno e centomila*. Mattia è personaggio della stirpe dei Zeno Cosini e, su altre vie, dei Rubé, l'eroe eponimo di Borgese dall'accesa sensibilità di perdente; è un eroe di romanzo che ha smarrito il proprio tempo e dunque deve raccontare le proprie morti per ritrovare il tempo perduto, per narrare esperienze decantate dalla distanza, dall'alterità, dallo spazio in cui nasce lo sguardo critico e il «sentimento del contrario».

*Il destino nei nomi*
Pascal, Meis, Malagna, Pomino, Paleari, Papiano: l'onomastica pirandelliana, argutamente allusiva, costruisce, nel *Fu Mattia Pascal*, un reticolo di assonanze, di rimandi, di significati parzialmente riposti. La critica ha rivelato la semanticità di alcuni dei nomi di questi personaggi: nomi propri, dunque segni di un'identità strutturata e insieme tracce di destini, *omina*, quando non marchi caricaturali. Si pensi alla meschinità di cui parla il nome di Pomino e, su tutt'altro piano, alla semantica del nome Meis quale è stata finalmente definita dallo studio onomastico di Luigi Sedita (*La maschera del nome. Tre saggi di onomastica pirandelliana*, cit.). Nato dal bizzarro dibattito di due stravaganti eruditi incontrati da Mattia in una carrozza ferroviaria, discettanti sulla figura del Cristo, sulla sua bruttezza e sulle sue immagini, «Meis» da un lato ricalca il severo nome di un padre gesuita studioso di archeologia cristiana, De Feis, dai cui saggi certo Pirandello aveva tratto l'idea di quelle singolari dispute; dall'altro allude a Camillo De Meis, *auctoritas* della cultura positivista, vate infiam-

rismo, come momento raziocinante, autoriflessivo, della narrazione – rifiuta i luoghi comuni dei romanzi ottocenteschi "antropocentrici" («Il signor conte si levò per tempo, alle ore otto e mezzo precise... La signora contessa indossò un abito lilla...») e dichiara tutta l'inadeguatezza di una narrazione precopernicana, ancora ottimisticamente votata a raccontare l'importanza del mondo degli uomini e delle loro azioni. Pirandello vuole qui negare non tanto questa centralità (che pure è attenuata da una presa di coscienza, alla Blaise Pascal, della marginalità dell'uomo nell'universo), quanto la possibilità di trovare espressa la nuova complessità dell'individuo nelle forme di un'arte invecchiata, adatta piuttosto a celebrare epoche in cui «l'uomo vestito da greco o da romano, vi faceva così bella figura e così altamente sentiva di sé». Il problema qui posto è essenzialmente metaletterario: è quello di un modo di narrare che non risponde più alle esigenze delle consapevolezze della modernità. L'alternativa è la ricerca di una forma espressiva che superi la "mediazione" del racconto per portare al pubblico, in tutta l'evidenza della scena, i drammi tipici della società alienata, condizionata dal macchinismo e dalle convenzioni sociali: sarà questa la forma, lo si è visto, dell'«azione parlata». Ma prima di votarsi ad essa – alla scrittura precisa e raziocinante del suo teatro – Pirandello deve saldare i conti con l'atto quotidiano del narrare; deve denunciare il carattere di "ordine del discorso" che il racconto implica, la sua vocazione a costruire un senso e una disciplina – come hanno visto bene tanti analisti del romanzo novecentesco, da Lukács a Šklovskij, da Bachtin a Ricoeur – una univocità dove vige l'eterogeneità, insomma il dialogismo. Per far questo occorre destrutturare i canoni del genere: nella stessa prospettiva in cui la definizione dell'umorismo è destinata a sovvertire l'acquisizione sicura e pacificata dell'esperienza quotidiana, la lettura superficiale dei fatti.

Come è noto, Pirandello, nel saggio su *L'umorismo*, celebrate le *auctoritates* della sua tesi, identificherà nel *sentimento del contrario*, momento successivo e approfondito dell'*avvertimento del contrario*, la penetrazione degli strati profondi delle cause e degli effetti, la ricerca dell'autenticità degli individui nel riconoscimento delle loro motivazioni ultime. Avevamo indicato nell'umorismo uno dei punti di arrivo della ricerca di un approccio a quella autenticità del reale che è tradizionalmente inattingibile dalla banale esperienza dei fatti. Mattia, umorista legittimato teoricamente quattro anni dopo, ha il dono e la condanna di uno sguardo perverso sulla realtà, che non si accontenta delle apparenze ma, ricercando la sostanza, ne scopre il paradosso, l'ambiguità, la contraddittorietà imparentata alla follia. Come il Democrito della tradizione, ri-
*L'umorismo*

de delle pazzie degli uomini, ma il riso si trasforma presto in angoscia, allorché scopre l'impossibilità di vivere al di fuori di quelle pazzie. Croce definì sprezzantemente *Il fu Mattia Pascal* «il trionfo dello stato civile»: dietro questa ennesima testimonianza dell'incomprensione crociana per l'arte novecentesca c'è tutta la difficoltà, per una letteratura tradizionalmente legata alle forme canoniche del racconto, di comprendere la costruzione non realistica del narrare pirandelliano. Lo stesso evento attorno a cui si costruisce il romanzo, la triplice identità di Mattia, suggerisce la definitiva liquidazione del rapporto fiduciario su cui si costruisce la convenzione narrativa e, nel caso specifico, il cosiddetto «patto autobiografico» (secondo la canonica definizione di Philippe Lejeune) stipulato tra narratore e lettore: il rapporto di solidarietà tra personaggio e identità, tra segno e valore semantico, tra significato e significante. Era successo raramente di imbattersi in un personaggio che dichiarasse la fine della propria vita quotidiana, per vivere solo nell'esistenza approssimativa di protagonista di racconto. I tre nomi della voce narrante del *Mattia Pascal* sono esemplari proprio della impossibilità di una letteratura che viva sul rapporto simbolico istituito tra significante letterario (appunto il personaggio del racconto) e significato extraletterario (l'individuo e la sua «umanità»), sull'identificazione immediata e irrelata dell'uno con l'altro: nello iato che si frappone tra la voce narrante e i suoi nomi parziali e provvisori si costruisce l'allegoria della narrazione stessa del *Mattia Pascal*.

*Mattia allegorico e malinconico* Su questa vocazione a trasformarsi in protagonista di un'allegoria, Romano Luperini ha scritto: «A partire dal momento della trasformazione dell'uomo in "maschera nuda", il vedersi vivere e sovrapporre al vivere e lo sostituisce, l'autoriflessività surroga l'immediatezza dell'esperienza e induce al distacco umoristico, all'estraneità critico-negativa» (*L'allegoria del moderno*, Roma, Editori Riuniti, 1990, p. 235). Se questo è vero, se è vero cioè lo statuto allegorico del personaggio Mattia, è evidente come la conquista di questa dimensione peculiare implichi il rifiuto di qualsiasi modello narrativo in cui il protagonista viva in un rapporto di rispecchiamento con la realtà extraletteraria oppure si strutturi funzionalmente ad un valore da rivelare, da testimoniare. Mattia non testimonia nemmeno se stesso, è troppo fedele interprete della propria tendenza vitalistica ad una dissipazione adolescenziale per rimanere legato ad una funzione. Egli è solo allegoria, è solo "messa in scena" di un racconto che perde il filo, di un'autobiografia in cui il narratore è altri dal protagonista. Il paradossale rimprovero di Debenedetti a Pirandello di non aver fatto procedere consequenzialmente il suo protagonista sulla strada del rifiuto radicale del passato e della ricerca della propria autenticità, si risol[...] siderazione della reale esigenza di Mattia: che [...] quella di un coerente adempimento del propr[...] quanto quella di liberare in ogni direzione la su[...] tale che deve riconoscersi negli altri, negli ogge[...] tracce del passato. Insomma Mattia deve farsi pro[...] sta di un'allegoria che racconti dell'impossibilità di [...] re, che dichiari conclusa l'utopia di dare forma a[...] mondo attraverso il romanzo. In questa prospettiva a[...] egli appare un personaggio "malinconico". Guardando[...] la tradizione di questa figura, dalle ricerche di Panofsky[...] saggi di Starobinski, sappiamo che il malinconico è l'inte[...] lettuale che si china su se stesso per riflettere e perders[...] nella speculazione sui problemi dell'esistenza, ma è anche [...] l'artista che crea nuove figure della propria consapevolez[...]za del passato. Proprio perché guarda al passato il malinconico vive tra i ruderi e vi ricerca gli oggetti, le forme per accendere la sua immaginazione, per elaborare le allegorie che meglio ne rappresentino la condizione: come fa Mattia quando – sulla scorta della «biblioteca teosofica» che è di Pirandello prima di essere del suo ospite romano, Anselmo Paleari – s'infiamma la teoria che i pensieri possano concretizzarsi in immagini, in esseri che ti seguono ovunque. Mattia sperimenta la possibilità che gli oggetti disegnino la traccia di infinite, possibili storie, da quella del degrado di Roma che da acquasantiera diviene portacenere (cfr. il cap. x del romanzo) a quella di suicidii che esistono solo nei segni deputati a rappresentarli: un corpo irriconoscibile, indumenti lungo il fiume, biglietti con false confessioni. Due morti volontarie scandiscono nel *Mattia Pascal* le trasformazioni dell'identità del protagonista: e la "morte da cui nasce la vita", si potrebbe dire in una interpretazione ingenuamente vitalistica che pure è nelle corde pirandelliane, ma, più profondamente, siamo dinanzi ad una «rappresentazione dell'orizzonte della ripetizione come metafora espressiva dell'immortalità che, nella dialettica delle dislocazioni del "sé stesso" (l'autore) nell'"altro", decreti la vittoria dell'io sulle paure e sulla morte» (Edoardo Ferrario, *L'occhio di Mattia Pascal*, Roma, Bulzoni, 1978, p. 43).

Una funzione del personaggio e della sua allegoria è anche quella di verificare una prospettiva temporale adatta a sostenere l'affermazione metastorica del personaggio: per questo *Il fu Mattia Pascal* è, come tutti i grandi testi della rivoluzione novecentesca, un romanzo sul tempo. Come la *Ricerca del tempo perduto*, *Ulisse*, *La montagna incantata*, il *Mattia Pascal* non è soltanto una narrazione che si serve di rappresentazioni non convenzionali del tempo, ma è soprattutto un'opera che tematizza la difficoltà dell'esperienza del tempo e della rappresentazione di essa. *Un romanzo sul tempo* mato del connubio tra cultura umanistica e cultura scientifica, in queste pagine del romanzo chiamato inopinatamente a giudice di una materia di cui mai si era occupato. Se il nome proprio è tradizionalmente il segnale irriducibile di un soggetto, in Pirandello diventa spesso qualcosa che trascende la propria neutra funzione per porsi come un emblema spesso paradossale e ironico, ancora una volta umoristico nella capacità di smascherare, di "denudare" la maschera a cui è imposto. E questa sottile allusività, tra serietà e ironia, è anche una cifra caratteristica dell'intero linguaggio pirandelliano, almeno come si va definendo nella scarna sintassi e nell'ostico lessico degli scritti di questo inizio del secolo.

Contini ha definito la lingua di Pirandello narratore «il *La lingua e lo* più proverbiale esempio di *koinè* italiana di irradiazione *stile* romana», precisando poi come «la copia di vocaboli idiomatici e patetici, di formazioni suffissali, di deverbali le conferisce una colloquialità al limite di quella che si vorrebbe dire dialettalità interna» (*Letteratura dell'Italia unita*, Firenze, Sansoni, 1968, p. 609). Varie sono le valenze che assume questa colloquialità: secondo la Grignani, il romanzo è caratterizzato da «un'ostensione del parlato»: «l'apprendista scrittore, insofferente di tirocinio letterario» si affanna a sottolineare «i modi e le motivazioni di questa sorta di recitativo, che sfrutta le tonalità tipiche del parlato e i suoi agonismi» (*Le parole di traverso: lingua e stile nel Fu Mattia Pascal*, in AA. VV., *Lo strappo nel cielo di carta*, Roma, La Nuova Italia Scientifica, 1988, p. 58). Se lo studio di Nencioni sull'abbondante uso delle interiezioni nel dialogo teatrale pirandelliano traccia la direzione in cui muove questa ricerca di «parlato-recitato», intesa a coniare «una lingua il più possibile "parlata" già nella scrittura» (*L'interiezione nel dialogo teatrale di Pirandello* (1977), in *Tra grammatica e retorica*, Torino, Einaudi, 1983, p. 211), diverse letture critiche del *Mattia Pascal* sembrano convergere verso questa natura "detta" dell'opera. Dalla definizione di soliloquio atemporale che Debenedetti dà ai monologhi del protagonista alla descrizione del romanzo come testo «scritto per essere recitato» proposta da Guglielminetti (*Il romanzo del Novecento italiano*, Roma, Editori Riuniti, 1986, p. 70), che indica l'uniformità espressiva che deriva all'opera dal fatto di essere strutturata come un lungo soliloquio della voce narrante; o ancora all'analisi delle varianti condotta sul manoscritto del romanzo da Borsellino. Questi sottolinea l'assolutezza di un io narrante che «non può ammettere interferenze di altre voci se non per valorizzare l'intonazione istrionica della sua memoria» (*Ritratto e immagini di Pirandello*, cit., p. 177). Che la lingua pirandelliana sia funzionale ad un' istanza colloquiale, di affabulazione totalizzante, adatta a raccogliere e "cucire" dialoghi, descrizioni, perfino i momenti di "colore" che indicava Debenedetti (come le pagine sul Casino di Montecarlo), è l'esito della ricerca di una scrittura di tono medio – di assoluta «traducibilità», diceva ancora Contini – che tuttavia non si discosta troppo dalla norma letteraria dell'epoca. Una norma che prevedeva anche asprezze lessicali erroneamente indicate come arcaismi ma in realtà comunemente presenti alle scelte di un letterato di formazione umanistica, qual era Pirandello, solidale con i canoni linguistici coevi. In questa prospettiva anche l'interpretazione complessiva che Renato Barilli ha dato dell'opera pirandelliana come una grande retorica argomentante attorno alla critica della società contemporanea, fornisce un'ulteriore motivazione alla scelta priva di eccessive coloriture, di uniforme stile medio, della lingua del narratore che, dovendo organizzare un proprio strumento espressivo e suasorio, analitico e raziocinante, si tiene lontano da eccessi espressionistici di ogni tipo.

*Un monologo onnicomprensivo* — Queste misure stilistiche costituiscono lo strumento migliore per mantenere l'omogeneità del monologo narrante al cui interno, come si è detto, tuttavia trova posto una dialogicità attiva, costruita sia sulle disquisizioni filosofiche degli "umoristi", sia sui cartoni grotteschi che ravvivano il racconto, sui personaggi contrassegnati anche linguisticamente nella loro bizzarria. L'aio Pinzone che snocciola «poesie per gioco», il sedicente parente piemontese (che l'ostile Papiano presenta a Adriano Meis per metterlo in difficoltà) sprologuiante in un dialetto improbabile e infine i personaggi spagnoli – Pantogada, la figlia, il pittore – che litigano in una lingua maccheronica, che ritornerà nella Madama Pace dei *Sei personaggi in cerca d'autore*. Sembrerebbe che, in tutti questi casi, la comicità non "umoristica" dei personaggi – la loro goffa incomprensione di se stessi e della realtà – richieda una coloritura linguistica particolare, capace sia di esaltare una singolarità che è propria del dire, del parlato e sia di insistere sul registro del grottesco, laddove non c'è alcun concetto speculativo da articolare. Ma anche in questo caso va riconosciuto un piano metaletterario delle scelte pirandelliane.

*La sola realtà del soggetto* — Il superamento del realismo si compie nel *Mattia Pascal*, come si è visto, attraverso il radicale soggettivismo del narrato: le morti simboliche del protagonista, la fine del tempo convenzionale, il riconoscimento di un mondo di energie mentali parallelo al nostro e talora minaccioso, sono i tratti di uno scenario che non cerca più di assomigliare a qualche modello di vita, quanto piuttosto di rappresentare la forma di *una* vita, l'esistenza del protagonista, l'anima che il racconto tenta di fissare in schemi inadeguati. A rafforzare questo distacco dall'imitazione di una realtà oggettivamente data c'è anche la galleria dei personaggi grotteschi, le loro voci dissonanti, il teatrino di maschere che non si mostrano mai «nude» e rimangono a celiare sullo sfondo delle vicende paradossali del protagonista. L'unica realtà allora che si fonda sul sentimento e sulla ragione è la realtà del soggetto narrante che è intento a raccontare la propria visione del mondo e che soltanto perché è diventato "altro" e ha chiuso le proprie possibilità esistenziali nel segno definitivo della morte, può ora essere oggetto del racconto. È un soggettivismo definitivo quello che s'afferma in Mattia: con il proprio vitalismo egli supera ogni modello di personaggio verista o decadentista per approdare all'affermazione di un'identità irriducibile all'"altro", agli altri e alle convenzioni che essi propongono.

Ma l'affermazione della prospettiva esclusiva del soggetto non avviene attraverso le mistiche dissipazioni di sé che solo saranno attribuite al protagonista di quell'estremo rifiuto del romanzo che è *Uno, nessuno e centomila*. Al contrario Mattia è votato alla ragione e alla logica. Con procedimenti logici Mattia cerca una soluzione alle insostenibili angosce quotidiane: la piccola magia della roulette, che pone le condizioni materiali della fuga, non esclude la riflessione, esasperata fino al paradosso, sulla legittimità della scelta di fuga. Ed è un atto speculativo quello che disegna, più in generale, il rifiuto del tempo lineare, "sociale" della storia, a favore di un tempo del soggetto, un "presente esteso" che esalti la prospettiva individuale. Le due note figure della filosofia della precarietà che permea il *Mattia Pascal* sono due modi di definire l'istanza logica che rende l'individuo spaesato e solo sulla terra. La *lanterninosofia* che Anselmo Paleari racconta all'inerme Adriano Meis, convalescente per l'operazione con cui ha tentato di cancellare dal proprio volto il marchio di Mattia, è la filosofia di un modesto uso della ragione, la quale accende fantasmi attorno all'uomo che, senza il lanternino razionale, vivrebbe in sintonia col buio universale. Eppure la necessità del lanternino è sancita dal mito di Prometeo, come Pirandello spiegherà nell'*Umorismo*: «Il sentimento che noi abbiamo della vita è appunto questa favilla prometèa favoleggiata. Essa ci fa vedere sperduti su la terra: essa proietta tutt'intorno a noi un cerchio più o meno ampio di luce, di là dal quale è l'ombra nera, l'ombra paurosa che non esisterebbe, se la favilla non fosse accesa in noi». Ma la favilla è necessaria alla vita quotidiana ed è grazie ad essa che è possibile la riflessione, «la riflessione che vede in tutto una costruzione o illusoria o finta o fittizia del sentimento e con arguta, sottile e minuta analisi la smonta e la scompone» (*L'umorismo*, in *Saggi, poesie, scritti varii*, a cura di M. Lo Vecchio Musti, Milano, Mondadori,

*Un esercizio della ragione*

1977, pp. 155-56). Ugualmente per l'irreparabile strappo nel cielo di carta, su cui ancora Paleari costruisce bizzarre illazioni: se in un teatro di marionette, mentre si rappresenta la tragedia di Oreste, uno strappo rompesse la convenzione magica del cielo di carta, «ogni sorta di mali influssi penetrerebbero nella scena» e Oreste non potrebbe più recitare la propria parte eroica, ma diverrebbe l'infelice loico Amleto. Se la ragione è alle basi delle illusioni umane, delle favole e degli inganni, è anche lo strumento indispensabile per scendere nelle profondità dell'essere. Questa è l'arma irrinunciabile di Mattia: la ragione che conduce al «sentimento del contrario», che opera verso il profondo. La letteratura di cui *Il fu Mattia Pascal* è l'annuncio è dunque una letteratura che non si pone come «specchio della cosa, in senso naturalistico, né [...] come immediatezza di linguaggio, in senso idealistico, ma [...] come attività logico-intuitiva» (Guido Guglielmi, *La prosa italiana del novecento*, Torino, Einaudi, 1986, p. 79). Per operare in tal senso il romanzo di Mattia deve eliminare ogni accattivante patetismo autobiografico, ogni epicità realistica; nella voce monologante del narratore domina una sofferta sensibilità che cerca le proprie strade nell'esercizio continuo della razionalità. Si delinea il destino del personaggio: riempire la scena con una vitalità che trovi voce nelle parole della ragione. La «farsa trascendentale» qual è il *Fu Mattia Pascal* (secondo una definizione di Macchia che già Pirandello mutuava da Schlegel) è tutta nella pedagogia umoristica di cui Mattia si serve per illustrare la precarietà dei nomi e delle narrazioni ed è da qui che si apre la via alla radicale novità del romanzo novecentesco.

GIORGIO PATRIZI

**Bibliografia su «Il fu Mattia Pascal»**
Della vastissima bibliografia pirandelliana diamo qui soltanto alcuni titoli su *Il fu Mattia Pascal*, anche se quasi tutti i saggi critici dedicati all'intera opera di Pirandello presentano pagine dedicate a questo romanzo.
Per la storia del testo: N. Borsellino, *Il manoscritto del «Fu Mattia Pascal»*, in Id., *Ritratto e immagini di Pirandello*, Roma-Bari, Laterza, 1991, pp. 167-83.
Per le fonti e i riferimenti culturali: G. Andersson, *Arte e teoria. Studi sulla poetica del giovane Luigi Pirandello*, Stoccolma, Almqvist & Wiksell, 1966; P. Cudini, *«Il fu Mattia Pascal»: dalle fonti chamissiane e zoliane alla nuova struttura narrativa di Luigi Pirandello*, in «Belfagor», XXVI (1971), 6, pp. 702-14; G. Corsinovi, *Pirandello e l'espressionismo*, Genova, Tilgher, 1979; G. Macchia, *Binet, Proust, Pirandello*, in Id., *Pirandello o la stanza della tortura*, Milano, Mondadori, 1981, pp. 147-61.

Per l'autobiografismo: L. Sciascia, *Pirandello e la Sicilia*, Caltanissetta-Roma, Sciascia, 1961; Id., *Alfabeto pirandelliano*, Milano, Adelphi, 1989; Id., *Fatti diversi di storia letteraria e civile*, Palermo, Sellerio, 1989.

Per la definizione della problematica del "personaggio" e del suo linguaggio: G. Debenedetti, *Il fu Mattia Pascal*, in Id., *Il romanzo del Novecento*, Milano, Garzanti, 1971, pp. 305-414; M. L. Altieri Biagi, *Pirandello: dalla scrittura narrativa alla scrittura scenica* (1978), in Id., *La lingua in scena*, Bologna, Zanichelli, 1980, pp. 163-221; E. Lauretta (a cura di), *La "persona" nell'opera di Luigi Pirandello*, Atti del XXIII Convegno internazionale, Agrigento 6-10 dicembre 1989, Milano, Mursia, 1990 (soprattutto G. Ferroni, *Persona e personaggio*, pp. 49-68; E. Ghidetti, *Il protagonista "desajutato"*, pp. 69-90; M. A. Grignani, *Il farsi e il disfarsi del linguaggio: retorica del discorso e del silenzio in Pirandello*, pp. 175-92; C. Donati, *"Persona" e scrittura in tre romanzi di Pirandello: Pascal, Gubbio e Moscarda interpreti della crisi dell'io*, pp. 281-304).

Sul vitalismo del personaggio: S. Battaglia, *Pirandello narratore*, in *Atti del Congresso internazionale di studi pirandelliani, Venezia 2-5 ottobre 1961*, Firenze, Le Monnier, 1967, pp. 25-36; D. Ferraris, *«Il fu Mattia Pascal». Fonction libératrice de l'action d'écriture*, in AA.VV., *Lectures pirandelliennes*, Paris, Paillart, 1978, pp. 37-62.

Sull'onomastica del romanzo: L. Sedita, *Il personaggio risorto*, in Id., *La maschera del nome. Tre saggi di onomastica pirandelliana*, Roma, Istituto della Enciclopedia Italiana, 1988, pp. 3-34.

Sul significato metaletterario e sul contributo al dibattito estetico novecentesco del *Mattia Pascal*: A. Leone de Castris, *Storia di Pirandello*, Bari, Laterza, 1962, pp.76-82; G. Guglielmi, *Peri Bathous* e *Poetiche di romanzo in Pirandello*, in Id., *La prosa italiana del Novecento*, Torino, Einaudi, 1986, pp. 56-113; R. Luperini, *Tematiche del moderno e tramonto dell'"Erlebnis" in Pirandello romanziere*, in Id., *L'allegoria del moderno*, Roma, Editori Riuniti, 1990, pp. 221-58 (dello stesso autore è anche *Luigi Pirandello e «Il fu Mattia Pascal»*, Torino, Loescher, 1990).

Per il problema del tempo, sull'orizzonte del romanzo europeo: G. Mazzacurati, *«Il fu Mattia Pascal»: l'eclissi del tempo e il romanzo interdetto*, in Id., *Pirandello nel romanzo europeo*, Bologna, Il Mulino, 1987, pp. 185-240; AA.VV., *Il romanzo di Pirandello e Svevo*, introd. di E. Lauretta, Firenze, Vallecchi, 1984 (soprattutto G. Pullini, *Dalla crisi della persona alla dissoluzione (vitale) del personaggio*, pp. 25-51; G. Patrizi, *Le strutture del tempo nel romanzo di Pirandello*, pp. 107-24; M. A. Grignani, *La malattia della parola e l'io narrante (tra Pirandello e Svevo)*, pp. 141-66).

Ancora sul confronto tra il *Mattia Pascal* e il genere romanzo: E. Lauretta (a cura di), *Il "romanzo" di Pirandello*, Palermo, Palumbo, 1976 (soprattutto G. Rosowsky, *Lo schema narrativo dell'autobiografia nel «Fu Mattia Pascal»*, pp. 77-93); R. Bertacchini, *Soliloquio e monologo interiore*, in «Rassegna di cultura e vita scolastica», XXXIX (1985), 5-7, pp. 1-3; M. Guglielminetti, *Il soliloquio di Pirandello*, in Id., *Il romanzo del Novecento italiano*, Roma, Editori Riuniti, 1986, pp. 55-98; W. Geerts, *«Il fu Mattia Pascal» in the Picaresque tradition*, in G. Biasin e N.J. Perella (a cura di), *Pirandello 1986*, Roma, Bulzoni, 1987, pp. 127-34; G. Petronio, *«Il fu Mattia Pascal». Pirandello 1904*, in «Problemi» (1987), 77, pp. 244-62; V. Spinazzola, *Il romanzo antistorico*, Roma, Editori Riuniti, 1990.

Un'interessante lettura in chiave freudiana in E. Ferrario, *L'occhio di Mattia Pascal. Poetica ed estetica in Pirandello*, Roma, Bulzoni, 1978.

Su una versione cinematografica del romanzo: F. Angelini, *Luigi Pirandello e Marcel L'Herbier*, in «Teatro contemporaneo», II (1983), 3, pp. 273-84.

Un bilancio critico complessivo nelle letture diversamente orientate di AA.VV., *Lo strappo nel cielo di carta. Introduzione alla lettura del «Fu Mattia Pascal»*, Roma, La Nuova Italia Scientifica, 1988.

G.P.

## Nota al testo

*Il fu Mattia Pascal* è qui proposto nella redazione che fu pubblicata presso l'editore Bemporad, a Firenze, nel 1921, con numerose varianti rispetto alla prima redazione apparsa a puntate sulla «Nuova Antologia», dal 16 aprile al 16 giugno del 1904, e nello stesso anno raccolta in volume. Il testo è ripreso da L. Pirandello, *Tutti i romanzi*, a cura di G. Macchia e M. Costanzo, vol. I, Milano, Mondadori, «I Meridiani», 1973, che registra, in apparato, tutte le varianti delle diverse redazioni (oltre a quella della «Nuova Antologia» 1904, Treves 1910 e 1918, Bemporad 1921). Nelle note a questa edizione abbiamo indicato soltanto due casi in cui l'eliminazione da parte dell'autore di lunghi frammenti appariva particolarmente significativa.

G.P.

IL FU MATTIA PASCAL

Una delle poche cose, anzi forse la sola ch'io sapessi di certo era questa: che mi chiamavo Mattia Pascal. [1] E me ne approfittavo. Ogni qual volta qualcuno de' miei amici o conoscenti dimostrava d'aver perduto il senno fino al punto di venire da me per qualche consiglio o suggerimento, mi stringevo nelle spalle, socchiudevo gli occhi e gli rispondevo:

– Io mi chiamo Mattia Pascal.

– Grazie, caro. Questo lo so.

– E ti par poco?

Non pareva molto, per dir la verità, neanche a me. Ma ignoravo allora che cosa volesse dire il non sapere neppur questo, il non poter più rispondere, cioè, come prima, all'occorrenza:

– Io mi chiamo Mattia Pascal.

Qualcuno vorrà bene compiangermi (costa così poco), immaginando l'atroce cordoglio d'un disgraziato, al quale avvenga di scoprire tutt'a un tratto che... sì, niente, in-

---

1 *Mattia Pascal*: sul significato di questo nome esistono diverse interpretazioni. Se Mattia può rimandare a 'matto' (come ricorda il fratello di Mattia, Roberto, in una delle ultime pagine del romanzo), per il cognome esistono ipotesi contrastanti: secondo Giovanni Macchia, Pascal rimanda a Théophile Pascal, studioso di teosofia di fine Ottocento, le cui opere appaiono, senza indicazione esplicita del nome dell'autore, nella biblioteca di Anselmo Paleari (cfr. cap. IX); per Luigi Sedita il significato del nome è nel ricordo della Pasqua e della resurrezione, secondo una simbologia del personaggio che rimanda alla figura di Cristo. Secondo altri sarebbe invece possibile pensare al filosofo Blaise Pascal (1623-1662), ricordato da Pirandello nel saggio su *L'umorismo*, direttamente (cfr. *Saggi, poesie, scritti varii*, a cura di M. Lo Vecchio Musti, Milano, Mondadori, 1977, p. 150) e indirettamente (ivi, p. 155 e p.159).

somma: né padre, né madre, né come fu o come non fu; e vorrà pur bene indignarsi (costa anche meno) della corruzione dei costumi, e de' vizii, e della tristezza dei tempi, che di tanto male possono esser cagione a un povero innocente.

Ebbene, si accomodi. Ma è mio dovere avvertirlo che non si tratta propriamente di questo. Potrei qui esporre, di fatti, in un albero genealogico, l'origine e la discendenza della mia famiglia e dimostrare come qualmente non solo ho conosciuto mio padre e mia madre, ma e gli antenati miei e le loro azioni, in un lungo decorso di tempo, non tutte veramente lodevoli.

E allora?

Ecco: il mio caso è assai più strano e diverso;[1] tanto diverso e strano che mi faccio a narrarlo.

Fui, per circa due anni, non so se più cacciatore di topi che guardiano di libri nella biblioteca che un monsignor Boccamazza,[2] nel 1803, volle lasciar morendo al nostro Comune. È ben chiaro che questo Monsignore dovette conoscer poco l'indole e le abitudini de' suoi concittadini; o forse sperò che il suo lascito dovesse col tempo e con la comodità accendere nel loro animo l'amore per lo studio. Finora, ne posso rendere testimonianza, non si è acceso: e questo dico in lode de' miei concittadini. Del dono anzi il Comune si dimostrò così poco grato al Boccamazza, che non volle neppure erigergli un mezzo busto pur che fosse, e i libri lasciò per molti e molti anni accatastati in un vasto e umido magazzino, donde poi li trasse, pensate voi in quale stato, per allogarli nella chiesetta fuori mano di San-

---

1 *diverso*: ricorda l'espressione francese *faits divers*, tratta dalla stampa popolare ottocentesca e ampiamente presente nella pubblicistica del verismo italiano, che indicava fatti di cronaca curiosi, singolari.

2 *Boccamazza*: ispirandosi in realtà alla Biblioteca Lucchesiana di Girgenti (come era chiamata Agrigento), Pirandello ricorre al cognome altisonante che poteva essergli stato suggerito dal ricordo di due uomini di chiesa, di famiglia romana ma vissuti in Sicilia alla metà del secolo XIII: Angelo, vescovo di Catania e Giovanni, arcivescovo di Monreale, poi cardinale e legato pontificio sotto Onorio IV. Il fondatore della Lucchesiana era stato in realtà il vescovo Andrea Lucchesi-Palli che, nel 1765, aveva donato alla città i suoi diciottomila volumi.

ta Maria Liberale, non so per qual ragione sconsacrata.
Qua li affidò, senz'alcun discernimento, a titolo di benefi-
cio, e come sinecura, a qualche sfaccendato ben protetto il
quale, per due lire al giorno, stando a guardarli, o anche
senza guardarli affatto, ne avesse sopportato per alcune
ore il tanfo della muffa e del vecchiume.

Tal sorte toccò anche a me; e fin dal primo giorno io
concepii così misera stima dei libri, sieno essi a stampa o
manoscritti (come alcuni antichissimi della nostra biblioteca), che ora non mi sarei mai e poi mai messo a scrivere,
se, come ho detto, non stimassi davvero strano il mio caso
e tale da poter servire d'ammaestramento a qualche curioso lettore, che per avventura, riducendosi finalmente a effetto[1] l'antica speranza della buon'anima di monsignor
Boccamazza, capitasse in questa biblioteca, a cui io lascio
questo mio manoscritto, con l'obbligo però che nessuno
possa aprirlo se non cinquant'anni dopo la mia *terza, ultima* e *definitiva* morte.

Giacché, per il momento (e Dio sa quanto me ne duo-
le), io sono morto, sì, già due volte, ma la prima per errore, e la seconda... sentirete.


II · PREMESSA SECONDA (FILOSOFICA)[2] A MO' DI SCUSA

L'idea, o piuttosto, il consiglio di scrivere mi è venuto
dal mio reverendo amico don Eligio Pellegrinotto, che al
presente ha in custodia i libri della Boccamazza, e al quale
io affido il manoscritto appena sarà terminato, se mai
sarà.

Lo scrivo qua, nella chiesetta sconsacrata, al lume che
mi viene dalla lanterna lassù, della cupola; qua, nell'abside
riservata al bibliotecario e chiusa da una bassa cancellata

1 *riducendosi... effetto*: realizzandosi.
2 *filosofica*: è importante tale caratterizzazione del capitolo. *Premessa filosofica* va intesa come riflessione sui modi e sulla natura del raccontare
e del rapporto tra racconto ed esperienza; è la chiave programmatica
dell'intero romanzo.

di legno a pilastrini, mentre don Eligio sbuffa sotto l'incarico che si è eroicamente assunto di mettere un po' d'ordine in questa vera babilonia di libri. Temo che non ne verrà mai a capo. Nessuno prima di lui s'era curato di sapere, almeno all'ingrosso, dando di sfuggita un'occhiata ai dorsi, che razza di libri quel Monsignore avesse donato al Comune: si riteneva che tutti o quasi dovessero trattare di materie religiose. Ora il Pellegrinotto ha scoperto, per maggior sua consolazione, una varietà grandissima di materie nella biblioteca di Monsignore; e siccome i libri furon presi di qua e di là nel magazzino e accozzati così come venivano sotto mano, la confusione è indescrivibile. Si sono strette per la vicinanza fra questi libri amicizie oltre ogni dire speciose: don Eligio Pellegrinotto mi ha detto, ad esempio, che ha stentato non poco a staccare da un trattato molto licenzioso *Dell'arte di amar le donne*, libri tre di Anton Muzio Porro, dell'anno 1571, una *Vita e morte di Faustino Materucci, Benedettino di Polirone, che taluni chiamano beato*,[1] biografia edita a Mantova nel 1625. Per l'umidità, le legature de' due volumi si erano fraternamente appiccicate.[2] Notare che nel libro secondo di quel trattato licenzioso si discorre a lungo della vita e delle avventure monacali.

Molti libri curiosi e piacevolissimi don Eligio Pellegrinotto, arrampicato tutto il giorno su una scala da lampionajo, ha pescato negli scaffali della biblioteca. Ogni qual volta ne trova uno, lo lancia dall'alto, con garbo, sul tavolone che sta in mezzo; la chiesetta ne rintrona; un nugolo di polvere si leva, da cui due o tre ragni scappano via spaventati: io accorro dall'abside, scavalcando la cancellata; do prima col libro stesso la caccia ai ragni su pe'l tavolone polveroso; poi apro il libro e mi metto a leggiucchiarlo.

1 *Dell'arte... beato*: due titoli d'invenzione, mentre è reale il cenno all'abbazia di Polirone, presso Mantova, costruita nel 984 e beneficiata da Matilde di Canossa.
2 *fraternamente appiccicate*: ironizza sull'accostamento fra il trattato licenzioso e il racconto della vita monacale. L'ironia, anche in questa accezione più quotidiana, è un tratto fondamentale dell'approccio al mondo di Mattia Pascal, personaggio esemplarmente "umoristico".

Così, a poco a poco, ho fatto il gusto a siffatte letture. Ora don Eligio mi dice che il mio libro dovrebbe esser condotto sul modello di questi ch'egli va scovando nella biblioteca, aver cioè il loro particolar sapore. Io scrollo le spalle e gli rispondo che non è fatica per me. E poi altro mi trattiene.

Tutto sudato e impolverato, don Eligio scende dalla scala e viene a prendere una boccata d'aria nell'orticello che ha trovato modo di far sorgere qui dietro l'abside, riparato giro giro[1] da stecchi e spuntoni.

– Eh, mio reverendo amico, – gli dico io, seduto sul murello, col mento appoggiato al pomo del bastone, mentr'egli attende alle sue lattughe. – Non mi par più tempo, questo, di scriver libri, neppure per ischerzo. In considerazione anche della letteratura, come per tutto il resto, io debbo ripetere il mio solito ritornello: *Maledetto sia Copernico!*[2]

– Oh oh oh, che c'entra Copernico! – esclama don Eligio, levandosi su la vita, col volto infocato sotto il cappellaccio di paglia.

– C'entra, don Eligio. Perché, quando la Terra non girava...

– E dàlli! Ma se ha sempre girato!

– Non è vero. L'uomo non lo sapeva, e dunque era come se non girasse.[3] Per tanti, anche adesso, non gira. L'ho detto l'altro giorno a un vecchio contadino, e sapete come m'ha risposto? ch'era una buona scusa per gli ubriachi. Del resto, anche voi, scusate, non potete mettere in dubbio che Giosuè[4] fermò il Sole. Ma lasciamo star que-

1 *giro giro*: intorno.
2 *Copernico*: Nikolaj Kopernik, astronomo polacco (1473-1543) che definì la teoria eliocentrica (secondo la quale il sole è al centro del sistema dei pianeti, terra compresa, che gli ruotano attorno) in opposizione alla teoria tolemaica, che voleva che il sole ruotasse attorno alla terra.
3 *L' uomo... girasse*: allude alla concezione geocentrica.
4 *Giosuè*: condottiero, successore di Mosè, guidò il popolo ebreo oltre il Giordano, nella "terra promessa"; nei capitoli 10-12 del libro della *Bibbia* che prende il suo nome, si narra che egli fermò il sole per consentire al proprio popolo di vincere una battaglia, durante la conquista della Palestina.

sto. Io dico che quando la Terra non girava, e l'uomo, vestito da greco o da romano, vi faceva così bella figura e
così altamente sentiva di sé e tanto si compiaceva della
propria dignità, credo bene che potesse riuscire accetta
una narrazione minuta e piena d'oziosi particolari. Si legge o non si legge in Quintiliano, come voi m'avete insegnato, che la storia doveva esser fatta per raccontare e
non per provare?[1]

– Non nego, – risponde don Eligio, – ma è vero altresì
che non si sono mai scritti libri così minuti, anzi minuzio-
si in tutti i più riposti particolari, come dacché, a vostro
dire, la Terra s'è messa a girare.

– E va bene! *Il signor conte si levò per tempo, alle ore otto e mezzo precise... La signora contessa indossò un abito lilla con una ricca fioritura di merletti alla gola... Teresina si
moriva di fame... Lucrezia spasimava d'amore...*[2] Oh, santo
Dio! e che volete che me n'importi? Siamo o non siamo su
un'invisibile trottolina, cui fa da ferza un fil di sole, su un
granellino di sabbia impazzito che gira e gira e gira, senza
saper perché, senza pervenir mai a destino,[3] come se ci
provasse gusto a girar così, per farci sentire ora un po' più
di caldo, ora un po' più di freddo, e per farci morire –
spesso con la coscienza d'aver commesso una sequela di
piccole sciocchezze – dopo cinquanta o sessanta giri? Copernico, Copernico, don Eligio mio, ha rovinato l'umanità, irrimediabilmente. Ormai noi tutti ci siamo a poco a
poco adattati alla nuova concezione dell'infinita nostra
piccolezza, a considerarci anzi men che niente nell'Universo, con tutte le nostre belle scoperte e invenzioni; e che
valore dunque volete che abbiano le notizie, non dico del-

1 *Si legge... provare*: allude a una pagina delle *Institutiones oratoriae* di
Marco Fabio Quintiliano (35-95 d.C.). Nel capitolo x di quello che fu
l'ultimo e il più ricco e organico trattato di retorica dell'età classica si
legge: *Historia scribitur ad narrandum non ad probandum* («La storia è
scritta per narrare non per provare»).
2 *Il signor conte... d'amore*: luoghi comuni dell'inizio della narrazione
nei romanzi ottocenteschi. Pirandello esplicita la propria presa di distanza nei confronti dei canoni della narrativa più tradizionale, facendo
di Mattia l'esempio di una figura radicalmente nuova di narratore.
3 *senza... a destino*: senza giungere mai a destinazione.

le nostre miserie particolari, ma anche delle generali calamità? Storie di vermucci ormai, le nostre. Avete letto di quel piccolo disastro delle Antille? Niente. La Terra, poverina, stanca di girare, come vuole quel canonico polacco, senza scopo, ha avuto un piccolo moto d'impazienza, e ha sbuffato un po' di fuoco per una delle tante sue bocche. Chi sa che cosa le aveva mosso quella specie di bile. Forse la stupidità degli uomini che non sono stati mai così nojosi come adesso. Basta. Parecchie migliaja di vermucci abbrustoliti. E tiriamo innanzi. Chi ne parla più?

Don Eligio Pellegrinotto mi fa però osservare che, per quanti sforzi facciamo nel crudele intento di strappare, di distruggere le illusioni che la provvida natura ci aveva create a fin di bene, non ci riusciamo. Per fortuna, l'uomo si distrae facilmente.

Questo è vero. Il nostro Comune, in certe notti segnate nel calendario, non fa accendere i lampioni, e spesso – se è nuvolo – ci lascia al bujo. [1]

Il che vuol dire, in fondo, che noi anche oggi crediamo che la luna non stia per altro nel cielo, che per farci lume di notte, come il sole di giorno, e le stelle per offrirci un magnifico spettacolo. Sicuro. E dimentichiamo spesso e volentieri di essere atomi infinitesimali per rispettarci e ammirarci a vicenda, e siamo capaci di azzuffarci per un pezzettino di terra o di dolerci di certe cose, che, ove fossimo veramente compenetrati di quello che siamo, dovrebbero parerci miserie incalcolabili.

Ebbene, in grazia di questa distrazione provvidenziale, oltre che per la stranezza del mio caso, io parlerò di me, ma quanto più brevemente mi sarà possibile, dando cioè soltanto quelle notizie che stimerò necessarie.

Alcune di esse, certo, non mi faranno molto onore; ma io mi trovo ora in una condizione così eccezionale, che posso considerarmi come già fuori della vita; e dunque senza obblighi e senza scrupoli di sorta.

Cominciamo.

1 *Il nostro... bujo*: il tema delle notti di luna senza illuminazione pubblica è anche al centro della novella *Le sorprese della scienza* (1905).

## III · LA CASA E LA TALPA

Ho detto troppo presto, in principio, che ho conosciuto mio padre. Non l'ho conosciuto. Avevo quattr'anni e mezzo quand'egli morì. Andato con un suo trabaccolo[1] in Corsica, per certi negozii che vi faceva, non tornò più, ucciso da una perniciosa,[2] in tre giorni, a trentotto anni. Lasciò tuttavia nell'agiatezza la moglie e i due figli: Mattia (che sarei io, e fui) e Roberto, maggiore di me di due anni.[3]

Qualche vecchio del paese si compiace ancora di dare a credere che la ricchezza di mio padre (la quale pure non gli dovrebbe più dar ombra, passata com'è da un pezzo in altre mani) avesse origini – diciamo così – misteriose.

Vogliono che se la fosse procacciata giocando a carte, a Marsiglia, col capitano d'un vapore mercantile inglese, il quale, dopo aver perduto tutto il denaro che aveva seco, e non doveva esser poco, si era anche giocato un grosso carico di zolfo imbarcato nella lontana Sicilia per conto d'un negoziante di Liverpool (sanno anche questo! e il nome?), d'un negoziante di Liverpool, che aveva noleggiato il vapore; quindi, per disperazione, salpando s'era annegato in alto mare. Così il vapore era approdato a Liverpool, alleggerito anche del peso del capitano. Fortuna che aveva per zavorra la malignità de' miei compaesani.[4]

Possedevamo terre e case. Sagace e avventuroso, mio padre non ebbe mai pe' suoi commerci stabile sede: sempre in giro con quel suo trabaccolo, dove trovava meglio e più opportunamente comprava e subito rivendeva mercan-

1 *trabaccolo*: piccola imbarcazione a vela da pesca o da trasporto.
2 *perniciosa*: febbre da infezione malarica.
3 *due anni*: a questo punto, nella edizione del 1904 si poteva leggere una pagina, espunta nelle edizioni successive, in cui il vecchio pescatore Giaracannà raccontava a Mattia le gesta avventurose del padre, rassicurandolo a proposito di malevole chiacchiere paesane sull'origine disonesta della fortuna paterna.
4 *compaesani*: qui si inseriva, nell'edizione 1904, una lunga e dettagliata ricostruzione delle dicerie paesane riguardo l'origine poco limpida delle fortune del padre di Mattia e i suoi rapporti con il capitano inglese: altra pagina espunta a partire dalla edizione Treves 1910.

zie d'ogni genere; e perché non fosse tentato a imprese troppo grandi e rischiose, investiva a mano a mano i guadagni in terre e case, qui, nel proprio paesello, dove presto forse contava di riposarsi negli agi faticosamente acquistati, contento e in pace tra la moglie e i figliuoli.

Così acquistò prima la terra delle *Due Riviere*,[1] ricca di olivi e di gelsi, poi il podere della *Stìa*, anch'esso riccamente beneficato e con una bella sorgiva d'acqua, che fu presa quindi per il molino; poi tutta la poggiata dello *Sperone*, ch'era il miglior vigneto della nostra contrada, e infine *San Rocchino*, ove edificò una villa deliziosa. In paese, oltre alla casa in cui abitavamo, acquistò due altre case e tutto quell'isolato, ora ridotto e acconciato ad arsenale.

La sua morte quasi improvvisa fu la nostra rovina. Mia madre, inetta al governo dell'eredità, dovette affidarlo a uno che, per aver ricevuto tanti beneficii da mio padre fino a cangiar di stato,[2] stimò[3] dovesse sentir l'obbligo di almeno un po' di gratitudine, la quale, oltre lo zelo e l'onestà, non gli sarebbe costata sacrifizii d'alcuna sorta, poiché era lautamente remunerato.

Santa donna, mia madre! D'indole schiva e placidissima, aveva così scarsa esperienza della vita e degli uomini! A sentirla parlare, pareva una bambina. Parlava con accento nasale e rideva anche col naso, giacché ogni volta, come si vergognasse di ridere, stringeva le labbra. Gracilissima di complessione, fu, dopo la morte di mio padre, sempre malferma in salute; ma non si lagnò mai de' suoi mali, né credo se ne infastidisse[4] neppure con se stessa, accettandoli, rassegnata, come una conseguenza naturale della sua sciagura. Forse si aspettava di morire anch'essa, dal cordoglio, e doveva dunque ringraziare Iddio che la

1 *Due Riviere*: pur se riferito, nel romanzo, ad una località nei pressi di Miragno, l'immaginario paese ligure di Mattia, in realtà il toponimo corrisponde a quello di una località presso Porto Empedocle in cui la famiglia Pirandello aveva risieduto. Cfr. la lettera alle sorelle del 17 gennaio 1886 in L. Pirandello, *Epistolario familiare giovanile (1886-1898)*, a cura di E. Providenti, Firenze, Le Monnier, 1986, p. 3.
2 *cangiar di stato*: cambiare stato economico.
3 *stimò*: il soggetto è ancora «mia madre».
4 *se ne infastidisse*: se ne lamentasse.

teneva in vita, pur così tapina[1] e tribolata, per il bene dei figliuoli.

Aveva per noi una tenerezza addirittura morbosa, piena di palpiti e di sgomento: ci voleva sempre vicini, quasi temesse di perderci, e spesso mandava in giro le serve per la vasta casa, appena qualcuno di noi si fosse un po' allontanato.

Come una cieca, s'era abbandonata alla guida del marito; rimastane senza, si sentì sperduta nel mondo. E non uscì più di casa, tranne le domeniche, di mattina per tempo, per andare a messa nella prossima chiesa, accompagnata dalle due vecchie serve, ch'ella trattava come parenti. Nella stessa casa, anzi, si restrinse a vivere in tre camere soltanto, abbandonando le molte altre alle scarse cure delle serve e alle nostre diavolerie.

Spirava, in quelle stanze, da tutti i mobili d'antica foggia, dalle tende scolorite, quel tanfo speciale delle cose antiche, quasi il respiro d'un altro tempo; e ricordo che più d'una volta io mi guardai attorno con una strana costernazione che mi veniva dalla immobilità silenziosa di quei vecchi oggetti da tanti anni lì senz'uso, senza vita.

Fra coloro che più spesso venivano a visitar la mamma era una sorella di mio padre, zitellona bisbetica, con un pajo d'occhi da furetto, bruna e fiera. Si chiamava Scolastica. Ma si tratteneva, ogni volta, pochissimo, perché tutt'a un tratto, discorrendo, s'infuriava, e scappava via senza salutare nessuno. Io, da ragazzo, ne avevo una gran paura. La guardavo con tanto d'occhi, specialmente quando la vedevo scattare in piedi su le furie e la sentivo gridare, rivolta a mia madre e pestando rabbiosamente un piede sul pavimento:

– Senti il vuoto? La talpa! la talpa!

Alludeva al Malagna,[2] all'amministratore che ci scavava soppiatto la fossa sotto i piedi.

Zia Scolastica (l'ho saputo dipoi) voleva a tutti i costi

---

1 *tapina*: meschina.
2 *Malagna*: un altro nome allusivamente assonante; più avanti lo stesso personaggio verrà chiamato esplicitamente «Malanno».

che mia madre riprendesse marito. Di solito, le cognate non hanno di queste idee né dànno di questi consigli. Ma ella aveva un sentimento aspro e dispettoso della giustizia; e più per questo, certo, che per nostro amore, non sapeva tollerare che quell'uomo ci rubasse così, a man salva.[1] Ora, data l'assoluta inettitudine e la cecità di mia madre, non ci vedeva altro rimedio, che un secondo marito. E lo designava anche in persona d'un pover'uomo, che si chiamava Gerolamo Pomino.

Costui era vedovo, con un figliuolo, che vive tuttora e si chiama Gerolamo come il padre: amicissimo mio, anzi più che amico, come dirò appresso. Fin da ragazzo veniva col padre in casa nostra, ed era la disperazione mia e di mio fratello Berto.

Il padre, da giovane, aveva aspirato lungamente alla mano di zia Scolastica, che non aveva voluto saperne, come non aveva voluto saperne, del resto, di alcun altro; e non già perché non si fosse sentita disposta ad amare, ma perché il più lontano sospetto che l'uomo da lei amato avesse potuto anche col solo pensiero tradirla, le avrebbe fatto commettere – diceva – un delitto. Tutti finti, per lei, gli uomini, birbanti e traditori. Anche Pomino? No, ecco: Pomino, no. Ma se n'era accorta troppo tardi. Di tutti gli uomini che avevano chiesto la sua mano, e che poi si erano ammogliati, ella era riuscita a scoprire qualche tradimento, e ne aveva ferocemente goduto. Solo di Pomino, niente; anzi il pover'uomo era stato un martire della moglie.

E perché dunque, ora, non lo sposava lei? Oh bella, perché era vedovo! era appartenuto a un'altra donna, alla quale forse, qualche volta, avrebbe potuto pensare. E poi perché... via! si vedeva da cento miglia lontano, non ostante la timidezza: era innamorato, era innamorato... s'intende di chi, quel povero signor Pomino!

Figurarsi se mia madre avrebbe mai acconsentito. Le sarebbe parso un vero e proprio sacrilegio. Ma non credeva forse neppure, poverina, che zia Scolastica dicesse sul

---

1 *man salva*: forma antiquata per 'man bassa'.

serio; e rideva in quel suo modo particolare alle sfuriate della cognata, alle esclamazioni del povero signor Pomino, che si trovava lì presente a quelle discussioni, e al quale la zitellona scaraventava le lodi più sperticate.

M'immagino quante volte egli avrà esclamato, dimenandosi su la seggiola, come su un arnese di tortura:

– Oh santo nome di Dio benedetto!

Omino lindo, aggiustato, dagli occhietti ceruli mansueti, credo che s'incipriasse e avesse anche la debolezza di passarsi un po' di rossetto, appena appena, un velo, su le guance: certo si compiaceva d'aver conservato fino alla sua età i capelli, che si pettinava cona grandissima cura, a farfalla, e si rassettava continuamente con le mani.

Io non so come sarebbero andati gli affari nostri, se mia madre, non certo per sé ma in considerazione dell'avvenire dei suoi figliuoli, avesse seguìto il consiglio di zia Scolastica e sposato il signor Pomino. È fuor di dubbio però che peggio di come andarono, affidati al Malagna (la talpa!), non sarebbero potuti andare.

Quando Berto e io fummo cresciuti, gran parte degli averi nostri, è vero, era andata in fumo; ma avremmo potuto almeno salvare dalle grinfie di quel ladro il resto che, se non più agiatamente, ci avrebbe certo permesso di vivere senza bisogni. Fummo due scioperati; non ci volemmo dar pensiero di nulla, seguitando, da grandi, a vivere come nostra madre, da piccoli, ci aveva abituati.

Non aveva voluto nemmeno mandarci a scuola. Un tal Pinzone fu il nostro ajo e precettore. Il suo vero nome era Francesco, o Giovanni, Del Cinque; ma tutti lo chiamavano Pinzone,[1] ed egli ci s'era già tanto abituato che si chiamava Pinzone da sé.

Era d'una magrezza che incuteva ribrezzo; altissimo di statura; e più alto, Dio mio, sarebbe stato, se il bu-

1 *Pinzone*: il personaggio dell'aio, con lo stesso nome e la stessa caratterizzazione, è già nella novella *La scelta*, del 1898. Sulla matrice autobiografica di questo personaggio cfr. N. Borsellino, *Il manoscritto del «Fu Mattia Pascal»*, in *Ritratto e immagini di Pirandello*, Roma-Bari, Laterza, 1991, pp. 179-80.

sto, tutt'a un tratto, quasi stanco di tallir[1] gracile in sù, non gli si fosse curvato sotto la nuca, in una discreta gobbetta, da cui il collo pareva uscisse penosamente, come quel d'un pollo spennato, con un grosso nottolino[2] protuberante, che gli andava sù e giù. Pinzone si sforzava spesso di tener tra i denti le labbra, come per mordere, castigare e nascondere un risolino tagliente, che gli era proprio; ma lo sforzo in parte era vano, perché questo risolino, non potendo per le labbra così imprigionate,[3] gli scappava per gli occhi, più acuto e beffardo che mai.

Molte cose con quegli occhietti egli doveva vedere nella nostra casa, che né la mamma né noi vedevamo. Non parlava, forse perché non stimava dover suo parlare,[4] o perché – com'io ritengo più probabile – ne godeva in segreto, velenosamente.

Noi facevamo di lui tutto quello che volevamo; egli ci lasciava fare; ma poi, come se volesse stare in pace con la propria coscienza, quando meno ce lo saremmo aspettato, ci tradiva.

Un giorno, per esempio, la mamma gli ordinò di condurci in chiesa; era prossima la Pasqua, e dovevamo confessarci. Dopo la confessione, una breve visitina alla moglie inferma del Malagna, e subito a casa. Figurarsi che divertimento! Ma, appena in istrada, noi due proponemmo a Pinzone una scappatella: gli avremmo pagato un buon litro di vino, purché lui invece che in chiesa e dal Malagna, ci avesse lasciato andare alla *Stìa* in cerca di nidi. Pinzone accettò, felicissimo, stropicciandosi le mani, con gli occhi sfavillanti. Bevve; andammo nel podere; fece il matto con noi per circa tre ore, ajutandoci ad arrampicarci su gli alberi, arrampicandocisi egli stesso. Ma alla sera, di ritorno a casa, appena la mamma gli domandò se avevamo fatto la nostra confessione e la visita al Malagna:

– Ecco, le dirò... – rispose, con la faccia più tosta del

1 *tallir*: dalla botanica, 'crescere', 'germogliare'.
2 *nottolino*: forma scherzosa e antiquata per indicare il pomo d'Adamo.
3 *non potendo... imprigionate*: sottinteso 'scappare'.
4 *non... parlare*: non riteneva che fosse suo dovere parlare.

mondo; e le narrò per filo e per segno quanto avevamo fatto.

Non giovavano a nulla le vendette che di questi suoi tradimenti noi ci prendevamo. Eppure ricordo che non eran da burla. Una sera, per esempio, io e Berto, sapendo che egli soleva dormire, seduto su la cassapanca, nella saletta d'ingresso, in attesa della cena, saltammo furtivamente dal letto, in cui ci avevano messo per castigo prima dell'ora solita, riuscimmo a scovare una canna di stagno, da serviziale,[1] lunga due palmi, la riempimmo d'acqua saponata nella vaschetta del bucato; e, così armati, andammo cautamente a lui, gli accostammo la canna alle nari – e zifff! –. Lo vedemmo balzare fin sotto al soffitto.

Quanto con un siffatto precettore dovessimo profittar nello studio, non sarà difficile immaginare. La colpa però non era tutta di Pinzone; ché egli anzi, pur di farci imparare qualche cosa, non badava a metodo né a disciplina, e ricorreva a mille espedienti per fermare in qualche modo la nostra attenzione. Spesso con me, ch'ero di natura molto impressionabile, ci riusciva. Ma egli aveva una erudizione tutta sua particolare, curiosa e bislacca. Era, per esempio, dottissimo in bisticci:[2] conosceva la poesia fidenziana e la maccaronica, la burchiellesca e la leporeambica,[3] e citava allitterazioni e annominazioni[4] e versi cor-

---

1 *serviziale*: clistere.

2 *bisticci*: in poesia gioco di parole dovuto all'accostamento di termini fonicamente affini ma di diverso significato.

3 *la poesia fidenziana... leporeambica*: i principali filoni di poesia burlesca dal XIII al XVI secolo: *fidenziana* e *maccaronica* sono due tradizioni poetiche che intrecciano volgare e latino. Lessico latino e sintassi volgare nel fidenziano (dai *Cantici di Fidenzio* del vicentino Camillo Scroffa, 1526-1565); lessico volgare e sintassi e morfologia latine nel maccaronico (o maccheronico) che, nato in ambito goliardico e in auge soprattutto negli ambienti padovani della fine del Quattrocento, trova il suo esempio maggiore nel *Baldus* di Teofilo Folengo (1491-1544). La poesia *burchiellesca* prende il nome dal toscano Domenico di Giovanni, detto il Burchiello (1404-1449); la *leporeambica* dal bizzarro verso del poeta friulano Ludovico Lepòreo (1582-1655), autore di sonetti con stravaganti artifici fonico-ritmici.

4 *allitterazioni e annominazioni*: in poesia la ripetizione di suoni uguali o simili e l'accostamento di parole di suono simile ma di significato diverso.

16

relativi e incatenati e retrogradi[1] di tutti i poeti perdigiorni, e non poche rime balzane componeva egli stesso.

Ricordo a *San Rocchino*, un giorno, ci fece ripetere alla collina dirimpetto non so più quante volte questa sua *Eco*:[2]

> *In cuor di donna quanto dura amore?*
> – (Ore).
> *Ed ella non mi amò quant'io l'amai?*
> – (Mai).
> *Or chi sei tu che sì ti lagni meco?*
> – (Eco).

E ci dava a sciogliere tutti gli *Enimmi* in ottava rima di Giulio Cesare Croce,[3] e quelli in sonetti del Moneti[4] e gli altri, pure in sonetti, d'un altro scioperatissimo che aveva avuto il coraggio di nascondersi sotto il nome di Caton l'Uticense.[5] Li aveva trascritti con inchiostro tabaccoso in un vecchio cartolare dalle pagine ingiallite.

– Udite, udite quest'altro dello Stigliani.[6] Bello! Che sarà? Udite:

1 *versi correlativi e incatenati e retrogradi*: verso *correlativo* o *rapportatio* è il verso che accosta parole con uguale funzione sintattica (e quindi riunisce tutti i soggetti, i predicati, i verbi di almeno due proposizioni subordinate); *incatenati* sono i versi disposti secondo lo schema della terzina, cioè con rime *aba, bcb, cdc* ecc.; *retrogrado* è il verso che può essere letto anche da destra verso sinistra.
2 *Eco*: figura ottenuta con l'unione di due parole di cui la seconda è la ripetizione dell'ultima parte della prima.
3 *Giulio Cesare Croce*: poeta bolognese (1550-1609), noto soprattutto per le facezie di Bertoldo e Bertoldino, fu autore di raccolte di enigmi (*enimmi*) in versi come la *Notte sollazzevole di cento enimmi* o *Duecento enigmi piacevoli da indovinare*.
4 *Moneti*: Francesco Moneti (Cortona 1635-Assisi 1712), frate conventuale autore di bizzarri componimenti «astromantipoetici».
5 *Caton l'Uticense*: ebbero notevole fortuna nella seconda metà del Seicento gli enigmi di Catone l'Uticense, pseudonimo del parmense Francesco Maurello.
6 *Stigliani*: Tommaso Stigliani (Matera 1573-Roma 1661), poeta antimarinista. L'indovinello qui citato (riferito alle forbici) è ripreso da quello presente nella raccolta delle *Rime*, Venezia, Ciotti, 1605, libro IV, p. 258. Una versione più vicina a quella pirandelliana è in D. Tolosani, *Enimmistica*, Milano, Hoepli, 1901.

*A un tempo stesso io mi son una, e due,*
*E fo due ciò ch'era una primamente.*
*Una mi adopra con le cinque sue*
*Contra infiniti che in capo ha la gente.*
*Tutta son bocca dalla cinta in sue,*
*E più mordo sdentata che con dente.*
*Ho due bellichi a contrapposti siti,*
*Gli occhi ho ne' piedi, e spesso a gli occhi i diti.*

Mi pare di vederlo ancora, nell'atto di recitare, spirante delizia da tutto il volto, con gli occhi semichiusi, facendo con le dita il chiocciolino.[1]

Mia madre era convinta che al bisogno nostro potesse bastare ciò che Pinzone c'insegnava; e credeva fors'anche, nel sentirci recitare gli enimmi del Croce o dello Stigliani, che ne avessimo già di avanzo. Non così zia Scolastica, la quale – non riuscendo ad appioppare a mia madre il suo prediletto Pomino – s'era messa a perseguitar Berto e me. Ma noi, forti della protezione della mamma, non le davamo retta, e lei si stizziva così fieramente che, se avesse potuto senza farsi vedere o sentire, ci avrebbe certo picchiato fino a levarci la pelle. Ricordo che una volta, scappando via al solito su le furie, s'imbatté in me per una delle stanze abbandonate; m'afferrò per il mento, me lo strinse forte forte con le dita, dicendomi: – *Bellino! bellino! bellino!* – e accostandomi, man mano che diceva, sempre più il volto al volto, con gli occhi negli occhi, finché poi emise una specie di grugnito e mi lasciò, ruggendo tra i denti:

– Muso di cane!

Ce l'aveva specialmente con me, che pure attendevo agli strampalati insegnamenti[2] di Pinzone senza confronto più di Berto. Ma doveva esser la mia faccia placida e stizzosa e quei grossi occhiali rotondi che mi avevano imposto per raddrizzarmi un occhio, il quale, non so perché, tendeva a guardare per conto suo, altrove.

---

1 *facendo... chiocciolino*: congiungendo pollice e indice e piegando le altre dita nella forma della chiocciola.
2 *attendevo... insegnamenti*: seguivo gli strampalati insegnamenti.

Erano per me, quegli occhiali, un vero martirio. A un certo punto, li buttai via e lasciai libero l'occhio di guardare dove gli piacesse meglio. Tanto, se dritto, quest'occhio non m'avrebbe fatto bello. Ero pieno di salute, e mi bastava.

A diciott'anni m'invase la faccia un barbone rossastro e ricciuto, a scàpito del naso piuttosto piccolo, che si trovò come sperduto tra esso e la fronte spaziosa e grave.

Forse, se fosse in facoltà dell'uomo la scelta d'un naso adatto alla propria faccia, o se noi, vedendo un pover'uomo oppresso da un naso troppo grosso per il suo viso smunto, potessimo dirgli: «*Questo naso sta bene a me, e me lo piglio;*» forse, dico, io avrei cambiato il mio volentieri, e così anche gli occhi e tante altre parti della mia persona. Ma sapendo bene che non si può, rassegnato alle mie fattezze, non me ne curavo più che tanto.

Berto, al contrario, bello di volto e di corpo (almeno paragonato con me), non sapeva staccarsi dallo specchio e si lisciava e si accarezzava e sprecava denari senza fine per le cravatte più nuove, per i profumi più squisiti e per la biancheria e il vestiario. Per fargli dispetto, un giorno, io presi dal suo guardaroba una marsina nuova fiammante, un panciotto elegantissimo di velluto nero, il gibus, [1] e me ne andai a caccia così parato.

Batta Malagna, intanto, se ne veniva a piangere presso mia madre le mal'annate che lo costringevano a contrar debiti onerosissimi per provvedere alle nostre spese eccessive e ai molti lavori di riparazione di cui avevano continuamente bisogno le campagne.

– Abbiamo avuto un'altra bella bussata! – diceva ogni volta, entrando.

La nebbia aveva distrutto sul nascere le olive, a *Due Riviere*; oppure la fillossera i vigneti dello *Sperone*. Bisognava piantare vitigni americani, resistenti al male. E dunque, altri debiti. Poi il consiglio di vendere lo *Sperone*, per liberarsi dagli strozzini, che lo assediavano. E così prima fu venduto lo *Sperone*, poi *Due Riviere*, poi *San Rocchino*.

1 *gibus*: cappello a cilindro.

Restavano le case e il podere della *Stìa*, col molino. Mia madre s'aspettava ch'egli un giorno venisse a dire ch'era seccata la sorgiva.

Noi fummo, è vero, scioperati, e spendevamo senza misura; ma è anche vero che un ladro più ladro di Batta Malagna non nascerà mai più su la faccia della terra. È il meno che io possa dirgli, in considerazione della parentela che fui costretto a contrarre con lui.

Egli ebbe l'arte di non farci mancare mai nulla, finché visse mia madre. Ma quell'agiatezza, quella libertà fino al capriccio, di cui ci lasciava godere, serviva a nascondere l'abisso che poi, morta mia madre, ingojò me solo; giacché mio fratello ebbe la ventura di contrarre a tempo un matrimonio vantaggioso.

Il mio matrimonio, invece...

– Bisognerà pure che ne parli, eh, don Eligio, del mio matrimonio?

Arrampicato là, su la sua scala da lampionajo, don Eligio Pellegrinotto mi risponde:

– E come no? Sicuro. Pulitamente...

– Ma che pulitamente! Voi sapete bene che...

Don Eligio ride, e tutta la chiesetta sconsacrata con lui. Poi mi consiglia:

– S'io fossi in voi, signor Pascal, vorrei prima leggermi qualche novella del Boccaccio o del Bandello.[1] Per il tono, per il tono...

Ce l'ha col tono, don Eligio. Auff! Io butto giù come vien viene.

Coraggio, dunque; avanti!

## IV · FU COSÌ

Un giorno, a caccia, mi fermai, stranamente impressio-

---

1 *del Boccaccio o del Bandello*: i maggiori autori della tradizione novellistica nel Trecento e nel Cinquecento.

nato, innanzi a un pagliajo nano e panciuto, che aveva un
pentolino in cima allo stollo. [1]

– Ti conosco, – gli dicevo, – ti conosco...

Poi, a un tratto, esclamai:

– To'! Batta Malagna.

Presi un tridente, ch'era lì per terra, e glielo infissi nel
pancione con tanta voluttà, che il pentolino in cima allo
stollo per poco non cadde. Ed ecco Batta Malagna,
quando, sudato e sbuffante, portava il cappello su le ven-
titré.

Scivolava tutto: gli scivolavano nel lungo faccione, di
qua e di là, le sopracciglia e gli occhi; gli scivolava il naso
su i baffi melensi e sul pizzo; gli scivolavano dall'attaccatura del collo le spalle; gli scivolava il pancione languido,
enorme, quasi fino a terra, perché, data l'imminenza di
esso su le gambette tozze, il sarto, per vestirgli quelle
gambette, era costretto a tagliargli quanto mai agiati [2] i
calzoni; cosicché, da lontano, pareva che indossasse invece, bassa bassa, una veste, e che la pancia gli arrivasse fino a terra.

Ora come, con una faccia e con un corpo così fatti, Malagna potesse esser tanto ladro, io non so. Anche i ladri,
m'immagino, debbono avere una certa impostatura, ch'e-
gli mi pareva non avesse. Andava piano, con quella sua
pancia pendente, sempre con le mani dietro la schiena, e
tirava fuori con tanta fatica quella sua voce molle, miago-
lante! Mi piacerebbe sapere com'egli li ragionasse [3] con la
sua propria coscienza i furti che di continuo perpetrava a
nostro danno. Non avendone, come ho detto, alcun bisogno, una ragione a se stesso, una scusa, doveva pur darla.
Forse, io dico, rubava per distrarsi in qualche modo, pover'uomo.

Doveva essere infatti, entro di sé, tremendamente afflitto da una di quelle mogli che si fanno rispettare.

Aveva commesso l'errore di sceglersi la moglie d'un pa-

1 *stollo*: palo di sostegno attorno a cui si accumula la paglia.
2 *agiati*: comodi, ampi.
3 *li ragionasse*: li giustificasse.

raggio[1] superiore al suo, ch'era molto basso. Or questa donna, sposata a un uomo di condizione pari alla sua, non sarebbe stata forse così fastidiosa com'era con lui, a cui naturalmente doveva dimostrare, a ogni minima occasione, ch'ella nasceva bene e che a casa sua si faceva così e così. Ed ecco il Malagna, obbediente, far così e così, come diceva lei – per parere un signore anche lui. – Ma gli costava tanto! Sudava sempre, sudava.

Per giunta, la signora Guendalina, poco dopo il matrimonio, si ammalò d'un male di cui non poté più guarire, giacché, per guarirne, avrebbe dovuto fare un sacrifizio superiore alle sue forze: privarsi nientemeno di certi pasticcini coi tartufi, che le piacevano tanto, e di simili altre golerìe,[2] e anche, anzi soprattutto, del vino. Non che ne bevesse molto; sfido! nasceva bene: ma non avrebbe dovuto berne neppure un dito, ecco.

Io e Berto, giovinetti, eravamo qualche volta invitati a pranzo dal Malagna. Era uno spasso sentirgli fare, coi dovuti riguardi, una predica alla moglie su la continenza, mentre lui mangiava, divorava con tanta voluttà i cibi più succulenti:

– Non ammetto, – diceva, – che per il momentaneo piacere che prova la gola al passaggio d'un boccone, per esempio, come questo – (*e giù il boccone*) – si debba poi star male un'intera giornata. Che sugo c'è?[3] Io son certo che me ne sentirei, dopo, profondamente avvilito. Rosina! – (*chiamava la serva*) – Dammene ancora un po'. Buona, questa salsa majonese!

– *Majalese!* – scattava allora la moglie inviperita. – Basta così! Guarda, il Signore dovrebbe farti provare che cosa vuol dire star male di stomaco. Impareresti ad aver considerazione per tua moglie.

– Come, Guendalina! Non ne ho? – esclamava Malagna, mentre si versava un po' di vino.

La moglie, per tutta risposta, si levava da sedere, gli to-

---

1 *paraggio*: condizione sociale.
2 *golerìe*: golosità.
3 *Che sugo c'è*: che gusto c'è.

glieva dalle mani il bicchiere e andava a buttare il vino dalla finestra.

– E perché? – gemeva quello, restando.

E la moglie:

– Perché per me è veleno! Me ne vedi versare un dito nel bicchiere? Toglimelo, e va' a buttarlo dalla finestra, come ho fatto io, capisci?

Malagna guardava, mortificato, sorridente, un po' Berto, un po' me, un po' la finestra, un po' il bicchiere; poi diceva:

– Oh Dio, e che sei forse una bambina? Io, con la violenza? Ma no, cara: tu, da te, con la ragione dovresti importelo il freno...

– E come? – gridava la moglie. – Con la tentazione sotto gli occhi? vedendo te che ne bevi tanto e te l'assapori e te lo guardi controlume, per farmi dispetto? Va' là, ti dico! Se fossi un altro marito, per non farmi soffrire...

Ebbene, Malagna arrivò fino a questo: non bevve più vino, per dare esempio di continenza alla moglie, e per non farla soffrire.

Poi – rubava... Eh sfido! Qualche cosa bisognava pur che facesse.

Se non che, poco dopo, venne a sapere che la signora Guendalina se lo beveva di nascosto, lei, il vino. Come se, per non farle male, potesse bastare che il marito non se ne accorgesse. E allora anche lui, Malagna, riprese a bere, ma fuor di casa, per non mortificare la moglie.

Seguitò tuttavia a rubare, è vero. Ma io so ch'egli desiderava con tutto il cuore dalla moglie un certo compenso alle afflizioni senza fine che gli procurava; desiderava cioè che ella un bel giorno si fosse risoluta a mettergli al mondo un figliuolo. Ecco! Il furto allora avrebbe avuto uno scopo, una scusa. Che non si fa per il bene dei figliuoli?

La moglie però deperiva di giorno in giorno, e Malagna non osava neppure di esprimerle questo suo ardentissimo desiderio. Forse ella era anche sterile, di natura. Bisognava aver tanti riguardi per quel suo male. Che se poi fosse morta di parto, Dio liberi?... E poi c'era anche il rischio che non portasse a compimento il figliuolo.

Così si rassegnava.

Era sincero? Non lo dimostrò abbastanza alla morte della signora Guendalina. La pianse, oh la pianse molto, e sempre la ricordò con una devozione così rispettosa che, al posto di lei, non volle più mettere un'altra signora – che! che! – e lo avrebbe potuto bene, ricco come già s'era fatto; ma prese la figlia d'un fattore di campagna, sana, florida, robusta e allegra; e così unicamente perché non potesse esser dubbio che ne avrebbe avuto la prole desiderata. Se si affrettò un po' troppo, via... bisogna pur considerare che non era più un giovanotto e tempo da perdere non ne aveva.

Oliva, figlia di Pietro Salvoni, nostro fattore a *Due Riviere*, io la conoscevo bene, da ragazza.

Per cagion sua, quante speranze non feci concepire alla mamma: ch'io stessi cioè per metter senno e prender gusto alla campagna. Non capiva più nei panni, dalla consolazione, poveretta! Ma un giorno la terribile zia Scolastica le aprì gli occhi:

– E non vedi, sciocca, che va sempre a *Due Riviere*?

– Sì, per il raccolto delle olive.

– D'un'oliva, d'un'oliva, d'un'oliva sola, bietolona![1]

La mamma allora mi fece una ramanzina coi fiocchi: che mi guardassi bene dal commettere il peccato mortale d'indurre in tentazione e di perdere per sempre una povera ragazza, ecc., ecc.

Ma non c'era pericolo. Oliva era onesta, di una onestà incrollabile, perché radicata nella coscienza del male che si sarebbe fatto, cedendo. Questa coscienza appunto le toglieva tutte quelle insulse timidezze de' finti pudori, e la rendeva ardita e sciolta.

Come rideva! Due ciriege,[2] le labbra. E che denti!

Ma, da quelle labbra, neppure un bacio; dai denti, sì, qualche morso, per castigo, quand'io la afferravo per le braccia e non volevo lasciarla se prima non le allungavo un bacio almeno su i capelli.

---

1 *bietolona*: credulona.
2 *ciriege*: antiquato per 'ciliege'.

Nient'altro.

Ora, così bella, così giovane e fresca, moglie di Batta Malagna... Mah! Chi ha il coraggio di voltar le spalle a certe fortune? Eppure Oliva sapeva bene come il Malagna fosse diventato ricco! Me ne diceva tanto male, un giorno; poi, per questa ricchezza appunto, lo sposò.

Passa intanto un anno dalle nozze; ne passano due; e niente figliuoli.

Malagna, entrato da tanto tempo nella convinzione che non ne aveva avuti dalla prima moglie solo per la sterilità o per la infermità continua di questa, non concepiva ora neppur lontanamente il sospetto che potesse dipender da lui. E cominciò a mostrare il broncio a Oliva.

– Niente?
– Niente.

Aspettò ancora un anno, il terzo: invano. Allora prese a rimbrottarla apertamente; e in fine, dopo un altro anno, ormai disperando per sempre, al colmo dell'esasperazione, si mise a malmenarla senza alcun ritegno; gridandole in faccia che con quella apparente floridezza ella lo aveva ingannato, ingannato, ingannato; che soltanto per aver da lei un figliuolo egli l'aveva innalzata fino a quel posto, già tenuto da una signora, da una vera signora, alla cui memoria, se non fosse stato per questo, non avrebbe fatto mai un tale affronto.

La povera Oliva non rispondeva, non sapeva che dire; veniva spesso a casa nostra per sfogarsi con mia madre, che la confortava con buone parole a sperare ancora, poiché infine era giovane, tanto giovane:

– Vent'anni?
– Ventidue...

E dunque, via! S'era dato più d'un caso d'aver figliuoli anche dopo dieci, anche dopo quindici anni dal giorno delle nozze.

– Quindici? Ma, e lui? Lui era già vecchio; e se...

A Oliva era nato fin dal primo anno il sospetto, che, via, tra lui e lei – come dire? – la mancanza potesse più esser di lui che sua, non ostante che egli si ostinasse a dir di no. Ma se ne poteva far la prova? Oliva, sposando, aveva giurato a se stessa di mantenersi onesta, e non voleva, neanche per riacquistar la pace, venir meno al giuramento.

Come le so io queste cose? Oh bella, come le so!... Ho pur detto che ella veniva a sfogarsi a casa nostra; ho detto che la conoscevo da ragazza; ora la vedevo piangere per l'indegno modo d'agire e la stupida e provocante presunzione di quel laido vecchiaccio, e... debbo proprio dir tutto? Del resto, fu no; e dunque basta.

Me ne consolai presto. Avevo allora, o credevo d'avere (ch'è lo stesso) tante cose per il capo. Avevo anche quattrini, che – oltre al resto – forniscono pure certe idee, le quali senza di essi non si avrebbero. Mi ajutava però maledettamente a spenderli Gerolamo II Pomino, che non ne era mai provvisto abbastanza, per la saggia parsimonia paterna.

Mino era come l'ombra nostra; a turno, mia e di Berto; e cangiava con meravigliosa facoltà scimmiesca, secondo che praticava con Berto o con me. Quando s'appiccicava a Berto, diventava subito un damerino; e il padre allora, che aveva anche lui velleità d'eleganza, apriva un po' la bocca al sacchetto.[1] Ma con Berto ci durava poco. Nel vedersi imitato finanche nel modo di camminare, mio fratello perdeva subito la pazienza, forse per paura del ridicolo, e lo bistrattava fino a cavarselo di torno. Mino allora tornava ad appiccicarsi a me; e il padre a stringer la bocca al sacchetto.

Io avevo con lui più pazienza, perché volentieri pigliavo a godermelo. Poi me ne pentivo. Riconoscevo d'aver ecceduto per causa sua in qualche impresa, o sforzato la mia natura o esagerato la dimostrazione de' miei sentimenti per il gusto di stordirlo o di cacciarlo in qualche impiccio, di cui naturalmente soffrivo anch'io le conseguenze.

Ora Mino, un giorno, a caccia, a proposito del Malagna, di cui gli avevo raccontato le prodezze con la moglie, mi disse che aveva adocchiato una ragazza, figlia d'una cugina del Malagna appunto, per la quale avrebbe commesso volentieri qualche grossa bestialità. Ne era capace;

1 *sacchetto*: borsa del danaro.

tanto più che la ragazza non pareva restìa; ma egli non aveva avuto modo finora neppur di parlarle.

– Non ne avrai avuto il coraggio, va' là! – dissi io ridendo.

Mino negò; ma arrossì troppo, negando.

– Ho parlato però con la serva, – s'affrettò a soggiungermi. – E n'ho saputo di belle, sai? M'ha detto che il tuo *Malanno* lo han lì sempre per casa, e che, così all'aria, le sembra che mediti qualche brutto tiro, d'accordo con la cugina, che è una vecchia strega.

– Che tiro?

– Mah, dice che va lì a piangere la sua sciagura, di non aver figliuoli. La vecchia, dura, arcigna, gli risponde che gli sta bene. Pare che essa, alla morte della prima moglie del Malagna, si fosse messo in capo di fargli sposare la propria figliuola e si fosse adoperata in tutti i modi per riuscirvi; che poi, disillusa, n'abbia detto di tutti i colori all'indirizzo di quel bestione, nemico dei parenti, traditore del proprio sangue, ecc., ecc., e che se la sia presa anche con la figliuola che non aveva saputo attirare a sé lo zio. Ora, infine, che il vecchio si dimostra tanto pentito di non aver fatto lieta la nipote, chi sa qual'altra perfida idea quella strega può aver concepito.

Mi turai gli orecchi con le mani, gridando a Mino:

– Sta' zitto!

Apparentemente, no; ma in fondo ero pur tanto ingenuo, in quel tempo. Tuttavia – avendo notizia delle scene ch'erano avvenute e avvenivano in casa Malagna – pensai che il sospetto di quella serva potesse in qualche modo esser fondato; e volli tentare, per il bene d'Oliva, se mi fosse riuscito d'appurare qualche cosa. Mi feci dare da Mino il recapito di quella strega. Mino mi si raccomandò per la ragazza.

– Non dubitare, – gli risposi. – La lascio a te, che diamine!

E il giorno dopo, con la scusa d'una cambiale, di cui per combinazione quella mattina stessa avevo saputo dalla mamma la scadenza in giornata, andai a scovar Malagna in casa della vedova Pescatore.

Avevo corso apposta, e mi precipitai dentro tutto accaldato e in sudore.

– Malagna, la cambiale!

Se già non avessi saputo ch'egli non aveva la coscienza pulita, me ne sarei accorto senza dubbio quel giorno vedendolo balzare in piedi pallido, scontraffatto, balbettando:

– Che... che cam..., che cambiale?

– La cambiale così e così, che scade oggi... Mi manda la mamma, che n'è tanto impensierita!

Batta Malagna cadde a sedere, esalando in un *ah* interminabile tutto lo spavento che per un istante lo aveva oppresso.

– Ma fatto!... tutto fatto!... Perbacco, che soprassalto... L'ho rinnovata, eh? a tre mesi, pagando i frutti, s'intende. Ti sei davvero fatta codesta corsa per così poco?

E rise, rise, facendo sobbalzare il pancione; m'invitò a sedere; mi presentò alle donne.

– Mattia Pascal. Marianna Dondi, vedova Pescatore, mia cugina. Romilda, mia nipote.

Volle che, per rassettarmi dalla corsa, bevessi qualcosa.

– Romilda, se non ti dispiace...

Come se fosse a casa sua.

Romilda si alzò, guardando la madre, per consigliarsi con gli occhi di lei, e poco dopo, non ostanti le mie proteste, tornò con un piccolo vassojo su cui era un bicchiere e una bottiglia di vermouth. Subito, a quella vista, la madre si alzò indispettita, dicendo alla figlia:

– Ma no! ma no! Da' qua!

Le tolse il vassojo dalle mani e uscì per rientrare poco dopo con un altro vassojo di lacca, nuovo fiammante, che reggeva una magnifica rosoliera: un elefante inargentato, con una botte di vetro sul groppone, e tanti bicchierini appesi tutt'intorno, che tintinnivano.

Avrei preferito il vermouth. Bevvi il rosolio. Ne bevvero anche il Malagna e la madre. Romilda, no.

Mi trattenni poco, quella prima volta, per avere una scusa a tornare: dissi che mi premeva di rassicurar la mamma intorno a quella cambiale, e che sarei venuto di lì a qualche giorno a goder con più agio della compagnia delle signore.

Non mi parve, dall'aria con cui mi salutò, che Marianna Dondi, vedova Pescatore, accogliesse con molto piacere l'annunzio d'una mia seconda visita: mi porse appena la mano: gelida mano, secca, nodosa, gialliccia; e abbassò gli occhi e strinse le labbra. Mi compensò la figlia con un simpatico sorriso che prometteva cordiale accoglienza, e con uno sguardo, dolce e mesto a un tempo, di quegli occhi che mi fecero fin dal primo vederla una così forte impressione: occhi d'uno strano color verde, cupi, intensi, ombreggiati da lunghissime ciglia; occhi notturni, tra due bande di capelli neri come l'ebano, ondulati, che le scendevano su la fronte e su le tempie, quasi a far meglio risaltare la viva bianchezza de la pelle.

La casa era modesta; ma già tra i vecchi mobili si notavano parecchi nuovi venuti, pretensiosi e goffi nell'ostentazione della loro novità troppo appariscente: due grandi lumi di majolica, per esempio, ancora intatti, dai globi di vetro smerigliato, di strana foggia, su un'umilissima mensola dal piano di marmo ingiallito, che reggeva uno specchio tetro in una cornice tonda, qua e là scrostata, la quale pareva si aprisse nella stanza come uno sbadiglio d'affamato. C'era poi, davanti al divanuccio sgangherato, un tavolinetto con le quattro zampe dorate e il piano di porcellana dipinto di vivacissimi colori; poi uno stipetto a muro, di lacca giapponese, ecc., ecc., e su questi oggetti nuovi gli occhi di Malagna si fermavano con evidente compiacenza, come già su la rosoliera recata in trionfo dalla cugina vedova Pescatore.

Le pareti della stanza eran quasi tutte tappezzate di vecchie e non brutte stampe, di cui il Malagna volle farmi ammirare qualcuna, dicendomi ch'erano opera di Francesco Antonio Pescatore, suo cugino, valentissimo incisore (morto pazzo, a Torino, – aggiunse piano), del quale volle anche mostrarmi il ritratto.

– Eseguito con le proprie mani, da sé, davanti allo specchio.

Ora io, guardando Romilda e poi la madre, avevo poc'anzi pensato: «Somiglierà al padre!». Adesso, di fronte al ritratto di questo, non sapevo più che pensare.

Non voglio arrischiare supposizioni oltraggiose. Stimo, è vero, Marianna Dondi, vedova Pescatore, capace di tutto; ma come immaginare un uomo, e per giunta bello, capace d'essersi innamorato di lei? Tranne che non fosse stato un pazzo più pazzo del marito.

Riferii a Mino le impressioni di quella prima visita. Gli parlai di Romilda con tal calore d'ammirazione, ch'egli subito se ne accese, felicissimo che anche a me fosse tanto piaciuta e d'aver la mia approvazione.

Io allora gli domandai che intenzioni avesse: la madre, sì, aveva tutta l'aria d'essere una strega; ma la figliuola, ci avrei giurato, era onesta. Nessun dubbio su le mire infami del Malagna; bisognava dunque, a ogni costo, al più presto, salvare la ragazza.

– E come? – mi domandò Pomino, che pendeva affascinato dalle mie labbra.

– Come? Vedremo. Bisognerà prima di tutto accertarsi di tante cose; andare in fondo; studiar bene. Capirai, non si può mica prendere una risoluzione così su due piedi. Lascia fare a me: t'ajuterò. Codesta avventura mi piace.

– Eh... ma... – obbiettò allora Pomino, timidamente, cominciando a sentirsi sulle spine nel vedermi così infatuato. – Tu diresti forse... sposarla?

– Non dico nulla, io, per adesso. Hai paura, forse?

– No, perché?

– Perché ti vedo correre troppo. Piano piano, e rifletti. Se veniamo a conoscere ch'ella è davvero come dovrebbe essere: buona, saggia, virtuosa (bella è, non c'è dubbio, e ti piace, non è vero?) – oh! poniamo ora che veramente ella sia esposta, per la nequizia della madre e di quell'altra canaglia, a un pericolo gravissimo, a uno scempio, a un mercato infame: proveresti ritegno innanzi a un atto meritorio, a un'opera santa, di salvazione?

– Io no... no! – fece Pomino. – Ma... mio padre?

– S'opporrebbe? Per qual ragione? Per la dote, è vero? Non per altro! Perché ella, sai? è figlia d'un artista, d'un valentissimo incisore, morto... sì, morto bene, insomma, a

Torino... Ma tuo padre è ricco, e non ha che te solo: ti può dunque contentare, senza badare alla dote! Che se poi, con le buone, non riesci a vincerlo, niente paura: un bel volo dal nido,[1] e s'aggiusta ogni cosa. Pomino, hai il cuore di stoppa?

Pomino rise, e io allora gli dimostrai quattro e quattr'otto che egli era nato marito, come si nasce poeta. Gli descrissi a vivi colori, seducentissimi, la felicità della vita coniugale con la sua Romilda; l'affetto, le cure, la gratitudine ch'ella avrebbe avuto per lui, suo salvatore. E, per concludere:

– Tu ora, – gli dissi, – devi trovare il modo e la maniera di farti notare da lei e di parlarle o di scriverle. Vedi, in questo momento, forse, una tua lettera potrebbe essere per lei, assediata da quel ragno, un'àncora di salvezza. Io intanto frequenterò la casa; starò a vedere; cercherò di cogliere l'occasione di presentarti. Siamo intesi?

– Intesi.

Perché mostravo tanta smania di maritar Romilda? – Per niente. Ripeto: per il gusto di stordire Pomino. Parlavo e parlavo, e tutte le difficoltà sparivano. Ero impetuoso, e prendevo tutto alla leggera. Forse per questo, allora, le donne mi amavano, non ostante quel mio occhio un po' sbalestrato e il mio corpo da pezzo da catasta. Questa volta, però, – debbo dirlo – la mia foga proveniva anche dal desiderio di sfondare la trista ragna[2] ordita da quel laido vecchio, e farlo restare con un palmo di naso; dal pensiero della povera Oliva; e anche – perché no? – dalla speranza di fare un bene a quella ragazza che veramente mi aveva fatto una grande impressione.

Che colpa ho io se Pomino eseguì con troppa timidezza le mie prescrizioni? che colpa ho io se Romilda, invece d'innamorarsi di Pomino, s'innamorò di me, che pur le parlavo sempre di lui? che colpa, infine, se la perfidia di Marianna Dondi, vedova Pescatore, giunse fino a farmi credere ch'io con la mia arte, in poco tempo, fossi riuscito

1 *un bel... nido*: una fuga da casa.
2 *ragna*: ragnatela.

a vincere la diffidenza di lei e a fare anche un miracolo: quello di farla ridere più d'una volta, con le mie uscite balzane? Le vidi a poco a poco ceder le armi; mi vidi accolto bene; pensai che, con un giovanotto lì per casa, ricco (io mi credevo ancora ricco) e che dava non dubbii segni di essere innamorato della figlia, ella avesse finalmente smesso la sua iniqua idea, se pure le fosse mai passata per il capo. Ecco: ero giunto finalmente a dubitarne!

Avrei dovuto, è vero, badare al fatto che non m'era più avvenuto d'incontrarmi col Malagna in casa di lei, e che poteva non esser senza ragione ch'ella mi ricevesse soltanto di mattina. Ma chi ci badava? Era, del resto, naturale, poiché io ogni volta, per aver maggior libertà, proponevo gite in campagna, che si fanno più volentieri di mattina. Mi ero poi innamorato anch'io di Romilda, pur seguitando sempre a parlarle dell'amore di Pomino; innamorato come un matto di quegli occhi belli, di quel nasino, di quella bocca, di tutto, finanche d'un piccolo porro ch'ella aveva sulla nuca, ma finanche d'una cicatrice quasi invisibile in una mano, che le baciavo e le baciavo e le baciavo... per conto di Pomino, perdutamente.

Eppure, forse, non sarebbe accaduto nulla di grave, se una mattina Romilda (eravamo alla *Stìa* e avevamo lasciato la madre ad ammirare il molino), tutt'a un tratto, smettendo lo scherzo troppo ormai prolungato sul suo timido amante lontano, non avesse avuto un'improvvisa convulsione di pianto e non m'avesse buttato le braccia al collo, scongiurandomi tutta tremante che avessi pietà di lei; me la togliessi comunque, purché via lontano, lontano dalla sua casa, lontano da quella sua madraccia, da tutti, subito, subito, subito...

Lontano? Come potevo così subito condurla via, lontano?

Dopo, sì, per parecchi giorni, ancora ebbro di lei, cercai il modo, risoluto a tutto, onestamente. E già cominciavo a predisporre mia madre alla notizia del mio prossimo matrimonio, ormai inevitabile, per debito di coscienza, quando, senza saper perché, mi vidi arrivare una lettera secca secca di Romilda, che mi diceva di non occuparmi più di lei in alcun modo e di non recarmi mai più in casa sua, considerando come finita per sempre la nostra relazione.

Ah sì? E come? Che era avvenuto?

Lo stesso giorno Oliva corse piangendo in casa nostra ad annunziare alla mamma ch'ella era la donna più infelice di questo mondo, che la pace della sua casa era per sempre distrutta. Il suo uomo era riuscito a far la prova che non mancava per lui aver figliuoli; [1] era venuto ad annunziarglielo, trionfante.

Ero presente a questa scena. Come abbia fatto a frenarmi lì per lì, non so. Mi trattenne il rispetto per la mamma. Soffocato dall'ira, dalla nausea, scappai a chiudermi in camera, e solo, con le mani tra i capelli, cominciai a domandarmi come mai Romilda, dopo quanto era avvenuto fra noi, si fosse potuta prestare a tanta ignominia! Ah, degna figlia della madre! Non il vecchio soltanto avevano entrambe vilissimamente ingannato, ma anche me, anche me! E, come la madre, anche lei dunque si era servita di me, vituperosamente, per il suo fine infame, per la sua ladra voglia! E quella povera Oliva, intanto! Rovinata, rovinata...

Prima di sera uscii, ancor tutto fremente, diretto alla casa d'Oliva. Avevo con me, in tasca, la lettera di Romilda.

Oliva, in lagrime, raccoglieva le sue robe: voleva tornare dal suo babbo, a cui finora, per prudenza, non aveva fatto neppure un cenno di quanto le era toccato a soffrire.

– Ma, ormai, che sto più a farci? – mi disse. – È finita! Se si fosse almeno messo con qualche altra, forse...

– Ah tu sai dunque, – le domandai, – con chi s'è messo?

Chinò più volte il capo, tra i singhiozzi, e si nascose la faccia tra le mani.

– Una ragazza! – esclamò poi, levando le braccia. – E la madre! la madre! la madre! D'accordo, capisci? La propria madre!

– Lo dici a me? – feci io. – Tieni: leggi.

---

1 *che... figliuoli*: che non mancavano i figli per colpa sua.

E le porsi la lettera.

Oliva la guardò, come stordita; la prese e mi doman-dò:

– Che vuol dire?

Sapeva leggere appena. Con lo sguardo mi chiese se fos-se proprio necessario ch'ella facesse quello sforzo, in quel momento.

– Leggi, – insistetti io.

E allora ella si asciugò gli occhi, spiegò il foglio e si mi-se a interpretar la scrittura, pian piano, sillabando. Dopo le prime parole, corse con gli occhi alla firma, e mi guar-dò, sgranando gli occhi:

– Tu?

– Da' qua, – le dissi, – te la leggo io, per intero.

Ma ella si strinse la carta contro il seno:

– No! – gridò. – Non te la do più! Questa ora mi ser-ve!

– E a che potrebbe servirti? – le domandai, sorridendo amaramente. – Vorresti mostrargliela? Ma in tutta code-sta lettera non c'è una parola per cui tuo marito potrebbe non credere più a ciò che egli invece è felicissimo di cre-dere. Te l'hanno accalappiato bene, va' là!

– Ah, è vero! è vero! – gemette Oliva. – Mi è venuto con le mani in faccia, gridandomi che mi fossi guardata bene dal metter in dubbio l'onorabilità di sua nipote![1]

– E dunque? – dissi io, ridendo acre. – Vedi? Tu non puoi più ottener nulla negando. Te ne devi guardar bene! Devi anzi dirgli di sì, che è vero, verissimo ch'egli può aver figliuoli... comprendi?

Ora perché mai, circa un mese dopo, Malagna picchiò, furibondo, la moglie, e, con la schiuma ancora alla bocca,

---

1 *onorabilità... nipote*: onorabilità che, dunque, sarebbe stata messa in discussione da una relazione della nipote con un estraneo, ma non da quella con lo zio. È un intreccio costruito sulla paradossalità di rapporti coniugali o parentali che poi diverrà tipico del teatro pirandelliano. Il medesimo tema della paternità scambiata per nascondere una *impotentia generandi* sarà centrale nella commedia *Liolà*, messa in scena, in dialet-to, nel 1916.

si precipitò in casa mia, gridando che esigeva subito una riparazione perché io gli avevo disonorata, rovinata una nipote, una povera orfana? Soggiunse che, per non fare uno scandalo, egli avrebbe voluto tacere. Per pietà di quella poveretta, non avendo egli figliuoli, aveva anzi risoluto di tenersi quella creatura, quando sarebbe nata, come sua. Ma ora che Dio finalmente gli aveva voluto dare la consolazione *d'aver un figliuolo legittimo, lui, dalla propria moglie*, non poteva, non poteva più, in coscienza, fare anche da padre a quell'altro che sarebbe nato da sua nipote.

– Mattia provveda! Mattia ripari! – concluse, congestionato dal furore. – E subito! Mi si obbedisca subito! E non mi si costringa a dire di più, o a fare qualche sproposito!

Ragioniamo un po', arrivati a questo punto. Io n'ho viste di tutti i colori. Passare anche per imbecille o per... peggio, non sarebbe, in fondo, per me, un gran guajo. Già – ripeto – son come fuori della vita, e non m'importa più di nulla. Se dunque, arrivato a questo punto, voglio ragionare, è soltanto per la logica.

Mi sembra evidente che Romilda non ha dovuto far nulla di male, almeno per indurre in inganno lo zio. Altrimenti, perché Malagna avrebbe subito a suon di busse rinfacciato alla moglie il tradimento e incolpato me presso mia madre d'aver recato oltraggio alla nipote?

Romilda infatti sostiene che, poco dopo quella nostra gita alla *Stìa*, sua madre, avendo ricevuto da lei la confessione dell'amore che ormai la legava a me indissolubilmente, montata su tutte le furie, le aveva gridato in faccia che mai e poi mai avrebbe acconsentito a farle sposare uno scioperato, già quasi all'orlo del precipizio. Ora, poiché da sé, ella, aveva recato a se stessa il peggior male che a una fanciulla possa capitare, non restava più a lei, madre previdente, che di trarre da questo male il miglior partito. Quale fosse, era facile intendere. Venuto, all'ora solita, il Malagna, ella andò via, con una scusa, e la lasciò sola con lo zio. E allora, lei, Romilda, piangendo – dice – a calde lagrime, si gittò ai piedi di lui, gli fece intendere la sua sciagura e ciò che la madre avrebbe preteso da lei; lo pregò d'interporsi, d'indurre la madre a più onesti consigli, poiché ella era già d'un altro, a cui voleva serbarsi fedele.

Malagna s'intenerì – ma fino a un certo segno. Le disse che ella era ancor minorenne, e perciò sotto la potestà della madre, la quale, volendo, avrebbe potuto anche agire contro di me, giudiziariamente; che anche lui, in coscienza, non avrebbe saputo approvare un matrimonio con un discolo della mia forza, sciupone e senza cervello, e che non avrebbe potuto perciò consigliarlo alla madre; le disse che al giusto e naturale sdegno materno bisognava che lei sacrificasse pure qualche cosa, che sarebbe poi stata, del resto, la sua fortuna; e concluse che egli non avrebbe potuto infine far altro che provvedere – a patto però che si fosse serbato con tutti il massimo segreto – provvedere al nascituro, fargli da padre, ecco, giacché egli non aveva figliuoli e ne desiderava tanto e da tanto tempo uno.

Si può essere – domando io – più onesti di così?

Ecco qua: tutto quello che aveva rubato al padre egli lo avrebbe rimesso al figliuolo nascituro.

Che colpa ha lui, se io, – poi, – ingrato e sconoscente, andai a guastargli le uova nel paniere?

Due, no! eh, due, no, perbacco!

Gli parvero troppi, forse perché avendo già Roberto, com'ho detto, contratto un matrimonio vantaggioso, stimò che non lo avesse danneggiato tanto, da dover rendere anche per lui.

In conclusione, si vede che – capitato in mezzo a così brava gente – tutto il male lo avevo fatto io. E dovevo dunque scontarlo.

Mi ricusai dapprima, sdegnosamente. Poi, per le preghiere di mia madre, che già vedeva la rovina della nostra casa e sperava ch'io potessi in qualche modo salvarmi, sposando la nipote di quel suo nemico, cedetti e sposai.

Mi pendeva, tremenda, sul capo l'ira di Marianna Dondi, vedova Pescatore.

# V · MATURAZIONE[1]

La strega non si sapeva dar pace:

– Che hai concluso? – mi domandava. – Non t'era bastato, di', esserti introdotto in casa mia come un ladro per insidiarmi la figliuola e rovinarmela? Non t'era bastato?

– Eh no, cara suocera! – le rispondevo. – Perché, se mi fossi arrestato lì vi avrei fatto un piacere, reso un servizio...

– Lo senti? – strillava allora alla figlia. – Si vanta, osa vantarsi per giunta della bella prodezza che è andato a commettere con quella... – e qui una filza di laide parole all'indirizzo di Oliva; poi, arrovesciando le mani su i fianchi, appuntando le gomita davanti: – Ma che hai concluso? Non hai rovinato anche tuo figlio, così? Ma già, a lui, che glien'importa? È suo anche quello, è suo...

Non mancava mai di schizzare in fine questo veleno, sapendo la virtù ch'esso aveva sull'animo di Romilda, gelosa di quel figlio che sarebbe nato a Oliva, tra gli agi e in letizia; mentre il suo, nell'angustia, nell'incertezza del domani, e fra tutta quella guerra.[2] Le facevano crescere questa gelosia anche le notizie che qualche buona donna, fingendo di non saper nulla, veniva a recarle della zia Malagna, ch'era così contenta, così felice della grazia che Dio finalmente aveva voluto concederle: ah, si era fatta un fiore; non era stata mai così bella e prosperosa!

E lei, intanto, ecco: buttata lì su una poltrona, rivoltata da continue nausee; pallida, disfatta, imbruttita, senza più un momento di bene, senza più voglia neanche di parlare o d'aprir gli occhi.

Colpa mia anche questa? Pareva di sì. Non mi poteva

---

1 *Maturazione*: nell'edizione del 1904 il capitolo iniziava con una importante variante relativa alla concretizzazione dei pensieri in «forme d'esseri viventi, la cui apparenza corrisponde all'intima loro natura». La teoria, tratta probabilmente dalla dissertazione teosofica di Charles Leadbeater, *Le plan astral* (cfr. cap. IX) è riferita agli incubi della nuova vita matrimoniale di Mattia. Per lo svolgimento di analoghi concetti in altri testi pirandelliani cfr. L. Pirandello, *Tutti i romanzi*, a cura di G. Macchia e M. Costanzo, vol. I, Milano, Mondadori, 1973, p. 353, n. 3.
2 *fra... guerra*: fra tutti quei conflitti.

più né vedere né sentire. E fu peggio, quando per salvare il podere della *Stìa*, col molino, si dovettero vendere le case, e la povera mamma fu costretta a entrar nell'inferno di casa mia.

Già, quella vendita non giovò a nulla. Il Malagna con quel figlio nascituro, che lo abilitava ormai a non aver più né ritegno né scrupolo, fece l'ultima: si mise d'accordo con gli strozzini, e comprò lui, senza figurare, le case, per pochi bajocchi. I debiti che gravavano su la *Stìa* restarono così per la maggior parte scoperti; e il podere insieme col molino fu messo dai creditori sotto amministrazione giudiziaria. E fummo liquidati.

Che fare ormai? Mi misi, ma quasi senza speranza, in cerca di un'occupazione qual si fosse, per provvedere ai bisogni più urgenti della famiglia. Ero inetto a tutto; e la fama che m'ero fatta con le mie imprese giovanili e con la mia scioperataggine non invogliava certo nessuno a darmi da lavorare. Le scene poi, a cui giornalmente mi toccava d'assistere e di prender parte in casa mia, mi toglievano quella calma che mi abbisognava per raccogliermi un po' a considerare ciò che avrei potuto e saputo fare.

Mi cagionava un vero e proprio ribrezzo il veder mia madre, lì, in contatto con la vedova Pescatore. La santa vecchietta mia, non più ignara, ma agli occhi miei irresponsabile de' suoi torti, dipesi dal non aver saputo credere fino a tanto alla nequizia degli uomini, se ne stava tutta ristretta in sé, con le mani in grembo, gli occhi bassi, seduta in un cantuccio, ma come se non fosse ben sicura di poterci stare, lì a quel posto; come se fosse sempre in attesa di partire, di partire fra poco – se Dio voleva! E non dava fastidio neanche all'aria. Sorrideva ogni tanto a Romilda, pietosamente; non osava più di accostarsele; perché, una volta, pochi giorni dopo la sua entrata in casa nostra, essendo accorsa a prestarle ajuto, era stata sgarbatamente allontanata da quella strega.

– Faccio io, faccio io; so quel che debbo fare.

Per prudenza, avendo Romilda veramente bisogno d'ajuto in quel momento, m'ero stato zitto; ma spiavo perché nessuno le mancasse di rispetto.

M'accorgevo intanto che questa guardia ch'io facevo a mia madre irritava sordamente la strega e anche mia moglie, e temevo che, quand'io non fossi in casa, esse, per sfogar la stizza e votarsi il cuore della bile, la maltrattassero. Sapevo di certo che la mamma non mi avrebbe detto mai nulla. E questo pensiero mi torturava. Quante, quante volte non le guardai gli occhi per vedere se avesse pianto! Ella mi sorrideva, mi carezzava con lo sguardo, poi mi domandava:

– Perché mi guardi così?

– Stai bene, mamma?

Mi faceva un atto appena appena con la mano e mi rispondeva:

– Bene; non vedi? Va' da tua moglie, va'; soffre, poverina.

Pensai di scrivere a Roberto, a Oneglia, per dirgli che si prendesse lui in casa la mamma, non per togliermi un peso che avrei tanto volentieri sopportato anche nelle ristrettezze in cui mi trovavo, ma per il bene di lei unicamente.

Berto mi rispose che non poteva; non poteva perché la sua condizione di fronte alla famiglia della moglie e alla moglie stessa era penosissima, dopo il nostro rovescio: egli viveva ormai su la dote della moglie, e non avrebbe dunque potuto imporre a questa anche il peso della suocera. Del resto, la mamma – diceva – si sarebbe forse trovata male allo stesso modo in casa sua, perché anche egli conviveva con la madre della moglie, buona donna, sì, ma che poteva diventar cattiva per le inevitabili gelosie e gli attriti che nascono tra suocere. Era dunque meglio che la mamma rimanesse a casa mia; se non altro, non si sarebbe così allontanata negli ultimi anni dal suo paese e non sarebbe stata costretta a cangiar vita e abitudini. Si dichiarava infine dolentissimo di non potere, per tutte le considerazioni esposte più sù, prestarmi un anche menomo[1] soccorso pecuniario, come con tutto il cuore avrebbe voluto.

1 *menomo*: minimo.

Io nascosi questa lettera alla mamma. Forse se l'animo esasperato in quel momento non mi avesse offuscato il giudizio, non me ne sarei tanto indignato; avrei considerato, per esempio, secondo la natural disposizione del mio spirito, che se un rosignolo dà via le penne della coda, può dire: mi resta il dono del canto; ma se le fate dar via a un pavone, le penne della coda, che gli resta? Rompere anche per poco l'equilibrio che forse gli costava tanto studio, l'equilibrio per cui poteva vivere pulitamente e fors'anche con una cert'aria di dignità alle spalle della moglie, sarebbe stato per Berto sacrifizio enorme, una perdita irreparabile. Oltre alla bella presenza, alle garbate maniere, a quella sua impostatura d'elegante signore, non aveva più nulla, lui, da dare alla moglie; neppure un briciolo di cuore, che forse l'avrebbe compensata del fastidio che avrebbe potuto recarle la povera mamma mia. Mah! Dio l'aveva fatto così; gliene aveva dato pochino pochino, di cuore. Che poteva farci, povero Berto?

Intanto le angustie crescevano; e io non trovavo da porvi riparo. Furon venduti gli ori della mamma, cari ricordi. La vedova Pescatore, temendo che io e mia madre fra poco dovessimo anche vivere sulla sua rendituccia dotale di quarantadue lire mensili, diventava di giorno in giorno più cupa e di più fosche maniere. Prevedevo da un momento all'altro un prorompimento del suo furore, contenuto ormai da troppo tempo, forse per la presenza e per il contegno della mamma. Nel vedermi aggirar per casa come una mosca senza capo, quella bufera di femmina mi lanciava certe occhiatacce, lampi forieri di tempesta. Uscivo per levar la corrente e impedire la scarica. Ma poi temevo per la mamma, e rincasavo.

Un giorno, però, non feci a tempo. La tempesta, finalmente, era scoppiata, e per un futilissimo pretesto: per una visita delle due vecchie serve alla mamma.

Una di esse, non avendo potuto metter nulla da parte, perché aveva dovuto mantenere una figlia rimasta vedova con tre bambini, s'era subito allogata[1] altrove a servire;

1 *allogata*: sistemata.

ma l'altra, Margherita, sola al mondo, più fortunata, poteva ora riposar la sua vecchiaja, col gruzzoletto raccolto in tanti anni di servizio in casa nostra. Ora pare che con queste due buone donne, già fidate compagne di tanti anni, la mamma si fosse pian piano rammaricata di quel suo misero e amarissimo stato. Subito allora Margherita, la buona vecchierella che già l'aveva sospettato e non osava dirglielo, le aveva profferto d'andar via con lei, a casa sua: aveva due camerette pulite, con un terrazzino che guardava il mare, pieno di fiori: sarebbero state insieme, in pace: oh, ella sarebbe stata felice di poterla ancora servire, di poterle dimostrare ancora l'affetto e la devozione che sentiva per lei.

Ma poteva accettar mia madre la profferta di quella povera vecchia? Donde l'ira della vedova Pescatore.

Io la trovai, rincasando, con le pugna protese contro Margherita, la quale pur le teneva testa coraggiosamente, mentre la mamma, spaventata, con le lagrime agli occhi, tutta tremante, si teneva aggrappata con ambo le mani all'altra vecchietta, come per ripararsi.

Veder mia madre in quell'atteggiamento e perdere il lume degli occhi fu tutt'uno. Afferrai per un braccio la vedova Pescatore e la mandai a ruzzolar lontano. Ella si rizzò in un lampo e mi venne incontro, per saltarmi addosso; ma s'arrestò di fronte a me.

– Fuori! – mi gridò. – Tu e tua madre, via! Fuori di casa mia!

– Senti; – le dissi io allora, con la voce che mi tremava dal violento sforzo che facevo su me stesso, per contenermi. – Senti: vattene via tu, or ora, con le tue gambe, e non cimentarmi più. Vattene, per il tuo bene! Vattene!

Romilda, piangendo e gridando, si levò dalla poltrona e venne a buttarsi tra le braccia della madre:

– No! Tu con me, mamma! Non mi lasciare, non mi lasciare qua sola!

Ma quella degna madre la respinse, furibonda:

– L'hai voluto? tientelo ora, codesto mal ladrone! Io vado sola!

Ma non se ne andò, s'intende.

Due giorni dopo, mandata – suppongo – da Margherita, venne in gran furia, al solito, zia Scolastica, per portarsi via con sé la mamma.

Questa scena merita di essere rappresentata.

La vedova Pescatore stava, quella mattina, a fare il pane, sbracciata, con la gonnella tirata sù e arrotolata intorno alla vita, per non sporcarsela. Si voltò appena, vedendo entrare la zia, e seguitò ad abburattare,[1] come se nulla fosse. La zia non ci fece caso; del resto, ella era entrata senza salutar nessuno; diviata a mia madre,[2] come se in quella casa non ci fosse altri che lei.

– Subito, via, vèstiti! Verrai con me. Mi fu sonata non so che campana. Eccomi qua. Via, presto! il fagottino!

Parlava a scatti. Il naso adunco, fiero, nella faccia bruna, itterica, le fremeva, le si arricciava di tratto in tratto, e gli occhi le sfavillavano.

La vedova Pescatore, zitta.

Finito di abburattare, intrisa la farina e coagulatala in pasta, ora essa la brandiva alta e la sbatteva forte apposta, su la madia: rispondeva così a quel che diceva la zia. Questa, allora, rincarò la dose. E quella, sbattendo man mano più forte: «Ma sì! – ma certo! – ma come no? – ma sicuramente!»; poi, come se non bastasse, andò a prendere il matterello e se lo pose lì accanto, su la madia, come per dire: ci ho anche questo.

Non l'avesse mai fatto! Zia Scolastica scattò in piedi, si tolse furiosamente lo scialletto che teneva su le spalle e lo lanciò a mia madre:

– Eccoti! lascia tutto. Via subito!

E andò a piantarsi di faccia alla vedova Pescatore. Questa, per non averla così dinanzi a petto, si tirò un passo indietro, minacciosa, come volesse brandire il matterello; e allora zia Scolastica, preso a due mani dalla madia il grosso batuffolo della pasta, gliel'appiastrò sul capo, glielo tirò giù su la faccia e, a pugni chiusi, là, là, là, sul naso,

1 *abburattare*: lavorare con il buratto. Il buratto è il setaccio con cui si separa la farina dalla crusca.
2 *diviata a mia madre*: risoluta verso mia madre.

sugli occhi, in bocca, dove coglieva coglieva. Quindi afferrò per un braccio mia madre e se la trascinò via.

Quel che seguì fu per me solo. La vedova Pescatore,
ruggendo dalla rabbia, si strappò la pasta dalla faccia, dai
capelli tutti appiastricciati, e venne a buttarla in faccia a
me, che ridevo, ridevo in una specie di convulsione; m'afferrò la barba, mi sgraffiò tutto; poi, come impazzita, si
buttò per terra e cominciò a strapparsi le vesti addosso, a
rotolarsi, a rotolarsi, frenetica, sul pavimento; mia moglie
intanto (*sit venia verbo*) receva[1] di là, tra acutissime stri-
da, mentr'io:

– Le gambe! le gambe! – gridavo alla vedova Pescatore
per terra. – Non mi mostrate le gambe, per carità!

Posso dire che da allora ho fatto il gusto a ridere di tutte le mie sciagure e d'ogni mio tormento. Mi vidi, in quel-
l'istante, attore d'una tragedia che più buffa non si sarebbe potuta immaginare: mia madre, scappata via, così, con
quella matta; mia moglie, di là, che... lasciamola stare!;
Marianna Pescatore lì per terra; e io, io che non avevo più
pane, quel che si dice pane, per il giorno appresso, io con
la barba tutta impastocchiata, il viso sgraffiato, grondante
non sapevo ancora se di sangue o di lagrime, per il troppo
ridere. Andai ad accertarmene allo specchio. Erano lagrime; ma ero anche sgraffiato bene. Ah quel mio occhio, in
quel momento, quanto mi piacque! Per disperato, mi s'era
messo a guardare più che mai altrove,[2] altrove per conto
suo. E scappai via, risoluto a non rientrare in casa, se prima non avessi trovato comunque da mantenere, anche miseramente, mia moglie e me.

Dal dispetto rabbioso che sentivo in quel momento per
la sventatezza mia di tanti anni, argomentavo però facilmente che la mia sciagura non poteva ispirare a nessuno,
non che compatimento, ma neppur considerazione. Me
l'ero ben meritata. Uno solo avrebbe potuto averne pietà:

1 *receva*: vomitava (dal latino *reicere* 'rigettare').
2 *guardare... altrove*: si precisa la valenza simbolica dell'occhio strabico
di Mattia, che permette appunto di guardare *altrove*.

colui che aveva fatto man bassa d'ogni nostro avere; ma figurarsi se Malagna poteva più sentir l'obbligo di venirmi in soccorso dopo quanto era avvenuto tra me e lui.

Il soccorso, invece, mi venne da chi meno avrei potuto aspettarmelo.

Rimasto tutto quel giorno fuori di casa, verso sera, m'imbattei per combinazione in Pomino, che, fingendo di non accorgersi di me, voleva tirar via di lungo.

– Pomino!

Si volse, torbido in faccia, e si fermò con gli occhi bassi:

– Che vuoi?

– Pomino! – ripetei io più forte, scotendolo per una spalla e ridendo di quella sua mutria. – Dici sul serio?

Oh, ingratitudine umana! Me ne voleva, per giunta, me ne voleva, Pomino, del tradimento che, a suo credere, gli avevo fatto. Né mi riuscì di convincerlo che il tradimento invece lo aveva fatto lui a me, e che avrebbe dovuto non solo ringraziarmi, ma buttarsi anche a faccia per terra, a baciare dove io ponevo i piedi.

Ero ancora com'ebbro di quella gajezza mala che si era impadronita di me da quando m'ero guardato allo specchio.

– Vedi questi sgraffii? – gli dissi, a un certo punto. – Lei me li ha fatti!

– Ro... cioè, tua moglie?

– Sua madre!

E gli narrai come e perché. Sorrise, ma parcamente. Forse pensò che a lui non li avrebbe fatti, quegli sgraffii, la vedova Pescatore: era in ben altra condizione dalla mia, e aveva altra indole e altro cuore, lui.

Mi venne allora la tentazione di domandargli perché dunque, se veramente n'era così addogliato,[1] non l'aveva sposata lui, Romilda, a tempo, magari prendendo il volo con lei, com'io gli avevo consigliato, prima che, per la sua ridicola timidezza o per la sua indecisione, fosse capitata a me la disgrazia d'innamorarmene; e altro, ben altro avrei

1 *addogliato*: addolorato.

voluto dirgli, nell'orgasmo in cui mi trovavo; ma mi trattenni. Gli domandai, invece, porgendogli la mano, con chi se la facesse, di quei giorni.

– Con nessuno! – sospirò egli allora. – Con nessuno! Mi annojo, mi annojo mortalmente!

Dall'esasperazione con cui proferì queste parole mi parve d'intendere a un tratto la vera ragione per cui Pomino era così addogliato. Ecco qua: non tanto Romilda egli forse rimpiangeva, quanto la compagnia che gli era venuta a mancare; Berto non c'era più; con me non poteva più praticare, perché c'era Romilda di mezzo, e che restava più dunque da fare al povero Pomino?

– Ammógliati, caro! – gli dissi. – Vedrai come si sta allegri!

Ma egli scosse il capo, seriamente, con gli occhi chiusi; alzò una mano:

– Mai! mai più!

– Bravo, Pomino: persèvera! Se desideri compagnia, sono a tua disposizione, anche per tutta la notte, se vuoi.

E gli manifestai il proponimento che avevo fatto, uscendo di casa, e gli esposi anche le disperate condizioni in cui mi trovavo: Pomino si commosse, da vero amico, e mi profferse quel po' di denaro che aveva con sé. Lo ringraziai di cuore, e gli dissi che quell'aiuto non m'avrebbe giovato a nulla: il giorno appresso sarei stato da capo: un collocamento fisso m'abbisognava.

– Aspetta! – esclamò allora Pomino. – Sai che mio padre è ora al Municipio?

– No. Ma me l'immagino.

– Assessore comunale per la pubblica istruzione.

– Questo non me lo sarei immaginato.

– Jersera, a cena... Aspetta! Conosci Romitelli?

– No.

– Come no! Quello che sta laggiù, alla biblioteca Boccamazza. È sordo, quasi cieco, rimbecillito, e non si regge più sulle gambe. Jersera, a cena, mio padre mi diceva che la biblioteca è ridotta in uno stato miserevole e che bisogna provvedere con la massima sollecitudine. Ecco il posto per te!

45

– Bibliotecario? – esclamai. – Ma io...

– Perché no? – disse Pomino. – Se l'ha fatto Romitelli...

Questa ragione mi convinse.

Pomino mi consigliò di farne parlare a suo padre da zia Scolastica. Sarebbe stato meglio.

Il giorno appresso, io mi recai a visitar la mamma e ne parlai a lei, poiché zia Scolastica, da me, non volle farsi vedere. E così, quattro giorni dopo, diventai bibliotecario. Sessanta lire al mese. Più ricco della vedova Pescatore! Potevo cantar vittoria.

Nei primi mesi fu quasi un divertimento, con quel Romitelli, a cui non ci fu verso di fare intendere che era stato giubilato dal Comune e che per ciò non doveva più venire alla biblioteca. Ogni mattina, alla stess'ora, né un minuto prima né un minuto dopo, me lo vedevo spuntare a quattro piedi (compresi i due bastoni, uno per mano, che gli servivano meglio dei piedi). Appena arrivato, si toglieva dal taschino del panciotto un vecchio cipollone di rame, e lo appendeva a muro con tutta la formidabile catena; sedeva, coi due bastoni fra le gambe, traeva di tasca la papalina, la tabacchiera e un pezzolone a dadi rossi e neri; s'infrociava una grossa presa di tabacco, si puliva, poi apriva il cassetto del tavolino e ne traeva un libraccio che apparteneva alla biblioteca: *Dizionario storico di musicisti, artisti e amatori morti e viventi*,[1] stampato a Venezia nel 1758.

– Signor Romitelli! – gli gridavo, vedendogli fare tutte queste operazioni tranquillissimamente, senza dare il minimo segno d'accorgersi di me.

Ma a chi dicevo? Non sentiva neanche le cannonate. Lo scotevo per un braccio, ed egli allora si voltava, strizzava gli occhi, contraeva tutta la faccia per sbirciarmi, poi mi mostrava i denti gialli, forse intendendo di sorridermi, così; quindi abbassava il capo sul libro, come se volesse farsene guanciale; ma che! leggeva a quel modo, a due centimetri di distanza, con un occhio solo; leggeva forte:

---

1 *Dizionario... viventi*: pubblicato dall'editore Remondini.

– *Birnbaum, Giovanni Abramo*[1]... *Birnbaum, Giovanni Abramo, fece stampare... Birnbaum Giovanni Abramo, fece stampare a Lipsia, nel 1738... a Lipsia nel 1738... un opuscolo in-8°...in-8°: Osservazioni imparziali su un passo delicato del Musicista critico. Mitzler*[2]... *Mitzler inserì... Mitzler inserì questo scritto nel primo volume della sua Biblioteca musicale. Nel 1739...*

E seguitava così, ripetendo due o tre volte nomi e date, come per cacciarsele a memoria. Perché leggesse così forte, non saprei. Ripeto, non sentiva neanche le cannonate.

Io stavo a guardarlo, stupito. O che poteva importare a quell'uomo, ridotto in quello stato, a due passi ormai dalla tomba (morì difatti quattro mesi dopo la mia nomina a bibliotecario), che poteva importargli che Birnbaum Giovanni Abramo avesse fatto stampare a Lipsia nel 1738 un opuscolo in-8°? E non gli fosse almeno costata tutto quello stento la lettura! Bisognava proprio riconoscere che non potesse farne a meno di quelle date lì e di quelle notizie di musicisti (lui, così sordo!) e artisti e amatori, morti e viventi fino al 1758. O credeva forse che un bibliotecario, essendo la biblioteca fatta per leggervi, fosse obbligato a legger lui, posto che non aveva veduto mai apparirvi anima viva; e aveva preso quel libro, come avrebbe potuto prenderne un altro? Era tanto imbecillito, che anche questa supposizione è possibile, e anzi molto più probabile della prima.

Intanto, sul tavolone lì in mezzo, c'era uno strato di polvere alto per lo meno un dito; tanto che io – per riparare in certo qual modo alla nera ingratitudine de' miei concittadini – potei tracciarvi a grosse lettere questa iscrizione:

---

1 *Birnbaum, Giovanni Abramo*: musicologo tedesco (1702-1748), docente all'Università di Lipsia, fu amico di Bach.

2 *Mitzler*: Lorenz Christoph Mitzler von Kolof, musicista tedesco (1711-1778), coltivò anche studi di fisica e matematica. Docente all'Università di Lipsia e autore, fra l'altro, di un trattato *Quod musica ars sit pars eruditionis philosophicae* (1734), fondò e diresse l'importante mensile «Neue eroffuete musikalische Bibliotek» (1736-1754).

A
# MONSIGNOR BOCCAMAZZA
MUNIFICENTISSIMO DONATORE
IN PERENNE ATTESTATO DI GRATITUDINE
I CONCITTADINI
QUESTA LAPIDE POSERO

Precipitavano poi, a quando a quando,[1] dagli scaffali due o tre libri, seguiti da certi topi grossi quanto un coniglio.

Furono per me come la mela di Newton.

– Ho trovato! – esclamai, tutto contento. – Ecco l'occupazione per me, mentre Romitelli legge il suo *Birnbaum*.

E, per cominciare, scrissi una elaboratissima istanza, d'ufficio, all'esimio cavalier Gerolamo Pomino, assessore comunale per la pubblica istruzione, affinché la biblioteca Boccamazza o di Santa Maria Liberale fosse con la maggior sollecitudine provveduta di un pajo di gatti per lo meno, il cui mantenimento non avrebbe importato quasi alcuna spesa al Comune, atteso che i suddetti animali avrebbero avuto da nutrirsi in abbondanza col provento della loro caccia. Soggiungevo che non sarebbe stato male provvedere altresì la biblioteca d'una mezza dozzina di trappole e dell'esca necessaria, per non dire *cacio*, parola volgare, che – da subalterno – non stimai conveniente sottoporre agli occhi d'un assessore comunale per la pubblica istruzione.

Mi mandarono dapprima due gattini così miseri che si spaventarono subito di quegli enormi topi, e – per non morir di fame – si ficcavano loro nelle trappole, a mangiarsi il cacio. Li trovavo ogni mattina là, imprigionati, magri, brutti, e così afflitti che pareva non avessero più né forza né volontà di miagolare.

Reclamai, e vennero allora due bei gattoni lesti e serii, che senza perder tempo si misero a fare il loro dovere. Anche le trappole servivano: e queste me li davan vivi, i topi. Ora, una sera, indispettito che di quelle mie fatiche

---

1 *a quando a quando*: ogni tanto.

e di quelle mie vittorie il Romitelli non si volesse minimamente dar per inteso, come se lui avesse soltanto l'obbligo
di leggere e i topi quello di mangiarsi i libri della biblioteca, volli, prima d'andarmene, cacciarne due, vivi, entro il
cassetto del suo tavolino. Speravo di sconcertargli, almeno
per la mattina seguente, la consueta nojosissima lettura.
Ma che! Come aprì il cassetto e si sentì sgusciare sotto il
naso quelle due bestie, si voltò verso me, che già non mi
potevo più reggere e davo in uno scoppio di risa, e mi domandò:

– Che è stato?

– Due topi, signor Romitelli!

– Ah, topi... – fece lui tranquillamente.

Erano di casa; c'era avvezzo; e riprese, come se nulla
fosse stato, la lettura del suo libraccio.

In un *Trattato degli Arbori* di Giovan Vittorio Soderini[1]
si legge che i frutti maturano «parte per caldezza e parte
per freddezza; perciocché il calore, come in tutti è manifesto, ottiene la forza del concuocere, ed è la semplice cagione della maturezza». Ignorava dunque Giovan Vittorio
Soderini che oltre al calore, i fruttivendoli hanno sperimentato un'altra *cagione della maturezza*. Per portare la
primizia al mercato e venderla più cara, essi colgono i
frutti, mele e pesche e pere, prima che sian venuti a quella
condizione che li rende sani e piacevoli, e li maturano loro
a furia d'ammaccature.

Ora così venne a maturazione l'anima mia, ancora
acerba.

In poco tempo, divenni un altro da quel che ero prima.
Morto il Romitelli, mi trovai qui solo, mangiato dalla
noja, in questa chiesetta fuori mano, fra tutti questi li-

1 *Giovan Vittorio Soderini*: botanico, autore di una serie di trattati sul-
l'*Agricoltura*, di cui fa parte il *Trattato degli arbori*; una prima parte di
questi scritti fu edita a Firenze nel 1817, mentre una seconda parte fu
pubblicata solo in una edizione moderna, a cura di Alberto Bacchi Della
Lega, nella «Collezione di opere inedite o rare», presso la Regia Com-
missione pe' testi di lingua nelle Provincie dell'Emilia (Bologna, Dal-
l'Acqua, 1904): qui, a p. 83 della parte I, Pirandello può aver letto il
brano citato.

bri; tremendamente solo, e pur senza voglia di compagnia.
Avrei potuto trattenermici soltanto poche ore al giorno;
ma per le strade del paese mi vergognavo di farmi vedere,
così ridotto in miseria; da casa mia rifuggivo come da una
prigione; e dunque, meglio qua, mi ripetevo. Ma che fare?
La caccia ai topi, sì; ma poteva bastarmi?

La prima volta che mi avvenne di trovarmi con un libro
tra le mani, tolto così a caso, senza saperlo, da uno degli
scaffali, provai un brivido d'orrore. Mi sarei io dunque ridotto come il Romitelli, a sentir l'obbligo di leggere, io bibliotecario, per tutti quelli che non venivano alla biblioteca? E scaraventai il libro a terra. Ma poi lo ripresi, e – sissignori – mi misi a leggere anch'io, e anch'io con un occhio solo, perché quell'altro non voleva saperne.

Lessi così di tutto un po', disordinatamente; ma libri,
in ispecie, di filosofia. Pesano tanto: eppure, chi se ne ci-
ba e se li mette in corpo, vive tra le nuvole. Mi sconcerta-
rono peggio il cervello, già di per sé balzano. Quando la
testa mi fumava, chiudevo la biblioteca e mi recavo per
un sentieruolo scosceso, a un lembo di spiaggia solitaria.

La vista del mare mi faceva cadere in uno sgomento attonito, che diveniva man mano oppressione intollerabile.
Sedevo su la spiaggia e m'impedivo di guardarlo, abbas-
sando il capo: ma ne sentivo per tutta la riviera il frago-
rìo, mentre lentamente, lentamente, mi lasciavo scivolar
di tra le dita la sabbia densa e greve, mormorando:

– Così, sempre, fino alla morte, senz'alcun mutamento,
mai...

L'immobilità della condizione di quella mia esistenza
mi suggeriva allora pensieri sùbiti,[1] strani, quasi lampi di
follia. Balzavo in piedi, come per scuotermela d'addosso,
e mi mettevo a passeggiare lungo la riva; ma vedevo allora
il mare mandar senza requie, là, alla sponda, le sue strac-
che ondate sonnolente; vedevo quelle sabbie lì abbandonate; gridavo con rabbia, scotendo le pugna:[2]

– Ma perché? ma perché?

1 *sùbiti*: improvvisi.
2 *le pugna*: i pugni.

E mi bagnavo i piedi.

Il mare allungava forse un po' più qualche ondata, per ammonirmi:

«Vedi, caro, che si guadagna a chieder certi perché? Ti bagni i piedi. Torna alla tua biblioteca! L'acqua salata infradicia le scarpe; e quattrini da buttar via non ne hai. Torna alla biblioteca, e lascia i libri di filosofia: va', va' piuttosto a leggere anche tu che Birnbaum Giovanni Abramo fece stampare a Lipsia nel 1738 un opuscolo in-8°: ne trarrai senza dubbio maggior profitto.»

Ma un giorno finalmente vennero a dirmi che mia moglie era stata assalita dalle doglie, e che corressi subito a casa. Scappai come un dàino: ma più per sfuggire a me stesso, per non rimanere neanche un minuto a tu per tu con me, a pensare che io stavo per avere un figliuolo, io, in quelle condizioni, un figliuolo!

Appena arrivato alla porta di casa, mia suocera m'afferrò per le spalle e mi fece girar su me stesso:

– Un medico! Scappa! Romilda muore!

Viene da restare, no? a una siffatta notizia a bruciapelo. E invece, «Correte!». Non mi sentivo più le gambe; non sapevo più da qual parte pigliare; e mentre correvo, non so come, – Un medico! un medico! – andavo dicendo; e la gente si fermava per via, e pretendeva che mi fermassi anch'io a spiegare che cosa mi fosse accaduto; mi sentivo tirar per le maniche, mi vedevo di fronte facce pallide, costernate; scansavo, scansavo tutti: – Un medico! un medico!

E il medico intanto era là, già a casa mia. Quando trafelato, in uno stato miserando, dopo aver girato tutte le farmacie, rincasai, disperato e furibondo, la prima bambina era già nata; si stentava a far venir l'altra alla luce.

– Due!

Mi pare di vederle ancora, lì, nella cuna, l'una accanto all'altra: si sgraffiavano fra loro con quelle manine così gracili eppur quasi artigliate da un selvaggio istinto, che incuteva ribrezzo e pietà: misere, misere, misere, più di quei due gattini che ritrovavo ogni mattina dentro le trappole; e anch'esse non avevano forza di vagire, come quelli di miagolare; e intanto, ecco, si sgraffiavano!

Le scostai, e al primo contatto di quelle carnucce tènere e fredde, ebbi un brivido nuovo, un tremor di tenerezza, ineffabile: – erano mie!

Una mi morì pochi giorni dopo; l'altra volle darmi il tempo, invece, di affezionarmi a lei, con tutto l'ardore di un padre che, non avendo più altro, faccia della propria creaturina lo scopo unico della sua vita; volle aver la crudeltà di morirmi, quando aveva già quasi un anno, e s'era fatta tanto bellina, tanto, con quei riccioli d'oro ch'io m'avvolgevo attorno le dita e le baciavo senza saziarmene mai; mi chiamava papà, e io le rispondevo subito: – Figlia –; e lei di nuovo: – Papà... –; così, senza ragione, come si chiamano gli uccelli tra loro.

Mi morì contemporaneamente alla mamma mia, nello stesso giorno e quasi alla stess'ora. Non sapevo più come spartire le mie cure e la mia pena. Lasciavo la piccina mia che riposava, e scappavo dalla mamma, che non si curava di sé, della sua morte, e mi domandava di lei, della nipotina, struggendosi di non poterla più rivedere, baciare per l'ultima volta. E durò nove giorni, questo strazio! Ebbene, dopo nove giorni e nove notti di veglia assidua, senza chiuder occhio neanche per un minuto... debbo dirlo? – molti forse avrebbero ritegno a confessarlo; ma è pure umano, umano, umano – io non sentii pena, no, sul momento: rimasi un pezzo in una tetraggine attonita, spaventevole, e mi addormentai. Sicuro. Dovetti prima dormire. Poi, sì, quando mi destai, il dolore m'assalì rabbioso, feroce, per la figlietta mia, per la mamma mia, che non erano più... E fui quasi per impazzire. Un'intera notte vagai per il paese e per le campagne; non so con che idee per la mente; so che, alla fine, mi ritrovai nel podere della *Stìa*, presso alla gora del molino, e che un tal Filippo, vecchio mugnajo, lì di guardia, mi prese con sé, mi fece sedere più là, sotto gli alberi, e mi parlò a lungo, a lungo della mamma e anche di mio padre e de' bei tempi lontani; e mi disse che non dovevo piangere e disperarmi così, perché per attendere alla figlioletta mia, nel mondo di là, era accorsa la nonna, la nonnina buona, che la avrebbe tenuta sulle ginocchia e le avrebbe parlato di me sempre e non me la avrebbe lasciata mai sola, mai.

Tre giorni dopo Roberto, come se avesse voluto pagarmi le lagrime, mi mandò cinquecento lire. Voleva che provvedessi a una degna sepoltura della mamma, diceva. Ma ci aveva già pensato zia Scolastica.

Quelle cinquecento lire rimasero un pezzo tra le pagine di un libraccio nella biblioteca.

Poi servirono per me; e furono – come dirò – la cagione della mia *prima* morte.

## VI · TAC TAC TAC...

Lei sola, là dentro, quella pallottola d'avorio, correndo graziosa nella *roulette*, in senso inverso al quadrante, pareva giocasse:

«Tac tac tac...»

Lei sola: non certo quelli che la guardavano, sospesi nel supplizio che cagionava loro il capriccio di essa, a cui – ecco – sotto, su i quadrati gialli del tavoliere, tante mani avevano recato, come in offerta votiva, oro, oro e oro, tante mani che tremavano adesso nell'attesa angosciosa, palpando inconsciamente altro oro, quello della prossima posta, mentre gli occhi supplici pareva dicessero: «Dove a te piaccia, dove a te piaccia di cadere, graziosa pallottola d'avorio, nostra dea crudele!»

Ero capitato là, a Montecarlo, per caso.

Dopo una delle solite scene con mia suocera e mia moglie, che ora, oppresso e fiaccato com'ero dalla doppia recente sciagura, mi cagionavano un disgusto intollerabile; non sapendo più resistere alla noja, anzi allo schifo di vivere a quel modo; miserabile, senza né probabilità né speranza di miglioramento, senza più il conforto che mi veniva dalla mia dolce bambina, senza alcun compenso, anche minimo, all'amarezza, allo squallore, all'orribile desolazione in cui ero piombato; per una risoluzione quasi improvvisa, ero fuggito dal paese, a piedi, con le cinquecento lire di Berto in tasca.

Avevo pensato, via facendo, di recarmi a Marsiglia, dalla stazione ferroviaria del paese vicino, a cui m'ero diretto: giunto a Marsiglia, mi sarei imbarcato, magari con un biglietto di terza classe, per l'America, così alla ventura.

Che avrebbe potuto capitarmi di peggio, alla fin fine, di ciò che avevo sofferto e soffrivo a casa mia? Sarei andato incontro, sì, ad altre catene, ma più gravi di quella che già stavo per strapparmi dal piede non mi sarebbero certo sembrate. E poi avrei veduto altri paesi, altre genti, altra vita, e mi sarei sottratto almeno all'oppressione che mi soffocava e mi schiacciava.

Se non che, giunto a Nizza, m'ero sentito cader l'animo. Gl'impeti miei giovanili erano abbattuti da un pezzo: troppo ormai la noja mi aveva tarlato dentro, e svigorito il cordoglio. L'avvilimento maggiore m'era venuto dalla scarsezza del denaro con cui avrei dovuto avventurarmi nel bujo della sorte, così lontano, incontro a una vita affatto ignota, e senz'alcuna preparazione.

Ora, sceso a Nizza, non ben risoluto ancora di ritornare a casa, girando per la città, m'era avvenuto di fermarmi innanzi a una grande bottega su *l'Avenue de la Gare*, che recava questa insegna a grosse lettere dorate:

### DÉPÔT DE ROULETTES DE PRÉCISION

Ve n'erano esposte d'ogni dimensione, con altri attrezzi del giuoco e varii opuscoli che avevano sulla copertina il disegno della *roulette*.

Si sa che gl'infelici facilmente diventano superstiziosi, per quanto poi deridano l'altrui credulità e le speranze che a loro stessi la superstizione certe volte fa d'improvviso concepire e che non vengono mai a effetto,[1] s'intende.

Ricordo che io, dopo aver letto il titolo d'uno di quegli opuscoli: *Méthode pour gagner à la roulette*, mi allontanai dalla bottega con un sorriso sdegnoso e di commiserazione. Ma, fatti pochi passi, tornai indietro, e (per curiosità, via, non per altro!) con quello stesso sorriso sde-

1 *che... effetto*: che non si realizzano mai.

gnoso e di commiserazione su le labbra, entrai nella bottega e comprai quell'opuscolo.

Non sapevo affatto di che si trattasse, in che consistesse il giuoco e come fosse congegnato. Mi misi a leggere; ma ne compresi ben poco.

«Forse dipende,» pensai, «perché non ne so molto, io, di francese.»

Nessuno me l'aveva insegnato; avevo imparato da me qualche cosa, così, leggiucchiando nella biblioteca; non ero poi per nulla sicuro della pronunzia e temevo di far ridere, parlando.

Questo timore appunto mi rese dapprima perplesso se andare o no; ma poi pensai che m'ero partito per avventurarmi fino in America, sprovvisto di tutto e senza conoscere neppur di vista l'inglese e lo spagnuolo; dunque via, con quel po' di francese di cui potevo disporre e con la guida di quell'opuscolo, fino a Montecarlo, lì a due passi, avrei potuto bene avventurarmi.

«Né mia suocera né mia moglie,» dicevo fra me, in treno, «sanno di questo po' di denaro, che mi resta in portafogli. Andrò a buttarlo lì, per togliermi ogni tentazione. Spero che potrò conservare tanto da pagarmi il ritorno a casa. E se no...»

Avevo sentito dire che non difettavano alberi – solidi – nel giardino attorno alla bisca. In fin de' conti, magari mi sarei appeso economicamente a qualcuno di essi, con la cintola dei calzoni, e ci avrei fatto anche una bella figura. Avrebbero detto:

«Chi sa quanto avrà perduto questo povero uomo!»

Mi aspettavo di meglio, dico la verità. L'ingresso, sì, non c'è male; si vede che hanno avuto quasi l'intenzione d'innalzare un tempio alla Fortuna, con quelle otto colonne di marmo. Un portone e due porte laterali. Su queste era scritto *Tirez*: e fin qui ci arrivavo; arrivai anche al *Poussez* del portone, che evidentemente voleva dire il contrario; spinsi ed entrai.

Pessimo gusto! E fa dispetto. Potrebbero almeno offrire a tutti coloro che vanno a lasciar lì tanto denaro la soddisfazione di vedersi scorticati in un luogo men sontuoso e più bello. Tutte le grandi città si compiacciono adesso di avere un bel mattatojo per le povere bestie, le quali pure, prive come sono d'ogni educazione, non possono goderne. È vero tuttavia che la maggior parte della gente che va lì ha ben altra voglia che quella di badare al gusto della decorazione di quelle cinque sale, come coloro che seggono su quei divani, giro giro, non sono spesso in condizione di accorgersi della dubbia eleganza dell'imbottitura.

Vi seggono, di solito, certi disgraziati, cui la passione del giuoco ha sconvolto il cervello nel modo più singolare: stanno lì a studiare il così detto equilibrio delle probabilità, e meditano seriamente i colpi da tentare, tutta un'architettura di giuoco, consultando appunti su le vicende de' numeri: vogliono insomma estrarre la logica dal caso, come dire il sangue dalle pietre; e son sicurissimi che, oggi o domani, vi riusciranno.

Ma non bisogna meravigliarsi di nulla.

– Ah, il 12! il 12! – mi diceva un signore di Lugano, pezzo d'omone, la cui vista avrebbe suggerito le più consolanti riflessioni su le resistenti energie della razza umana. – Il 12 è il re dei numeri; ed è il mio numero! Non mi tradisce mai! Si diverte, sì, a farmi dispetti, magari spesso; ma poi, alla fine, mi compensa, mi compensa sempre della mia fedeltà.

Era innamorato del numero 12, quell'omone lì, e non sapeva più parlare d'altro. Mi raccontò che il giorno precedente quel suo numero non aveva voluto sortire neppure una volta; ma lui non s'era dato per vinto: volta per volta, ostinato, la sua posta sul 12; era rimasto su la breccia fino all'ultimo, fino all'ora in cui i *croupiers* annunziano:

– *Messieurs, aux trois derniers!*[1]

Ebbene, al primo di quei tre ultimi colpi, niente; niente, neanche al secondo; al terzo e ultimo, pàffete: il 12.

– M'ha parlato! – concluse, con gli occhi brillanti di gioja. – M'ha parlato!

---

1 *Messieurs... derniers!*: l'espressione annuncia gli ultimi tre lanci della pallina nella *roulette*.

È vero che, avendo perduto tutta la giornata, non gli eran restati per quell'ultima posta che pochi scudi; dimodoché, alla fine, non aveva potuto rifarsi di nulla. Ma che gl'importava? Il numero 12 gli aveva parlato!

Sentendo questo discorso, mi vennero a mente quattro versi del povero Pinzone, il cui cartolare[1] de' bisticci col seguito delle sue rime balzane, rinvenuto durante lo sgombero di casa, sta ora in biblioteca; e volli recitarli a quel signore:

> Ero già stanco di stare alla bada
> della Fortuna. La dea capricciosa
> dovea pure passar per la mia strada.
>
> E passò finalmente. Ma tignosa.

E quel signore allora si prese la testa con tutt'e due le mani e contrasse dolorosamente, a lungo, tutta la faccia. Lo guardai, prima sorpreso, poi costernato.

– Che ha?

– Niente. Rido, – mi rispose.

Rideva così! Gli faceva tanto male, tanto male la testa, che non poteva soffrire lo scotimento del riso.

Andate a innamorarvi del numero 12!

Prima di tentare la sorte – benché senz'alcuna illusione – volli stare un pezzo a osservare, per rendermi conto del modo con cui procedeva il giuoco.

Non mi parve affatto complicato, come il mio opuscolo m'aveva lasciato immaginare.

In mezzo al tavoliere, sul tappeto verde numerato, era incassata la *roulette*. Tutt'intorno, i giocatori, uomini e donne, vecchi e giovani, d'ogni paese e d'ogni condizione, parte seduti, parte in piedi, s'affrettavano nervosamente a disporre mucchi e mucchietti di luigi e di scudi[2] e biglietti

---

1 *cartolare*: raccoglitore.
2 *di luigi e di scudi*: il luigi è una moneta francese d'oro del XVII secolo, lo scudo è una moneta diffusa in molti stati italiani fino all'Unità: qui indicano genericamente monete straniere.

di banca, su i numeri gialli dei quadrati; quelli che non
riuscivano ad accostarsi, o non volevano, dicevano al *croupier* i numeri e i colori su cui intendevano di giocare, e il
*croupier*, subito, col rastrello disponeva le loro poste secondo l'indicazione, con meravigliosa destrezza; si faceva
silenzio, un silenzio strano, angoscioso, quasi vibrante di
frenate violenze, rotto di tratto in tratto dalla voce monotona sonnolenta dei *croupiers*:

– *Messieurs, faites vos jeux!*

Mentre di là, presso altri tavolieri, altre voci ugualmente monotone dicevano:

– *Le jeu est fait! Rien ne va plus!*[1]

Alla fine, il *croupier* lanciava la pallottola sulla *roulette*:
«Tac tac tac...»

E tutti gli occhi si volgevano a lei con varia espressione: d'ansia, di sfida, d'angoscia, di terrore. Qualcuno fra
quelli rimasti in piedi, dietro coloro che avevano avuto la
fortuna di trovare una seggiola, si sospingeva per intravedere ancora la propria posta, prima che i rastrelli dei *croupiers* si allungassero ad arraffarla.

La *boule*, alla fine, cadeva sul quadrante, e il *croupier*
ripeteva con la solita voce la formula d'uso e annunziava
il numero sortito e il colore.

Arrischiai la prima posta di pochi scudi sul tavoliere di
sinistra nella prima sala, così, a casaccio, sul venticinque;
e stetti anch'io a guardare la perfida pallottola, ma sorridendo, per una specie di vellicazione interna, curiosa, al
ventre.

Cade la *boule* sul quadrante, e:

– *Vingtcinq!* – annunzia il *croupier*. – *Rouge, impair et
passe!*[2]

Avevo vinto! Allungavo la mano sul mio mucchietto

1 *Le jeu... plus!*: è la frase con cui si annuncia la fine delle scommesse e
il lancio della pallina nella ruota.
2 *Rouge, impair et passe*: nel gioco della roulette vince chi indovina, oltre al numero uscito, il suo colore (rosso o nero), se esso è pari o dispari
e se supera o meno («passa» o «manca») la metà dei numeri indicati dal
tavoliere, cioè 36.

multiplicato, quando un signore, altissimo di statura, da le spalle poderose troppo in sù, che reggevano una piccola testa con gli occhiali d'oro sul naso rincagnato, la fronte sfuggente, i capelli lunghi e lisci su la nuca, tra biondi e grigi, come il pizzo e i baffi, me la scostò senza tante cerimonie e si prese lui il mio denaro.

Nel mio povero e timidissimo francese, volli fargli notare che aveva sbagliato – oh, certo involontariamente!

Era un tedesco, e parlava il francese peggio di me, ma con un coraggio da leone: mi si scagliò addosso, sostenendo che lo sbaglio invece era mio, e che il denaro era suo.

Mi guardai attorno, stupito: nessuno fiatava, neppure il mio vicino che pur mi aveva veduto posare quei pochi scudi sul venticinque. Guardai i *croupiers*: immobili, impassibili, come statue. «Ah sì?» dissi tra me e, quietamente, mi tirai su la mano gli altri scudi che avevo posato sul tavolino innanzi a me, e me la filai.

«Ecco un metodo, *pour gagner à la roulette*,» pensai, «che non è contemplato nel mio opuscolo. E chi sa che non sia l'unico, in fondo!»

Ma la fortuna, non so per quali suoi fini segreti, volle darmi una solenne e memorabile smentita.

Appressatomi a un altro tavoliere, dove si giocava forte, stetti prima un buon pezzo a squadrar la gente che vi stava attorno: erano per la maggior parte signori in marsina; c'eran parecchie signore; più d'una mi parve equivoca; la vista d'un certo ometto biondo biondo, dagli occhi grossi, ceruli, venati di sangue e contornati da lunghe ciglia quasi bianche, non m'affidò[1] molto, in prima; era in marsina anche lui, ma si vedeva che non era solito di portarla: volli vederlo alla prova: puntò forte: perdette; non si scompose: ripuntò anche forte, al colpo seguente: via! non sarebbe andato appresso ai miei quattrinucci. Benché, di prima colta,[2] avessi avuto quella scottatura, mi vergognai del mio sospetto. C'era tanta gente là che but-

---

1 *non m'affidò*: non mi rassicurò.
2 *di prima colta*: al primo colpo.

tava a manate oro e argento, come fossero rena, senza alcun timore, e dovevo temere io per la mia miseriola?

Notai, fra gli altri, un giovinetto, pallido come di cera, con un grosso monocolo all'occhio sinistro il quale affettava un'aria di sonnolenta indifferenza; sedeva scompostamente; tirava fuori dalla tasca dei calzoni i suoi luigi; li posava a casaccio su un numero qualunque e, senza guardare, pinzandosi[1] i peli dei baffetti nascenti aspettava che la *boule* cadesse; domandava allora al suo vicino se aveva perduto.

Lo vidi perdere sempre.

Quel suo vicino era un signore magro, elegantissimo, su i quarant'anni; ma aveva il collo troppo lungo e gracile, ed era quasi senza mento, con un pajo d'occhietti neri, vivaci, e bei capelli corvini, abbondanti, rialzati sul capo. Godeva, evidentemente, nel risponder di sì al giovinetto. Egli, qualche volta, vinceva.

Mi posi accanto a un grosso signore, dalla carnagione così bruna, che le occhiaje e le palpebre gli apparivano come affumicate; aveva i capelli grigi, ferruginei, e il pizzo ancor quasi tutto nero e ricciuto; spirava forza e salute; eppure, come se la corsa della pallottola d'avorio gli promovesse l'asma, egli si metteva ogni volta ad arrangolare,[2] forte, irresistibilmente. La gente si voltava a guardarlo; ma raramente egli se n'accorgeva: smetteva allora per un istante, si guardava attorno, con un sorriso nervoso, e tornava ad arrangolare, non potendo farne a meno, finché la *boule* non cadeva sul quadrante.

A poco a poco, guardando, la febbre del giuoco prese anche me. I primi colpi mi andarono male. Poi cominciai a sentirmi come in uno stato d'ebbrezza estrosa, curiosissima: agivo quasi automaticamente, per improvvise, incoscienti ispirazioni; puntavo, ogni volta, dopo gli altri, all'ultimo, là! e subito acquistavo la coscienza, la certezza che avrei vinto; e vincevo. Puntavo dapprima poco; poi, man mano, di più, di più, senza contare. Quella specie di

1 *pinzandosi*: come tirandosi con pinze.
2 *arrangolare*: smaniare.

lucida ebbrezza cresceva intanto in me, né s'intorbidava per qualche colpo fallito, perché mi pareva d'averlo quasi preveduto; anzi, qualche volta, dicevo tra me: «Ecco, questo lo perderò; *debbo perderlo*». Ero come elettrizzato. A un certo punto, ebbi l'ispirazione di arrischiar tutto, là e addio; e vinsi. Gli orecchi mi ronzavano; ero tutto in sudore, e gelato. Mi parve che uno dei *croupiers*, come sorpreso di quella mia tenace fortuna, mi osservasse. Nell'esagitazione in cui mi trovavo, sentii nello sguardo di quell'uomo come una sfida, e arrischiai tutto di nuovo, quel che avevo di mio e quel che avevo vinto, senza pensarci due volte: la mano mi andò su lo stesso numero di prima, il 35; fui per ritrarla; ma no, lì, lì di nuovo, come se qualcuno me l'avesse comandato.

Chiusi gli occhi, dovevo essere pallidissimo. Si fece un gran silenzio, e mi parve che si facesse per me solo, come se tutti fossero sospesi nell'ansia mia terribile. La *boule* girò, girò un'eternità, con una lentezza che esasperava di punto in punto l'insostenibile tortura. Alfine cadde.

M'aspettavo che il *croupier*, con la solita voce (mi parve lontanissima), dovesse annunziare:

«*Trentecinq, noir, impair et passe!*»

Presi il denaro e dovetti allontanarmi, come un ubriaco. Caddi a sedere sul divano, sfinito; appoggiai il capo alla spalliera, per un bisogno improvviso, irresistibile, di dormire, di ristorarmi con un po' di sonno. E già quasi vi cedevo, quando mi sentii addosso un peso, un peso materiale, che subito mi fece riscuotere. Quanto avevo vinto? Aprii gli occhi, ma dovetti richiuderli immediatamente: mi girava la testa. Il caldo, là dentro, era soffocante. Come! Era già sera? Avevo intraveduto i lumi accesi. E quanto tempo avevo dunque giocato? Mi alzai pian piano; uscii.

Fuori, nell'atrio, era ancora giorno. La freschezza dell'aria mi rinfrancò.

Parecchia gente passeggiava lì: alcuni meditabondi, solitarii; altri, a due, a tre, chiacchierando e fumando.

Io osservavo tutti. Nuovo del luogo, ancora impacciato,

61

avrei voluto parere anch'io almeno un poco come di casa: e studiavo quelli che mi parevano più disinvolti; se non che, quando meno me l'aspettavo, qualcuno di questi, ecco, impallidiva, fissava gli occhi, ammutoliva, poi buttava via la sigaretta, e, tra le risa dei compagni, scappava via; rientrava nella sala da giuoco. Perché ridevano i compagni? Sorridevo anch'io, istintivamente, guardando come uno scemo.

– *A toi, mon chéri!* – sentii dirmi, piano, da una voce femminile, un po' rauca.

Mi voltai, e vidi una di quelle donne che già sedevano con me attorno al tavoliere, porgermi, sorridendo, una rosa. Un'altra ne teneva per sé: le aveva comperate or ora al banco di fiori, là, nel vestibolo.

Avevo dunque l'aria così goffa e da allocco?

M'assalì una stizza violenta; rifiutai, senza ringraziare, e feci per scostarmi da lei; ma ella mi prese, ridendo, per un braccio, e – affettando con me, innanzi a gli altri, un tratto confidenziale – mi parlò piano, affrettatamente. Mi parve di comprendere che mi proponesse di giocare con lei, avendo assistito poc'anzi ai miei colpi fortunati: ella, secondo le mie indicazioni, avrebbe puntato per me e per lei.

Mi scrollai tutto: sdegnosamente, e la piantai lì in asso.

Poco dopo, rientrando nella sala da giuoco, la vidi che conversava con un signore bassotto, bruno, barbuto, con gli occhi un po' loschi, spagnuolo all'aspetto. Gli aveva dato la rosa poc'anzi offerta a me. A una certa mossa d'entrambi, m'accorsi che parlavano di me; e mi misi in guardia.

Entrai in un'altra sala; m'accostai al primo tavoliere, ma senza intenzione di giocare; ed ecco, ivi a poco,[1] quel signore, senza più la donna, accostarsi anche lui al tavoliere, ma facendo le viste di non accorgersi di me.

Mi posi allora a guardarlo risolutamente, per fargli intendere che m'ero bene accorto di tutto, e che con me, dunque, l'avrebbe sbagliata.

---

1 *ivi a poco*: di lì a poco.

Ma non aveva affatto l'apparenza d'un mariuolo, costui. Lo vidi giocare, e forte: perdette tre colpi consecutivi: batteva ripetutamente le pàlpebre, forse per lo sforzo che gli costava la volontà di nascondere il turbamento. Al terzo colpo fallito, mi guardò e sorrise.

Lo lasciai lì, e ritornai nell'altra sala, al tavoliere dove dianzi avevo vinto.

I *croupiers* s'erano dati il cambio. La donna era lì al posto di prima. Mi tenni addietro, per non farmi scorgere, e vidi ch'ella giocava modestamente, e non tutte le partite. Mi feci innanzi; ella mi scorse: stava per giocare e si trattenne, aspettando evidentemente che giocassi io, per puntare dov'io puntavo. Ma aspettò invano. Quando il *croupier* disse: – *Le jeu est fait! Rien ne va plus!* – la guardai, ed ella alzò un dito per minacciarmi scherzosamente. Per parecchi giri non giocai; poi, eccitatomi di nuovo alla vista degli altri giocatori, e sentendo che si raccendeva in me l'estro di prima, non badai più a lei e mi rimisi a giocare.

Per qual misterioso suggerimento seguivo così infallibilmente la variabilità imprevedibile nei numeri e nei colori? Era solo prodigiosa divinazione nell'incoscienza, la mia? E come si spiegano allora certe ostinazioni pazze, addirittura pazze, il cui ricordo mi desta i brividi ancora, considerando ch'io cimentavo tutto, tutto, la vita fors'anche, in quei colpi ch'eran vere e proprie sfide alla sorte? No, no: io ebbi proprio il sentimento di una forza quasi diabolica in me, in quei momenti, per cui domavo, affascinavo la fortuna, legavo al mio il suo capriccio. E non era soltanto in me questa convinzione; s'era anche propagata negli altri, rapidamente; e ormai quasi tutti seguivano il mio giuoco rischiosissimo. Non so per quante volte passò il rosso, su cui mi ostinavo a puntare: puntavo su lo zero, e sortiva lo zero. Finanche quel giovinetto, che tirava i luigi dalla tasca dei calzoni, s'era scosso e infervorato; quel grosso signore bruno arrangolava[1] più che mai. L'agitazione cresceva di momento in momento attorno al tavoliere;

1 *arrangolava*: cfr. p. 60, n. 2.

eran fremiti d'impazienza, scatti di brevi gesti nervosi, un furor contenuto a stento, angoscioso e terribile. Gli stessi *croupiers* avevano perduto la loro rigida impassibilità.

A un tratto, di fronte a una puntata formidabile, ebbi come una vertigine. Sentii gravarmi addosso una responsabilità tremenda. Ero poco men che digiuno dalla mattina, e vibravo tutto, tremavo dalla lunga violenta emozione. Non potei più resistervi e, dopo quel colpo, mi ritrassi, vacillante. Sentii afferrarmi per un braccio. Concitatissimo, con gli occhi che gli schizzavano fiamme, quello spagnoletto barbuto e atticciato voleva a ogni costo trattenermi: – Ecco: erano le undici e un quarto; i *croupiers* invitavano ai tre ultimi colpi: avremmo fatto saltare la banca!

Mi parlava in un italiano bastardo, comicissimo; poiché io, che non connettevo già più, mi ostinavo a rispondergli nella mia lingua:

– No, no, basta! non ne posso più. Mi lasci andare, caro signore.

Mi lasciò andare; ma mi venne appresso. Salì con me nel treno di ritorno a Nizza, e volle assolutamente che cenassi con lui e prendessi poi alloggio nel suo stesso albergo.

Non mi dispiacque molto dapprima l'ammirazione quasi timorosa che quell'uomo pareva felicissimo di tributarmi, come a un taumaturgo. La vanità umana non ricusa talvolta di farsi piedistallo anche di certa stima che offende e l'incenso acre e pestifero di certi indegni e meschini turiboli. Ero come un generale che avesse vinto un'asprissima e disperata battaglia, ma per caso, senza saper come. Già cominciavo a sentirlo, a rientrare in me, e man mano cresceva il fastidio che mi recava la compagnia di quell'uomo.

Tuttavia, per quanto facessi, appena sceso a Nizza, non mi riuscì di liberarmene: dovetti andar con lui a cena. E allora egli mi confessò che me l'aveva mandata lui, là, nell'atrio del casino, quella donnetta allegra, alla quale da tre giorni egli appiccicava le ali per farla volare, almeno terra terra; ali di biglietti di banca; dava cioè qualche centinajo di lire per farle tentar la sorte. La donnetta aveva dovuto vincer bene, quella sera, seguendo il mio giuoco, giacché, all'uscita, non s'era più fatta vedere.

– Che podo far? La póvara avrà trovato de meglio. Sono viechio, ió. E agradecio Dio, ántes, che me la son levada de sobre!

Mi disse che era a Nizza da una settimana e che ogni mattina s'era recato a Montecarlo, dove aveva avuto sempre, fino a quella sera, una disdetta incredibile. Voleva sapere com'io facessi a vincere. Dovevo certo aver capito il giuoco o possedere qualche regola infallibile.

Mi misi a ridere e gli risposi che fino alla mattina di quello stesso giorno non avevo visto neppure dipinta una *roulette*, e che non solo non sapevo affatto come ci si giocasse, ma non sospettavo nemmen lontanamente che avrei giocato e vinto a quel modo. Ne ero stordito e abbagliato più di lui.

Non si convinse. Tanto vero che, girando abilmente il discorso (credeva senza dubbio d'aver da fare con una birba matricolata) e parlando con meravigliosa disinvoltura in quella sua lingua mezzo spagnuola e mezzo Dio sa che cosa, venne a farmi la stessa proposta a cui aveva tentato di tirarmi, nella mattinata, col gancio di quella donnetta allegra.

– Ma no, scusi! – esclamai io, cercando tuttavia d'attenuare con un sorriso il risentimento. – Può ella sul serio ostinarsi a credere che per quel giuoco là ci possano esser regole o si possa aver qualche segreto? Ci vuol fortuna! ne ho avuta oggi; potrò non averne domani, o potrò anche averla di nuovo; spero di sì!

– Ma porqué lei, – mi domandò, – non ha voluto occi aproveciarse de la sua fortuna?[1]

– Io, aprove...

– Sì, come puedo decir? avantaciarse, voilà!

---

1 *Ma porqué... fortuna*: il grottesco linguaggio del personaggio, uno spagnolo parodisticamente ibridato con l'italiano, ritornerà in Madama Pace, nei *Sei personaggi in cerca d'autore*. Cfr. *Maschere nude*, Milano, Mondadori, 1958, vol. I, p. 88; e si veda in merito N. Borsellino, *Ritratto e immagini di Pirandello*, cit., pp. 203 sgg.

– Ma secondo i miei mezzi, caro signore!

– Bien! – disse lui. – Podo ió por lei. Lei, la fortuna, ió metaró el dinero.

– E allora forse perderemo! – conclusi io, sorridendo. – No, no... Guardi! Se lei mi crede davvero così fortunato, – sarò tale al giuoco; in tutto il resto, no di certo – facciamo così: senza patti fra noi e senza alcuna responsabilità da parte mia, che non voglio averne, lei punti il suo molto dov'io il mio poco, come ha fatto oggi; e, se andrà bene...

Non mi lasciò finire: scoppiò in una risata strana, che voleva parer maliziosa, e disse:

– Eh no, segnore mio! no! Occi, sí, l'ho fatto: no lo fado domani seguramente! Si lei punta forte con migo, bien! si no, no lo fado seguramente! Gracie tante!

Lo guardai, sforzandomi di comprendere che cosa volesse dire: c'era senza dubbio in quel suo riso e in quelle sue parole un sospetto ingiurioso per me. Mi turbai, e gli domandai una spiegazione.

Smise di ridere; ma gli rimase sul volto come l'impronta svanente di quel riso.

– Digo che no, che no lo fado, – ripeté. – No digo altro!

Battei forte una mano su la tavola e, con voce alterata, incalzai:

– Nient'affatto! Bisogna invece che dica, spieghi che cosa ha inteso di significare con le sue parole e col suo riso imbecille! Io non comprendo!

Lo vidi, man mano che parlavo, impallidire e quasi rimpiccolirsi; evidentemente stava per chiedermi scusa. Mi alzai, sdegnato, dando una spallata.

– Bah! Io disprezzo lei e il suo sospetto, che non arrivo neanche a immaginare!

Pagai il mio conto e uscii.

Ho conosciuto un uomo venerando e degno anche, per le singolarissime doti dell'intelligenza, d'essere grandemente ammirato: non lo era, né poco né molto, per un pajo di calzoncini, io credo, chiari, a quadretti, troppo aderenti alle gambe misere, ch'egli si ostinava a portare.

Gli abiti che indossiamo, il loro taglio, il loro colore, possono far pensare di noi le più strane cose.

Ma io sentivo ora un dispetto tanto maggiore, in quanto mi pareva di non esser vestito male. Non ero in marsina, è vero, ma avevo un abito nero, da lutto, decentissimo. E poi, se – vestito di questi stessi panni – quel tedescaccio in prima aveva potuto prendermi per un babbeo, tanto che s'era arraffato come niente il mio denaro; come mai adesso costui mi prendeva per un mariuolo?

«Sarà forse per questo barbone,» pensavo, andando, «o per questi capelli troppo corti...»

Cercavo intanto un albergo qualunque, per chiudermi a vedere quanto avevo vinto. Mi pareva d'esser pieno di denari: ne avevo un po' da per tutto, nelle tasche della giacca e dei calzoni e in quelle del panciotto; oro, argento, biglietti di banca; dovevano esser molti, molti!

Sentii sonare le due. Le vie erano deserte. Passò una vettura vuota; vi montai.

Con niente avevo fatto circa undicimila lire! Non ne vedevo da un pezzo, e mi parvero in prima una gran somma. Ma poi, pensando alla mia vita d'un tempo, provai un grande avvilimento per me stesso. Eh che! Due anni di biblioteca, col contorno di tutte le altre sciagure, m'avevan dunque immiserito a tal segno il cuore?

Presi a mordermi col mio nuovo veleno, guardando il denaro lì sul letto:

«Va', uomo virtuoso, mansueto bibliotecario, va', ritorna a casa a placare con questo tesoro la vedova Pescatore. Ella crederà che tu l'abbia rubato e acquisterà subito per te una grandissima stima. O va' piuttosto in America, come avevi prima deliberato, se questo non ti par premio degno alla tua grossa fatica. Ora potresti, così munito. Undicimila lire! Che ricchezza!»

Raccolsi il denaro; lo buttai nel cassetto del comodino, e mi coricai. Ma non potei prender sonno. Che dovevo fare, insomma? Ritornare a Montecarlo, a restituir quella vincita straordinaria? o contentarmi di essa e godermela modestamente? ma come? avevo forse più animo e modo di godere, con quella famiglia che mi ero formata? Avrei vestito un po' meno poveramente mia moglie, che non solo non si curava più di piacermi, ma pareva facesse anzi di tutto per riuscirmi incresciosa, rimanendo spettinata tutto il giorno, senza busto, in ciabatte, e con le vesti che le cascavano da tutte le parti. Riteneva forse che, per un marito come me, non valesse più la pena di farsi bella? Del resto, dopo il grave rischio corso nel parto, non s'era più ben rimessa in salute. Quanto all'animo, di giorno in giorno s'era fatta più aspra, non solo contro me, ma contro tutti. E questo rancore e la mancanza d'un affetto vivo e vero s'eran messi come a nutrire in lei un'accidiosa pigrizia. Non s'era neppure affezionata alla bambina, la cui nascita insieme con quell'altra, morta di pochi giorni, era stata per lei una sconfitta di fronte al bel figlio maschio d'Oliva, nato circa un mese dopo, florido e senza stento, dopo una gravidanza felice. Tutti quei disgusti poi e quegli attriti che sorgono, quando il bisogno, come un gattaccio ispido e nero s'accovaccia su la cenere d'un focolare spento, avevano reso ormai odiosa a entrambi la convivenza. Con undicimila lire avrei potuto rimetter la pace in casa e far rinascere l'amore già iniquamente ucciso in sul nascere dalla vedova Pescatore? Follie! E dunque? Partire per l'America? Ma perché sarei andato a cercar tanto lontano la Fortuna, quand'essa pareva proprio che avesse voluto fermarmi qua, a Nizza, senza ch'io ci pensassi, davanti a quella bottega d'attrezzi di giuoco? Ora bisognava ch'io mi mostrassi degno di lei, dei suoi favori, se veramente, come sembrava, essa voleva accordarmeli. Via, via! O tutto o niente. In fin de' conti, sarei ritornato come ero prima. Che cosa erano mai undicimila lire?

Così il giorno dopo tornai a Montecarlo. Ci tornai per dodici giorni di fila. Non ebbi più né modo né tempo di stupirmi allora del favore, più favoloso che straordinario, della fortuna: ero fuori di me, matto addirittura; non ne provo stupore neanche adesso, sapendo pur troppo che tiro essa m'apparecchiava, favorendomi in quella maniera e in quella misura. In nove giorni arrivai a metter sù una somma veramente enorme giocando alla disperata: dopo il nono giorno cominciai a perdere, e fu un precipizio. L'estro prodigioso, come se non avesse più trovato alimento nella mia già esausta energia nervosa, venne a mancarmi. Non seppi o meglio, non potei arrestarmi a tempo. Mi arrestai, mi riscossi, non per mia virtù, ma per la violenza d'uno spettacolo orrendo, non infrequente, pare, in quel luogo.

Entravo nelle sale da giuoco, la mattina del dodicesimo giorno, quando quel signore di Lugano, innamorato del numero 12, mi raggiunse, sconvolto e ansante, per annunziarmi, più col cenno che con le parole, che uno s'era poc'anzi ucciso là, nel giardino. Pensai subito che fosse quel mio spagnuolo, e ne provai rimorso. Ero sicuro ch'egli m'aveva ajutato a vincere. Nel primo giorno, dopo quella nostra lite, non aveva voluto puntare dov'io puntavo, e aveva perduto sempre; nei giorni seguenti, vedendomi vincere con tanta persistenza, aveva tentato di fare il mio giuoco; ma non avevo voluto più io, allora: come guidato per mano dalla stessa Fortuna, presente e invisibile, mi ero messo a girare da un tavoliere all'altro. Da due giorni non lo avevo più veduto, proprio dacché m'ero messo a perdere, e forse perché lui non mi aveva più dato la caccia.

Ero certissimo, accorrendo al luogo indicatomi, di trovarlo lì, steso per terra, morto. Ma vi trovai invece quel giovinetto pallido che affettava un'aria di sonnolenta indifferenza, tirando fuori i luigi dalla tasca dei calzoni per puntarli senza nemmeno guardare.

Pareva più piccolo, lì in mezzo al viale: stava composto, coi piedi uniti, come se si fosse messo a giacere prima, per non farsi male, cadendo; un braccio era aderente al corpo; l'altro, un po' sospeso, con la mano raggrinchiata e un dito, l'indice, ancora nell'atto di tirare. Era presso a questa mano la rivoltella; più là, il cappello. Mi parve dapprima che la palla gli fosse uscita dall'occhio sinistro, donde tanto sangue, ora rappreso, gli era colato su la faccia. Ma no: quel sangue era schizzato di lì, come un po' dalle narici e dagli orecchi; altro, in gran copia, n'era poi sgorgato dal forellino alla tempia destra, su la rena gialla del viale, tutto raggrumato. Una dozzina di vespe vi ronzavano attorno; qualcuna andava a posarsi anche lì, vorace, su l'occhio. Fra tanti che guardavano, nessuno aveva pensato a cacciarle via. Trassi dalla tasca un fazzoletto e lo stesi su quel misero volto orribilmente sfigurato. Nessuno me ne seppe grado:[1] avevo tolto il meglio dello spettacolo.

Scappai via; ritornai a Nizza per partirne quel giorno stesso.

Avevo con me circa ottantaduemila lire.

Tutto potevo immaginare, tranne che, nella sera di quello stesso giorno, dovesse accadere anche a me qualcosa di simile.

## VII · CAMBIO TRENO

Pensavo:

«Riscatterò la *Stìa*, e mi ritirerò là, in campagna, a fare il mugnajo. Si sta meglio vicini alla terra; e – sotto – fors'anche meglio.

«Ogni mestiere, in fondo, ha qualche sua consolazione. Ne ha finanche quello del becchino. Il mugnajo può consolarsi col frastuono delle macine e con lo spolvero che vola per aria e lo veste di farina.

«Son sicuro che, per ora, non si rompe nemmeno un sacco, là, nel molino. Ma appena lo riavrò io:

«– Signor Mattia, la nottola[2] del palo! Signor Mattia, s'è rotta la bronzina![3] Signor Mattia, i denti del lubecchio![4]

«Come quando c'era la buon'anima della mamma, e Malagna amministrava.

«E mentr'io attenderò al molino, il fattore mi ruberà i frutti della campagna; e se mi porrò invece a badare a questa, il mugnajo mi ruberà la molenda.[5] E di qua il

1 *me ne seppe grado*: me ne fu riconoscente.
2 *nottola*: dispositivo di legno sagomato girevole attorno ad un palo.
3 *bronzina*: cuscinetto metallico di supporto ad un perno.
4 *lubecchio*: ruota dentata che, nel mulino ad acqua, trasmette il movimento alla macina.
5 *molenda*: compenso pagato per macinatura del grano.

mugnajo e di là il fattore faranno l'altalena, e io nel mezzo a godere.

«Sarebbe forse meglio che cavassi dalla veneranda cassapanca di mia suocera uno dei vecchi abiti di Francesco Antonio Pescatore, che la vedova custodisce con la canfora e col pepe come sante reliquie, e ne vestissi Marianna Dondi e mandassi lei a fare il mugnajo e a star sopra al fattore.

«L'aria di campagna farebbe certamente bene a mia moglie. Forse a qualche albero cadranno le foglie, vedendola; gli uccelletti ammutoliranno; speriamo che non secchi la sorgiva. E io rimarrò bibliotecario, solo soletto, a Santa Maria Liberale.»

Così pensavo, e il treno intanto correva. Non potevo chiudere gli occhi, ché subito m'appariva con terribile precisione il cadavere di quel giovinetto, là, nel viale, piccolo e composto sotto i grandi alberi immobili nella fresca mattina. Dovevo perciò consolarmi così, con un altro incubo, non tanto sanguinoso, almeno materialmente: quello di mia suocera e di mia moglie. E godevo nel rappresentarmi la scena dell'arrivo, dopo quei tredici giorni di scomparsa misteriosa.

Ero certo (mi pareva di vederle!), che avrebbero affettato entrambe, al mio entrare, la più sdegnosa indifferenza. Appena un'occhiata, come per dire:

«To', qua di nuovo? Non t'eri rotto l'osso del collo?»

Zitte loro, zitto io.

Ma poco dopo, senza dubbio, la vedova Pescatore avrebbe cominciato a sputar bile, rifacendosi dall'impiego che forse avevo perduto.

M'ero infatti portata via la chiave della biblioteca: alla notizia della mia sparizione, avevano dovuto certo scassinare la porta, per ordine della questura: e, non trovandomi là entro, morto, né avendosi d'altra parte tracce o notizie di me, quelli del Municipio avevano forse aspettato, tre, quattro, cinque giorni, una settimana, il mio ritorno; poi avevano dato a qualche altro sfaccendato il mio posto.

71

Dunque, che stavo a far lì, seduto? M'ero buttato di nuovo, da me, in mezzo a una strada? Ci stéssi! Due povere donne non potevano aver l'obbligo di mantenere un fannullone, un pezzaccio da galera, che scappava via così, chi sa per quali altre prodezze, ecc., ecc.

Io, zitto.

Man mano, la bile di Marianna Dondi cresceva, per quel mio silenzio dispettoso, cresceva, ribolliva, scoppiava: – e io, ancora lì, zitto!

A un certo punto, avrei cavato dalla tasca in petto il portafogli e mi sarei messo a contare sul tavolino i miei biglietti da mille: là, là, là e là...

Spalancamento d'occhi e di bocca di Marianna Dondi e anche di mia moglie.

Poi:

«– Dove li hai rubati?

«– ...settantasette, settantotto, settantanove, ottanta, ottantuno; cinquecento, seicento, settecento; dieci, venti, venticinque; ottantunmila settecento venticinque lire, e quaranta centesimi in tasca.»

Quietamente avrei raccolti i biglietti, li avrei rimessi nel portafogli, e mi sarei alzato.

«– Non mi volete più in casa? Ebbene, tante grazie! Me ne vado, e salute a voi.»

Ridevo, così pensando.

I miei compagni di viaggio mi osservavano e sorridevano anch'essi, sotto sotto.

Allora, per assumere un contegno più serio, mi mettevo a pensare a' miei creditori, fra cui avrei dovuto dividere quei biglietti di banca. Nasconderli, non potevo. E poi, a che m'avrebbero servito, nascosti?

Godermeli, certo quei cani non me li avrebbero lasciati godere. Per rifarsi lì, col molino della *Stìa* e coi frutti del podere, dovendo pagare anche l'amministrazione, che si mangiava poi tutto a due palmenti[1] (a due palmenti

---

1 *palmenti*: macine da mulino. Si passa dal significato figurato ('mangiare a due palmenti' per 'mangiare con voracità') al significato letterale.

era anche il molino), chi sa quant'anni ancora avrebbero dovuto aspettare. Ora, forse, con un'offerta in contanti, me li sarei levati d'addosso a buon patto. E facevo il conto:

«Tanto a quella mosca canina del Recchioni; tanto, a Filippo Brìsigo, e mi piacerebbe che gli servissero per pagarsi il funerale: non caverebbe più sangue ai poverelli!; tanto a *Cichin* Lunaro, il torinese; tanto, alla vedova Lippani... Chi altro c'è? Ih! hai voglia! Il Della Piana, Bossi e Margottini... Ecco tutta la mia vincita!»

Avevo vinto per loro a Montecarlo, in fin dei conti! Che rabbia per que' due giorni di perdita! Sarei stato ricco di nuovo... ricco!

Mettevo ora certi sospironi, che facevano voltare più dei sorrisi di prima i miei compagni di viaggio. Ma io non trovavo requie. Era imminente la sera: l'aria pareva di cenere; e l'uggia del viaggio era insopportabile.

Alla prima stazione italiana comprai un giornale con la speranza che mi facesse addormentare. Lo spiegai, e al lume del lampadino elettrico, mi misi a leggere. Ebbi così la consolazione di sapere che il castello di Valençay, messo all'incanto per la seconda volta, era stato aggiudicato al signor conte De Castellane per la somma di due milioni e trecentomila franchi. La tenuta attorno al castello era di duemila ottocento ettari: la più vasta di Francia.

«Press'a poco, come la *Stìa*...»

Lessi che l'imperatore di Germania aveva ricevuto a Potsdam, a mezzodì, l'ambasciata marocchina, e che al ricevimento aveva assistito il segretario di Stato, barone de Richtofen. La missione, presentata poi all'imperatrice, era stata trattenuta a colazione, e chi sa come aveva divorato!

Anche lo Zar e la Zarina di Russia avevano ricevuto a Peterhof una speciale missione tibetana, che aveva presentato alle LL. MM.[1] i doni del Lama.

---

1 *LL. MM.*: Loro Maestà.

«I doni del Lama?» domandai a me stesso, chiudendo gli occhi, cogitabondo. «Che saranno?»

Papaveri: perché mi addormentai.[1] Ma papaveri di scarsa virtù: mi ridestai, infatti, presto, a un urto del treno che si fermava a un'altra stazione.

Guardai l'orologio: eran le otto e un quarto. Fra un'oretta, dunque, sarei arrivato.

Avevo il giornale ancora in mano e lo voltai per cercare in seconda pagina qualche dono migliore di quelli del Lama. Gli occhi mi andarono su un

# SUICIDIO

così, in grassetto.

Pensai subito che potesse esser quello di Montecarlo, e m'affrettai a leggere. Ma mi arrestai sorpreso al primo rigo, stampato di minutissimo carattere: «*Ci telegrafano da Miragno*».[2]

«Miragno? Chi si sarà suicidato nel mio paese?»

Lessi: «*Jeri, sabato 28, è stato rinvenuto nella gora d'un mulino un cadavere in istato d'avanzata putrefazione...*».

A un tratto, la vista mi s'annebbiò, sembrandomi di scorgere nel rigo seguente il nome del mio podere; e, siccome stentavo a leggere, con un occhio solo, quella stampa minuscola, m'alzai in piedi, per essere più vicino al lume.

«*...putrefazione. Il molino è sito in un podere detto della Stìa, a circa due chilometri dalla nostra città. Accorsa sopra luogo l'autorità giudiziaria con altra gente, il cadavere fu estratto dalla gora per le constatazioni di legge e piantonato. Più tardi esso fu riconosciuto per quello del nostro...*»

Il cuore mi balzò in gola e guardai, spiritato, i miei compagni di viaggio che dormivano tutti.

«*Accorsa sopra luogo... estratto dalla gora... e piantonato... fu riconosciuto per quello del nostro bibliotecario...*»

«Io?»

---

1 *mi addormentai*: allude all'effetto della papaverina, oppiaceo estratto dal papavero.

2 *Miragno*: nome d'invenzione dell'immaginario paese ligure di Mattia.

«*Accorsa sopra luogo... più tardi... per quello del nostro bibliotecario Mattia Pascal, scomparso da parecchi giorni. Causa del suicidio: dissesti finanziarii.*»

«Io?... *Scomparso... riconosciuto... Mattia Pascal...*»

Rilessi con piglio feroce e col cuore in tumulto non so più quante volte quelle poche righe. Nel primo impeto, tutte le mie energie vitali insorsero violentemente per protestare: come se quella notizia, così irritante nella sua impassibile laconicità, potesse anche per me esser vera. Ma, se non per me, era pur vera per gli altri; e la certezza che questi altri avevano fin da jeri della mia morte era su me come una insopportabile sopraffazione, permanente, schiacciante... Guardai di nuovo i miei compagni di viaggio e, quasi anch'essi, lì, sotto gli occhi miei, riposassero in quella certezza, ebbi la tentazione di scuoterli da quei loro scomodi e penosi atteggiamenti, scuoterli, svegliarli, per gridar loro che non era vero.

«Possibile?»

E rilessi ancora una volta la notizia sbalorditoja.[1]

Non potevo più stare alle mosse. Avrei voluto che il treno s'arrestasse, avrei voluto che corresse a precipizio: quel suo andar monotono, da automa duro, sordo e greve, mi faceva crescere di punto in punto l'orgasmo. Aprivo e chiudevo le mani continuamente, affondandomi le unghie nelle palme; spiegazzavo il giornale; lo rimettevo in sesto per rilegger la notizia che già sapevo a memoria, parola per parola.

«*Riconosciuto!* Ma è possibile che m'abbiano riconosciuto?... *In istato d'avanzata putrefazione...* puàh!»

Mi vidi per un momento, lì nell'acqua verdastra della gora, fradicio, gonfio, orribile, galleggiante... Nel raccapriccio istintivo, incrociai le braccia sul petto e con le mani mi palpai, mi strinsi:

«Io, no; io, no... Chi sarà stato?... mi somigliava, certo... Avrà forse avuto la barba anche lui, come la mia... la mia stessa corporatura... E m'han riconosciuto!... *Scomparso da parecchi giorni...* Eh già! Ma io vorrei sape-

1 *sbalorditoja*: sbalorditiva.

re, vorrei sapere chi si è affrettato così a riconoscermi. Possibile che quel disgraziato là fosse tanto simile a me? vestito come me? tal quale? Ma sarà stata lei, forse, lei, Marianna Dondi, la vedova Pescatore: oh! m'ha pescato subito, m'ha riconosciuto subito! Non le sarà parso vero, figuriamoci! – *È lui, è lui! mio genero! ah, povero Mattia! ah, povero figliuolo mio!* – E si sarà messa a piangere fors'anche; si sarà pure inginocchiata accanto al cadavere di quel poveretto, che non ha potuto tirarle un calcio e gridarle: – Ma lèvati di qua: non ti conosco –.»

Fremevo. Finalmente il treno s'arrestò a un'altra stazione: Aprii lo sportello e mi precipitai giù, con l'idea confusa di fare qualche cosa, subito: un telegramma d'urgenza per smentire quella notizia.

Il salto che spiccai dal vagone mi salvò: come se mi avesse scosso dal cervello quella stupida fissazione, intravidi in un baleno... ma sì! la mia liberazione la libertà una vita nuova!

Avevo con me ottantaduemila lire, e non avrei più dovuto darle a nessuno! Ero morto, ero morto: non avevo più debiti, non avevo più moglie, non avevo più suocera: nessuno! libero! libero! libero! Che cercavo di più?

Pensando così, dovevo esser rimasto in un atteggiamento stranissimo, là su la banchina di quella stazione. Avevo lasciato aperto lo sportello del vagone. Mi vidi attorno parecchia gente, che mi gridava non so che cosa; uno, infine, mi scosse e mi spinse, gridandomi più forte:

– Il treno riparte!

– Ma lo lasci, lo lasci ripartire, caro signore! – gli gridai io, a mia volta. – Cambio treno!

Mi aveva ora assalito un dubbio: il dubbio se quella notizia fosse già stata smentita; se già si fosse riconosciuto l'errore, a Miragno; se fossero saltati fuori i parenti del vero morto a correggere la falsa identificazione.

Prima di rallegrarmi così, dovevo bene accertarmi, aver notizie precise e particolareggiate. Ma come procurarmele?

Mi cercai nelle tasche il giornale. Lo avevo lasciato in treno. Mi voltai a guardare il binario deserto, che si snodava lucido per un tratto nella notte silenziosa, e mi sentii come smarrito, nel vuoto, in quella misera stazionuccia di passaggio. Un dubbio più forte mi assalì, allora: che io avessi sognato?

Ma no:

«Ci telegrafano da Miragno. Ieri, sabato 28...»

Ecco: potevo ripetere a memoria, parola per parola, il telegramma. Non c'era dubbio! Tuttavia, sì, era troppo poco; non poteva bastarmi.

Guardai la stazione; lessi il nome: ALENGA.

Avrei trovato in quel paese altri giornali? Mi sovvenne che era domenica. A Miragno, dunque, quella mattina, era uscito Il Foglietto, l'unico giornale che vi si stampasse. A tutti i costi dovevo procurarmene una copia. Lì avrei trovato tutte le notizie particolareggiate che m'abbisognavano. Ma come sperare di trovare ad Alenga Il Foglietto? Ebbene: avrei telegrafato sotto un falso nome alla redazione del giornale. Conoscevo il direttore, Miro Colzi, Lodoletta[1] come tutti lo chiamavano a Miragno, da quando, giovinetto, aveva pubblicato con questo titolo gentile il suo primo e ultimo volume di versi.

Per Lodoletta però non sarebbe stato un avvenimento quella richiesta di copie del suo giornale da Alenga? Certo la notizia più «interessante» di quella settimana, e perciò il pezzo più forte di quel numero, doveva essere il mio suicidio. E non mi sarei dunque esposto al rischio che la richiesta insolita facesse nascere in lui qualche sospetto?

«Ma che!» pensai poi. «A Lodoletta non può venire in mente ch'io non mi sia affogato davvero. Cercherà la ragione della richiesta in qualche altro pezzo forte del suo numero d'oggi. Da tempo combatte strenuamente contro il Municipio per la conduttura dell'acqua e per l'impianto del gas. Crederà piuttosto che sia per questa sua "campagna".»

Entrai nella stazione.

Per fortuna, il vetturino dell'unico legnetto,[2] quello de

1 Lodoletta: allodola.
2 legnetto: diminutivo di 'legno' per 'carrozza'.

la posta, stava ancora lì a chiacchierare con gl'impiegati ferroviarii: il paesello era a circa tre quarti d'ora di carrozza dalla stazione, e la via era tutta in salita.

Montai su quel decrepito calessino sgangherato, senza fanali; e via nel buio.

Avevo da pensare a tante cose; pure, di tratto in tratto, la violenta impressione ricevuta alla lettura di quella notizia che mi riguardava così da vicino mi si ridestava in quella nera, ignota solitudine, e mi sentivo, allora, per un attimo, nel vuoto, come poc'anzi alla vista del binario deserto; mi sentivo paurosamente sciolto dalla vita, superstite di me stesso, sperduto, in attesa di vivere oltre la morte, senza intravedere ancora in qual modo.

Domandai, per distrarmi, al vetturino, se ci fosse ad Alenga un'agenzia giornalistica:

– Come dice? Nossignore!

– Non si vendono giornali ad Alenga?

– Ah! sissignore. Li vende il farmacista, Grottanelli.

– C'è un albergo?

– C'è la locanda del Palmentino.

Era smontato da cassetta per alleggerire un po' la vecchia rozza[1] che soffiava con le froge a terra. Lo discernevo appena. A un certo punto accese la pipa e lo vidi, allora, come a sbalzi, e pensai: «Se egli sapesse chi porta...».

Ma ritorsi subito a me stesso la domanda:

«Chi porta? Non lo so più nemmeno io. Chi sono io ora? Bisogna che ci pensi. Un nome, almeno, un nome, bisogna che me lo dia subito, per firmare il telegramma e per non trovarmi poi imbarazzato se, alla locanda, me lo domandano. Basterà che pensi soltanto al nome, per adesso. Vediamo un po'! Come mi chiamo?»

Non avrei mai supposto che dovesse costarmi tanto stento e destarmi tanta smania la scelta di un nome e di un cognome. Il cognome specialmente! Accozzavo sillabe, così, senza pensare: venivano fuori certi cognomi, come: *Strozzani*, *Parbetta*, *Martoni*, *Bartusi*, che m'irritavano peggio i nervi. Non vi trovavo alcuna proprietà, alcun senso.

1 *rozza*: cavalla vecchia e malandata.

Come se, in fondo, i cognomi dovessero averne... Eh, via! uno qualunque... Martoni, per esempio, perché no? Carlo Martoni... Uh, ecco fatto! Ma, poco dopo, davo una spallata: «Sì! Carlo Martello...». E la smania ricominciava.

Giunsi al paese, senza averne fissato alcuno. Fortunatamente, là, dal farmacista, ch'era anche ufficiale telegrafico e postale, droghiere, cartolajo, giornalajo, bestia e non so che altro, non ce ne fu bisogno. Comprai una copia dei pochi giornali che gli arrivavano: giornali di Genova: *Il Caffaro* e *Il Secolo XIX*; gli domandai poi se potevo avere *Il Foglietto* di Miragno.

Aveva una faccia da civetta, questo Grottanelli, con un pajo d'occhi tondi tondi, come di vetro, su cui abbassava, di tratto in tratto, quasi con pena, certe pàlpebre cartilaginose.

– *Il Foglietto*? Non lo conosco.

– È un giornaluccio di provincia, settimanale, – gli spiegai. – Vorrei averlo. Il numero d'oggi, s'intende.

– *Il Foglietto*? Non lo conosco – badava a ripetere.

– E va bene! Non importa che lei non lo conosca: io le pago le spese per un vaglia telegrafico alla redazione. Ne vorrei avere dieci, venti copie, domani o al più presto. Si può?

Non rispondeva: con gli occhi fissi, senza sguardo, ripeteva ancora: – *Il Foglietto?*... Non lo conosco –. Finalmente si risolse a fare il vaglia telegrafico sotto la mia dettatura, indicando per il recapito la sua farmacia.

E il giorno appresso, dopo una notte insonne, sconvolta da un tempestoso mareggiamento di pensieri, là nella Locanda del Palmentino, ricevetti quindici copie del *Foglietto*.

Nei due giornali di Genova che, appena rimasto solo, m'ero affrettato a leggere, non avevo trovato alcun cenno. Mi tremavano le mani nello spiegare *Il Foglietto*. In prima pagina, nulla. Cercai nelle due interne, e subito mi saltò a gli occhi un segno di lutto in capo alla terza pagina e, sotto, a grosse lettere, il mio nome. Così:

## MATTIA PASCAL

*Non si avevano notizie di lui da alquanti giorni: giorni di tremenda costernazione e d'inenarrabile angoscia per la desolata famiglia; costernazione e angoscia condivise dalla miglior parte della nostra cittadinanza, che lo amava e lo stimava per la bontà dell'animo, per la giovialità del carattere e per quella natural modestia, che gli aveva permesso, insieme con le altre doti, di sopportare senza avvilimento e con rassegnazione gli avversi fati, onde dalla spensierata agiatezza si era in questi ultimi tempi ridotto in umile stato.*

*Quando, dopo il primo giorno dell'inesplicabile assenza, la famiglia impressionata si recò alla Biblioteca Boccamazza, dove egli, zelantissimo del suo ufficio, si tratteneva quasi tutto il giorno ad arricchire con dotte letture la sua vivace intelligenza, trovò chiusa la porta; subito, innanti[1] a questa porta chiusa, sorse nero e trepidante il sospetto, sospetto tosto fugato dalla lusinga che durò parecchi dì, man mano però raffievolendosi, ch'egli si fosse allontanato dal paese per qualche sua segreta ragione.*

*Ma ahimè! La verità doveva purtroppo esser quella!*

*La perdita recente della madre adoratissima e, a un tempo, dell'unica figlioletta, dopo la perdita degli aviti beni, aveva profondamente sconvolto l'animo del povero amico nostro. Tanto che, circa tre mesi addietro, già una prima volta, di notte tempo, egli aveva tentato di pôr fine a' suoi miseri giorni, là, nella gora appunto di quel molino, che gli ricordava i passati splendori della sua casa ed il suo tempo felice.*

> *...Nessun maggior dolore
> Che ricordarsi del tempo felice
> Nella miseria[2]...*

*Con le lacrime agli occhi e singhiozzando cel narrava, innanzi al grondante e disfatto cadavere, un vecchio mugnaio, fedele e devoto alla famiglia degli antichi padroni. Era cala-*

1 *innanti*: innanzi.
2 *Nessun...miseria*: Dante, *Inferno*, v, 121-23.

*ta la notte, lugubre; una lucerna rossa era stata deposta lì per
terra, presso al cadavere vigilato da due Reali Carabinieri e il
vecchio Filippo Brina (lo segnaliamo all'ammirazione dei
buoni) parlava e lagrimava con noi. Egli era riuscito in quella
triste notte a impedire che l'infelice riducesse ad effetto il violento proposito; ma non si trovò più là Filippo Brina pronto
ad impedirlo, questa seconda volta. E Mattia Pascal giacque,
forse tutta una notte e metà del giorno appresso, nella gora di
quel molino.*

*Non tentiamo nemmeno di descrivere la straziante scena
che seguì sul luogo, quando l'altro ieri, in sul far della sera,
la vedova sconsolata si trovò innanzi alla miseranda spoglia
irriconoscibile del diletto compagno, che era andato a raggiungere la figlioletta sua.*

*Tutto il paese ha preso parte al cordoglio di lei e ha voluto
dimostrarlo accompagnando all'estrema dimora il cadavere, a
cui rivolse brevi e commosse parole d'addio il nostro assessore comunale cav. Pomino.*

*Noi inviamo alla povera famiglia immersa in tanto lutto,
al fratello Roberto lontano da Miragno, le nostre più sentite
condoglianze, e col cuore lacerato diciamo per l'ultima volta
al nostro buon Mattia: – Vale, diletto amico, vale!* M.C.

————

Anche senza queste due iniziali avrei riconosciuto Lodoletta come autore della necrologia.

Ma debbo innanzi tutto confessare che la vista del mio
nome stampato lì, sotto quella striscia nera, per quanto
me l'aspettassi, non solo non mi rallegrò affatto, ma mi
accelerò talmente i battiti del cuore, che, dopo alcune righe, dovetti interrompere la lettura. La «tremenda costernazione e l'inenarrabile angoscia» della mia famiglia non
mi fecero ridere, né l'amore e la stima dei miei concittadini per le mie belle virtù, né il mio zelo per l'ufficio. Il ricordo di quella mia tristissima notte alla *Stìa*, dopo la
morte della mamma e della mia piccina, ch'era stato come
una prova, e forse la più forte, del mio suicidio, mi sorprese dapprima, quale una impreveduta e sinistra partecipazione del caso; poi mi cagionò rimorso e avvilimento.

81

Eh, no! non mi ero ucciso, io, per la morte della mamma e della figlietta mia, per quanto forse, quella notte, ne avessi avuto l'idea! Me n'ero fuggito, è vero, disperatamente; ma, ecco, ritornavo ora da una casa di giuoco, dove la Fortuna nel modo più strano mi aveva arriso e continuava ad arridermi; e un altro, invece, s'era ucciso per me, un altro, un forestiere certo, cui io rubavo il compianto dei parenti lontani e degli amici, e condannavo – oh suprema irrisione! – a subir quello che non gli apparteneva, falso compianto, e finanche l'elogio funebre dell'incipriato cavalier Pomino!

Questa fu la prima impressione alla lettura di quella mia necrologia sul *Foglietto*.

Ma poi pensai che quel pover'uomo era morto non certo per causa mia, e che io, facendomi vivo, non avrei potuto far rivivere anche lui; pensai che, approfittandomi della sua morte, io non solo non frodavo affatto i suoi parenti, ma anzi venivo a render loro un bene: per essi, infatti, il morto ero io, non lui, ed essi potevano crederlo scomparso e sperare ancora, sperare di vederlo un giorno o l'altro ricomparire.[1]

Restavano mia moglie e mia suocera. Dovevo proprio credere alla loro pena per la mia morte, a tutta quella «inenarrabile angoscia», a quel «cordoglio straziante» del funebre *pezzo forte* di Lodoletta? Bastava, perbacco, aprir pian piano un occhio a quel povero morto, per accorgersi che non ero io; e anche ammesso che gli occhi fossero rimasti in fondo alla gora, via! una moglie, che veramente non voglia, non può scambiare così facilmente un altro uomo per il proprio marito.

Si erano affrettate a riconoscermi in quel morto? La vedova Pescatore sperava ora che Malagna, commosso e forse non esente di rimorso per quel mio barbaro suicidio, venisse in ajuto della povera vedova? Ebbene: contente loro, contentissimo io!

---

1 *Ma poi... ricomparire*: è il tipico ragionamento pirandelliano che rovescia la prima immediata interpretazione dei fatti per giungere a una conclusione diversa, paradossalmente razionale e consolatoria.

«Morto? affogato? Una croce, e non se ne parli più!»

Mi levai, stirai le braccia e trassi un lunghissimo respiro di sollievo.

## VIII · ADRIANO MEIS

Subito, non tanto per ingannare gli altri, che avevano voluto ingannarsi da sé, con una leggerezza non deplorabile forse nel caso mio, ma certamente non degna d'encomio, quanto per obbedire alla Fortuna e soddisfare a un mio proprio bisogno, mi posi a far di me un altr'uomo.

Poco o nulla avevo da lodarmi di quel disgraziato che per forza avevano voluto far finire miseramente nella gora d'un molino. Dopo tante sciocchezze commesse, egli non meritava forse sorte migliore.

Ora mi sarebbe piaciuto che, non solo esteriormente, ma anche nell'intimo, non rimanesse più in me alcuna traccia di lui.

Ero solo ormai, e più solo di com'ero non avrei potuto essere su la terra, sciolto nel presente d'ogni legame e d'ogni obbligo, libero, nuovo e assolutamente padrone di me, senza più il fardello del mio passato, e con l'avvenire dinanzi, che avrei potuto foggiarmi a piacer mio.

Ah, un pajo d'ali! Come mi sentivo leggero!

Il sentimento che le passate vicende mi avevano dato della vita non doveva aver più per me, ormai, ragion d'essere. Io dovevo acquistare un nuovo sentimento della vita, senza avvalermi neppur minimamente della sciagurata esperienza del fu Mattia Pascal.

Stava a me: potevo e dovevo esser l'artefice del mio nuovo destino, nella misura che la Fortuna aveva voluto concedermi.

«E innanzi tutto,» dicevo a me stesso, «avrò cura di questa mia libertà: me la condurrò a spasso per vie piane e sempre nuove, né le farò mai portare alcuna veste gravosa. Chiuderò gli occhi e passerò oltre appena lo spettacolo della vita in qualche punto mi si presenterà sgradevole.

Procurerò di farmela più tosto con le cose che si sogliono chiamare inanimate, e andrò in cerca di belle vedute, di ameni luoghi tranquilli. Mi darò a poco a poco una nuova educazione; mi trasformerò con amoroso e paziente studio, sicché, alla fine, io possa dire non solo di aver vissuto due vite, ma d'essere stato due uomini. »[1]

Già ad Alenga, per cominciare, ero entrato, poche ore prima di partire, da un barbiere, per farmi accorciar la barba: avrei voluto levarmela tutta, lì stesso, insieme coi baffi; ma il timore di far nascere qualche sospetto in quel paesello mi aveva trattenuto.

Il barbiere era anche sartore,[2] vecchio, con le reni quasi ingommate[3] dalla lunga abitudine di star curvo, sempre in una stessa positura, e portava gli occhiali su la punta del naso. Più che barbiere doveva esser sartore. Calò come un flagello di Dio su quella barbaccia che non m'apparteneva più, armato di certi forbicioni da maestro di lana, che avevan bisogno d'esser sorretti in punta con l'altra mano. Non m'arrischiai neppure a fiatare: chiusi gli occhi, e non li riaprii, se non quando mi sentii scuotere pian piano.

Il brav'uomo, tutto sudato, mi porgeva uno specchietto perché gli sapessi dire se era stato bravo.

Mi parve troppo!

– No, grazie, – mi schermii. – Lo riponga. Non vorrei fargli paura.

Sbarrò tanto d'occhi, e:

– A chi? – domandò.

– Ma a codesto specchietto. Bellino! Dev'essere antico...

Era tondo, col manico d'osso intarsiato: chi sa che storia aveva e donde e come era capitato lì, in quella sarto-barbieria. Ma infine, per non dar dispiacere al padrone, che seguitava a guardarmi stupito, me lo posi sotto gli occhi.

Se era stato bravo!

Intravidi da quel primo scempio qual mostro fra breve sarebbe scappato fuori dalla necessaria e radicale alterazio-

---

1 *E innanzi... uomini*: è il progetto utopico di una rigenerazione che sancisca la "realtà" della nuova vita del fu Mattia.
2 *sartore*: sarto.
3 *ingommate*: indurite.

ne dei connotati di Mattia Pascal! Ed ecco una nuova ragione d'odio per lui! Il mento piccolissimo, puntato[1] e rientrato, ch'egli aveva nascosto per tanti e tanti anni sotto quel barbone, mi parve un tradimento. Ora avrei dovuto portarlo scoperto, quel cosino ridicolo! E che naso mi aveva lasciato in eredità! E quell'occhio!

«Ah, quest'occhio,» pensai, «così in estasi da un lato, rimarrà sempre suo nella mia nuova faccia! Io non potrò far altro che nasconderlo alla meglio dietro un pajo d'occhiali colorati, che coopereranno, figuriamoci, a rendermi più amabile l'aspetto. Mi farò crescere i capelli e, con questa bella fronte spaziosa, con gli occhiali e tutto raso, sembrerò un filosofo tedesco. Finanziera e cappellaccio a larghe tese.»

Non c'era via di mezzo: filosofo dovevo essere per forza con quella razza d'aspetto. Ebbene, pazienza: mi sarei armato d'una discreta filosofia sorridente per passare in mezzo a questa povera umanità, la quale, per quanto avessi in animo di sforzarmi, mi pareva difficile che non dovesse più parermi un po' ridicola e meschina.

Il nome mi fu quasi offerto in treno, partito da poche ore da Alenga per Torino.

Viaggiavo con due signori che discutevano animatamente d'iconografia cristiana, in cui si dimostravano entrambi molto eruditi, per un ignorante come me.

Uno, il più giovane, dalla faccia pallida, oppressa da una folta e ruvida barba nera, pareva provasse una grande e particolar soddisfazione nell'enunciar la notizia ch'egli diceva antichissima, sostenuta da Giustino Martire,[2] da Tertulliano[3] e da non so chi altri, secondo la quale Cristo sarebbe stato bruttissimo.

---

1 *puntato*: puntuto (la grafia oscilla nelle varie redazioni del romanzo).
2 *Giustino martire*: scrittore greco cristiano (ca 100-165 d.C.); di formazione platonica si convertì al cristianesimo e fu decapitato a Roma per la sua professione di fede. È autore di un *Dialogo con l'ebreo Trifone*, in cui si discute della figura messianica di Cristo.
3 *Tertulliano*: scrittore latino (160-220 d.C.). Educato alla retorica, alla filosofia e al diritto, dopo la conversione al cristianesimo fu autore di una fitta serie di opere dottrinarie, alcune in particolare dedicate a con-

Parlava con un vocione cavernoso, che contrastava stranamente con la sua aria da ispirato.

– Ma sì, ma sì, bruttissimo! bruttissimo! Ma anche Cirillo d'Alessandria![1] Sicuro, Cirillo d'Alessandria arriva finanche ad affermare che Cristo fu il più brutto degli uomini.

L'altro, ch'era un vecchietto magro magro, tranquillo nel suo ascetico squallore, ma pur con una piega a gli angoli della bocca che tradiva la sottile ironia, seduto quasi su la schiena, col collo lungo proteso come sotto un giogo, sosteneva invece che non c'era da fidarsi delle più antiche testimonianze.[2]

– Perché la Chiesa, nei primi secoli, tutta volta a consustanziarsi la dottrina[3] e lo spirito del suo ispiratore, si dava poco pensiero, ecco, poco pensiero delle sembianze corporee di lui.

A un certo punto vennero a parlare della Veronica[4] e di due statue della città di Paneade,[5] credute immagini di Cristo e della emorroissa.

---

futare le interpretazioni eretiche. Tra queste è il *De carne Christi* in cui si ribadisce che Cristo assunse realmente – e non solo apparentemente come volevano gli gnostici – un corpo umano, addirittura deforme.

1 *Cirillo d'Alessandria*: padre della Chiesa di lingua greca (ca 370-444), fu vescovo di Alessandria e, difendendo l'unità in Cristo di umanità e divinità, condusse una lunga disputa contro l'interpretazione dottrinaria della Scuola di Antiochia che tendeva invece a separare la natura umana di Cristo da quella divina.

2 *vecchietto... testimonianze*: i tratti quasi grotteschi dei due interlocutori sottolineano il carattere seriosamente bizzarro della discussione, da cui scaturisce come unico, paradossale esito il nuovo nome di Mattia.

3 *consustanziarsi la dottrina*: neologismo per 'fare della dottrina la propria sostanza' (da *consustanziale, consustanziazione*).

4 *Veronica*: secondo una tradizione occidentale, colei che asciugò il volto di Cristo lungo la salita al Calvario; ma il nome deriverebbe da *Bernìke* (o *Beronìke*), nome greco che i Vangeli apocrifi (*Atti di Pilato*) attribuiscono alla donna «emorroissa» (cioè soggetta a flussi anormali di sangue) guarita da Gesù (v. anche Matteo 9, 20-22).

5 *due... Paneade*: il monumento di Paneas (qui Paneade) – antico nome di Cesarea di Filippo, oggi la siriana Baniyas – di cui parla lo scrittore e filologo greco cristiano Eusebio di Cesarea, secondo una tradizione raffigurava l'omaggio della città all'imperatore Adriano. In uno studio del 1898, il barnabita Leopoldo De Feis corresse questa interpretazione fa-

– Ma sì! – scattò il giovane barbuto. – Ma se non c'è più dubbio ormai! Quelle due statue rappresentano l'imperatore Adriano con la città inginocchiata ai piedi.

Il vecchietto seguitava a sostener pacificamente la sua opinione, che doveva esser contraria, perché quell'altro, incrollabile, guardando me, s'ostinava a ripetere:

– Adriano!

– ...*Beroníke*, in greco. Da *Beroníke* poi: *Veronica...*

– Adriano! (*a me*).

– Oppure, *Veronica*, *vera icon*:[1] storpiatura probabilissima...

– Adriano! (*a me*).

– Perché la *Beroníke* degli Atti di Pilato...

– Adriano!

Ripeté così *Adriano!* non so più quante volte, sempre con gli occhi rivolti a me.

Quando scesero entrambi a una stazione e mi lasciarono solo nello scompartimento, m'affacciai al finestrino, per seguirli con gli occhi: discutevano ancora, allontanandosi.

A un certo punto però il vecchietto perdette la pazienza e prese la corsa.

– Chi lo dice? – gli domandò forte il giovane, fermo, con aria di sfida.

Quegli allora si voltò per gridargli:

– Camillo De Meis![2]

cendo dell'opera un ex-voto, raffigurante Cristo e la Veronica: L. De Feis, *Del monumento di Paneas e delle immagini della Veronica e di Edessa*, «Bessarione», III (1898), 4 (cfr. L. Sedita, *La maschera del nome*, cit.).
1 *Veronica... icon*: «vera immagine», etimologia relativa alla tradizione del volto di Cristo impresso sul velo della Veronica.
2 *Camillo De Meis*: il ricordo del nome dello scienziato-filosofo-scrittore abruzzese (1817-1891) da un lato si sovrappone – ancora una volta con ironia rispetto alla erudizione dei due interlocutori – al vero nome dello studioso De Feis (cfr. p. 86, n. 5), dall'altro ricorda un personaggio molto noto, addirittura centrale nel dibattito sulle scienze e sulla cultura umanistica nell'Italia post-unitaria. Docente di medicina all'Università di Bologna, il De Meis aveva pubblicato, nel 1868-69, un lungo romanzo-saggio autobiografico, *Dopo la laurea*, destinato per lo più a dibattere le prospettive della cultura positiva nel connubio tra lettere e scienze. Il suo nome, a suggello di una diatriba di cui mai egli si era occupato, rimanda ad un'autorità del positivismo che Pirandello ricorderà anche nel suo

Mi parve che anche lui gridasse a me quel nome, a me che stavo intanto a ripetere meccanicamente: – *Adriano...* –. Buttai subito via quel *de* e ritenni il *Meis*.

«Adriano Meis! Sì... Adriano Meis: suona bene...»

Mi parve anche che questo nome quadrasse bene alla faccia sbarbata e con gli occhiali, ai capelli lunghi, al cappellaccio alla finanziera che avrei dovuto portare.

«Adriano Meis. Benone! M'hanno battezzato.»

Recisa di netto ogni memoria in me della vita precedente, fermato l'animo alla deliberazione di ricominciare da quel punto una nuova vita, io era invaso e sollevato come da una fresca letizia infantile; mi sentivo come rifatta vergine e trasparente la coscienza, e lo spirito vigile e pronto a trar profitto di tutto per la costruzione del mio nuovo io. Intanto l'anima mi tumultuava nella gioja di quella nuova libertà. Non avevo mai veduto così uomini e cose; l'aria tra essi e me s'era d'un tratto quasi snebbiata; e mi si presentavan facili e lievi le nuove relazioni che dovevano stabilirsi tra noi, poiché ben poco ormai io avrei avuto bisogno di chieder loro per il mio intimo compiacimento. Oh levità deliziosa dell'anima; serena, ineffabile ebbrezza! La Fortuna mi aveva sciolto di ogni intrico, all'improvviso, mi aveva sceverato dalla vita comune, reso spettatore estraneo della briga in cui gli altri si dibattevano ancora, e mi ammoniva dentro:

«Vedrai, vedrai com'essa t'apparirà curiosa, ora, a guardarla così da fuori![1] Ecco là uno che si guasta il fegato e fa arrabbiare un povero vecchietto per sostener che Cristo fu il più brutto degli uomini...»

piccolo Parnaso di scrittori «umoristi», nel saggio del 1908 (*L'umorismo*, ed. cit. p. 127).

1 *com' essa... fuori!*: scriverà Pirandello nell' *Umorismo* ad esemplificazione di un sentimento «umoristico» dell'esistenza: «In certi momenti di silenzio interiore, in cui l'anima nostra si spoglia di tutte le finzioni abituali, e gli occhi nostri diventano più acuti e penetranti, noi vediamo noi stessi nella vita, e in sé stessa la vita...ci sentiamo assaltare da una strana impressione, come se, in un baleno, ci si chiarisse una realtà diversa da quella che normalmente percepiamo» (*L'umorismo*, ed. cit., p. 152).

Sorridevo. Mi veniva di sorridere così di tutto e a ogni cosa: a gli alberi della campagna, per esempio, che mi correvano incontro con stranissimi atteggiamenti nella loro fuga illusoria; a le ville sparse qua e là, dove mi piaceva d'immaginar coloni con le gote gonfie per sbuffare contro la nebbia nemica degli olivi o con le braccia levate a pugni chiusi contro il cielo che non voleva mandar acqua: e sorridevo agli uccelletti che si sbandavano, spaventati da quel coso nero che correva per la campagna, fragoroso; all'ondeggiar dei fili telegrafici, per cui passavano certe notizie ai giornali, come quella da Miragno del mio suicidio nel molino della *Stìa*; alle povere mogli dei cantonieri che presentavan la bandieruola arrotolata, gravide e col cappello del marito in capo.

Se non che, a un certo punto, mi cadde lo sguardo su l'anellino di fede che mi stringeva ancora l'anulare della mano sinistra. Ne ricevetti una scossa violentissima: strizzai gli occhi e mi strinsi la mano con l'altra mano, tentando di strapparmi quel cerchietto d'oro, così, di nascosto, per non vederlo più. Pensai ch'esso si apriva e che, internamente, vi erano incisi due nomi: *Mattia-Romilda*, e la data del matrimonio. Che dovevo farne?

Aprii gli occhi e rimasi un pezzo accigliato, a contemplarlo nella palma della mano.

Tutto, attorno, mi s'era rifatto nero.

Ecco ancora un resto della catena che mi legava al passato! Piccolo anello, lieve per sé, eppur così pesante! Ma la catena era già spezzata, e dunque via anche quell'ultimo anello!

Feci per buttarlo dal finestrino, ma mi trattenni. Favorito così eccezionalmente dal caso, io non potevo più fidarmi di esso; tutto ormai dovevo creder possibile, finanche questo: che un anellino buttato nell'aperta campagna, trovato per combinazione da un contadino, passando di mano in mano, con quei due nomi incisi internamente e la data, facesse scoprir la verità, che l'annegato della *Stìa* cioè non era il bibliotecario Mattia Pascal.

«No, no,» pensai, «in luogo più sicuro... Ma dove?»

Il treno, in quella, si fermò a un'altra stazione. Guardai,

e subito mi sorse un pensiero, per la cui attuazione provai dapprima un certo ritegno. Lo dico, perché mi serva di scusa presso coloro che amano il bel gesto, gente poco riflessiva, alla quale piace di non ricordarsi che l'umanità è pure oppressa da certi bisogni, a cui purtroppo deve obbedire anche chi sia compreso da un profondo cordoglio. Cesare, Napoleone e, per quanto possa parere indegno, anche la donna più bella... Basta. Da una parte c'era scritto *Uomini* e dall'altra *Donne*; e lì intombai[1] il mio anellino di fede.

Quindi, non tanto per distrarmi, quanto per cercar di dare una certa consistenza a quella mia nuova vita campata nel vuoto, mi misi a pensare ad Adriano Meis, a immaginargli un passato, a domandarmi chi fu mio padre, dov'ero nato, ecc. – posatamente, sforzandomi di vedere e di fissar bene tutto, nelle più minute particolarità.

Ero figlio unico: su questo mi pareva che non ci fosse da discutere.

«Più unico di così... Eppure no! Chi sa quanti sono come me, nella mia stessa condizione, fratelli miei. Si lascia il cappello e la giacca, con una lettera in tasca, sul parapetto d'un ponte, su un fiume; e poi, invece di buttarsi giù, si va via tranquillamente, in America o altrove. Si pesca dopo alcuni giorni un cadavere irriconoscibile: sarà quello de la lettera lasciata sul parapetto del ponte. E non se ne parla più! È vero che io non ci ho messo la mia volontà: né lettera, né giacca, né cappello... Ma son pure come loro, con questo di più: che posso godermi senza alcun rimorso la mia libertà. Han voluto regalarmela, e dunque...»

Dunque diciamo figlio unico. Nato... – sarebbe prudente non precisare alcun luogo di nascita. Come si fa? Non si può nascer mica su le nuvole, levatrice la luna, quantunque in biblioteca abbia letto che gli antichi, fra tanti altri mestieri, le facessero esercitare anche questo, e le donne incinte la chiamassero in soccorso col nome di Lucina.

Su le nuvole, no; ma su un piroscafo, sì, per esempio, si può nascere. Ecco, benone! nato in viaggio. I miei genitori viaggiavano... per farmi nascere su un piroscafo. Via, via,

1 *intombai*: seppellii come in una tomba.

sul serio! Una ragione plausibile per mettere in viaggio una donna incinta, prossima a partorire... O che fossero andati in America i miei genitori? Perché no? Ci vanno tanti... Anche Mattia Pascal, poveretto, voleva andarci. E allora queste ottantadue mila lire diciamo che le guadagnò mio padre, là in America? Ma che! Con ottantadue mila lire in tasca, avrebbe aspettato prima, che la moglie mettesse al mondo il figliuolo, comodamente, in terraferma. E poi, baje![1] Ottantadue mila lire un emigrato non le guadagna più così facilmente in America. Mio padre... – a proposito, come si chiamava? Paolo. Sì: Paolo Meis. Mio padre, Paolo Meis s'era illuso, come tanti altri. Aveva stentato tre, quattr'anni; poi, avvilito, aveva scritto da Buenos-Aires una lettera al nonno...

Ah, un nonno, un nonno io volevo proprio averlo conosciuto, un caro vecchietto, per esempio, come quello ch'era sceso testé dal treno, studioso d'iconografia cristiana.

Misteriosi capricci della fantasia! Per quale inesplicabile bisogno e donde mi veniva d'immaginare in quel momento mio padre, quel Paolo Meis, come uno scavezzacollo? Ecco, sì, egli aveva dato tanti dispiaceri al nonno: aveva sposato contro la volontà di lui e se n'era scappato in America. Doveva forse sostenere anche lui che Cristo era bruttissimo. E brutto davvero e sdegnato l'aveva veduto là, in America, se con la moglie lì lì per partorire, appena ricevuto il soccorso dal nonno, se n'era venuto via.

Ma perché proprio in viaggio dovevo esser nato io? Non sarebbe stato meglio nascere addirittura in America, nell'Argentina, pochi mesi prima del ritorno in patria de' miei genitori? Ma sì! Anzi il nonno s'era intenerito per il nipotino innocente; per me, unicamente per me aveva perdonato il figliuolo. Così io, piccino piccino, avevo traversato l'Oceano, e forse in terza classe, e durante il viaggio avevo preso una bronchite e per miracolo non ero morto. Benone! Me lo diceva sempre il nonno. Io però non dovevo rimpiangere come comunemente si suol fare, di non esser morto, allora di pochi mesi. No: perché, in fondo, che dolori avevo

1 *baje*: sciocchezze (letteralmente 'scherzi').

sofferto io, in vita mia? Uno solo, per dire la verità: quello de la morte del povero nonno, col quale ero cresciuto. Mio padre, Paolo Meis, scapato[1] e insofferente di giogo, era fuggito via di nuovo in America, dopo alcuni mesi, lasciando la moglie e me col nonno; e là era morto di febbre gialla. A tre anni, io ero rimasto orfano anche di madre, e senza memoria perciò de' miei genitori; solo con queste scarse notizie di loro. Ma c'era di più! Non sapevo neppure con precisione il mio luogo di nascita. Nell'Argentina, va bene! Ma dove? Il nonno lo ignorava, perché mio padre non glie-l'aveva mai detto o perché se n'era dimenticato, e io non potevo certamente ricordarmelo.

Riassumendo:

*a*) figlio unico di Paolo Meis; – *b*) nato in America nel-l'Argentina, senz'altra designazione; – *c*) venuto in Italia di pochi mesi (bronchite); – *d*) senza memoria né quasi notizia dei genitori; – *e*) cresciuto col nonno.

Dove? Un po' da per tutto. Prima a Nizza. Memorie confuse: *Piazza Massena*, la *Promenade*, *Avenue de la Gare...* Poi, a Torino.

Ecco, ci andavo adesso, e mi proponevo tante cose: mi proponevo di scegliere una via e una casa, dove il nonno mi aveva lasciato fino all'età di dieci anni, affidato alle cure di una famiglia che avrei immaginato lì sul posto, perché avesse tutti i caratteri del luogo; mi proponevo di vivere, o meglio d'inseguire con la fantasia, lì, su la realtà, la vita d'Adriano Meis piccino.

Questo inseguimento, questa costruzione fantastica d'una vita non realmente vissuta, ma colta man mano negli altri e nei luoghi e fatta e sentita mia, mi procurò una gioja strana e nuova, non priva d'una certa mestizia, nei primi tempi del mio vagabondaggio. Me ne feci un'occupazione. Vivevo non nel presente soltanto, ma anche per il mio passato, cioè per gli anni che Adriano Meis non aveva vissuti.

Nulla o ben poco ritenni di quel che avevo prima fantasticato. Nulla s'inventa, è vero, che non abbia una qualche

1 *scapato*: sventato.

radice, più o men profonda, nella realtà; e anche le cose più strane possono esser vere, anzi nessuna fantasia arriva a concepire certe follie, certe inverosimili avventure che si scatenano e scoppiano dal seno tumultuoso della vita; ma pure, come e quanto appare diversa dalle invenzioni che noi possiamo trarne la realtà viva e spirante! Di quante cose sostanziali, minutissime, inimmaginabili ha bisogno la nostra invenzione per ridiventare quella stessa realtà da cui fu tratta, di quante fila che la riallaccino nel complicatissimo intrico della vita, fila che noi abbiamo recise per farla diventare una cosa a sé!

Or che cos'ero io, se non un uomo inventato? Una invenzione ambulante che voleva e, del resto, doveva forzatamente stare per sé, pur calata nella realtà.

Assistendo alla vita degli altri e osservandola minuziosamente, ne vedevo gl'infiniti legami e, al tempo stesso, vedevo le tante mie fila spezzate. Potevo io rannodarle, ora, queste fila con la realtà? Chi sa dove mi avrebbero trascinato; sarebbero forse diventate subito redini di cavalli scappati, che avrebbero condotto a precipizio la povera biga della mia necessaria invenzione.[1] No. Io dovevo rannodar queste fila soltanto con la fantasia.

E seguivo per le vie e nei giardini i ragazzetti dai cinque ai dieci anni, e studiavo le loro mosse, i loro giuochi, e raccoglievo le loro espressioni, per comporne a poco a poco l'infanzia di Adriano Meis. Vi riuscii così bene, che essa alla fine assunse nella mia mente una consistenza quasi reale.

Non volli immaginarmi una nuova mamma. Mi sarebbe parso di profanar la memoria viva e dolorosa della mia mamma vera. Ma un nonno, sì, il nonno del mio primo fantasticare, volli crearmelo.

Oh, di quanti nonnini veri, di quanti vecchietti inseguiti e studiati un po' a Torino, un po' a Milano, un po' a Venezia, un po' a Firenze, si compose quel nonnino mio! Toglievo a uno qua la tabacchiera d'osso e il pezzolone a dadi ros-

---

1 *necessaria invenzione*: anche l'invenzione acquista il carattere della necessità e perde quello della libertà nel momento in cui deve rispondere ai problemi dell'esistenza quotidiana.

si e neri, a un altro là il bastoncino, a un terzo gli occhiali e la barba a collana, a un quarto il modo di camminare e di soffiarsi il naso, a un quinto il modo di parlare e di ridere; e ne venne fuori un vecchietto fino, un po' bizzoso, amante delle arti, un nonnino spregiudicato, che non mi volle far seguire un corso regolare di studii, preferendo d'istruirmi lui, con la viva conversazione e conducendomi con sé, di città in città, per musei e gallerie.

Visitando Milano, Padova, Venezia, Ravenna, Firenze, Perugia, lo ebbi sempre con me, come un'ombra, quel mio nonnino fantasticato, che più d'una volta mi parlò anche per bocca d'un vecchio cicerone.

Ma io volevo vivere anche per me, nel presente. M'assaliva di tratto in tratto l'idea di quella mia libertà sconfinata, unica, e provavo una felicità improvvisa, così forte, che quasi mi ci smarrivo in un beato stupore; me la sentivo entrar nel petto con un respiro lunghissimo e largo, che mi sollevava tutto lo spirito. Solo! solo! solo! padrone di me! senza dover dar conto di nulla a nessuno! Ecco, potevo andare dove mi piaceva: a Venezia? a Venezia! a Firenze? a Firenze!; e quella mia felicità mi seguiva dovunque. Ah, ricordo un tramonto, a Torino, nei primi mesi di quella mia nuova vita, sul Lungo Po, presso al ponte che ritiene per una pescaja[1] l'impeto delle acque che vi fremono irose: l'aria era d'una trasparenza meravigliosa; tutte le cose in ombra parevano smaltate in quella limpidezza; e io, guardando, mi sentii così ebro della mia libertà, che temetti quasi d'impazzire, di non potervi resistere a lungo.

Avevo già effettuato da capo a piedi la mia trasformazione esteriore: tutto sbarbato, con un pajo di occhiali azzurri chiari e coi capelli lunghi, scomposti artisticamente: parevo proprio un altro! Mi fermavo qualche volta a conversar con me stesso innanzi a uno specchio e mi mettevo a ridere.

«Adriano Meis! Uomo felice! Peccato che debba esser

---

1 *pescaja*: sbarramento lungo il corso di un fiume per raccogliere i pesci o, come in questo caso, per frenare la corrente.

conciato così... Ma, via, che te n'importa? Va benone! Se non fosse per quest'occhio *di lui*,[1] di quell'imbecille, non saresti poi, alla fin fine, tanto brutto, nella stranezza un po' spavalda della tua figura. Fai un po' ridere le donne, ecco. Ma la colpa, in fondo, non è tua. Se quell'altro non avesse portato i capelli così corti, tu non saresti ora obbligato a portarli così lunghi: e non certo per tuo gusto, lo so, vai ora sbarbato come un prete. Pazienza! Quando le donne ridono... ridi anche tu: è il meglio che possa fare.»

Vivevo, per altro, con me e di me, quasi esclusivamente. Scambiavo appena qualche parola con gli albergatori, coi camerieri, coi vicini di tavola, ma non mai per voglia d'attaccar discorso. Dal ritegno anzi che ne provavo, mi accorsi ch'io non avevo affatto il gusto della menzogna. Del resto, anche gli altri mostravan poca voglia di parlare con me: forse a causa del mio aspetto, mi prendevano per uno straniero. Ricordo che, visitando Venezia, non ci fu verso di levar dal capo a un vecchio gondoliere ch'io fossi tedesco, austriaco. Ero nato, sì, nell'Argentina, ma da genitori italiani. La mia vera, diciamo così, «estraneità» era ben altra e la conoscevo io solo: non ero più niente io; nessuno stato civile mi registrava, tranne quello di Miragno, ma come morto, con l'altro nome.

Non me n'affliggevo; tuttavia per austriaco, no, per austriaco non mi piaceva di passare. Non avevo avuto mai occasione di fissar la mente su la parola «patria». Avevo da pensare a ben altro, un tempo! Ora, nell'ozio, cominciavo a prender l'abitudine di riflettere su tante cose che non avrei mai creduto potessero anche per poco interessarmi. Veramente, ci cascavo senza volerlo, e spesso mi avveniva di scrollar le spalle, seccato. Ma di qualche cosa bisognava pure che mi occupassi, quando mi sentivo stanco di girare, di vedere. Per sottrarmi alle riflessioni fastidiose e inutili, mi mettevo talvolta a riempire interi fogli di carta della mia nuova firma, provandomi a scrivere con altra grafia, tenendo la penna diversamente di come la tenevo prima. A un certo punto però stracciavo la carta e

1 *di lui*: di Mattia Pascal.

buttavo via la penna. Io potevo benissimo essere anche analfabeta! A chi dovevo scrivere? Non ricevevo né potevo più ricever lettere da nessuno.

Questo pensiero, come tanti altri del resto, mi faceva dare un tuffo nel passato. Rivedevo allora la casa, la biblioteca, le vie di Miragno, la spiaggia; e mi domandavo: «Sarà ancora vestita di nero Romilda? Forse sì, per gli occhi del mondo. Che farà?». E me la immaginavo, come tante volte e tante l'avevo veduta là per casa; e m'immaginavo anche la vedova Pescatore, che imprecava certo alla mia memoria.

«Nessuna delle due,» pensavo, «si sarà recata neppure una volta a visitar nel cimitero quel pover'uomo, che pure è morto così barbaramente. Chi sa dove mi hanno seppellito! Forse la zia Scolastica non avrà voluto fare per me la spesa che fece per la mamma; Roberto, tanto meno; avrà detto: – Chi gliel'ha fatto fare? Poteva vivere infine con due lire al giorno, bibliotecario –. Giacerò come un cane, nel campo dei poveri... Via, via, non ci pensiamo! Me ne dispiace per quel pover'uomo, il quale forse avrà avuto parenti più umani de' miei che lo avrebbero trattato meglio. – Ma, del resto, anche a lui, ormai, che glien'importa? S'è levato il pensiero!»

Seguitai ancora per qualche tempo a viaggiare. Volli spingermi oltre l'Italia; visitai le belle contrade del Reno, fino a Colonia, seguendo il fiume, a bordo d'un piroscafo; mi trattenni nelle città principali: a Mannheim, a Worms, a Magonza, a Bingen, a Coblenza... Avrei voluto andar più sù di Colonia, più sù della Germania, almeno in Norvegia; ma poi pensai che io dovevo imporre un certo freno alla mia libertà. Il denaro che avevo meco doveva servirmi per tutta la vita, e non era molto. Avrei potuto vivere ancora una trentina d'anni; e così fuori d'ogni legge, senza alcun documento tra le mani che comprovasse, non dico altro, la mia esistenza reale, ero nell'impossibilità di procacciarmi un qualche impiego; se non volevo dunque ridurmi a mal partito, bisognava che mi restringessi a vivere con poco. Fatti i conti, non avrei dovuto spendere più di duecento lire al mese: pochine; ma già per ben due anni avevo anche vissuto con meno, e non io solo. Mi sarei dunque adattato.

In fondo, ero già un po' stanco di quell'andar girovagando sempre solo e muto. Istintivamente cominciavo a sentir il bisogno di un po' di compagnia. Me ne accorsi in una triste giornata di novembre, a Milano, tornato da poco dal mio giretto in Germania.

Faceva freddo, ed era imminente la pioggia, con la sera. Sotto un fanale scorsi un vecchio cerinajo, a cui la cassetta, che teneva dinanzi con una cinta a tracolla, imped:va di ravvolgersi bene in un logoro mantelletto che aveva su le spalle. Gli pendeva dalle pugna strette sul mento un cordoncino, fino ai piedi. Mi chinai a guardare e gli scoprii tra le scarpacce rotte un cucciolotto minuscolo, di pochi giorni, che tremava tutto di freddo e gemeva continuamente, lì rincantucciato. Povera bestiolina! Domandai al vecchio se la vendesse. Mi rispose di sì e che me l'avrebbe venduta anche per poco, benché valesse molto: ah, si sarebbe fatto un bel cane, un gran cane, quella bestiola:

– Venticinque lire...

Seguitò a tremare il povero cucciolo, senza inorgoglirsi punto di quella stima: sapeva di certo che il padrone con quel prezzo non aveva affatto stimato i suoi futuri meriti, ma la imbecillità che aveva creduto di leggermi in faccia.

Io intanto, avevo avuto il tempo di riflettere che, comprando quel cane, mi sarei fatto, sì, un amico fedele e discreto, il quale per amarmi e tenermi in pregio non mi avrebbe mai domandato chi fossi veramente e donde venissi e se le mie carte fossero in regola; ma avrei dovuto anche mettermi a pagare una tassa: io che non ne pagavo più! Mi parve come una prima compromissione della mia libertà, un lieve intacco ch'io stessi per farle.

– Venticinque lire? Ti saluto! – dissi al vecchio cerinajo.

Mi calcai il cappellaccio su gli occhi e, sotto la pioggerella fina fina che già il cielo cominciava a mandare, m'allontanai, considerando però, per la prima volta, che era bella, sì, senza dubbio, quella mia libertà così sconfinata, ma anche un tantino tiranna, ecco, se non mi consentiva neppure di comperarmi un cagnolino.

## IX · UN PO' DI NEBBIA

Del primo inverno, se rigido, piovoso, nebbioso, quasi non m'ero accorto tra gli svaghi de' viaggi e nell'ebbrezza della nuova libertà. Ora questo secondo mi sorprendeva già un po' stanco, come ho detto, del vagabondaggio e deliberato a impormi un freno. E mi accorgevo che... sì, c'era un po' di nebbia, c'era; e faceva freddo; m'accorgevo che per quanto il mio animo si opponesse a prender qualità dal colore del tempo, pur ne soffriva.

«Ma sta' a vedere,» mi rampognavo, «che non debba più far nuvolo perché tu possa ora godere serenamente della tua libertà!»

M'ero spassato abbastanza, correndo di qua e di là: Adriano Meis aveva avuto in quell'anno la sua giovinezza spensierata; ora bisognava che diventasse uomo, si raccogliesse in sé, si formasse un abito di vita quieto e modesto. Oh, gli sarebbe stato facile, libero com'era e senz'obblighi di sorta!

Così mi pareva; e mi misi a pensare in quale città mi sarebbe convenuto di fissar dimora, giacché come un uccello senza nido non potevo più oltre rimanere, se proprio dovevo compormi una regolare esistenza. Ma dove? in una grande città o in una piccola? Non sapevo risolvermi.

Chiudevo gli occhi e col pensiero volavo a quelle città che avevo già visitate; dall'una all'altra, indugiandomi in ciascuna fino a rivedere con precisione quella tal via, quella tal piazza, quel tal luogo, insomma, di cui serbavo più viva memoria; e dicevo:

«Ecco, io vi sono stato! Ora, quanta vita mi sfugge, che séguita ad agitarsi qua e là variamente. Eppure, in quanti luoghi ho detto: – Qua vorrei aver casa! Come ci vivrei volentieri! –. E ho invidiato gli abitanti che, quietamente, con le loro abitudini e le loro consuete occupazioni, potevano dimorarvi, senza conoscere quel senso penoso di precarietà che tien sospeso l'animo di chi viaggia.»

Questo senso penoso di precarietà mi teneva ancora e non mi faceva amare il letto su cui mi ponevo a dormire, i varii oggetti che mi stavano intorno.

Ogni oggetto in noi suol trasformarsi secondo le immagini ch'esso evoca e aggruppa, per così dire, attorno a sé. Certo un oggetto può piacere anche per se stesso, per la diversità delle sensazioni gradevoli che ci suscita in una percezione armoniosa; ma ben più spesso il piacere che un oggetto ci procura non si trova nell'oggetto per se medesimo. La fantasia lo abbellisce cingendolo e quasi irraggiandolo d'immagini care. Né noi lo percepiamo più qual esso è, ma così, quasi animato dalle immagini che suscita in noi o che le nostre abitudini vi associano. Nell'oggetto, insomma, noi amiamo quel che vi mettiamo di noi, l'accordo, l'armonia che stabiliamo tra esso e noi, l'anima che esso acquista per noi soltanto e che è formata dai nostri ricordi.[1]

Or come poteva avvenire per me tutto questo in una camera d'albergo?

Ma una casa, una casa mia, tutta mia, avrei potuto più averla? I miei denari erano pochini... Ma una casettina modesta, di poche stanze? Piano: bisognava vedere, considerar bene prima, tante cose. Certo, libero, liberissimo, io potevo essere soltanto così, con la valigia in mano: oggi qua, domani là. Fermo in un luogo, proprietario d'una casa, eh, allora: registri e tasse subito! E non mi avrebbero iscritto all'anagrafe? Ma sicuramente! E come? con un nome falso? E allora, chi sa?, forse indagini segrete intorno a me da parte della polizia... Insomma, impicci, imbrogli!... No, via: prevedevo di non poter più avere una casa mia, oggetti miei. Ma mi sarei allogato a pensione in qualche famiglia, in una camera mobiliata. Dovevo affliggermi per così poco?

L'inverno, l'inverno m'ispirava queste riflessioni malinconiche, la prossima festa di Natale che fa desiderare il tepore d'un cantuccio caro, il raccoglimento, l'intimità della casa.

Non avevo certo da rimpiangere quella di casa mia. L'altra, più antica, della casa paterna, l'unica ch'io po-

1 *Ogni oggetto... nostri ricordi*: cfr. G. Séailles, *Organisations des images*, in Id., *Le génie dans l'arte*, Paris, Baillière 1883, pp. 100-02.

tessi ricordare con rimpianto, era già distrutta da un pezzo, e non da quel mio nuovo stato. Sicché dunque dovevo contentarmi, pensando che davvero non sarei stato
più lieto, se avessi passato a Miragno, tra mia moglie e
mia suocera – (rabbrividivo!) – quella festa di Natale.

Per ridere, per distrarmi, m'immaginavo intanto, con
un buon panettone sotto il braccio, innanzi alla porta di
casa mia.

« – Permesso? Stanno ancora qua le signore Romilda
Pescatore, vedova Pascal, e Marianna Dondi, vedova Pescatore?

« – Sissignore. Ma chi è lei?

« – Io sarei il defunto marito della signora Pascal, quel
povero galantuomo morto l'altr'anno, annegato. Ecco,
vengo lesto lesto dall'altro mondo per passare le feste in
famiglia, con licenza dei superiori. Me ne riparto subito!»

Rivedendomi così all'improvviso, sarebbe morta dallo
spavento la vedova Pescatore? Che! Lei? Figuriamoci!
Avrebbe fatto rimorire me, dopo due giorni.

La mia fortuna – dovevo convincermene – la mia fortuna consisteva appunto in questo: nell'essermi liberato della moglie, della suocera, dei debiti, delle afflizioni umi-
lianti della mia prima vita. Ora, ero libero del tutto. Non
mi bastava? Eh via, avevo ancora tutta una vita innanzi a
me. Per il momento... chi sa quanti erano soli com'ero io!

«Sì, ma questi tali,» m'induceva a riflettere il cattivo
tempo, quella nebbia maledetta, «o son forestieri e hanno
altrove una casa, a cui un giorno o l'altro potranno far ritorno, o se non hanno casa come te, potranno averla domani, e intanto avran quella ospitale di qualche amico. Tu invece, a volerla dire, sarai sempre e dovunque un forestiere:
ecco la differenza. Forestiere della vita, Adriano Meis.»

Mi scrollavo, seccato, esclamando:

– E va bene! Meno impicci. Non ho amici? Potrò
averne...

Già nella trattoria che frequentavo in quei giorni, un signore, mio vicino di tavola, s'era mostrato inchinevole[1] a

1 *inchinevole*: incline.

far amicizia con me. Poteva avere da quarant'anni: calvo sì e no, bruno, con occhiali d'oro, che non gli si reggevano bene sul naso, forse per il peso de la catenella pur d'oro. Ah, per questo un ometto tanto carino! Figurarsi che, quando si levava da sedere e si poneva il cappello in capo, pareva subito un altro: un ragazzino pareva. Il difetto era nelle gambe, così piccole, che non gli arrivavano neanche a terra, se stava seduto: egli non si alzava propriamente da sedere, ma scendeva piuttosto dalla sedia. Cercava di rimediare a questo difetto, portando i tacchi alti. Che c'è di male? Sì, facevan troppo rumore quei tacchi; ma gli rendevano intanto così graziosamente imperiosi i passettini da pernice.

Era molto bravo poi, ingegnoso – forse un pochino bisbetico e volubile – ma con vedute sue, originali; ed era anche cavaliere.

Mi aveva dato il suo biglietto da visita: – *Cavalier Tito Lenzi*.

A proposito di questo biglietto da visita, per poco non mi feci anche un motivo d'infelicità della cattiva figura che mi pareva d'aver fatta, non potendo ricambiarglielo. Non avevo ancora biglietti da visita: provavo un certo ritegno a farmeli stampare col mio nuovo nome. Miserie! Non si può forse fare a meno de' biglietti da visita? Si dà a voce il proprio nome, e via.

Così feci; ma, per dir la verità, il mio vero nome... basta!

Che bei discorsi sapeva fare il cavalier Tito Lenzi! Anche il latino sapeva; citava come niente Cicerone.

– La coscienza? Ma la coscienza non serve, caro signore! La coscienza, come guida, non può bastare. Basterebbe forse, ma se essa fosse castello e non piazza, per così dire; se noi cioè potessimo riuscire a concepirci isolatamente, ed essa non fosse per sua natura aperta agli altri. Nella coscienza, secondo me, insomma, esiste una relazione essenziale... sicuro, essenziale, tra me che penso e gli altri esseri che io penso. E dunque non è un assoluto che basti a se stesso, mi spiego? Quando i sentimenti, le inclinazioni, i gusti di questi altri che io penso o che lei pensa

101

non si riflettono in me o in lei, noi non possiamo essere né paghi, né tranquilli, né lieti; tanto vero che tutti lottiamo perché i nostri sentimenti, i nostri pensieri, le nostre inclinazioni, i nostri gusti si riflettano nella coscienza degli altri. E se questo non avviene, perché... diciamo così, l'aria del momento non si presta a trasportare e a far fiorire, caro signore, i germi... i germi della sua idea nella mente altrui, lei non può dire che la sua coscienza le basta. A che le basta? Le basta per viver solo? per isterilire nell'ombra? Eh via! Eh via! Senta; io odio la retorica, vecchia bugiarda fanfarona, civetta con gli occhiali. La retorica, sicuro, ha foggiato questa bella frase con tanto di petto in fuori: «*Ho la mia coscienza e mi basta*».[1] Già! Cicerone prima aveva detto: *Mea mihi conscientia pluris est quam hominum sermo.*[2] Cicerone però, diciamo la verità, eloquenza, eloquenza, ma... Dio ne scampi e liberi, caro signore! Nojoso più d'un principiante di violino!

Me lo sarei baciato. Se non che, questo mio caro ometto non volle perseverare negli arguti e concettosi discorsi, di cui ho voluto dare un saggio; cominciò a entrare in confidenza; e allora io, che già credevo facile e bene avviata la nostra amicizia, provai subito un certo impaccio, sentii dentro me quasi una forza che mi obbligava a scostarmi, a ritrarmi.

Finché parlò lui e la conversazione s'aggirò su argomenti vaghi, tutto andò bene; ma ora il cavalier Tito Lenzi voleva che parlassi io.

– Lei non è di Milano, è vero?
– No...
– Di passaggio?

1 «*Ho... basta*»: da Q. F. Quintiliano, *Institutiones oratoriae*, libro IV, cap. IX.
2 *Mea... sermo*: «la mia coscienza conta per me più di tutti i discorsi della gente»: da M. T. Cicerone, *Ad Atticum*, libro XII, XXVIII, 2. Questa citazione, come quella da Quintiliano, è già nella novella *Il momento*, pubblicata in «La Critica» del 18 marzo 1896. Con varianti, ancora le due citazioni nell'*Esclusa* (nella redazione apparsa su «La Tribuna», giugno-agosto 1901, parte I, cap. VII e parte II, cap. XII), in *Ciascuno a suo modo* (in *Maschere nude*, ed. cit., vol. II, p. 540) e in *Uno, nessuno e centomila* (in *Tutti i romanzi*, cit., vol. II, pp. 761-62).

– Sì...

– Bella città Milano, eh?

– Bella, già...

Parevo un pappagallo ammaestrato. E più le sue domande mi stringevano, e io con le mie risposte m'allontanavo. E ben presto fui in America. Ma come l'ometto mio seppe ch'ero nato in Argentina, balzò dalla sedia e venne a stringermi calorosamente la mano:

– Ah, mi felicito con lei, caro signore! La invidio! Ah, l'America... Ci sono stato.

C'era stato? Scappa!

– In questo caso, – m'affrettai a dirgli, – debbo io piuttosto felicitarmi con lei che c'è stato, perché io posso quasi quasi dire di non esserci stato, tuttoché nativo di là; ma ne venni via di pochi mesi; sicché dunque i miei piedi non han proprio toccato il suolo americano, ecco!

– Che peccato! – esclamò dolente il cavalier Tito Lenzi. – Ma lei ci avrà parenti, laggiù, m'immagino!

– No, nessuno...

– Ah, dunque, è venuto in Italia con tutta la famiglia, e vi si è stabilito? Dove ha preso stanza?

Mi strinsi ne le spalle:

– Mah! – sospirai, tra le spine, – un po' qua, un po' là... Non ho famiglia e... e giro.

– Che piacere! Beato lei! Gira... Non ha proprio nessuno?

– Nessuno...

– Che piacere! beato lei! la invidio!

– Lei dunque ha famiglia? – volli domandargli, a mia volta, per deviare da me il discorso.

– E no, purtroppo! – sospirò egli allora, accigliandosi. – Son solo e sono stato sempre solo!

– E dunque, come me!...

– Ma io mi annojo, caro signore! m'annojo! – scattò l'ometto. – Per me, la solitudine... eh sì, infine, mi sono stancato. Ho tanti amici; ma, creda pure, non è una bella cosa, a una certa età, andare a casa e non trovar nessuno. Mah! C'è chi comprende e chi non comprende, caro signore. Sta molto peggio chi comprende, perché alla fine si ritrova senza energia e senza volontà. Chi comprende, infatti, dice: «Io non devo far questo, non devo far quest'altro, per non commettere questa o quella bestialità». Benissimo! Ma a un certo punto s'accorge che la vita è tutta una bestialità, e allora dica un po' lei che cosa significa il non averne commessa nessuna: significa per lo meno non aver vissuto, caro signore.

– Ma lei, – mi provai a confortarlo, – lei è ancora in tempo, fortunatamente...

– Di commettere bestialità? Ma ne ho già commesse tante, creda pure! – rispose con un gesto e un sorriso fatuo. – Ho viaggiato, ho girato come lei e... avventure, avventure... anche molto curiose e piccanti... sì, via, me ne son capitate. Guardi, per esempio, a Vienna, una sera...

Cascai dalle nuvole. Come! Avventure amorose, lui? Tre, quattro, cinque, in Austria, in Francia, in Italia... anche in Russia? E che avventure! Una più ardita dell'altra... Ecco qua, per dare un altro saggio, un brano di dialogo tra lui e una donna maritata:

LUI: – Eh, a pensarci, lo so, cara signora... Tradire il marito, Dio mio! La fedeltà, l'onestà, la dignità... tre grosse, sante parole, con tanto d'accento su l'*a*. E poi: l'onore! altra parola enorme... Ma, in pratica, credete, è un'altra cosa, cara signora: cosa di pochissimo momento! Domandate alle vostre amiche che ci si sono avventurate.

LA DONNA MARITATA: – Sì; e tutte quante han provato poi un grande disinganno!

LUI: – Ma sfido! ma si capisce! Perché impedite, trattenute da quelle parolacce, hanno messo un anno, sei mesi, troppo tempo a risolversi. E il disinganno diviene appunto dalla sproporzione tra l'entità del fatto e il troppo pensiero che se ne son date. Bisogna risolversi subito, cara signora! Lo penso, lo faccio. È così semplice!

Bastava guardarlo, bastava considerare un poco quella sua minuscola ridicola personcina, per accorgersi ch'egli mentiva, senza bisogno d'altre prove.

Allo stupore seguì in me un profondo avvilimento di

vergogna per lui, che non si rendeva conto del miserabile effetto che dovevano naturalmente produrre quelle sue panzane, e anche per me che vedevo mentire con tanta disinvoltura e tanto gusto lui, lui che non ne avrebbe avuto alcun bisogno; mentre io, che non potevo farne a meno, io ci stentavo e ci soffrivo fino a sentirmi, ogni volta, torcer l'anima dentro.

Avvilimento e stizza. Mi veniva d'afferrargli un braccio e di gridargli:

«Ma scusi, cavaliere, perché? perché?»

Se però erano ragionevoli e naturali in me l'avvilimento e, la stizza, mi accorsi, riflettendoci bene, che sarebbe stata per lo meno sciocca quella domanda. Infatti, se il caro ometto imbizzarriva così a farmi credere a quelle sue avventure, la ragione era appunto nel non aver egli alcun bisogno di mentire; mentre io... io vi ero obbligato dalla necessità. Ciò che per lui, insomma, poteva essere uno spasso e quasi l'esercizio d'un diritto, era per me, all'incontro, obbligo increscioso, condanna.

E che seguiva da questa riflessione? Ahimè, che io, condannato inevitabilmente a mentire dalla mia condizione, non avrei potuto avere mai più un amico, un vero amico. E dunque, né casa, né amici... Amicizia vuol dire confidenza; e come avrei potuto io confidare a qualcuno il segreto di quella mia vita senza nome e senza passato, sorta come un fungo dal suicidio di Mattia Pascal? Io potevo aver solamente relazioni superficiali, permettermi solo co' miei simili un breve scambio di parole aliene.

Ebbene, erano gl'inconvenienti della mia fortuna. Pazienza! Mi sarei scoraggiato per questo?

«Vivrò con me e di me, come ho vissuto finora!»

Sì; ma ecco: per dir la verità, temevo che della mia compagnia non mi sarei tenuto né contento né pago. E poi, toccandomi la faccia e scoprendomela sbarbata, passandomi una mano su quei capelli lunghi o rassettandomi gli occhiali sul naso, provavo una strana impressione: mi pareva quasi di non esser più io, di non toccare me stesso.

Siamo giusti, io mi ero conciato a quel modo per gli altri, non per me. Dovevo ora star con me, così mascherato? E se tutto ciò che avevo finto e immaginato di Adriano Meis non doveva servire per gli altri, per chi doveva servire? per me? Ma io, se mai, potevo crederci solo a patto che ci credessero gli altri.

Ora, se questo Adriano Meis non aveva il coraggio di dir bugie, di cacciarsi in mezzo alla vita, e si appartava e rientrava in albergo, stanco di vedersi solo, in quelle tristi giornate d'inverno, per le vie di Milano, e si chiudeva nella compagnia del morto Mattia Pascal, prevedevo che i fatti miei, eh, avrebbero cominciato a camminar male; che insomma non mi s'apparecchiava un divertimento, e che la mia bella fortuna, allora...

Ma la verità forse era questa: che nella mia libertà sconfinata, mi riusciva difficile cominciare a vivere in qualche modo. Sul punto di prendere una risoluzione, mi sentivo come trattenuto, mi pareva di vedere tanti impedimenti e ombre e ostacoli.

Ed ecco, mi cacciavo, di nuovo, fuori, per le strade, osservavo tutto, mi fermavo a ogni nonnulla, riflettevo a lungo su le minime cose; stanco, entravo in un caffè, leggevo qualche giornale, guardavo la gente che entrava e usciva; alla fine, uscivo anch'io. Ma la vita, a considerarla così, da spettatore estraneo, mi pareva ora senza costrutto e senza scopo; mi sentivo sperduto tra quel rimescolìo di gente. E intanto il frastuono, il fermento continuo della città m'intronavano.

«Oh perché gli uomini,» domandavo a me stesso, smaniosamente, «si affannano così a rendere man mano più complicato il congegno della loro vita? Perché tutto questo stordimento di macchine? E che farà l'uomo quando le macchine faranno tutto? Si accorgerà allora che il così detto progresso non ha nulla a che fare con la felicità? Di tutte le invenzioni, con cui la scienza crede onestamente d'arricchire l'umanità (e la impoverisce, perché costano tanto care), che gioja in fondo proviamo noi, anche ammirandole?»[1]

1 «*Oh perché... ammirandole?*»: la critica alla vita moderna colta nel ritmo quotidiano di una metropoli è un luogo comune di tanta letteratura

In un tram elettrico, il giorno avanti, m'ero imbattuto in un pover'uomo, di quelli che non possono fare a meno di comunicare a gli altri tutto ciò che passa loro per la mente.

– Che bella invenzione! – mi aveva detto. – Con due soldini, in pochi minuti, mi giro mezza Milano.

Vedeva soltanto i due soldini della corsa, quel pover'uomo, e non pensava che il suo stipendiuccio se n'andava tutto quanto e non gli bastava per vivere intronato di quella vita fragorosa, col tram elettrico, con la luce elettrica, ecc., ecc.

Eppure la scienza, pensavo, ha l'illusione di render più facile e più comoda l'esistenza! Ma, anche ammettendo che la renda veramente più facile, con tutte le sue macchine così difficili e complicate, domando io: «E qual peggior servizio a chi sia condannato a una briga[1] vana, che rendergliela facile e quasi meccanica?»

Rientravo in albergo.

Là, in un corridojo, sospesa nel vano d'una finestra, c'era una gabbia con un canarino. Non potendo con gli altri e non sapendo che fare, mi mettevo a conversar con lui, col canarino: gli rifacevo il verso con le labbra, ed esso veramente credeva che qualcuno gli parlasse e ascoltava e forse coglieva in quel mio pispissìo care notizie di nidi, di foglie, di libertà... Si agitava nella gabbia, si voltava, saltava, guardava di traverso, scotendo la testina, poi mi rispondeva, chiedeva, ascoltava ancora. Povero uccellino! lui sì m'inteneriva, mentre io non sapevo che cosa gli avessi detto...

Ebbene, a pensarci, non avviene anche a noi uomini qualcosa di simile? Non crediamo anche noi che la natura ci parli? e non ci sembra di cogliere un senso nelle sue voci misteriose, una risposta, secondo i nostri desiderii, alle

del primo Novecento. Qui Pirandello la intreccia ad una visione scettica del progresso – quella che sarà ripresa nei *Quaderni di Serafino Gubbio* (cfr. soprattutto il *Quaderno Primo*), assieme alla critica della civiltà della macchina – come perdita dell'autenticità dell'individuo e conseguente sua perdita dell'esperienza della totalità.

1 *briga*: faccenda fastidiosa.

affannose domande che le rivolgiamo? E intanto la natura, nella sua infinita grandezza, non ha forse il più lontano sentore di noi e della nostra vana illusione.

Ma vedete un po' a quali conclusioni uno scherzo suggerito dall'ozio può condurre un uomo condannato a star solo con se stesso! Mi veniva quasi di prendermi a schiaffi. Ero io dunque sul punto di diventare sul serio un filosofo?

No, no, via, non era logica la mia condotta. Così, non avrei potuto più oltre durarla. Bisognava ch'io vincessi ogni ritegno, prendessi a ogni costo una risoluzione.

Io, insomma, dovevo vivere, vivere, vivere.

### X · ACQUASANTIERA E PORTACENERE

Pochi giorni dopo ero a Roma, per prendervi dimora.

Perché a Roma e non altrove? La ragione vera la vedo adesso, dopo tutto quello che m'è occorso, ma non la dirò per non guastare il mio racconto con riflessioni che, a questo punto, sarebbero inopportune. Scelsi allora Roma, prima di tutto perché mi piacque sopra ogni altra città, e poi perché mi parve più adatta a ospitar con indifferenza, tra tanti forestieri, un forestiere come me.

La scelta della casa, cioè d'una cameretta decente, in qualche via tranquilla, presso una famiglia discreta, mi costò molta fatica. Finalmente la trovai in via Ripetta, alla vista del fiume. A dir vero, la prima impressione che ricevetti della famiglia che doveva ospitarmi fu poco favorevole; tanto che, tornato all'albergo, rimasi a lungo perplesso se non mi convenisse di cercare ancora.

Su la porta, al quarto piano, c'erano due targhette: PALEARI di qua, PAPIANO di là; sotto a questa, un biglietto da visita, fissato con due bullette di rame, nel quale si leggeva: *Silvia Caporale*.

Venne ad aprirmi un vecchio su i sessant'anni (Paleari? Papiano?), in mutande di tela, coi piedi scalzi entro un pajo di ciabatte rocciose, nudo il torso roseo, ciccioso, senza un pelo, le mani insaponate e con un fervido turbante di spuma in capo.

– Oh scusi! – esclamò. – Credevo che fosse la serva... Abbia pazienza: mi trova così... Adriana! Terenzio! E subito, via! Vedi che c'è qua un signore... Abbia pazienza un momentino; favorisca... Che cosa desidera?

– S'affitta qua una camera mobiliata?

– Sissignore. Ecco mia figlia: parlerà con lei. Sù Adriana, la camera!

Apparve, tutta confusa, una signorinetta piccola piccola, bionda, pallida, dagli occhi ceruli, dolci e mesti, come tutto il volto. Adriana, come me! «Oh, guarda un po'!» pensai. «Neanche a farlo apposta!»

– Ma Terenzio dov'è? – domandò l'uomo dal turbante di spuma.

– Oh Dio, papà, sai bene che è a Napoli, da jeri. Ritìrati! Se ti vedessi... – gli rispose la signorinetta mortificata, con una vocina tenera che, pur nella lieve irritazione, esprimeva la mitezza dell'indole.

Quegli si ritirò, ripetendo: – *Ah già! ah già!* –, strascicando le ciabatte e seguitando a insaponarsi il capo calvo e anche il grigio barbone.

Non potei fare a meno di sorridere, ma benevolmente, per non mortificare di più la figliuola. Ella socchiuse gli occhi, come per non vedere il mio sorriso.

Mi parve dapprima una ragazzetta; poi, osservando bene l'espressione del volto, m'accorsi ch'era già donna e che doveva perciò portare, se vogliamo, quella veste da camera che la rendeva un po' goffa, non adattandosi al corpo e alle fattezze di lei così piccolina. Vestiva di mezzo lutto.

Parlando pianissimo e sfuggendo di guardarmi (chi sa che impressione le feci in prima!), m'introdusse, attraverso un corridojo bujo, nella camera che dovevo prendere in affitto. Aperto l'uscio, mi sentii allargare il petto, all'aria, alla luce che entravano per due ampie finestre prospicienti il fiume. Si vedeva in fondo in fondo Monte Mario, Ponte Margherita e tutto il nuovo quartiere dei Prati fino a Castel Sant'Angelo; si dominava il vecchio ponte di Ripetta e il nuovo che vi si costruiva accanto; più là, il ponte Umberto e tutte le vecchie case di Tordinona che seguivan la voluta ampia del fiume; in fondo, da quest'altra parte, si scorgevano le verdi alture del Gianicolo, col fontanone di San Pietro in Montorio e la statua equestre di Garibaldi.

In grazia di quella spaziosa veduta presi in affitto la camera, che era per altro addobbata con graziosa semplicità, di tappezzeria chiara, bianca e celeste.

– Questo terrazzino qui accanto, – volle dirmi la ragazzetta in veste da camera, – appartiene pure a noi, almeno per ora. Lo butteranno giù, dicono, perché fa aggetto. [1]

– Fa... che cosa?

– Aggetto: non si dice così? Ma ci vorrà tempo, prima che sia finito il Lungotevere.

Sentendola parlare piano, con tanta serietà, vestita a quel modo, sorrisi e dissi:

– Ah sì?

Se ne offese. Chinò gli occhi e si strinse un po' il labbro tra i denti. Per farle piacere, allora, le parlai anch'io con gravità:

– E... scusi, signorina: non ci sono bambini, è vero, in casa?

Scosse il capo senza aprir bocca. Forse nella mia domanda sentì ancora un sapor d'ironia, ch'io però non avevo voluto metterci. Avevo detto *bambini* e non *bambine*. Mi affrettai a riparare un'altra volta:

– E... dica, signorina: loro non affittano altre camere, è vero?

– Questa è la migliore, – mi rispose, senza guardarmi. – Se non le accomoda...

– No no... Domandavo per sapere se...

– Ne affittiamo un'altra, – disse allora ella, alzando gli occhi con aria d'indifferenza forzata. – Di là, posta sul davanti... su la via. È occupata da una signorina che sta con noi ormai da due anni: dà lezioni di pianoforte... non in casa.

1 *fa aggetto*: sporge.

Accennò, così dicendo, un sorriso lieve lieve, e mesto. Aggiunse:

– Siamo io, il babbo e mio cognato...

– Paleari?

– No: Paleari è il babbo; mio cognato si chiama Terenzio Papiano. Deve però andar via, col fratello che per ora sta anche lui qua con noi. Mia sorella è morta... da sei mesi.

Per cangiar discorso, le domandai che pigione avrei dovuto pagare; ci accordammo subito; le domandai anche se bisognava lasciare una caparra.

– Faccia lei, – mi rispose. – Se vuole piuttosto lasciare il nome...

Mi tastai in petto, sorridendo nervosamente, e dissi:

– Non ho... non ho neppure un biglietto da visita... Mi chiamo Adriano, sì, appunto: ho sentito che si chiama Adriana anche lei, signorina. Forse le farà dispiacere...

– Ma no! Perché? – fece lei, notando evidentemente il mio curioso imbarazzo e ridendo questa volta come una vera bambina.

Risi anch'io e soggiunsi:

– E allora, se non le dispiace, mi chiamo Adriano Meis: ecco fatto! Potrei alloggiare qua stasera stessa? O tornerò meglio domattina...

Ella mi rispose: – Come vuole, – ma io me ne andai con l'impressione che le avrei fatto un gran piacere se non fossi più tornato. Avevo osato nientemeno di non tenere nella debita considerazione quella sua veste da camera.

Potei vedere però e toccar con mano, pochi giorni dopo, che la povera fanciulla doveva proprio portarla, quella veste da camera, di cui ben volentieri, forse, avrebbe fatto a meno. Tutto il peso della casa era su le sue spalle, e guai se non ci fosse stata lei!

Il padre, Anselmo Paleari, quel vecchio che mi era venuto innanzi con un turbante di spuma in capo, aveva pure così, come di spuma, il cervello. Lo stesso giorno che entrai in casa sua, mi si presentò, non tanto – disse – per rifarmi le scuse del modo poco decente in cui mi era apparso la prima volta, quanto per il piacere di far la mia co-

111

noscenza, avendo io l'aspetto d'uno studioso o d'un artista, forse:

– Sbaglio?

Sbaglia. Artista... per niente! studioso... così così... Mi piace leggere qualche libro.

– Oh, ne ha di buoni! – fece lui, guardando i dorsi di quei pochi che avevo già disposti sul palchetto della scrivania. – Poi, qualche altro giorno, le mostrerò i miei, eh? Ne ho di buoni anch'io. Mah!

E scrollò le spalle e rimase lì, astratto, con gli occhi invagati, evidentemente senza ricordarsi più di nulla, né dov'era né con chi era; ripeté altre due volte: – *Mah!... Mah!*, – con gli angoli della bocca contratti in giù, e mi voltò le spalle per andarsene, senza salutarmi.

Ne provai, lì per li, una certa meraviglia; ma poi, quando egli nella sua camera mi mostrò i libri, come aveva promesso, non solo quella piccola distrazione di mente mi spiegai, ma anche tant'altre cose. Quei libri recavano titoli di questo genere: *La Mort et l'au-delà* – *L'homme et ses corps* – *Les sept principes de l'homme* – *Karma* – *La clef de la Théosophie* – *A B C de la Théosophie* – *La doctrine secrète* – *Le Plan Astral*[1] – ecc., ecc.

Era ascritto alla scuola teosofica[2] il signor Anselmo Paleari.

Lo avevano messo a riposo, da caposezione in non so qual Ministero, prima del tempo, e lo avevano rovinato, non solo finanziariamente, ma anche perché, libero e padrone del suo tempo, egli si era adesso sprofondato tutto ne' suoi fantastici studii e nelle sue nuvolose meditazioni, astraendosi più che mai dalla vita materiale. Per lo meno mezza la sua pensione doveva andarsene nell'acquisto di

1 *La Mort... Astral*: sono tutti titoli della collana «Publications Théosophiques», pubblicati a Parigi: Annie Besant, *La Mort et l'au-delà*, 1896; *L'homme et ses corps*, 1896, e *Karme*, 1895; Théophile Pascal, *Les sept principes de l'homme*, 1895, e *ABC de la Théosophie*, 1901; Helena Petrovna Blavatskij, *La clef de la Théosophie*, 1895, e *La doctrine secrète*, 1904; Charles Webster Leadbeater, *Le plan Astral*, 1897.
2 *scuola teosofica*: dottrina filosofico-religiosa diffusa nella seconda metà dell'Ottocento, sincretismo di varie credenze e di scienze occulte.

di pazzia sono contagiose. Quella
...o in prima mi ribellassi, alla fine mi
...edessi veramente di esser morto: non
...an male, giacché il forte[1] è morire, e,
...credo che si possa avere il tristo desi-
... in vita. Mi accorsi tutt'a un tratto che
...morire ancora: ecco il male! Chi se ne ri-
...Dopo il mio suicidio alla Stìa, io naturalmen-
...veduto più altro, innanzi a me, che la vita.
..., ora: il signor Anselmo Paleari mi metteva
...continuo l'ombra della morte.
...apeva più parlar d'altro, questo benedett'uomo!
...ava però con tanto fervore e gli scappavan fuori di
...in tratto, nella foga del discorso, certe immagini e
...espressioni così singolari, che, ascoltandolo, mi pas-
...a subito la voglia di cavarmelo d'attorno e d'andarme-
...ad abitare altrove. Del resto, la dottrina e la fede del
...gnor Paleari, tuttoché mi sembrassero talvolta puerili,
...rano in fondo confortanti; e, poiché purtroppo mi s'era
...affacciata l'idea che, un giorno o l'altro, io dovevo pur
morire sul serio, non mi dispiaceva di sentirne parlare a
quel modo.

– C'è logica? – mi domandò egli un giorno, dopo aver-
mi letto un passo di un libro del Finot,[2] pieno d'una filosofia così sentimentalmente macabra, che pareva il sogno
d'un becchino morfinomane, su la vita nientemeno dei
vermi nati dalla decomposizione del corpo umano. – C'è
logica? Materia, sì, materia: ammettiamo che tutto sia materia. Ma c'è forma e forma, modo e modo, qualità e qualità: c'è il sasso e l'etere imponderabile, perdio! Nel mio
stesso corpo, c'è l'unghia, il dente, il pelo, e c'è perbacco
il finissimo tessuto oculare. Ora, sissignore, chi vi dice di
no? quella che chiamiamo anima sarà materia anch'essa;

1 *il forte*: il difficile.
2 *un libro del Finot*: si tratta della *Filosofia della longevità*, tradotto in Italia, presso Bocca, Torino, nel 1903; la citazione è a p. 83. Jean Finot
(1856-1922) fu direttore della «Revue» di Parigi e autore di trattati
umanitari e ottimistici, d'argomento pseudoscientifico: per esempio, i
problemi della sessualità o della razza o dell'alcolismo.

quei libri. Già se n'era fatta una piccola biblioteca. La dottrina teosofica però non doveva soddisfarlo interamente.
Certo il tarlo della critica lo rodeva, perché, accanto a quei
libri di teosofia, aveva anche una ricca collezione di saggi e
di studii filosofici antichi e moderni e libri d'indagine
scientifica. In questi ultimi tempi si era dato anche a gli
esperimenti spiritici.

Aveva scoperto nella signorina Silvia Caporale, maestra
di pianoforte, sua inquilina, straordinarie facoltà mediani-
che, non ancora bene sviluppate, per dire la verità, ma
che si sarebbero senza dubbio sviluppate, col tempo e con
l'esercizio, fino a rivelarsi superiori a quelle di tutti i *medium* più celebrati.

Io, per conto mio, posso attestare di non aver mai veduto in una faccia volgarmente brutta, da maschera carnevalesca, un pajo d'occhi più dolenti di quelli della signorina Silvia Caporale. Eran nerissimi, intensi, ovati,[1] e davan l'impressione che dovessero aver dietro un contrappeso di piombo, come quelli delle bambole automatiche. La
signorina Silvia Caporale aveva più di quarant'anni e anche un bel pajo di baffi, sotto il naso a pallottola sempre
acceso.

Seppi di poi che questa povera donna era arrabbiata
d'amore, e beveva; si sapeva brutta, ormai vecchia e, per
disperazione, beveva. Certe sere si riduceva in casa in uno
stato veramente deplorevole: col cappellino a sghimbe-
scio, la pallottola del naso rossa come una carota e gli occhi semichiusi, più dolenti che mai.

Si buttava sul letto, e subito tutto il vino bevuto le ri-
veniva fuori trasformato in un infinito torrente di lagrime. Toccava allora alla povera piccola mammina in veste
da camera vegliarla, confortarla fino a tarda notte: ne aveva pietà, pietà che vinceva la nausea: la sapeva sola al
mondo e infelicissima, con quella rabbia in corpo che le
faceva odiar la vita, a cui già due volte aveva attentato; la
induceva pian piano a prometterle che sarebbe stata buona, che non l'avrebbe fatto più; e sissignori, il giorno ap-

1 *ovati*: ovali.

presso se la vedeva comparire tutta infronzolata e con certe mossette da scimmia, trasformata di punto in bianco in bambina ingenua e capricciosa.

Le poche lire che le avveniva di guadagnare di tanto in tanto facendo provar le canzonette a qualche attrice esordiente di caffè-concerto, se n'andavano così o per bere o per infronzolarsi, ed ella non pagava né l'affitto della camera né quel po' che le davano da mangiare là in famiglia. Ma non si poteva mandar via. Come avrebbe fatto il signor Anselmo Paleari per i suoi esperimenti spiritici?

C'era in fondo, però, un'altra ragione. La signorina Caporale, due anni avanti, alla morte della madre, aveva smesso casa e, venendo a viver lì dai Paleari, aveva affidato circa sei mila lire, ricavate dalla vendita dei mobili, a Terenzio Papiano, per un negozio che questi le aveva proposto, sicurissimo e lucroso: le sei mila lire erano sparite.

Quando ella stessa, la signorina Caporale, lagrimando, mi fece questa confessione, io potei scusare in qualche modo il signor Anselmo Paleari, il quale per quella sua follia soltanto m'era parso dapprima che tenesse una donna di tal risma a contatto della propria figliuola.

È vero che per la piccola Adriana, che si dimostrava così istintivamente buona e anzi troppo savia, non v'era forse da temere: ella infatti più che d'altro si sentiva offesa nell'anima da quelle pratiche misteriose del padre, da quell'evocazione di spiriti per mezzo della signorina Caporale.

Era religiosa la piccola Adriana. Me ne accorsi fin dai primi giorni per via di un'acquasantiera di vetro azzurro appesa a muro sopra il tavolino da notte, accanto al mio letto. M'ero coricato con la sigaretta in bocca, ancora accesa, e m'ero messo a leggere uno di quei libri del Paleari; distratto, avevo poi posato il mozzicone spento in quell'acquasantiera. Il giorno dopo, essa non c'era più. Sul tavolino da notte, invece, c'era un portacenere. Volli domandarle se la avesse tolta lei dal muro; ed ella, arrossendo leggermente, mi rispose:

– Scusi tanto, m'è parso che le bisognasse piuttosto un portacenere.

– Ma c'era acqua benedetta nell'acquasantiera?

---

– C'era. Abbiamo qu[...]
co...

E se n'andò. Mi [...]
mammina, se al fo[...]
benedetta anche [...]
per la sua, certa [...]
l'acquasantiera [...]
va, vin santo [...]

Ogni mi[...]
sentivo in un v[...]
ghe riflessioni. Q[...]
pensare che, fin da raga[...]
tiche religiose, né ero più [...]
gare, andato via Pinzone che m[...]
Berto, per ordine della mamma. N[...]
cun bisogno di domandare a me stess[...]
te una fede. E Mattia Pascal era morto d[...]
za conforti religiosi.

Improvvisamente, mi vidi in una condizione [...]
ciosa. Per tutti quelli che mi conoscevano, io mi ero [...]
– bene o male – il pensiero più fastidioso e più affliggen[...]
che si possa avere, vivendo: quello della morte. Chi [...]
quanti, a Miragno, dicevano:

– Beato lui, alla fine! Comunque sia, ha risolto il problema.

E non avevo risolto nulla, io, intanto. Mi trovavo ora coi libri d'Anselmo Paleari tra le mani, e questi libri m'insegnavano che i morti, quelli veri, si trovavano nella mia identica condizione, nei «gusci» del *Kâmaloka*, specialmente i suicidi, che il signor Leadbeater, autore del *Plan Astral* (premier degré du monde invisible, d'après la théosophie), raffigura come eccitati da ogni sorta d'appetiti umani, a cui non possono soddisfare, sprovvisti come sono del corpo carnale, ch'essi però ignorano d'aver perduto. [1]

«Oh, guarda un po',» pensavo, «ch'io quasi quasi potrei credere che mi sia davvero affogato nel molino della *Stìa*, e che intanto mi illuda di vivere ancora.»

1 *nei «gusci»... perduto*: cfr. p. 112, n. 1.

ma vorrete ammettermi che non sarà materia come l'unghia, come il dente, come il pelo: sarà materia come l'etere, o che so io. L'etere, sì, l'ammettete come ipotesi, e l'anima no? C'è logica? Materia, sissignore. Segua il mio ragionamento, e veda un po' dove arrivo, concedendo tutto. Veniamo alla Natura. Noi consideriamo adesso l'uomo come l'erede di una serie innumerevole di generazioni, è vero? come il prodotto di una elaborazione ben lenta della Natura. Lei, caro signor Meis, ritiene che sia una bestia anch'esso, crudelissima bestia e, nel suo insieme, ben poco pregevole? Concedo anche questo, e dico: sta bene, l'uomo rappresenta nella scala degli esseri un gradino non molto elevato; dal verme all'uomo poniamo otto, poniamo sette, poniamo cinque gradini. Ma, perdiana!, la Natura ha faticato migliaja, migliaja e migliaja di secoli per salire questi cinque gradini, dal verme all'uomo; s'è dovuta evolvere, è vero? questa materia per raggiungere come forma e come sostanza questo quinto gradino, per diventare questa bestia che ruba, questa bestia che uccide, questa bestia bugiarda, ma che pure è capace di scrivere la *Divina Commedia*, signor Meis, e di sacrificarsi come ha fatto sua madre e mia madre; e tutt'a un tratto, pàffete, torna zero? C'è logica? Ma diventerà verme il mio naso, il mio piede, non l'anima mia, per bacco! materia anch'essa, sissignore, chi vi dice di no? ma non come il mio naso o come il mio piede. C'è logica?[1]

– Scusi, signor Paleari, – gli obbiettai io, – un grand'uomo passeggia, cade, batte la testa, diventa scemo. Dov'è l'anima?

Il signor Anselmo restò un tratto a guardare, come se improvvisamente gli fosse caduto un macigno innanzi ai piedi.

– Dov'è l'anima?

– Sì, lei o io, io che non sono un grand'uomo, ma che pure... via, ragiono: passeggio, cado, batto la testa, divento scemo. Dov'è l'anima?

1 *C'è logica?*: è la rivendicazione di una minima forma di spiritualità dinanzi alla tesi positivista e scientista della riduzione di tutti i fenomeni alla trasformazione della materia.

Il Paleari giunse le mani e, con espressione di benigno compatimento, mi rispose:

– Ma, santo Dio, perché vuol cadere e batter la testa, caro signor Meis?

– Per un'ipotesi...

– Ma nossignore: passeggi pure tranquillamente. Prendiamo i vecchi che, senza bisogno di cadere e batter la testa, possono naturalmente diventare scemi. Ebbene, che vuol dire? Lei vorrebbe provare con questo che, fiaccandosi il corpo, si raffievolisce anche l'anima, per dimostrar così che l'estinzione dell'uno importi l'estinzione dell'altra? Ma scusi! Immagini un po' il caso contrario: di corpi estremamente estenuati in cui pur brilla potentissima la luce dell'anima: Giacomo Leopardi! e tanti vecchi, come per esempio Sua Santità Leone XIII! E dunque? Ma immagini un pianoforte e un sonatore: a un certo punto, sonando, il pianoforte si scorda; un tasto non batte più; due, tre corde si spezzano; ebbene, sfido! con uno strumento così ridotto, il sonatore, per forza, pur essendo bravissimo, dovrà sonar male. E se il pianoforte poi tace, non esiste più neanche il sonatore?

– Il cervello sarebbe il pianoforte; il sonatore l'anima?

– Vecchio paragone, signor Meis! Ora se il cervello si guasta, per forza l'anima s'appalesa scema, o matta, o che so io. Vuol dire che, se il sonatore avrà rotto, non per disgrazia, ma per inavvertenza o per volontà lo strumento, pagherà: chi rompe paga: si paga tutto, si paga. Ma questa è un'altra questione. Scusi, non vorrà dir nulla per lei che tutta l'umanità, tutta, dacché se ne ha notizia, ha sempre avuto l'aspirazione a un'altra vita, di là? È un fatto, questo, un fatto, una prova reale.

– Dicono: l'istinto della conservazione...

– Ma nossignore, perché me n'infischio io, sa? di questa vile pellaccia che mi ricopre! Mi pesa, la sopporto perché so che devo sopportarla; ma se mi provano, perdiana, che – dopo averla sopportata per altri cinque o sei o dieci anni – io non avrò pagato lo scotto in qualche modo, e che tutto finirà lì, ma io la butto via oggi stesso, in questo stesso momento: e dov'è allora l'istinto della conservazione? Mi conservo unicamente perché sento che non può finire così! Ma altro è l'uomo singolo, dicono, altro è l'umanità. L'individuo finisce, la specie continua la sua evoluzione. Bel modo di ragionare, codesto! Ma guardi un po'! Come se l'umanità non fossi io, non fosse lei e, a uno a uno, tutti. E non abbiamo ciascuno lo stesso sentimento, che sarebbe cioè la cosa più assurda e più atroce, se tutto dovesse consister qui, in questo miserabile soffio che è la nostra vita terrena: cinquanta, sessant'anni di noja, di miserie, di fatiche: perché? per niente! per l'umanità? Ma se l'umanità anch'essa un giorno dovrà finire? Pensi un po': e tutta questa vita, tutto questo progresso, tutta questa evoluzione perché sarebbero stati? Per niente? E il niente, il puro niente, dicono intanto che non esiste... Guarigione dell'astro, è vero? come ha detto lei l'altro giorno. Va bene: guarigione; ma bisogna vedere in che senso. Il male della scienza, guardi, signor Meis, è tutto qui: che vuole occuparsi della vita soltanto.

– Eh, – sospirai io, sorridendo, – poiché dobbiamo vivere...

– Ma dobbiamo anche morire! – ribatté il Paleari.

– Capisco; perché però pensarci tanto?

– Perché? ma perché non possiamo comprendere la vita, se in qualche modo non ci spieghiamo la morte! Il criterio direttivo delle nostre azioni, il filo per uscir da questo labirinto, il lume insomma, signor Meis, il lume deve venirci di là, dalla morte.

– Col bujo che ci fa?

– Bujo? Bujo per lei! Provi ad accendervi una lampadina di fede, con l'olio puro dell'anima. Se questa lampadina manca, noi ci aggiriamo qua, nella vita, come tanti ciechi, con tutta la luce elettrica che abbiamo inventato! Sta bene, benissimo, per la vita, la lampadina elettrica; ma noi, caro signor Meis, abbiamo anche bisogno di quell'altra che ci faccia un po' di luce per la morte. Guardi, io provo anche, certe sere, ad accendere un certo lanternino col vetro rosso; bisogna ingegnarsi in tutti i modi, tentar comunque di vedere. Per ora, mio genero Terenzio è a Napoli. Tornerà fra qualche mese, e allora la inviterò ad assistere a qualche nostra modesta sedutina, se vuole. E chi sa che quel lanternino... Basta, non voglio dirle altro.

Come si vede, non era molto piacevole la compagnia di Anselmo Paleari. Ma, pensandoci bene, potevo io senza rischio, o meglio, senza vedermi costretto a mentire, aspirare a qualche altra compagnia men lontana dalla vita? Mi ricordavo ancora del cavalier Tito Lenzi. Il signor Paleari invece non si curava di saper nulla di me, pago dell'attenzione ch'io prestavo a' suoi discorsi. Quasi ogni mattina, dopo la consueta abluzione di tutto il corpo, mi accompagnava nelle mie passeggiate; andavamo o sul Gianicolo o su l'Aventino o su Monte Mario, talvolta sino a Ponte Nomentano, sempre parlando della morte.

«Ed ecco che bel guadagno ho fatto io,» pensavo, «a non esser morto davvero!»

Tentavo qualche volta di trarlo a parlar d'altro; ma pareva che il signor Paleari non avesse occhi per lo spettacolo della vita intorno; càmminava quasi sempre col cappello in mano; a un certo punto, lo alzava come per salutar qualche ombra ed esclamava:

– Sciocchezze!

Una sola volta mi rivolse, all'improvviso, una domanda particolare:

– Perché sta a Roma lei, signor Meis?

Mi strinsi ne le spalle e gli risposi:

– Perché mi piace di starci...

– Eppure è una città triste, – osservò egli, scotendo il capo. – Molti si meravigliano che nessuna impresa vi riesca, che nessuna idea viva vi attecchisca. Ma questi tali si meravigliano perché non vogliono riconoscere che Roma è morta.[1]

---

1 *Roma è morta*: la polemica contro il degrado di Roma era diffusa in certa letteratura postunitaria, in particolare quella di argomento parlamentare. Anche il Pirandello dei *Vecchi e i giovani* contribuirà al ritratto del mondo politico come di un universo corrotto, melmoso. Ma nel *Mattia Pascal* il significato della polemica è più complesso: se, secondo Macchia, Pirandello presenta la Roma moderna come la «nausea» della Roma antica, Borsellino ha sottolineato il ruolo «umoristico» della città, nella commistione tra sacro e profano, misero e maestoso che essa propone. D'altra parte la stessa "impossibilità" di Roma di vivere tra

– Morta anche Roma? – esclamai, costernato.

– Da gran tempo, signor Meis! Ed è vano, creda, ogni sforzo per farla rivivere. Chiusa nel sogno del suo maestoso passato, non ne vuol più sapere di questa vita meschina che si ostina a formicolarle intorno. Quando una città ha avuto una vita come quella di Roma, con caratteri così spiccati e particolari, non può diventare una città moderna, cioè una città come un'altra. Roma giace là, col suo gran cuore frantumato, a le spalle del Campidoglio. Son forse di Roma queste nuove case? Guardi, signor Meis. Mia figlia Adriana mi ha detto dell'acquasantiera, che stava in camera sua, si ricorda? Adriana gliela tolse dalla camera, quell'acquasantiera; ma, l'altro giorno, le cadde di mano e si ruppe: ne rimase soltanto la conchetta, e questa, ora, è in camera mia, su la mia scrivania, adibita all'uso che lei per primo, distrattamente, ne aveva fatto. Ebbene, signor Meis, il destino di Roma è l'identico. I papi ne avevano fatto – a modo loro, s'intende – un'acquasantiera; noi italiani ne abbiamo fatto, a modo nostro, un portacenere. D'ogni paese siamo venuti qua a scuotervi la cenere del nostro sigaro, che è poi il simbolo della frivolezza di questa miserrima vita nostra e dell'amaro e velenoso piacere che essa ci dà.

## XI · DI SERA, GUARDANDO IL FIUME

Man mano che la familiarità cresceva per la considerazione e la benevolenza che mi dimostrava il padron di casa, cresceva anche per me la difficoltà del trattare, il segreto impaccio che già avevo provato e che spesso ora diventava acuto come un rimorso, nel vedermi lì, intruso in quella famiglia, con un nome falso, coi lineamenti alterati, con una esistenza fittizia e quasi inconsistente. E mi pro-

un passato irrecuperabile – l'acquasantiera divenuta portacenere, come sottolinea Paleari – e un presente inaccettabile è la proiezione della condizione di Adriano Meis che, non a caso, a Roma scopre l'impossibilità della propria esistenza.

ponevo di trarmi in disparte quanto più mi fosse possibile, ricordando di continuo a me stesso che non dovevo accostarmi troppo alla vita altrui, che dovevo sfuggire ogni intimità e contentarmi di vivere così fuor fuori.

– Libero! – dicevo ancora; ma già cominciavo a penetrare il senso e a misurare i confini di questa mia libertà.

Ecco: essa, per esempio, voleva dire starmene lì, di sera, affacciato a una finestra, a guardare il fiume che fluiva nero e silente tra gli argini nuovi e sotto i ponti che vi riflettevano i lumi dei loro fanali, tremolanti come serpentelli di fuoco; seguire con la fantasia il corso di quelle acque, dalla remota fonte apennina, via per tante campagne, ora attraverso la città, poi per la campagna di nuovo, fino alla foce; fingermi col pensiero il mare tenebroso e palpitante in cui quelle acque, dopo tanta corsa, andavano a perdersi, e aprire di tratto in tratto la bocca a uno sbadiglio.

– Libertà... libertà... – mormoravo. – Ma pure, non sarebbe lo stesso anche altrove?

Vedevo qualche sera nel terrazzino lì accanto la mammina di casa in veste da camera, intenta a innaffiare i vasi di fiori. «Ecco la vita!» pensavo. E seguivo con gli occhi la dolce fanciulla in quella sua cura gentile, aspettando di punto in punto che ella levasse lo sguardo verso la mia finestra. Ma invano. Sapeva che stavo lì; ma, quand'era sola, fingeva di non accorgersene. Perché? effetto di timidezza soltanto, quel ritegno, o forse me ne voleva ancora, in segreto, la cara mammina, della poca considerazione ch'io crudelmente mi ostinavo a dimostrarle?

Ecco, ella ora, posato l'annaffiatojo, si appoggiava al parapetto del terrazzino e si metteva a guardare il fiume anche lei, forse per darmi a vedere che non si curava né punto né poco di me, poiché aveva per proprio conto pensieri ben gravi da meditare, in quell'atteggiamento, e bisogno di solitudine.

Sorridevo tra me, così pensando; ma poi, vedendola andar via dal terrazzino, riflettevo che quel mio giudizio poteva anche essere errato, frutto del dispetto istintivo che ciascuno prova nel vedersi non curato; e: «Perché, del resto,» mi domandavo, «dovrebbe ella curarsi di me, rivolgermi, senza bisogno, la parola? Io qui rappresento la disgrazia della sua vita, la follia di suo padre; rappresento forse un'umiliazione per lei. Forse ella rimpiange ancora il tempo che suo padre era in servizio e non aveva bisogno d'affittar camere e d'avere estranei per casa. E poi un estraneo come me! Io le faccio forse paura, povera bambina, con quest'occhio e con questi occhiali...».

Il rumore di qualche vettura sul prossimo ponte di legno mi scoteva da quelle riflessioni; sbuffavo, mi ritraevo dalla finestra; guardavo il letto, guardavo i libri, restavo un po' perplesso tra questi e quello, scrollavo infine le spalle, davo di piglio al cappellaccio e uscivo, sperando di liberarmi, fuori, da quella noja smaniosa.

Andavo, secondo l'ispirazione del momento, o nelle vie più popolate o in luoghi solitarii. Ricordo, una notte, in piazza San Pietro, l'impressione di sogno, d'un sogno quasi lontano, ch'io m'ebbi da quel mondo secolare, racchiuso lì, tra le braccia del portico maestoso, nel silenzio che pareva accresciuto dal continuo fragore delle due fontane. M'accostai a una di esse, e allora quell'acqua soltanto mi sembrò viva, lì, e tutto il resto quasi spettrale e profondamente malinconico nella silenziosa, immota solennità.

Ritornando per via Borgo Nuovo, m'imbattei a un certo punto in un ubriaco, il quale, passandomi accanto e vedendomi cogitabondo, si chinò, sporse un po' il capo, a guardarmi in volto da sotto in sù, e mi disse, scotendomi leggermente il braccio:

– Allegro!

Mi fermai di botto, sorpreso, a squadrarlo da capo a piedi.

– Allegro! – ripeté, accompagnando l'esortazione con un gesto della mano che significava: «Che fai? che pensi? non ti curar di nulla!».

E s'allontanò, cempennante,[1] reggendosi con una mano al muro.

A quell'ora, per quella via deserta, lì vicino al gran tem-

_____
1 *cempennante*: reggendosi male sulle gambe.

pio e coi pensieri ancora in mente, ch'esso mi aveva suscitati, l'apparizione di questo ubriaco e il suo strano consiglio amorevole e filosoficamente pietoso, m'intronarono: restai non so per quanto tempo a seguir con gli occhi quell'uomo, poi sentii quel mio sbalordimento rompersi, quasi, in una folle risata.

«Allegro! Sì, caro. Ma io non posso andare in una taverna come te, a cercar l'allegria, che tu mi consigli, in fondo a un bicchiere. Non ce la saprei trovare io lì, purtroppo! Né so trovarla altrove! Io vado al caffè, mio caro, tra gente per bene, che fuma e ciarla di politica. Allegri tutti, anzi felici, noi potremmo essere a un sol patto, secondo un avvocatino imperialista che frequenta il mio caffè: a patto d'esser governati da un buon re assoluto. Tu non le sai, povero ubriaco filosofo, queste cose; non ti passano neppure per la mente. Ma la causa vera di tutti i nostri mali, di questa tristezza nostra, sai qual è? La democrazia, mio caro, la democrazia, cioè il governo della maggioranza. [1] Perché, quando il potere è in mano d'uno solo, quest'uno sa d'esser uno e di dover contentare molti; ma quando i molti governano, pensano soltanto a contentar se stessi, e si ha allora la tirannia più balorda e più odiosa: la tirannia mascherata da libertà. Ma sicuramente! Oh perché credi che soffra io? Io soffro appunto per questa tirannia mascherata da libertà... Torniamo a casa!»

Ma quella era la notte degl'incontri.

Passando, poco dopo, per Tordinona quasi al bujo, intesi un forte grido, tra altri soffocati, in uno dei vicoli che sbucano in questa via. Improvvisamente mi vidi precipitare innanzi un groviglio di rissanti. Eran quattro miserabili, armati di nodosi bastoni, addosso a una donna da trivio.

Accenno a quest'avventura, non per farmi bello d'un

---

1 *La democrazia... maggioranza*: la critica alla democrazia parlamentare è condivisa da Pirandello con molti intellettuali contemporanei, dai futuristi ai vociani; in particolare, pochi anni prima del *Mattia Pascal*, egli aveva recensito, *Le vergini delle rocce* di D'Annunzio (in «La Critica» dell'8 novembre del 1895) e, pur criticandone l'esito artistico, non aveva preso posizione riguardo la violenta polemica antidemocratica che vi era espressa.

atto di coraggio, ma per dire anzi della paura che provai per le conseguenze di esso. Erano quattro quei mascalzoni, ma avevo anch'io un buon bastone ferrato. È vero che due di essi mi s'avventarono contro anche coi coltelli. Mi difesi alla meglio, facendo il mulinello e saltando a tempo in qua e in là per non farmi prendere in mezzo; riuscii alla fine ad appoggiar sul capo al più accanito un colpo bene assestato, col pomo di ferro: lo vidi vacillare, poi prender la corsa; gli altri tre allora, forse temendo che qualcuno stesse ormai per accorrere agli strilli della donna, lo seguirono. Non so come, mi trovai ferito alla fronte. Gridai alla donna, che non smetteva ancora di chiamare ajuto, che si stesse zitta; ma ella, vedendomi con la faccia rigata di sangue, non seppe frenarsi e, piangendo, tutta scarmigliata, voleva soccorrermi, fasciarmi col fazzoletto di seta che portava sul seno, stracciato nella rissa.

– No, no, grazie, – le dissi, schermendomi con ribrezzo. Basta... Non è nulla! Va', va' subito... Non ti far vedere.

– E mi recai alla fontanella, che è sotto la rampa del ponte lì vicino, per bagnarmi la fronte. Ma, mentr'ero lì, ecco due guardie affannate, che vollero sapere che cosa fosse accaduto. Subito, la donna, che era di Napoli, prese a narrare il «guajo che aveva passato» con me, profondendo le frasi più affettuose e ammirative del suo repertorio dialettale al mio indirizzo. Ci volle del bello e del buono, per liberarmi di quei due zelanti questurini, che volevano assolutamente condurmi con loro, perché denunziassi il fatto. Bravo! Non ci sarebbe mancato altro! Aver da fare con la questura, adesso! comparire il giorno dopo nella cronaca dei giornali come un quasi eroe, io che me ne dovevo star zitto, in ombra, ignorato da tutti...

Eroe, ecco, eroe non potevo più essere davvero. Se non a patto di morirci... Ma se ero già morto!

– È vedovo lei, scusi, signor Meis?

Questa domanda mi fu rivolta a bruciapelo, una sera, dalla signorina Caporale nel terrazzino, dove ella si trovava con Adriana e dove mi avevano invitato a passare un po' di tempo in loro compagnia.

Restai male, lì per lì; risposi:

– Io no; perché?

– Perché lei col pollice si stropiccia sempre l'anulare, come chi voglia far girare un anello attorno al dito. Così... È vero, Adriana?

Ma guarda un po' fin dove vanno a cacciarsi gli occhi delle donne, o meglio, di certe donne, poiché Adriana dichiarò di non essersene mai accorta.

– Non ci avrai fatto attenzione! – esclamò la Caporale.

Dovetti riconoscere che, per quanto neanche io vi avessi fatto mai attenzione, poteva darsi che avessi quel vezzo.

– Ho tenuto difatti, – mi vidi costretto ad aggiungere – per molto tempo, qui, un anellino, che poi ho dovuto far tagliare da un orefice, perché mi serrava troppo il dito e mi faceva male.

– Povero anellino! – gemette allora, storcignandosi, la quarantenne, in vena quella sera di lezii[1] infantili. – Tanto stretto le stava? Non voleva uscirle più dal dito? Sarà stato forse il ricordo d'un...

– Silvia! – la interruppe la piccola Adriana, in tono di rimprovero.

– Che male c'è? – riprese quella. – Volevo dire d'un primo amore... Sù, ci dica qualche cosa, signor Meis. Possibile, che lei non debba parlar mai?

– Ecco, – dissi io, – pensavo alla conseguenza che lei ha tratto dal mio vezzo di stropicciarmi il dito. Conseguenza arbitraria, cara signorina. Perché i vedovi, ch'io mi sappia, non sogliono levarsi l'anellino di fede. Pesa, se mai, la moglie, non l'anellino, quando la moglie non c'è più. Anzi, come ai veterani piace fregiarsi delle loro medaglie, così al vedovo, credo, portar l'anellino.

– Eh sì! – esclamò la Caporale. – Lei storna abilmente il discorso.

– Come! Se voglio anzi approfondirlo!

– Che approfondire! Non approfondisco mai nulla, io. Ho avuto questa impressione, e basta.

– Che fossi vedovo?

---

1 *lezii*: gesti svenevoli, smancerie.

– Sissignore. Non pare anche a te, Adriana, che ne abbia l'aria, il signor Meis?

Adriana si provò ad alzar gli occhi su me, ma li riabbassò subito, non sapendo – timida com'era – sostenere lo sguardo altrui; sorrise lievemente del suo solito sorriso dolce e mesto, e disse:

– Che vuoi che sappia io dell'aria dei vedovi? Sei curiosa!

Un pensiero, un'immagine dovette balenarle in quel punto alla mente; si turbò, e si volse a guardare il fiume sottostante. Certo quell'altra comprese, perché sospirò e si volse anche lei a guardare il fiume.

Un quarto, invisibile, era venuto evidentemente a cacciarsi tra noi. Compresi alla fine anch'io, guardando la veste da camera di mezzo lutto di Adriana, e argomentai che Terenzio Papiano, il cognato che si trovava ancora a Napoli, non doveva aver l'aria del vedovo compunto, e che, per conseguenza, quest'aria, secondo la signorina Caporale, la avevo io.

Confesso che provai gusto che quella conversazione finisse così male. Il dolore cagionato ad Adriana col ricordo della sorella morta e di Papiano vedovo, era infatti per la Caporale il castigo della sua indiscrezione.

Se non che, volendo esser giusti, questa che pareva a me indiscrezione, non era in fondo naturale curiosità scusabilissima, in quanto che per forza doveva nascere da quella specie di silenzio strano che era attorno alla mia persona? E giacché la solitudine mi riusciva ormai insopportabile e non sapevo resistere alla tentazione d'accostarmi a gli altri, bisognava pure che alle domande di questi altri, i quali avevano bene il diritto di sapere con chi avessero da fare, io soddisfacessi, rassegnato, nel miglior modo possibile, cioè mentendo, inventando: non c'era via di mezzo! La colpa non era degli altri, era mia; adesso l'avrei aggravata, è vero, con la menzogna; ma se non volevo, se ci soffrivo, dovevo andar via, riprendere il mio vagabondaggio chiuso e solitario.

Notavo che Adriana stessa, la quale non mi rivolgeva

mai alcuna domanda men che discreta, stava pure tutta orecchi ad ascoltare ciò che rispondevo a quelle della Caporale, che, per dir la verità, andavano spesso un po' troppo oltre i limiti della curiosità naturale e scusabile.

Una sera, per esempio, lì nel terrazzino, ove ora solitamente ci riunivamo quand'io tornavo da cena, mi domandò, ridendo e schermendosi da Adriana che le gridava eccitatissima: – No, Silvia, te lo proibisco! Non t'arrischiare! – mi domandò:

– Scusi, signor Meis, Adriana vuol sapere perché lei non si fa crescere almeno i baffi...

– Non è vero! – gridò Adriana. – Non ci creda, signor Meis! E stata lei, invece... Io...

Scoppiò in lagrime, improvvisamente, la cara mammina. Subito la Caporale cercò di confortarla, dicendole:

– Ma no, via! che c'entra! che c'è di male?

Adriana la respinse con un gomito:

– C'è di male che tu hai mentito, e mi fai rabbia! Parlavamo degli attori di teatro che sono tutti... così, e allora tu hai detto: «*Come il signor Meis! Chi sa perché non si fa crescere almeno i baffi?...*», e io ho ripetuto: «*Già, chi sa perché...*».

– Ebbene, – riprese la Caporale, – chi dice «*Chi sa perché...*», vuol dire che vuol saperlo!

– Ma l'hai detto prima tu! – protestò Adriana, al colmo della stizza.

– Posso rispondere? – domandai io per rimetter la calma.

– No, scusi, signor Meis: buona sera! – disse Adriana, e si alzò per andar via.

Ma la Caporale la trattenne per un braccio:

– Eh via, come sei sciocchina! Si fa per ridere... Il signor Adriano è tanto buono, che ci compatisce. Non è vero, signor Adriano? Glielo dica lei... perché non si fa crescere almeno i baffi.

Questa volta Adriana rise, con gli occhi ancora lagrimosi.

– Perché c'è sotto un mistero, – risposi io allora, alterando burlescamente la voce. – Sono congiurato!

– Non ci crediamo! – esclamò la Caporale con lo stesso tono; ma poi soggiunse: – Però, senta: che è un sornione non si può mettere in dubbio. Che cosa è andato a fare, per esempio, oggi dopopranzo alla Posta?

– Io alla Posta?

– Sissignore. Lo nega? L'ho visto con gli occhi miei. Verso le quattro... Passavo per piazza San Silvestro...

– Si sarà ingannata, signorina: non ero io.

– Già, già, – fece la Caporale, incredula. – Corrispondenza segreta... Perché, è vero, Adriana?, non riceve mai lettere in casa questo signore. Me l'ha detto la donna di servizio, badiamo!

Adriana s'agitò, seccata, su la seggiola.

– Non le dia retta, – mi disse, rivolgendomi un rapido sguardo dolente e quasi carezzevole.

– Né in casa, né ferme in posta! – risposi io. – È vero purtroppo! Nessuno mi scrive, signorina, per la semplice ragione che non ho più nessuno che mi possa scrivere.

– Nemmeno un amico? Possibile? Nessuno?

– Nessuno. Siamo io e l'ombra mia, su la terra. Me la son portata a spasso, quest'ombra, di qua e di là continuamente, e non mi son mai fermato tanto, finora, in un luogo, da potervi contrarre un'amicizia duratura.

– Beato lei, – esclamò la Caporale, sospirando, – che ha potuto viaggiare tutta la vita! Ci parli almeno de' suoi viaggi, via, se non vuol parlarci d'altro.

A poco a poco, superati gli scogli delle prime domande imbarazzanti, scansandone alcuni coi remi della menzogna, che mi servivan da leva e da puntello, aggrappandomi, quasi con tutte e due le mani, a quelli che mi stringevano più da presso, per girarli pian piano, prudentemente, la barchetta della mia finzione poté alla fine filare al largo e issar la vela della fantasia.

E ora io, dopo un anno e più di forzato silenzio, provavo un gran piacere a parlare, a parlare, ogni sera, lì nel terrazzino, di quel che avevo veduto, delle osservazioni fatte, degli incidenti che mi erano occorsi qua e là. Meravigliavo io stesso d'avere accolto, viaggiando, tante impressioni che il silenzio aveva quasi sepolte in me e che ora parlando risuscitavano, mi balzavan vive dalle labbra. Quest'intima meraviglia coloriva straordinariamente la mia narrazione; dal piacere poi che le due donne, ascoltando, dimostravano di provarne, mi nasceva a mano a mano il rimpianto d'un bene che non avevo allora realmente goduto; e anche di questo rimpianto s'insaporava ora la mia narrazione.

Dopo alcune sere, l'atteggiamento, il tratto della signorina Caporale erano radicalmente mutati a mio riguardo. Gli occhi dolenti le si appesantirono d'un languore così intenso, che richiamavan più che mai l'immagine del contrappeso di piombo interno, e più che mai buffo apparve il contrasto fra essi e la faccia da maschera carnevalesca. Non c'era dubbio: s'era innamorata di me la signorina Caporale!

Dalla sorpresa ridicolissima che ne provai, m'accorsi intanto che io, in tutte quelle sere, non avevo parlato affatto per lei, ma per quell'altra che se n'era stata sempre taciturna ad ascoltare. Evidentemente però quest'altra aveva anche sentito ch'io parlavo per lei sola, giacché subito tra noi si stabilì come una tacita intesa di pigliarci a godere insieme il comico e impreveduto effetto de' miei discorsi sulle sensibilissime corde sentimentali della quarantenne maestra di pianoforte.

Ma, con questa scoperta, nessun pensiero men che puro entrò in me per Adriana: quella sua candida bontà soffusa di mestizia non poteva ispirarne; provavo però tanta letizia di quella prima confidenza quale e quanta la delicata timidezza poteva consentirgliene. Era un fuggevole sguardo, come il lampo d'una grazia dolcissima; era un sorriso di commiserazione per la ridicola lusinga di quella povera donna; era qualche benevolo richiamo ch'ella mi accennava con gli occhi e con un lieve movimento del capo, se io eccedevo un po', per il nostro spasso segreto, nel dar filo di speranza all'aquilone di colei che or si librava nei cieli della beatitudine, ora svariava per qualche mia stratta improvvisa e violenta.

– Lei non deve aver molto cuore, – mi disse una volta

la Caporale, – se è vero ciò che dice e che io non credo, d'esser passato finora incolume per la vita.

– Incolume? come?

– Sì, intendo senza contrarre passioni...

– Ah, mai, signorina, mai!

– Non ci ha voluto dire, intanto, donde le fosse venuto quell'anellino che si fece tagliare da un orefice perché le serrava troppo il dito...

– E mi faceva male! Non gliel'ho detto? Ma sì! Era un ricordo del nonno, signorina.

– Bugia!

– Come vuol lei; ma guardi, io posso finanche dirle che il nonno m'aveva regalato quell'anellino a Firenze, uscendo dalla Galleria degli Uffizi, e sa perché? perché io, che avevo allora dodici anni, avevo scambiato un *Perugino* per un *Raffaello*. Proprio così. In premio di questo sbaglio m'ebbi l'anellino, comprato in una delle bacheche a Ponte Vecchio. Il nonno infatti riteneva fermamente, non so per quali sue ragioni, che quel quadro del Perugino dovesse invece essere attribuito a Raffaello. Ecco spiegato il mistero! Capirà che tra la mano d'un giovinetto di dodici anni e questa manaccia mia, ci corre. Vede? Ora son tutto così, come questa manaccia che non comporta anellini graziosi. Il cuore forse ce l'avrei; ma io sono anche giusto, signorina; mi guardo allo specchio, con questo bel pajo d'occhiali, che pure sono in parte pietosi, e mi sento cader le braccia: «Come puoi tu pretendere, mio caro Adriano,» dico a me stesso, «che qualche donna s'innamori di te?».

– Oh che idee! – esclamò la Caporale. – Ma lei crede d'esser giusto, dicendo così? È ingiustissimo, invece, verso noi donne. Perché la donna, caro signor Meis, lo sappia, è più generosa dell'uomo, e non bada come questo alla bellezza esteriore soltanto.

– Diciamo allora che la donna è anche più coraggiosa dell'uomo, signorina. Perché riconosco che, oltre alla generosità, ci vorrebbe una buona dose di coraggio per amar veramente un uomo come me.

– Ma vada via! Già lei prova gusto a dirsi e anche a farsi più brutto che non sia.

– Questo è vero. E sa perché? Per non ispirare compassione a nessuno. Se cercassi, veda, d'acconciarmi in qualche modo, farei dire: «Guarda un po' quel pover'uomo: si lusinga d'apparir meno brutto con quel pajo di baffi![1]». Invece, così, no. Sono brutto? E là: brutto bene, di cuore, senza misericordia. Che ne dice?

La signorina Caporale trasse un profondo sospiro.

– Dico che ha torto, – poi rispose. – Se provasse invece a farsi crescere un po' la barba, per esempio, s'accorgerebbe subito di non essere quel mostro che lei dice.

– E quest'occhio qui? – le domandai.

– Oh Dio, poiché lei ne parla con tanta disinvoltura, – fece la Caporale, – avrei voluto dirglielo da parecchi giorni: perché non s'assoggetta, scusi, a una operazione ormai facilissima? Potrebbe, volendo, liberarsi in poco tempo anche di questo lieve difetto.

– Vede, signorina? – conclusi io. – Sarà che la donna è più generosa dell'uomo; ma le faccio notare che a poco a poco lei mi ha consigliato di combinarmi un'altra faccia.

Perché avevo tanto insistito su questo discorso? Volevo proprio che la maestra Caporale mi spiattellasse lì, in presenza d'Adriana, ch'ella mi avrebbe amato, anzi mi amava, anche così, tutto raso, e con quell'occhio sbalestrato? No. Avevo tanto parlato e avevo rivolto tutte quelle domande particolareggiate alla Caporale, perché m'ero accorto del piacere forse incosciente che provava Adriana alle risposte vittoriose che quella mi dava.

Compresi così, che, non ostante quel mio strambo aspetto, ella *avrebbe potuto* amarmi. Non lo dissi neanche a me stesso; ma, da quella sera in poi, mi sembrò più soffice il letto ch'io occupavo in quella casa, più gentili tutti gli oggetti che mi circondavano, più lieve l'aria che respiravo, più azzurro il cielo, più splendido il sole. Volli credere che questo mutamento dipendesse ancora perché Mattia Pascal era finito lì, nel molino della *Stìa*, e perché

---

1 *si lusinga... baffi*: tema caro a Pirandello. Si ricordi il celebre esempio della vecchia imbellettata con cui, nel saggio su *L'umorismo*, sarà introdotta la distinzione tra *avvertimento del contrario* e *sentimento del contrario* (cfr. *L'umorismo*, ed. cit., p. 127).

io, Adriano Meis, dopo avere errato un pezzo sperduto in quella nuova libertà illimitata, avevo finalmente acquistato l'equilibrio, raggiunto l'ideale che m'ero prefisso, di far di me un altr'uomo, per vivere un'altra vita, che ora, ecco, sentivo, sentivo piena in me.

E il mio spirito ridiventò ilare, come nella prima giovinezza; perdette il veleno dell'esperienza. Finanche il signor Anselmo Paleari non mi sembrò più tanto nojoso: l'ombra, la nebbia, il fumo della sua filosofia erano svaniti al sole di quella mia nuova gioja. Povero signor Anselmo! delle due cose, a cui si doveva, secondo lui, pensare su la terra, egli non s'accorgeva che pensava ormai a una sola: ma forse, via! aveva anche pensato a vivere a' suoi bei dì! Era più degna di compassione la maestra Caporale, a cui neanche il vino riusciva a dar l'*allegria* di quell'indimenticabile ubriaco di Via Borgo Nuovo: voleva vivere, lei, poveretta, e stimava ingenerosi gli uomini che badano soltanto alla bellezza esteriore. Dunque, intimamente, nell'anima, si sentiva bella, lei? Oh chi sa di quali e quanti sacrifizii sarebbe stata capace veramente, se avesse trovato un uomo «generoso»! Forse non avrebbe più bevuto neppure un dito di vino.

«Se noi riconosciamo,» pensavo, che errare è dell'uomo, non è crudeltà sovrumana la giustizia?»

E mi proposi di non esser più crudele verso la povera signorina Caporale. Me lo proposi; ma, ahimè, fui crudele senza volerlo; e anzi tanto più, quanto meno volli essere. La mia affabilità fu nuova esca al suo facile fuoco. E intanto avveniva questo: che, alle mie parole, la povera donna impallidiva, mentre Adriana arrossiva. Non sapevo bene ciò che dicessi, ma sentivo che ogni parola, il suono, l'espressione di essa non spingeva mai tanto oltre il turbamento di colei a cui veramente era diretta, da rompere la segreta armonia, che già – non so come – s'era tra noi stabilita.

Le anime hanno un loro particolar modo d'intendersi, d'entrare in intimità, fino a darsi del tu, mentre le nostre persone sono tuttavia impacciate nel commercio delle parole comuni, nella schiavitù delle esigenze sociali. Han bisogni lor proprii e loro proprie aspirazioni le anime, di cui il corpo non si dà per inteso, quando veda l'impossibilità di soddisfarli e di tradurle in atto. E ogni qualvolta due che comunichino fra loro così, con le anime soltanto, si trovano soli in qualche luogo, provano un turbamento angoscioso e quasi una repulsione violenta d'ogni minimo contatto materiale, una sofferenza che li allontana, e che cessa subito, non appena un terzo intervenga. Allora, passata l'angoscia, le due anime sollevate si ricercano e tornano a sorridersi da lontano.

Quante volte non ne feci l'esperienza con Adriana! Ma l'impaccio ch'ella provava era allora per me effetto del natural ritegno e della timidezza della sua indole, e il mio credevo derivasse dal rimorso che la finzione mi cagionava, la finzione del mio essere, continua, a cui ero obbligato, di fronte al candore e alla ingenuità di quella dolce e mite creatura.

La vedevo ormai con altri occhi. Ma non s'era ella veramente trasformata da un mese in qua? Non s'accendevano ora d'una più viva luce interiore i suoi sguardi fuggitivi?[1] e i suoi sorrisi non accusavano ora men penoso lo sforzo che le costava quel suo fare da savia mammina, il quale a me da prima era apparso come un'ostentazione?

Sì, forse anch'ella istintivamente obbediva al bisogno mio stesso, al bisogno di farsi l'illusione d'una nuova vita, senza voler sapere né quale né come. Un desiderio vago, come un'aura dell'anima, aveva schiuso pian piano per lei, come per me, una finestra nell'avvenire, donde un raggio dal tepore inebriante veniva a noi, che non sapevamo intanto appressarci a quella finestra né per richiuderla né per vedere che cosa ci fosse di là.

Risentiva gli effetti di questa nostra pura soavissima ebrezza la povera signorina Caporale.

– Oh sa, signorina, – diss'io a questa una sera, – che quasi quasi ho deciso di seguire il suo consiglio?

– Quale? – mi domandò ella.

---

1 *sguardi fuggitivi*: un ricordo del Leopardi di *A Silvia*: «gli occhi tuoi ridenti e fuggitivi».

– Di farmi operare da un oculista.

La Caporale batté le mani, tutta contenta.

– Ah! Benissimo! Il dottor Ambrosini! Chiami l'Ambrosini: è il più bravo: fece l'operazione della cateratta alla povera mamma mia. Vedi? vedi, Adriana, che lo specchio ha parlato? Che ti dicevo io?

Adriana sorrise, e sorrisi anch'io.

– Non lo specchio, signorina – dissi però. – S'è fatto sentire il bisogno. Da un po' di tempo a questa parte, l'occhio mi fa male: non mi ha servito mai bene; tuttavia non vorrei perderlo.

Non era vero: aveva ragione lei, la signorina Caporale: lo specchio, lo specchio aveva parlato e mi aveva detto che se un'operazione relativamente lieve poteva farmi sparire dal volto quello sconcio connotato così particolare di Mattia Pascal, Adriano Meis avrebbe potuto anche fare a meno degli occhiali azzurri, concedersi un pajo di baffi e accordarsi insomma, alla meglio, corporalmente, con le proprie mutate condizioni di spirito.

Pochi giorni dopo, una scena notturna, a cui assistetti, nascosto dietro la persiana d'una delle mie finestre, venne a frastornarmi all'improvviso.

La scena si svolse nel terrazzino lì accanto, dove mi ero trattenuto fin verso le dieci, in compagnia delle due donne. Ritiratomi in camera, m'ero messo a leggere, distratto, uno dei libri prediletti del signor Anselmo, su la *Rincarnazione*.[1] Mi parve, a un certo punto, di sentir parlare nel terrazzino: tesi l'orecchio per accertarmi se vi fosse Adriana. No. Due vi parlavan basso, concitatamente: sentivo una voce maschile, che non era quella del Paleari. Ma di uomini in casa non c'eravamo altri che lui e io. Incuriosito, m'appressai alla finestra per guardar dalle spie della persiana. Nel bujo mi parve discernere la signorina Caporale. Ma chi era quell'uomo con cui essa parlava? Che

---

1 *Rincarnazione*: probabilmente è l'*Essai sur l'évolution humaine, résurrection des corps, réincarnation de l'âme* di Théophile Pascal, edito a Parigi nel 1901.

fosse arrivato da Napoli, improvvisamente, Terenzio Papiano?

Da una parola proferita un po' più forte dalla Caporale compresi che parlavano di me. M'accostai di più alla persiana e tesi maggiormente l'orecchio. Quell'uomo si mostrava irritato delle notizie che certo la maestra di pianoforte gli aveva dato di me; ed ecco, ora essa cercava d'attenuar l'impressione che quelle notizie avevan prodotto nell'animo di colui.

– Ricco? – domandò egli, a un certo punto.

E la Caporale:

– Non so. Pare! Certo campa sul suo, senza far nulla...

– Sempre per casa?

– Ma no! E poi domani lo vedrai...

Disse proprio così: *vedrai*. Dunque gli dava del tu; dunque il Papiano (non c'era più dubbio) era l'amante della signorina Caporale... E come mai, allora, in tutti quei giorni, s'era ella dimostrata così condiscendente con me?

La mia curiosità diventò più che mai viva; ma, quasi a farmelo apposta, quei due si misero a parlare pianissimo. Non potendo più con gli orecchi, cercai d'ajutarmi con gli occhi. Ed ecco, vidi che la Caporale posava una mano su la spalla di Papiano. Questi, poco dopo, la respinse sgarbatamente.

– Ma come potevo io impedirlo? – disse quella, alzando un po' la voce con intensa esasperazione. – Chi sono io? che rappresento io in questa casa?

– Chiamami Adriana! – le ordinò quegli allora, imperioso.

Sentendo proferire il nome di Adriana con quel tono, strinsi le pugna e sentii frizzarmi il sangue per le vene.

– Dorme, – disse la Caporale.

E colui, fosco, minaccioso:

– Va' a svegliarla! subito!

Non so come mi trattenni dallo spalancar di furia la persiana.

Lo sforzo che feci per impormi quel freno, mi richiamò intanto in me stesso per un momento. Le medesime parole, che aveva or ora proferite con tanta esasperazione quella povera donna, mi vennero alle labbra: «Chi sono io? che rappresento io in questa casa?».

Mi ritrassi dalla finestra. Subito però mi sovvenne la scusa che io ero pure in ballo lì: parlavano di me, quei due, e quell'uomo voleva ancora parlarne con Adriana: dovevo sapere, conoscere i sentimenti di colui a mio riguardo.

La facilità però con cui accolsi questa scusa per la indelicatezza che commettevo spiando e origliando così nascosto, mi fece sentire, intravedere ch'io ponevo innanzi il mio proprio interesse per impedirmi di assumer coscienza di quello ben più vivo che un'altra mi destava in quel momento.

Tornai a guardare attraverso le stecche della persiana.

La Caporale non era più nel terrazzino. L'altro, rimasto solo, s'era messo a guardare il fiume, appoggiato con tutti e due i gomiti sul parapetto e la testa tra le mani.

In preda a un'ansia smaniosa, attesi, curvo, stringendomi forte con le mani i ginocchi, che Adriana si facesse al terrazzino. La lunga attesa non mi stancò affatto, anzi mi sollevò man mano, mi procurò una viva e crescente soddisfazione: supposi che Adriana, di là, non volesse arrendersi alla prepotenza di quel villano. Forse la Caporale la pregava a mani giunte. Ed ecco, intanto, colui, là nel terrazzino, si rodeva dal dispetto. Sperai, a un certo punto, che la maestra venisse a dire che Adriana non aveva voluto levarsi. Ma no: eccola!

Papiano le andò subito incontro.

– Lei vada a letto! – intimò alla signorina Caporale. – Mi lasci parlare con mia cognata.

Quella ubbidì, e allora Papiano fece per chiudere le imposte tra la sala da pranzo e il terrazzino.

– Nient'affatto! – disse Adriana, tendendo un braccio contro l'imposta.

– Ma io ho da parlarti! – inveì il cognato, con fosca maniera, sforzandosi di parlar basso.

– Parla così! Che vuoi dirmi? – riprese Adriana. – Avresti potuto aspettare fino a domani.

– No! ora! – ribatté quegli, afferrandole un braccio e attirandola a sé.

– Insomma! – gridò Adriana, svincolandosi fieramente. Non mi potei più reggere: aprii la persiana.

– Oh! signor Meis! – chiamò ella subito. – Vuol venire un po' qua, se non le dispiace?

– Eccomi, signorina! – m'affrettai a rispondere.

Il cuore mi balzò in petto dalla gioja, dalla riconoscenza: d'un salto, fui nel corridojo: ma lì, presso l'uscio della mia camera, trovai quasi asserpolato[1] su un baule un giovane smilzo, biondissimo, dal volto lungo lungo, diafano, che apriva a malapena un pajo d'occhi azzurri, languidi, attoniti: m'arrestai un momento, sorpreso, a guardarlo; pensai che fosse il fratello di Papiano; corsi al terrazzino.

– Le presento, signor Meis, – disse Adriana, – mio cognato Terenzio Papiano, arrivato or ora da Napoli.

– Felicissimo! Fortunatissimo! – esclamò quegli, scoprendosi, strisciando una riverenza, e stringendomi calorosamente la mano. – Mi dispiace ch'io sia stato tutto questo tempo assente da Roma; ma son sicuro che la mia cognatina avrà saputo provvedere a tutto, è vero? Se le mancasse qualche cosa, dica, dica tutto, sa! Se le bisognasse, per esempio, una scrivania più ampia... o qualche altro oggetto, dica senza cerimonie... A noi piace accontentare gli ospiti che ci onorano.

– Grazie, grazie, – dissi io. – Non mi manca proprio nulla. Grazie.

– Ma dovere, che c'entra! E si avvalga pure di me, sa, in tutte le sue opportunità, per quel poco che posso valere... Adriana, figliuola mia, tu dormivi: ritorna pure a letto, se vuoi...

– Eh, tanto, – fece Adriana, sorridendo mestamente, – ora che mi son levata...

E s'appressò al parapetto, a guardare il fiume.

Sentii ch'ella non voleva lasciarmi solo con colui. Di che temeva? Rimase lì, assorta, mentre l'altro, col cappello ancora in mano, mi parlava di Napoli, dove aveva dovuto trattenersi più tempo che non avesse preveduto, per copiare un gran numero di documenti dell'archivio priva-

---

1 *asserpolato*: piegato su se stesso come una serpe.

to dell'eccellentissima duchessa donna Teresa Ravaschieri Fieschi: *Mamma Duchessa*, come tutti la chiamavano, *Mamma Carità*, com'egli avrebbe voluto chiamarla: documenti di straordinario valore, che avrebbero recato nuova luce su la fine del regno delle due Sicilie e segnatamente su la figura di Gaetano Filangieri principe di Satriano,[1] che il marchese Giglio, don Ignazio Giglio d'Auletta, di cui egli, Papiano, era segretario, intendeva illustrare in una biografia minuta e sincera. Sincera almeno quanto la devozione e la fedeltà ai Borboni avrebbero al signor marchese consentito.

Non la finì più. Godeva certo della propria loquela, dava alla voce, parlando, inflessioni da provetto filodrammatico, e qua appoggiava una risatina e là un gesto espressivo. Ero rimasto intronato, come un ceppo d'incudine, e approvavo di tanto in tanto col capo e di tanto in tanto volgevo uno sguardo ad Adriana, che se ne stava ancora a guardare il fiume.

– Eh, purtroppo! – baritoneggiò, a mo' di conclusione, Papiano. – Borbonico e clericale, il marchese Giglio d'Auletta! E io, io che... (devo guardarmi dal dirlo sottovoce, anche qui, in casa mia) io che ogni mattina, prima d'andar via, saluto con la mano la statua di Garibaldi sul Gianicolo (ha veduto? di qua si scorge benissimo), io che griderei ogni momento: «Viva il xx settembre!», io debbo fargli da segretario! Degnissimo uomo, badiamo! ma borbonico e clericale. Sissignore... Pane! Le giuro che tante volte mi viene da sputarci sopra, perdoni! Mi resta qua in gola, m'affoga... Ma che posso farci? Pane! pane!

Scrollò due volte le spalle, alzò le braccia e si percosse le anche.

– Sù, sù, Adrianuccia! – poi disse, accorrendo a lei e prendendole, lievemente, con ambo le mani la vita: – A letto! È tardi. Il signore avrà sonno.

Innanzi all'uscio della mia camera Adriana mi strinse forte la mano, come finora non aveva mai fatto. Rimasto

---

1 *Gaetano... Satriano*: (1722-1788), economista e giurista, ministro delle finanze sotto Ferdinando IV, fu autore di testi di filosofia morale e di diritto.

solo, io tenni a lungo il pugno stretto, come per serbar la pressione della mano di lei. Tutta quella notte rimasi a pensare, dibattendomi tra continue smanie. La cerimoniosa ipocrisia, la servilità insinuante e loquace, il malanimo di quell'uomo mi avrebbero certamente reso intollerabile la permanenza in quella casa, su cui egli – non c'era dubbio – voleva tiranneggiare, approfittando della dabbenaggine del suocero. Chi sa a quali arti sarebbe ricorso! Già me n'aveva dato un saggio, cangiando di punto in bianco, al mio apparire. Ma perché vedeva così di malocchio ch'io alloggiassi in quella casa? perché non ero io per lui un inquilino come un altro? Che gli aveva detto di me la Caporale? poteva egli sul serio esser geloso di costei? o era geloso di un'altra? Quel suo fare arrogante e sospettoso; l'aver cacciato via la Caporale per restar solo con Adriana, alla quale aveva preso a parlare con tanta violenza; la ribellione di Adriana; il non aver ella permesso ch'egli chiudesse le imposte; il turbamento ond'era presa ogni qualvolta s'accennava al cognato assente, tutto, tutto ribadiva in me il sospetto odioso ch'egli avesse qualche mira su lei.

Ebbene e perché me n'arrovellavo tanto? Non potevo alla fin fine andar via da quella casa, se colui anche per poco m'infastidiva? Che mi tratteneva? Niente. Ma con tenerissimo compiacimento ricordavo che ella dal terrazzino m'aveva chiamato, come per esser protetta da me, e che infine m'aveva stretto forte la mano...

Avevo lasciato aperta la gelosia, aperti gli scuri. A un certo punto, la luna, declinando, si mostrò nel vano della mia finestra, proprio come se volesse spiarmi, sorprendermi ancora sveglio a letto, per dirmi:

«Ho capito, caro, ho capito! E tu, no? davvero?»

## XII · L'OCCHIO E PAPIANO

– La tragedia d'Oreste in un teatrino di marionette! – venne ad annunziarmi il signor Anselmo Paleari. – Marionette automatiche, di nuova invenzione. Stasera, alle ore otto e mezzo, in via dei Prefetti, numero cinquantaquattro. Sarebbe da andarci, signor Meis.

– La tragedia d'Oreste?

– Già! *D'après Sophocle*,[1] dice il manifestino. Sarà l'*Elettra*.[2] Ora senta un po' che bizzarria mi viene in mente! Se, nel momento culminante, proprio quando la marionetta che rappresenta Oreste è per vendicare la morte del padre sopra Egisto e la madre, si facesse uno strappo nel cielo di carta del teatrino, che avverrebbe? Dica lei.

– Non saprei, – risposi, stringendomi ne le spalle.

– Ma è facilissimo, signor Meis! Oreste rimarrebbe terribilmente sconcertato da quel buco nel cielo.

– E perché?

– Mi lasci dire. Oreste sentirebbe ancora gl'impulsi della vendetta, vorrebbe seguirli con smaniosa passione, ma gli occhi, sul punto, gli andrebbero lì, a quello strappo, donde ora ogni sorta di mali influssi penetrerebbero nella scena, e si sentirebbe cader le braccia. Oreste, insomma, diventerebbe Amleto. Tutta la differenza, signor Meis, fra la tragedia antica e la moderna consiste in ciò, creda pure: in un buco nel cielo di carta.[3]

E se ne andò, ciabattando.

Dalle vette nuvolose delle sue astrazioni il signor Anselmo lasciava spesso precipitar così, come valanghe, i suoi pensieri. La ragione, il nesso, l'opportunità di essi rimanevano lassù, tra le nuvole, dimodoché difficilmente a chi lo ascoltava riusciva di capirci qualche cosa.

L'immagine della marionetta d'Oreste sconcertata dal buco nel cielo mi rimase tuttavia un pezzo nella mente. A un certo punto: «Beate le marionette,» sospirai, «su le cui teste di legno il finto cielo si conserva senza strappi! Non

---

1 *D'après Sophocle*: Da Sofocle.
2 *Elettra*: tragedia di Sofocle (Colono, Atene, 496-406 a.C.). Elettra spinge il fratello Oreste ad uccidere la propria madre Clitennestra colpevole dell'assassinio del marito Agamennone.
3 *un buco... carta*: il buco nel cielo di carta segnala la frattura della sacralità della messa in scena come totalità, svelandone la finzione, l'artificio, riconducendo il personaggio teatrale dall'eroismo tragico alla riflessione disincantata e al dubbio amletico.

perplessità angosciose, né ritegni, né intoppi, né ombre, né pietà: nulla! E possono attendere bravamente e prender gusto alla loro commedia e amare e tener se stesse in considerazione e in pregio, senza soffrir mai vertigini o capogiri, poiché per la loro statura e per le loro azioni quel cielo è un tetto proporzionato.»

«E il prototipo di queste marionette, caro signor Anselmo,» seguitai a pensare, «voi l'avete in casa, ed è il vostro indegno genero, Papiano. Chi più di lui pago del cielo di cartapesta, basso basso, che gli sta sopra, comoda e tranquilla dimora di quel Dio proverbiale, di maniche larghe, pronto a chiuder gli occhi e ad alzare in remissione la mano; di quel Dio che ripete sonnacchioso a ogni marachella: – *Ajutati, ch'io t'ajuto* –? E s'ajuta in tutti i modi il vostro Papiano. La vita per lui è quasi un gioco d'abilità. E come gode a cacciarsi in ogni intrigo: alacre, intraprendente, chiacchierone!»

Aveva circa quarant'anni, Papiano, ed era alto di statura e robusto di membra: un po' calvo, con un grosso pajo di baffi brizzolati appena appena sotto il naso, un bel nasone dalle narici frementi; occhi grigi, acuti e irrequieti come le mani. Vedeva tutto e toccava tutto. Mentre, per esempio, stava a parlar con me, s'accorgeva – non so come – che Adriana, dietro a lui, stentava a pulire e a rimettere a posto qualche oggetto nella camera, e subito, assaettandosi:

– *Pardon!*

Correva a lei, le toglieva l'oggetto dalle mani:

– No, figliuola mia, guarda: si fa così!

E lo ripuliva lui, lo rimetteva a posto lui, e tornava a me. Oppure s'accorgeva che il fratello, il quale soffriva di convulsioni epilettiche, «s'incantava», e correva a dargli schiaffetti su le guance, biscottini [1] sul naso:

Scipione! Scipione!

O gli soffiava in faccia, fino a farlo rinvenire.

---

1 *biscottini*: piccoli colpi dati col dito indice o medio dopo averlo premuto contro il pollice.

Chi sa quanto mi ci sarei divertito, se non avessi avuto quella maledetta coda di paglia!

Certo egli se ne accorse fin dai primi giorni, o – per lo meno – me la intravide. Cominciò un assedio fitto fitto di cerimonie, ch'eran tutte uncini per tirarmi a parlare. Mi pareva che ogni sua parola, ogni sua domanda, fosse pur la più ovvia, nascondesse un'insidia. Non avrei voluto intanto mostrar diffidenza per non accrescere i suoi sospetti; ma l'irritazione ch'egli mi cagionava con quel suo tratto da vessatore servizievole m'impediva di dissimularla bene.

L'irritazione mi proveniva anche da altre due cause interne e segrete. Una era questa: ch'io, senza aver commesso cattive azioni, senz'aver fatto male a nessuno, dovevo guardarmi così, davanti e dietro, timoroso e sospettoso, come se avessi perduto il diritto d'esser lasciato in pace. L'altra, non avrei voluto confessarla a me stesso, e appunto perciò m'irritava più fortemente, sotto sotto. Avevo un bel dirmi:

«Stupido! vattene via, levati dai piedi codesto seccatore!»

Non me ne andavo: non potevo più andarmene.

La lotta che facevo contro me stesso, per non assumer coscienza di ciò che sentivo per Adriana, m'impediva intanto di riflettere alle conseguenze della mia anormalissima condizione d'esistenza rispetto a questo sentimento. E restavo lì, perplesso, smanioso nella mal contentezza di me, anzi in orgasmo continuo, eppur sorridente di fuori.

Di ciò che m'era occorso di scoprire quella sera, nascosto dietro la persiana, non ero ancor venuto in chiaro. Pareva che la cattiva impressione che Papiano aveva ricevuto di me alle notizie della signorina Caporale, si fosse cancellata subito alla presentazione. Egli mi tormentava, è vero, ma come se non potesse farne a meno; non certo col disegno segreto di farmi andar via; anzi, al contrario! Che macchinava? Adriana, dopo il ritorno di lui, era diventata triste e schiva, come nei primi giorni. La signorina Silvia Caporale dava del lei a Papiano, almeno in presenza degli altri, ma quell'arcifanfano[1] dava del tu a lei, apertamente;

---

1 *arcifanfano*: fanfarone.

arrivava finanche a chiamarla *Rea Silvia*;[1] e io non sapevo come interpretare queste sue maniere confidenziali e burlesche. Certo quella disgraziata non meritava molto rispetto per il disordine della sua vita, ma neanche d'esser trattata a quel modo da un uomo che non aveva con lei né parentela né affinità.

Una sera (c'era la luna piena, e pareva giorno), dalla mia finestra la vidi, sola e triste, là, nel terrazzino, dove ora ci riunivamo raramente, e non più col piacere di prima, poiché v'interveniva anche Papiano che parlava per tutti. Spinto dalla curiosità, pensai d'andarla a sorprendere in quel momento d'abbandono.

Trovai, al solito, nel corridojo, presso all'uscio della mia camera, asserpolato sul baule, il fratello di Papiano, nello stesso atteggiamento in cui lo avevo veduto la prima volta. Aveva eletto domicilio lassù, o faceva la sentinella a me per ordine del fratello?

La signorina Caporale, nel terrazzino, piangeva. Non volle dirmi nulla, dapprima; si lamentò soltanto d'un fierissimo mal di capo. Poi, come prendendo una risoluzione improvvisa, si voltò a guardarmi in faccia, mi porse una mano e mi domandò:

– È mio amico lei?

– Se vuol concedermi quest'onore... – le risposi, inchinandomi.

– Grazie. Non mi faccia complimenti, per carità! Se sapesse che bisogno ho io d'un amico, d'un vero amico, in questo momento! Lei dovrebbe comprenderlo, lei che è solo al mondo, come me... Ma lei è uomo! Se sapesse... se sapesse...

Addentò il fazzolettino che teneva in mano, per impedirsi di piangere; non riuscendovi, lo strappò a più riprese, rabbiosamente.

– Donna, brutta e vecchia, – esclamò: – tre disgrazie, a cui non c'è rimedio! Perché vivo io?

– Si calmi, via, – la pregai, addolorato. – Perché dice così, signorina?

1 *Rea Silvia*: secondo la leggenda, figlia di Numitore re di Albalonga; concepì con Marte i gemelli Romolo e Remo.

144

Non mi riuscì dir altro.

– Perché... – proruppe lei, ma s'arrestò d'un tratto.

– Dica, – la incitai. – Se ha bisogno d'un amico...

Ella si portò agli occhi il fazzolettino lacerato, e...

– Io avrei piuttosto bisogno di morire! – gemette con accoramento così profondo e intenso, che mi sentii subito un nodo d'angoscia alla gola.

Non dimenticherò mai più la piega dolorosa di quella bocca appassita e sgraziata nel proferire quelle parole, né il fremito del mento su cui si torcevano alcuni peluzzi neri.

– Ma neanche la morte mi vuole, – riprese. – Niente... scusi, signor Meis! Che ajuto potrebbe darmi lei? Nessuno. Tutt'al più, di parole... sì, un po' di compassione. Sono orfana, e debbo star qua, trattata come... forse lei se ne sarà accorto. E non ne avrebbero il diritto, sa! Perché non mi fanno mica l'elemosina...

E qui la signorina Caporale mi parlò delle sei mila lire scroccatele da Papiano, a cui io ho già accennato altrove.

Per quanto il cordoglio di quell'infelice m'interessasse, non era certo quello che volevo saper da lei. Approfittandomi (lo confesso) dell'eccitazione in cui ella si trovava, fors'anche per aver bevuto qualche bicchierino di più, m'arrischiai a domandarle:

– Ma, scusi, signorina, perché lei glielo ha dato, quel danaro?

– Perché? – e strinse le pugna. – Due perfidie, una più nera dell'altra! Gliel'ho dato per dimostrargli che avevo ben compreso che cosa egli volesse da me. Ha capito? Con la moglie ancora in vita, costui...

– Ho capito.

– Si figuri, – riprese con foga. – La povera Rita...

– La moglie?

– Sì, Rita, la sorella d'Adriana... Due anni malata, tra la vita e la morte... Si figuri, se io... Ma già, qua lo sanno, com'io mi comportai; lo sa Adriana, e perciò mi vuol bene; lei sì, poverina. Ma come son rimasta io ora? Guardi: per lui, ho dovuto anche dar via il pianoforte, ch'era per me... tutto, capirà! non per la mia professione soltanto: io parlavo col mio pianoforte! Da ragazza, all'Accademia, componevo; ho composto anche dopo, diplomata; poi ho lasciato andare. Ma quando avevo il pianoforte, io componevo ancora, per me sola, all'improvviso; mi sfogavo... m'inebriavo fino a cader per terra, creda, svenuta, in certi momenti. Non so io stessa che cosa m'uscisse dall'anima: diventavo una cosa sola col mio strumento, e le mie dita non vibravano più su una tastiera: io facevo piangere e gridare l'anima mia. Posso dirle questo soltanto, che una sera (stavamo, io e la mamma, in un mezzanino) si raccolse gente, giù in istrada, che m'applaudì alla fine, a lungo. E io ne ebbi quasi paura.

– Scusi, signorina, – le proposi allora, per confortarla in qualche modo. – E non si potrebbe prendere a nolo un pianoforte? Mi piacerebbe tanto, tanto, sentirla sonare; e se lei...

– No, – m'interruppe, – che vuole che suoni io più! È finita per me. Strimpello canzoncine sguajate. Basta. È finita...

– Ma il signor Terenzio Papiano, – m'arrischiai di nuovo a domandare, – le ha promesso forse la restituzione di quel denaro?

– Lui? – fece subito, con un fremito d'ira, la signorina Caporale. – E chi gliel'ha mai chiesto! Ma sì, me lo promette adesso, se io lo ajuto... Già! Vuol essere ajutato da me, proprio da me; ha avuto la sfrontatezza di propormelo, così, tranquillamente...

– Ajutarlo? In che cosa?

– In una nuova perfidia! Comprende? Io vedo che lei ha compreso.

– Adri... la... la signorina Adriana? – balbettai.

– Appunto. Dovrei persuaderla io! Io, capisce?

– A sposar lui?

– S'intende. Sa perché? Ha, o piuttosto, dovrebbe avere quattordici o quindici mila lire di dote quella povera disgraziata: la dote della sorella, che egli doveva subito restituire al signor Anselmo, poiché Rita è morta senza lasciar figliuoli. Non so che imbrogli abbia fatto. Ha chiesto un anno di tempo per questa restituzione. Ora spera che... Zitto... ecco Adriana!

Chiusa in sé e più schiva del solito, Adriana s'appressò a noi: cinse con un braccio la vita della signorina Caporale e accennò a me un lieve saluto col capo. Provai, dopo quelle confidenze, una stizza violenta nel vederla così sottomessa e quasi schiava dell'odiosa tirannia di quel cagliostro. Poco dopo però, comparve nel terrazzino, come un'ombra, il fratello di Papiano.

– Eccolo, – disse piano la Caporale ad Adriana.

Questa socchiuse gli occhi, sorrise amaramente, scosse il capo e si ritrasse dal terrazzino, dicendomi:

– Scusi, signor Meis. Buona sera.

– La spia, – mi susurrò la signorina Caporale, ammiccando.

– Ma di che teme la signorina Adriana? – mi scappò detto, nella cresciuta irritazione. – Non capisce che, facendo così, dà più ansa a colui da insuperbire e da far peggio il tiranno? Senta, signorina, io le confesso che provo una grande invidia per tutti coloro che sanno prender gusto e interessarsi alla vita, e li ammiro. Tra chi si rassegna a far la parte della schiava e chi si assume, sia pure con la prepotenza, quella del padrone, la mia simpatia è per quest'ultimo.

La Caporale notò l'animazione con cui avevo parlato e, con aria di sfida, mi disse:

– E perché allora non prova a ribellarsi lei per primo?

– Io?

– Lei, lei, – affermò ella, guardandomi negli occhi, aizzosa.

– Ma che c'entro io? – risposi. – Io potrei ribellarmi in una sola maniera: andandomene.

– Ebbene, – concluse maliziosamente la signorina Caporale, – forse questo appunto non vuole Adriana.

– Ch'io me ne vada?

Quella fece girar per aria il fazzolettino sbrendolato e poi se lo raccolse intorno a un dito sospirando:

– Chi sa!

Scrollai le spalle.

– A cena! a cena! – esclamai; e la lasciai lì in asso, nel terrazzino.

Per cominciare da quella sera stessa, passando per il corridojo, mi fermai innanzi al baule, su cui Scipione Papiano era tornato ad accoccolarsi, e:

– Scusi, – gli dissi, – non avrebbe altro posto dove star seduto più comodamente? Qua lei m'impiccia.

Quegli mi guardò balordo, con gli occhi languenti, senza scomporsi.

– Ha capito? – incalzai, scotendolo per un braccio.

Ma come se parlassi al muro! Si schiuse allora l'uscio in fondo al corridojo, ed apparve Adriana.

– La prego, signorina, – le dissi, – veda un po' di fare intender lei a questo poveretto che potrebbe andare a sedere altrove.

– È malato, – cercò di scusarlo Adriana.

– E però che è malato![1] – ribattei io. – Qua non sta bene: gli manca l'aria... e poi, seduto su un baule... Vuole che lo dica io al fratello?

– No no, – s'affrettò a rispondermi lei. – Glielo dirò io, non dubiti.

– Capirà, – soggiunsi. – Non sono ancora re, da avere una sentinella alla porta.

Perdetti, da quella sera in poi, il dominio di me stesso; cominciai a sforzare apertamente la timidezza di Adriana; chiusi gli occhi e m'abbandonai, senza più riflettere, al mio sentimento.

Povera cara mammina! Ella si mostrò dapprincipio come tenuta tra due, tra la paura e la speranza. Non sapeva affidarsi a questa, indovinando che il dispetto mi spingeva; ma sentivo d'altra parte che la paura in lei era pur cagionata dalla speranza fino a quel momento segreta e quasi incosciente di non perdermi; e perciò, dando io ora a questa sua speranza alimento co' miei nuovi modi risoluti, non sapeva neanche cedere del tutto alla paura.

Questa sua delicata perplessità, questo riserbo onesto m'impedirono intanto di trovarmi subito a tu per tu con me stesso e mi fecero impegnare sempre più nella sfida quasi sottintesa con Papiano.

---

1 *E però che è malato!*: proprio perché è malato!

M'aspettavo che questi mi si piantasse di fronte fin dal primo giorno, smettendo i soliti complimenti e le solite cerimonie. Invece, no. Tolse il fratello dal posto di guardia, lì sul baule, come io volevo, e arrivò finanche a celiar su l'aria impacciata e smarrita d'Adriana in mia presenza.

– La compatisca, signor Meis: è vergognosa come una monacella la mia cognatina!

Questa inattesa remissione, tanta disinvoltura m'impensierirono. Dove voleva andar a parare?

Una sera me lo vidi arrivare in casa insieme con un tale che entrò battendo forte il bastone sul pavimento, come se, tenendo i piedi entro un pajo di scarpe di panno che non facevan rumore, volesse sentire così, battendo il bastone, ch'egli camminava.

– *Dôva ca l'è stô me car parent?* [1] – si mise a gridare con stretto accento torinese, senza togliersi dal capo il cappelluccio dalle tese rialzate, calcato fin su gli occhi a sportello, appannati dal vino, né la pipetta dalla bocca, con cui pareva stesse a cuocersi il naso più rosso di quello della signorina Caporale. – *Dôva ca l'è stô me car parent?*

– Eccolo, – disse Papiano, indicandomi; poi rivolto a me: – Signor Adriano, una grata sorpresa! Il signor Francesco Meis, di Torino, suo parente.

– Mio parente? – esclamai, trasecolando.

Quegli chiuse gli occhi, alzò come un orso una zampa e la tenne un tratto sospesa, aspettando che io gliela stringessi.

Lo lasciai lì, in quell'atteggiamento, per contemplarlo un pezzo; poi:

– Che farsa è codesta? – domandai.

– No, scusi, perché? – fece Terenzio Papiano. – Il signor Francesco Meis mi ha proprio assicurato che è suo...

– *Cusin,* – appoggiò quegli, senza aprir gli occhi. – *Tut i Meis i sôma parent.* [2]

– Ma io non ho il bene di conoscerla! – protestai.

– *Oh ma côsta ca l'è bela!* – esclamò colui. – *L'è propi për lon che mi't sôn vnù a tróvè.* [3]

1 *Dôva... parent?*: Dov'è questo mio caro parente?
2 *Tut... parent*: Tutti i Meis siamo parenti.
3 *Oh ma... tróvè*: Oh ma questa è bella – esclamò colui –. È proprio per questo che sono venuto a trovarti.

– Meis? di Torino? – domandai io, fingendo di cercar nella memoria. – Ma io non son di Torino!

– Come! Scusi, – interloquì Papiano. – Non mi ha detto che fino a dieci anni lei stette a Torino?

– Ma sì! – riprese quegli allora, seccato che si mettesse in dubbio una cosa per lui certissima. – *Cusin, cusin!* Questo signore qua... come si chiama?

– Terenzio Papiano, a servirla.

– Terenziano: *a l'à dime che to pare a l'è andàit an America: cosa ch'a veul di' lon? a veul di' che ti t' ses fieul 'd barba Antôni ca l'è andàit 'ntla America. E nui sôma cusin.* [1]

– Ma se mio padre si chiamava Paolo...

– *Antôni!*

– Paolo, Paolo, Paolo. Vuol saperlo meglio di me?

Colui si strinse nelle spalle e stirò in sù la bocca:

– *A m'smiava Antôni,* [2] – disse stropicciandosi il mento ispido d'una barba di quattro giorni almeno, quasi tutta grigia. – *'I veui nen côtradite: sarà prô Paôlo. I ricordo nen ben, perché mi' i l'hai nen conôssulo.* [3]

Pover'uomo! Era in grado di saperlo meglio di me come si chiamasse quel suo zio andato in America; eppure si rimise, perché a ogni costo volle esser mio parente. Mi disse che suo padre, il quale si chiamava Francesco come lui, ed era fratello di Antonio... cioè di Paolo, mio padre, era andato via da Torino, quand'egli era *ancor masnà,* [4] di sette anni, e che – povero impiegato – aveva vissuto sempre lontano dalla famiglia, un po' qua, un po' là. Sapeva poco, dunque, dei parenti, sia paterni, sia materni: tuttavia, era certo, certissimo d'esser mio cugino.

Ma il nonno, almeno, il nonno, lo aveva conosciuto? Volli domandarglielo. Ebbene, sì: lo aveva conosciuto, non ricordava con precisione se a Pavia o a Piacenza.

---

1 *a l'à... cusin*: mi ha detto che tuo padre è andato in America: cosa vuol dire? vuol dire che tu sei figlio di zio Antonio che è andato in America. E noi siamo cugini.
2 *A m'smiava Antôni*: Mi sembrava Antonio.
3 *'I veui... conôssulo*: Non voglio contraddirti: sarà proprio Paolo. Non ricordo bene, perché non l'ho conosciuto.
4 *ancor masnà*: ancora bambino.

– Ah sì? proprio conosciuto? e com'era?

Era... non se ne ricordava lui, *franc nen*.[1]

– *A sôn passà trant'ani*[2]...

Non pareva affatto in mala fede; pareva piuttosto uno sciagurato che avesse affogato la propria anima nel vino, per non sentir troppo il peso della noja e della miseria. Chinava il capo, con gli occhi chiusi, approvando tutto ciò ch'io dicevo per pigliarmelo a godere; son sicuro che se gli avessi detto che da bambini noi eravamo cresciuti insieme e che parecchie volte io gli avevo strappato i capelli, egli avrebbe approvato allo stesso modo. Non dovevo mettere in dubbio soltanto una cosa, che noi cioè fossimo cugini: su questo non poteva transigere: era ormai stabilito, ci s'era fissato, e dunque basta.

A un certo punto, però, guardando Papiano e vedendolo gongolante, mi passò la voglia di scherzare. Licenziai quel pover'uomo mezzo ubriaco, salutandolo: – *Caro parente!* – e domandai a Papiano, con gli occhi fissi negli occhi, per fargli intender bene che non ero pane pe' suoi denti:

– Mi dica adesso dov'è andato a scovare quel bel tomo.

– Scusi tanto, signor Adriano! – premise quell'imbroglione, a cui non posso fare a meno di riconoscere una grande genialità. – Mi accorgo di non essere stato felice...

– Ma lei è felicissimo, sempre! – esclamai io.

– No, intendo: di non averle fatto piacere. Ma creda pure che è stata una combinazione. Ecco qua: son dovuto andare questa mattina all'Agenzia delle imposte, per conto del marchese, mio principale. Mentr'ero là, ho sentito chiamar forte: «*Signor Meis! signor Meis!*». Mi volto subito, credendo che vi sia anche lei, per qualche affare, chi sa avesse, dico, bisogno di me, sempre pronto a servirla. Ma che! chiamavano questo bel tomo, come lei ha detto giustamente; e allora, così... per curiosità, mi avvicinai e gli domandai se si chiamasse proprio Meis e di che paese fosse, poiché io avevo l'onore e il piacere d'ospitare in ca-

1 *franc nen*: proprio no.
2 *A sôn... ani*: Sono passati trent'anni.

sa un signor Meis... Ecco com'è andata! Lui mi ha assicurato che lei doveva essere suo parente, ed è voluto venire a conoscerla...

– All'Agenzia dell'imposte?

Sissignore, è impiegato là: ajuto-agente.

Dovevo crederci? Volli accertarmene. Ed era vero, sì; ma era vero del pari che Papiano, insospettito, mentre io volevo prenderlo di fronte, là, per contrastare nel presente a' suoi segreti armeggii, mi sfuggiva, mi sfuggiva per ricercare invece nel mio passato e assaltarmi così quasi a le spalle. Conoscendolo bene, avevo pur troppo ragione di temere che egli, con quel fiuto nel naso, fosse bracco da non andare a lungo a vento: guaj se fosse riuscito ad aver sentore della minima traccia: l'avrebbe certo seguitata fino al molino della *Stìa*.

Figurarsi dunque il mio spavento, quando, ivi a pochi giorni, mentre me ne stavo in camera a leggere, mi giunse dal corridojo, come dall'altro mondo, una voce, una voce ancor viva nella mia memoria.

– *Agradecio Dio, ántes, che me la son levada de sobre!*[1]

Lo Spagnuolo? quel mio spagnoletto barbuto e atticciato di Montecarlo? colui che voleva giocar con me e col quale m'ero bisticciato a Nizza?... Ah, perdio! Ecco la traccia! Era riuscito a scoprirla Papiano!

Balzai in piedi, reggendomi al tavolino per non cadere, nell'improvviso smarrimento angoscioso: stupefatto, quasi atterrito, tesi l'orecchio, con l'idea di fuggire non appena quei due – Papiano e lo Spagnuolo (era lui, non c'era dubbio: lo avevo veduto nella sua voce) – avessero attraversato il corridojo. Fuggire? E se Papiano, entrando, aveva domandato alla serva s'io fossi in casa? Che avrebbe pensato della mia fuga? Ma d'altra parte, se già sapeva ch'io non ero Adriano Meis? Piano! Che notizia poteva aver di me quello Spagnuolo? Mi aveva veduto a Montecarlo. Gli avevo io detto, allora, che mi chiamavo Mattia Pascal? Forse! Non ricordavo...

---

1 *Agradecio... sobre!*: Ringrazio Dio, prima, che me la sono levata di dosso!

Mi trovai, senza saperlo, davanti allo specchio, come se qualcuno mi ci avesse condotto per mano. Mi guardai. Ah quell'occhio maledetto! Forse per esso colui mi avrebbe riconosciuto. Ma come mai, come mai Papiano era potuto arrivare fin là, fino alla mia avventura di Montecarlo? Questo più d'ogni altro mi stupiva. Che fare intanto? Niente. Aspettar lì che ciò che doveva avvenire avvenisse.

Non avvenne nulla. E pur non di meno la paura non mi passò, neppure la sera di quello stesso giorno, allorché Papiano, spiegandomi il mistero per me insolubile e terribile di quella visita, mi dimostrò ch'egli non era affatto su la traccia del mio passato, e che solo il caso, di cui da un pezzo godevo i favori, aveva voluto farmene un altro, rimettendomi tra i piedi quello Spagnuolo, che forse non si ricordava più di me né punto né poco.

Secondo le notizie che Papiano mi diede di lui, io, andando a Montecarlo, non potevo non incontrarvelo, poich'egli era un giocatore di professione. Strano era che lo incontrassi ora a Roma, o piuttosto, che io, venendo a Roma, mi fossi intoppato in una casa, ove anch'egli poteva entrare. Certo, s'io non avessi avuto da temere, questo caso non mi sarebbe parso tanto strano: quante volte infatti non ci avviene d'imbatterci inaspettatamente in qualcuno che abbiamo conosciuto altrove per combinazione? Del resto, egli aveva o credeva d'avere le sue buone ragioni per venire a Roma e in casa di Papiano. Il torto era mio, o del caso che mi aveva fatto radere la barba e cangiare il nome.

Circa vent'anni addietro, il marchese Giglio d'Auletta, di cui Papiano era il segretario, aveva sposato l'unica sua figliuola a don Antonio Pantogada, addetto all'Ambasciata di Spagna presso la Santa Sede. Poco dopo il matrimonio, il Pantogada, scoperto una notte dalla polizia in una bisca insieme con altri dell'aristocrazia romana, era stato richiamato a Madrid. Là aveva fatto il resto, e forse qualcos'altro di peggio, per cui era stato costretto a lasciar la diplomazia. D'allora in poi, il marchese d'Auletta non aveva avuto più pace, forzato continuamente a mandar danaro per pagare i debiti di giuoco del genero incorreggibile. Quattr'anni fa, la moglie del Pantogada era morta, lasciando una giovinetta di circa sedici anni, che il marchese aveva voluto prendere con sé, conoscendo pur troppo in quali mani altrimenti sarebbe rimasta. Il Pantogada non avrebbe voluto lasciarsela scappare; ma poi, costretto da una impellente necessità di denaro, aveva ceduto. Ora egli minacciava senza requie il suocero di riprendersi la figlia, e quel giorno appunto era venuto a Roma con questo intento, per scroccare cioè altro danaro al povero marchese, sapendo bene che questi non avrebbe mai e poi mai abbandonato nelle mani di lui la sua cara nipote Pepita.

Aveva parole di fuoco, lui, Papiano, per bollare questo indegno ricatto del Pantogada. Ed era veramente sincera quella sua collera generosa. E mentre egli parlava, io non potevo fare a meno di ammirare il privilegiato congegno della sua coscienza che, pur potendo indignarsi così, realmente, delle altrui nequizie, gli permetteva poi di farne delle simili o quasi, tranquillissimamente, a danno di quel buon uomo del Paleari, suo suocero.

Intanto il marchese Giglio quella volta voleva tener duro. Ne seguiva che il Pantogada sarebbe rimasto a Roma parecchio tempo e sarebbe certo venuto a trovare in casa Terenzio Papiano, col quale doveva intendersi a meraviglia. Un incontro dunque fra me e quello Spagnuolo sarebbe stato forse inevitabile, da un giorno all'altro. Che fare?

Non potendo con altri, mi consigliai di nuovo con lo specchio. In quella lastra l'immagine del fu Mattia Pascal, venendo a galla come dal fondo della gora, con quell'occhio che solamente m'era rimasto di lui, mi parlò così:

«In che brutto impiccio ti sei cacciato, Adriano Meis! Tu hai paura di Papiano, confessalo! e vorresti dar la colpa a me, ancora a me, solo perché io a Nizza mi bisticciai con lo Spagnuolo. Eppure ne avevo ragione, tu lo sai. Ti pare che possa bastare per il momento il cancellarti dalla faccia l'ultima traccia di me? Ebbene, segui il consiglio della signorina Caporale e chiama il dottor Ambrosini, che ti rimetta l'occhio a posto. Poi... vedrai!»

154

## XIII · IL LANTERNINO

Quaranta giorni al bujo.

Riuscita, oh, riuscita benissimo l'operazione. Solo che l'occhio mi sarebbe forse rimasto un pochino pochino più grosso dell'altro. Pazienza! E intanto, sì, al bujo quaranta giorni, in camera mia.

Potei sperimentare che l'uomo, quando soffre, si fa una particolare idea del bene e del male, e cioè del bene che gli altri dovrebbero fargli e a cui egli pretende, come se dalle proprie sofferenze gli derivasse un diritto al compenso; e del male che egli può fare a gli altri, come se parimenti dalle proprie sofferenze vi fosse abilitato. E se gli altri non gli fanno il bene quasi per dovere, egli li accusa e di tutto il male ch'egli fa quasi per diritto, facilmente si scusa.

Dopo alcuni giorni di quella prigionia cieca, il desiderio, il bisogno d'esser confortato in qualche modo crebbe fino all'esasperazione. Sapevo, sì, di trovarmi in una casa estranea; e che perciò dovevo anzi ringraziare i miei ospiti delle cure delicatissime che avevano per me. Ma non mi bastavano più, quelle cure; m'irritavano anzi, come se mi fossero usate per dispetto. Sicuro! Perché indovinavo da chi mi venivano. Adriana mi dimostrava per mezzo di esse, ch'ella era col pensiero quasi tutto il giorno lì con me, in camera mia; e grazie della consolazione! Che mi valeva, se io intanto, col mio, la inseguivo di qua e di là per casa, tutto il giorno, smaniando? Lei sola poteva confortarmi: doveva; lei che più degli altri era in grado d'intendere come e quanto dovesse pesarmi la noja, rodermi il desiderio di vederla o di sentirmela almeno vicina.

E la smania e la noja erano accresciute anche dalla rabbia che mi aveva suscitato la notizia della subitanea partenza da Roma del Pantogada. Mi sarei forse rintanato lì per quaranta giorni al bujo, se avessi saputo ch'egli doveva andar via così presto?

Per consolarmi, il signor Anselmo Paleari mi volle dimostrare con un lungo ragionamento che il bujo era immaginario.

– Immaginario? Questo? – gli gridai.

– Abbia pazienza; mi spiego.

E mi svolse (fors'anche perché fossi preparato a gli esperimenti spiritici, che si sarebbero fatti questa volta in camera mia, per procurarmi un divertimento) mi svolse, dico, una sua concezione filosofica, speciosissima, che si potrebbe forse chiamare *lanterninosofia*.

Di tratto in tratto, il brav'uomo s'interrompeva per domandarmi:

– Dorme, signor Meis?

E io ero tentato di rispondergli:

– Sì, grazie, dormo, signor Anselmo.

Ma poiché l'intenzione in fondo era buona, di tenermi cioè compagnia, gli rispondevo che mi divertivo invece moltissimo e lo pregavo anzi di seguitare.

E il signor Anselmo, seguitando, mi dimostrava che, per nostra disgrazia, noi non siamo come l'albero che vive e non si sente, a cui la terra, il sole, l'aria, la pioggia, il vento, non sembra che sieno cose ch'esso non sia: cose amiche o nocive. A noi uomini, invece, nascendo, è toccato un tristo privilegio: quello di *sentirci* vivere, con la bella illusione che ne risulta: di prendere cioè come una realtà fuori di noi questo nostro interno sentimento della vita, mutabile e vario, secondo i tempi, i casi e la fortuna.[1]

E questo sentimento della vita per il signor Anselmo era appunto come un lanternino che ciascuno di noi porta in sé acceso; un lanternino che ci fa vedere sperduti su la terra, e ci fa vedere il male e il bene; un lanternino che projetta tutt'intorno a noi un cerchio più o meno ampio di luce, di là dal quale è l'ombra nera, l'ombra paurosa che non esisterebbe, se il lanternino non fosse acceso in noi, ma che noi dobbiamo pur troppo creder vera, fintanto ch'esso si mantiene vivo in noi. Spento alla fine a un soffio, ci accoglierà la notte perpetua dopo il giorno fumoso della nostra illusione, o non rimarremo

1 *noi non... fortuna*: cfr. *Ma non è una cosa seria* (1919), in *Maschere nude*, ed. cit., vol. II, p. 115.

noi piuttosto alla mercé dell'Essere, che avrà soltanto rotto le vane forme della nostra ragione?

– Dorme, signor Meis?

– Segua segua pure signor Anselmo: non dormo. Mi par quasi di vederlo, codesto suo lanternino.

– Ah, bene... Ma poiché lei ha l'occhio offeso, non ci addentriamo troppo nella filosofia, eh? e cerchiamo piuttosto d'inseguire per ispasso le lucciole sperdute, che sarebbero i nostri lanternini, nel bujo della sorte umana. Io direi innanzi tutto che son di tanti colori; che ne dice lei? secondo il vetro che ci fornisce l'illusione, gran mercantessa, gran mercantessa di vetri colorati. A me sembra però, signor Meis, che in certe età della storia, come in certe stagioni della vita individuale, si potrebbe determinare il predominio d'un dato colore, eh? In ogni età, infatti, si suole stabilire tra gli uomini un certo accordo di sentimenti che dà lume e colore a quei lanternoni che sono i termini astratti; *Verità*, *Virtù*, *Bellezza*, *Onore*, e che so io... E non le pare che fosse rosso, ad esempio, il lanternone della Virtù pagana? Di color violetto, color deprimente, quello della Virtù cristiana. Il lume d'una idea comune è alimentato dal sentimento collettivo; se questo sentimento però si scinde, rimane sì in piedi la lanterna del termine astratto, ma la fiamma dell'idea vi crepita dentro e vi guizza e vi singhiozza, come suole avvenire in tutti i periodi che son detti di transizione. Non sono poi rare nella storia certe fiere ventate che spengono d'un tratto tutti quei lanternoni. Che piacere! Nell'improvviso bujo, allora è indescrivibile lo scompiglio delle singole lanternine: chi va di qua, chi di là, chi torna indietro, chi si raggira; nessuna più trova la via: si urtano, s'aggregano per un momento in dieci, in venti; ma non possono mettersi d'accordo, e tornano a sparpagliarsi in gran confusione, in furia angosciosa: come le formiche che non trovino più la bocca del formicajo, otturata per ispasso da un bambino crudele. Mi pare, signor Meis, che noi ci troviamo adesso in uno di questi momenti. Gran bujo e gran confusione! Tutti i lanternoni, spenti. A chi dobbiamo rivolgerci? Indietro, forse? Alle lucernette superstiti, a quelle che i grandi morti lasciarono accese su le loro tombe? Ricordo una bella poesia di Niccolò Tommaseo:

> La piccola mia lampa
> Non, come sol, risplende,
> Né, come incendio, fuma;
> Non stride e non consuma,
> Ma con la cima tende
> Al ciel che me la diè.
>
> Starà su me, sepolto,
> Viva; né pioggia o vento,
> Né in lei le età potranno;
> E quei che passeranno
> Erranti, a lume spento,
> Lo accenderan da me.[1]

Ma come, signor Meis, se alla lampa nostra manca l'olio sacro che alimentava quella del Poeta? Molti ancora vanno nelle chiese per provvedere dell'alimento necessario le loro lanternucce. Sono, per lo più, poveri vecchi, povere donne, a cui mentì la vita, e che vanno innanzi, nel bujo dell'esistenza, con quel loro sentimento acceso come una lampadina votiva, cui con trepida cura riparano dal gelido soffio degli ultimi disinganni, ché duri almeno accesa fin là, fino all'orlo fatale, al quale s'affrettano, tenendo gli occhi intenti alla fiamma e pensando di continuo: «*Dio mi vede!*» per non udire i clamori della vita intorno, che suonano ai loro orecchi come tante bestemmie. «*Dio mi vede...*» perché lo vedono loro, non solamente in sé, ma in tutto anche nella loro miseria, nelle loro sofferenze che avranno un premio, alla fine. Il fioco ma placido lume di queste lanternucce desta certo invidia angosciosa in molti di noi; a certi altri, invece, che si credono

---

1 *La mia piccola... da me*: da Niccolò Tommaseo, *Le mia lampana*, in *Poesie*, Firenze, Le Monnier, 1872, p. 133. Cfr. *L'umorismo*, ed. cit., pp. 154-56.

armati, come tanti Giove, del fulmine domato dalla scienza, e, in luogo di quelle lanternucce, recano in trionfo le lampadine elettriche, ispira una sdegnosa commiserazione. Ma domando io ora, signor Meis: E se tutto questo bujo, quest'enorme mistero, nel quale indarno[1] i filosofi dapprima specularono, e che ora, pur rinunziando all'indagine di esso, la scienza non esclude, non fosse in fondo che un inganno come un altro, un inganno della nostra mente, una fantasia che non si colora? Se noi finalmente ci persuadessimo che tutto questo mistero non esiste fuori di noi, ma soltanto in noi, e necessariamente, per il famoso privilegio del sentimento che noi abbiamo della vita, del lanternino cioè, di cui le ho finora parlato? Se la morte, insomma, che ci fa tanta paura, non esistesse e fosse soltanto, non l'estinzione della vita, ma il soffio che spegne in noi questo lanternino, lo sciagurato sentimento che noi abbiamo di essa, penoso, pauroso, perché limitato, definito da questo cerchio d'ombra fittizia, oltre il breve àmbito dello scarso lume, che noi, povere lucciole sperdute, ci projettiamo attorno, e in cui la vita nostra rimane come imprigionata, come esclusa per alcun tempo dalla vita universale, eterna, nella quale ci sembra che dovremo un giorno rientrare, mentre già ci siamo e sempre vi rimarremo, ma senza più questo sentimento d'esilio che ci angoscia? Il limite è illusorio, è relativo al poco lume nostro, della nostra individualità: nella realtà della natura non esiste. Noi, – non so se questo possa farle piacere – noi abbiamo sempre vissuto e sempre vivremo con l'universo; anche ora, in questa forma nostra, partecipiamo a tutte le manifestazioni dell'universo, ma non lo sappiamo, non lo vediamo, perché purtroppo questo maledetto lumicino piagnucoloso ci fa vedere soltanto quel poco a cui esso arriva; e ce lo facesse vedere almeno com'esso è in realtà! Ma nossignore: ce lo colora a modo suo, e ci fa vedere certe cose, che noi dobbiamo veramente lamentare, perbacco, che forse in un'altra forma d'esistenza non avremo più una bocca per

1 *indarno*: invano.

poterne fare le matte risate. Risate, signor Meis, di tutte le vane, stupide afflizioni che esso ci ha procurate, di tutte le ombre, di tutti i fantasmi ambiziosi e strani che ci fece sorgere innanzi e intorno, della paura che c'ispirò![1]

Oh perché dunque il signor Anselmo Paleari, pur dicendo, e con ragione, tanto male del lanternino che ciascuno di noi porta in sé acceso, ne voleva accendere ora un altro col vetro rosso, là in camera mia, pe' suoi esperimenti spiritici? Non era già di troppo quell'uno?

Volli domandarglielo.

– Correttivo! – mi rispose. – Un lanternino contro l'altro! Del resto a un certo punto questo si spegne, sa!

– E le sembra che sia il miglior mezzo, codesto, per vedere qualche cosa? – m'arrischiai a osservare.

– Ma la così detta luce, scusi, – ribatté pronto il signor Anselmo, – può servire per farci vedere ingannevolmente qua, nella così detta vita; per farci vedere di là da questa, non serve affatto, creda, anzi nuoce. Sono stupide pretensioni di certi scienziati di cuor meschino e di più meschino intelletto, i quali vogliono credere per loro comodità che con questi esperimenti si faccia oltraggio alla scienza o alla natura. Ma nossignore! Noi vogliamo scoprire altre leggi, altre forze, altra vita nella natura, sempre nella natura, perbacco! oltre la scarsissima esperienza normale; noi vogliamo sforzare l'angusta comprensione, che i nostri sensi limitati ce ne dànno abitualmente. Ora, scusi, non pretendono gli scienziati per i primi ambiente e condizioni adatti per la buona riuscita dei loro esperimenti? Si può fare a meno della camera oscura nella fotografia? E dunque? Ci sono poi tanti mezzi di controllo!

Il signor Anselmo però, come potei vedere poche sere dopo, non ne usava alcuno. Ma erano esperimenti in famiglia! Poteva mai sospettare che la signorina Caporale e Papiano si prendessero il gusto d'ingannarlo? e perché,

1 *Il fioco... c'ispirò*: per tutto il discorso del Paleari cfr. *L'umorismo*, ed. cit., p. 154.

poi? che gusto? Egli era più che convinto e non aveva affatto bisogno di quegli esperimenti per rafforzar la sua fede. Come uomo dabbenissimo che era, non arrivava a supporre che potessero ingannarlo per altro fine. Quanto alla meschinità affliggente e puerile dei resultati, la teosofia s'incaricava di dargliene una spiegazione plausibilissima. Gli esseri superiori del *Piano Mentale*, o di più sù, non potevano discendere a comunicare con noi per mezzo di un *medium*: bisognava dunque contentarsi delle manifestazioni grossolane di anime di trapassati inferiori, del *Piano Astrale*,[1] cioè del più prossimo al nostro: ecco.

E chi poteva dirgli di no?*

Io sapevo che Adriana s'era sempre ricusata d'assistere a questi esperimenti. Dacché me ne stavo tappato in camera, al bujo, ella non era entrata se non raramente, e non mai sola, a domandarmi come stessi. Ogni volta quella domanda pareva ed era infatti rivolta per pura convenienza. Lo sapeva, lo sapeva bene come stavo! Mi pareva finanche di sentire un certo sapor d'ironia birichina nella voce di lei, perché già ella ignorava per qual ragione mi fossi così d'un tratto risoluto ad assoggettarmi all'operazione, e doveva perciò ritenere ch'io soffrissi per vanità, per farmi cioè più bello o meno brutto, con l'occhio accomodato secondo il consiglio della Caporale.

– Sto benone, signorina! – le rispondevo. – Non vedo niente...

– Eh, ma vedrà, vedrà meglio poi, – diceva allora Papiano.

---

1 *Gli esseri... Astrale*: cfr. p. 112, n. 1.
* «Fede» scriveva Maestro Alberto Fiorentino «è sustanzia di cose da sperare, e argomento e pruova di non appariscenti.» (*Nota di don Eligio Pellegrinotto*.)
[Ricorda i noti versi di Dante, ispirati alla Epistola di San Paolo agli Ebrei (II, 1): «fede è sustanza di cose sperate / e argomento de le non parventi» (*Paradiso*, XXIV, 64-65). Il Maestro Alberto Fiorentino, a cui è attribuita la sentenza, è Alberto di Arnoldo, di cui parla il Sacchetti nel *Trecentonovelle* (del 1392): cfr. novelle CXXXVI e CCXXIX.]

Approfittandomi del bujo, alzavo un pugno, come per scaraventarglielo in faccia. Ma lo faceva apposta certamente, perch'io perdessi quel po' di pazienza che mi restava ancora. Non era possibile ch'egli non s'accorgesse del fastidio che mi recava: glielo dimostravo in tutti i modi, sbadigliando, sbuffando; eppure, eccolo là: seguitava a entrare in camera mia quasi ogni sera (ah lui, sì) e vi si tratteneva per ore intere, chiacchierando senza fine. In quel bujo, la sua voce mi toglieva quasi il respiro, mi faceva torcere su la sedia, come su un aculeo, artigliar le dita: avrei voluto strozzarlo in certi momenti. Lo indovinava? lo sentiva? Proprio in quei momenti, ecco, la sua voce diventava più molle, quasi carezzevole.

Noi abbiamo bisogno d'incolpar sempre qualcuno dei nostri danni e delle nostre sciagure. Papiano, in fondo, faceva tutto per spingermi ad andar via da quella casa; e di questo, se la voce della ragione avesse potuto parlare in me, in quei giorni, io avrei dovuto ringraziarlo con tutto il cuore. Ma come potevo ascoltarla, questa benedetta voce della ragione, se essa mi parlava appunto per la bocca di lui, di Papiano, il quale per me aveva torto, torto evidente, torto sfacciato? Non voleva egli mandarmi via, infatti, per frodare il Paleari e rovinare Adriana?

Questo soltanto io potevo allora comprendere da tutti que' suoi discorsi. Oh possibile che la voce della ragione dovesse proprio scegliere la bocca di Papiano per farsi udire da me? Ma forse ero io che, per trovarmi una scusa, la mettevo in bocca a lui, perché mi paresse ingiusta, io che mi sentivo già preso nei lacci della vita e smaniavo, non per il bujo propriamente, né per il fastidio che Papiano, parlando, mi cagionava.

Di che mi parlava? Di Pepita Pantogada, sera per sera.

Benché io vivessi modestissimamente, s'era fitto in capo che fossi molto ricco. E ora, per deviare il mio pensiero da Adriana, forse vagheggiava l'idea di farmi innamorare di quella nipote del marchese Giglio d'Auletta, e me la descriveva come una fanciulla saggia e fiera, piena d'ingegno e di volontà, recisa nei modi, franca e vivace; bella, poi; uh, tanto bella! bruna, esile e formosa a un tempo; tutta fuoco, con un pajo d'occhi fulminanti e una bocca che strappava i baci. Non diceva nulla della dote: – Vistosissima! – tutta la sostanza del marchese d'Auletta, nientemeno. Il quale, senza dubbio, sarebbe stato felicissimo di darle presto marito, non solo per liberarsi del Pantogada che lo vessava, ma anche perché non andavano tanto d'accordo nonno e nipote: il marchese era debole di carattere, tutto chiuso in quel suo mondo morto; Pepita invece, forte, vibrante di vita.

Non comprendeva che più egli elogiava questa Pepita, più cresceva in me l'antipatia per lei, prima ancora di conoscerla? La avrei conosciuta – diceva – fra qualche sera, perché egli la avrebbe indotta a intervenire alle prossime sedute spiritiche. Anche il marchese Giglio d'Auletta avrei conosciuto, che lo desiderava tanto per tutto ciò che egli, Papiano, gli aveva detto di me. Ma il marchese non usciva più di casa, e poi non avrebbe mai preso parte a una seduta spiritica, per le sue idee religiose.

– E come? – domandai. – Lui, no; e intanto permette che vi prenda parte la nipote?

– Ma perché sa in quali mani l'affida! – esclamò alteramente Papiano.

Non volli saper altro. Perché Adriana si ricusava d'assistere a quegli esperimenti? Pe' suoi scrupoli religiosi. Ora, se la nipote del marchese Giglio avrebbe preso parte a quelle sedute, col consenso del nonno clericale, non avrebbe potuto anch'ella parteciparvi? Forte di questo argomento, io cercai di persuaderla, la vigilia della prima seduta.

Era entrata in camera mia col padre, il quale udita la mia proposta:

– Ma siamo sempre lì, signor Meis! – sospirò. – La religione, di fronte a questo problema, drizza orecchie d'asino e adombra, come la scienza. Eppure i nostri esperimenti, l'ho già detto e spiegato tante volte a mia figlia, non sono affatto contrarii né all'una né all'altra. Anzi, per la religione segnatamente sono una prova delle verità che essa sostiene.

– E se io avessi paura? – obbiettò Adriana.

– Di che? – ribatté il padre. – Della prova?

– O del bujo? – aggiunsi io. – Siamo tutti qua, con lei, signorina! Vorrà mancare lei sola?

– Ma io... – rispose, impacciata, Adriana, – io non ci credo, ecco... non posso crederci, e... che so!

Non poté aggiunger altro. Dal tono della voce, dall'imbarazzo, io però compresi che non soltanto la religione vietava ad Adriana d'assistere a quegli esperimenti. La paura messa avanti da lei per iscusa poteva avere altre cause, che il signor Anselmo non sospettava. O le doleva forse d'assistere allo spettacolo miserevole del padre puerilmente ingannato da Papiano e dalla signorina Caporale?

Non ebbi animo d'insistere più oltre.

Ma ella, come se mi avesse letto in cuore il dispiacere che il suo rifiuto mi cagionava, si lasciò sfuggire nel bujo un: – *Del resto...* – ch'io colsi subito a volo:

– Ah brava! L'avremo dunque con noi?

– Per domani sera soltanto, – concesse ella, sorridendo.

Il giorno appresso, sul tardi, Papiano venne a preparare la camera: v'introdusse un tavolino rettangolare, d'abete, senza cassetto, senza vernice, dozzinale; sgombrò un angolo della stanza; vi appese a una funicella un lenzuolo; poi recò una chitarra, un collaretto da cane con molti sonaglioli, e altri oggetti. Questi preparativi furono fatti al lume del famoso lanternino dal vetro rosso. Preparando, non smise – s'intende! – un solo istante di parlare.

– Il lenzuolo serve, sa! serve... non saprei, da... da accumulatore, diciamo, di questa forza misteriosa: lei lo vedrà agitarsi, signor Meis, gonfiarsi come una vela, rischiararsi a volte d'un lume strano, quasi direi siderale. Sissignore! Non siamo ancora riusciti a ottenere «materializzazioni», ma luci sì: ne vedrà, se la signorina Silvia questa sera si troverà in buone disposizioni. Comunica con lo spirito di un suo antico compagno d'Accademia, morto, Dio ne scampi, di tisi, a diciott'anni. Era di... non so, di Basilea, mi pare: ma stabilito a Roma da un pezzo, con la famiglia. Un genio, sa, per la musica: reciso dalla morte crudele prima che avesse potuto dare i suoi frutti. Così almeno dice la signorina Caporale. Anche prima che ella sapesse d'aver questa facoltà medianica, comunicava con lo spirito di Max. Sissignore: si chiamava così, Max... aspetti, Max Oliz, se non sbaglio. Sissignore! Invasata da questo spirito, improvvisava sul pianoforte, fino a cader per terra, svenuta, in certi momenti. Una sera si raccolse perfino gente, giù in istrada, che poi la applaudì...

– E la signorina Caporale ne ebbe quasi paura, – aggiunsi io, placidamente.

– Ah, lo sa? – fece Papiano, restando.

– Me l'ha detto lei stessa. Sicché dunque applaudirono la musica di Max sonata con le mani della signorina Caporale?

– Già, già! Peccato che non abbiamo in casa un pianoforte. Dobbiamo contentarci di qualche motivetto, di qualche spunto, accennato su la chitarra. Max s'arrabbia, sa! fino a strappar le corde, certe volte... Ma sentirà stasera. Mi pare che sia tutto in ordine, ormai.

– E dica un po', signor Terenzio. Per curiosità, – volli domandargli, prima che andasse via, – lei ci crede? ci crede proprio?

– Ecco, – mi rispose subito, come se avesse preveduto la domanda. – Per dire la verità, non riesco a vederci chiaro.

– Eh sfido!

– Ah, ma non perché gli esperimenti si facciano al bujo, badiamo! I fenomeni, le manifestazioni sono reali, non c'è che dire: innegabili. Noi non possiamo mica diffidare di noi stessi...

– E perché no? Anzi!

– Come? Non capisco!

– C'inganniamo così facilmente! Massime quando ci piaccia di credere in qualche cosa...

– Ma a me, no, sa: non piace! – protestò Papiano. – Mio suocero, che è molto addentro in questi studii, ci crede. Io, fra l'altro, veda, non ho neanche il tempo di pensarci... se pure ne avessi voglia. Ho tanto da fare, tanto, con quei maledetti Borboni del marchese che mi tengono lì a chiodo! Perdo qui qualche serata. Dal canto mio, son d'avviso, che noi, finché per grazia di Dio siamo vivi, non potremo saper nulla della morte; e dunque, non le pare inutile pensarci? Ingegnamoci di vivere alla meglio, piuttosto, santo Dio! Ecco come io la penso, signor Meis. A rivederla, eh? Ora scappo a prendere in via dei Pontefici la signorina Pantogada.

Ritornò dopo circa mezz'ora, molto contrariato: insieme con la Pantogada e la governante era venuto un certo pittore spagnuolo, che mi fu presentato a denti stretti come amico di casa Giglio. Si chiamava Manuel Bernaldez e parlava correttamente l'italiano; non ci fu verso però di fargli pronunciare l'esse del mio cognome: pareva che ogni volta, nell'atto di proferirla, avesse paura che la lingua gliene restasse ferita.

– Adriano *Mei*, – diceva, come se tutt'a un tratto fossimo diventati amiconi.

– Adriano *Tui*, – mi veniva quasi di rispondergli.

Entrarono le donne: Pepita, la governante, la signorina Caporale, Adriana.

– Anche tu? Che novità? – le disse Papiano con mal garbo.

Non se l'aspettava quest'altro tiro. Io intanto, dal modo con cui era stato accolto il Bernaldez, avevo capito che il marchese Giglio non doveva saper nulla dell'intervento di lui alla seduta, e che doveva esserci sotto qualche intrighetto con la Pepita.

Ma il gran Terenzio non rinunziò al suo disegno. Disponendo intorno al tavolino la catena medianica, si fece sedere accanto Adriana e pose accanto a me la Pantogada.

Non ero contento? No. E Pepita neppure. Parlando tal quale come il padre, ella si ribellò subito:

– *Gracie tanto, así no puede ser! Ió voglio estar entre el segnor Paleari e la mia gobernante,* [1] *caro segnor Terencio!*

La semioscurità rossastra permetteva appena di discernere i contorni; cosicché non potei vedere fino a qual punto rispondesse al vero il ritratto che della signorina

1 *Gracie... gobernante*: Grazie tante, non può essere così! Io voglio stare tra il signor Paleari e la mia governante.

Pantogada m'aveva abbozzato Papiano; il tratto però, la voce e quella sùbita ribellione s'accordavano perfettamente all'idea che m'ero fatta di lei, dopo quella descrizione.

Certo, rifiutando così sdegnosamente il posto che Papiano le aveva assegnato accanto a me, la signorina Pantogada m'offendeva; ma io non solo non me n'ebbi a male, ma anzi me ne rallegrai.

– Giustissimo! – esclamò Papiano. – E allora, si può far così: accanto al signor Meis segga la signora Candida; poi prenda posto lei, signorina. Mio suocero rimanga dov'è: e noi altri tre pure così, come stiamo. Va bene?

E no! non andava bene neanche così: né per me, né per la signorina Caporale, né per Adriana e né – come si vide poco dopo – per la Pepita, la quale stette molto meglio in una nuova catena disposta proprio dal genialissimo spirito di Max.

Per il momento, io mi vidi accanto quasi un fantasima di donna, con una specie di collinetta in capo (era cappello? era cuffia? parrucca? che diavolo era?). Di sotto quel carico enorme uscivan di tratto in tratto certi sospiri terminati da un breve gemito. Nessuno aveva pensato a presentarmi a quella signora Candida: ora, per far la catena, dovevamo tenerci per mano; e lei sospirava. Non le pareva ben fatto, ecco. Dio, che mano fredda!

Con l'altra mano tenevo la sinistra della signorina Caporale seduta a capo del tavolino, con le spalle contro il lenzuolo appeso all'angolo; Papiano le teneva la destra. Accanto ad Adriana, dall'altra parte, sedeva il pittore; il signor Anselmo stava all'altro capo del tavolino, dirimpetto alla Caporale.

Papiano disse:

– Bisognerebbe spiegare innanzi tutto al signor Meis e alla signorina Pantogada il linguaggio... come si chiama?

– Tiptologico, – suggerì il signor Anselmo.

– Prego, anche a me, – si rinzelò[1] la signora Candida, agitandosi su la seggiola.

– Giustissimo! Anche alla signora Candida, si sa!

---

1 *si rinzelò*: si rianimò.

– Ecco, – prese a spiegare il signor Anselmo. – Due colpi vogliono dir *sì...*

– Colpi? – interruppe Pepita. – Che colpi?

– Colpi, – rispose Papiano, – o battuti sul tavolino o su le seggiole o altrove o anche fatti percepire per via di toccamenti.

– *Ah no-no-no-no-nó!!* – esclamò allora quella a precipizio, balzando in piedi. – *Ió non ne amo, tocamenti. De chi?*

– Ma dello spirito di Max, signorina, – le spiegò Papiano. – Gliel'ho accennato, venendo: non fanno mica male, si rassicuri.

– *Tittologichi,* – aggiunse con aria di commiserazione, da donna superiore, la signora Candida.

– E dunque, – riprese il signor Anselmo, – due colpi, *sì;* tre colpi, *no;* quattro, *bujo;* cinque, *parlate;* sei, *luce.* Basterà così. E ora concentriamoci, signori miei.

Si fece silenzio. Ci concentrammo.

## XIV · LE PRODEZZE DI MAX

Apprensione? No. Neanche per ombra. Ma una viva curiosità mi teneva e anche un certo timore che Papiano stésse per fare una pessima figura. Avrei dovuto goderne; e, invece, no. Chi non prova pena, o piuttosto, un frigido avvilimento nell'assistere a una commedia mal rappresentata da comici inesperti?

«Tra due sta,» pensavo: «o egli è molto abile, o l'ostinazione di tenersi accanto Adriana non gli fa veder bene dove si mette, lasciando il Bernaldez e Pepita, me e Adriana disillusi e perciò in grado d'accorgerci senza alcun gusto, senz'alcun compenso, della sua frode. Meglio di tutti se n'accorgerà Adriana che gli sta più vicina; ma lei già sospetta la frode e vi è preparata. Non potendo starmi accanto, forse in questo momento ella domanda a se stessa perché rimanga lì ad assistere a una farsa per lei non solamente insulsa, ma anche indegna e sacrilega. E la stessa domanda certo, dal canto loro, si rivolgono il Bernaldez e Pepita. Come mai Papiano non se ne rende conto, or che s'è visto fallire il colpo d'allogarmi accanto la Pantogada? Si fida dunque tanto della propria abilità? Stiamo a vedere.»

Facendo queste riflessioni, io non pensavo affatto alla signorina Caporale. A un tratto, questa si mise a parlare, come in un leggero dormiveglia.

– La catena, – disse, – la catena va mutata...

– Abbiamo già Max? – domandò premurosamente quel buon uomo del signor Anselmo.

La risposta della Caporale si fece attendere un bel po'.

– Sì, – poi disse penosamente, quasi con affanno. – Ma siamo in troppi, questa sera...

– È vero sì! – scattò Papiano. – Mi sembra però, che così stiamo benone.

– Zitto! – ammonì il Paleari. – Sentiamo che dice Max.

– La catena, – riprese la Caporale, – non gli par bene equilibrata. Qua, da questo lato (*e sollevò la mia mano*), ci sono due donne accanto. Il signor Anselmo farebbe bene a prendere il posto della signorina Pantogada, e viceversa.

– Subito! – esclamò il signor Anselmo, alzandosi. – Ecco, signorina, segga qua!

E Pepita, questa volta, non si ribellò. Era accanto al pittore.

– Poi, – soggiunse la Caporale, – la signora Candida...

Papiano la interruppe:

– Al posto d'Adriana, è vero? Ci avevo pensato. Va benone!

Io strinsi forte, forte, forte, la mano di Adriana fino a farle male, appena ella venne a prender posto accanto a me. Contemporaneamente la signorina Caporale mi stringeva l'altra mano, come per domandarmi: «*È contento così?*». «*Ma sì, contentone!*» le risposi io con un'altra stretta, che significava anche: «E ora fate pure, fate pure quel che vi piace!».

– Silenzio! – intimò a questo punto il signor Anselmo.

E chi aveva fiatato? Chi? Il tavolino! Quattro colpi:
– *Bujo!*

Giuro di non averli sentiti.

169

Se non che, appena spento il lanternino, avvenne tal cosa che scompigliò d'un tratto tutte le mie supposizioni. La signorina Caporale cacciò uno strillo acutissimo, che ci fece sobbalzar tutti quanti dalle seggiole.

– Luce! luce!

Che era avvenuto?

Un pugno! La signorina Caporale aveva ricevuto un pugno su la bocca, formidabile: le sanguinavano le gengive.

Pepita e la signora Candida scattarono in piedi, spaventate. Anche Papiano s'alzò per riaccendere il lanternino. Subito Adriana ritrasse dalla mia mano la sua. Il Bernaldez col faccione rosso, perché teneva tra le dita un fiammifero, sorrideva, tra sorpreso e incredulo, mentre il signor Anselmo, costernatissimo, badava a ripetere:

– Un pugno! E come si spiega?

Me lo domandavo anch'io, turbato. Un pugno? Dunque quel cambiamento di posti non era concertato avanti tra i due. Un pugno? Dunque la signorina Caporale s'era ribellata a Papiano. E ora?

Ora, scostando la seggiola e premendosi un fazzoletto su la bocca, la Caporale protestava di non voler più saperne. E Pepita Pantogada strillava:

– *Gracie, segnori! gracie! Aquí se dano cachetes!*[1]

– Ma no! ma no! – esclamò il Paleari. – Signori miei, questo è un fatto nuovo, stranissimo! Bisogna chiederne spiegazione.

– A Max? – domandai io.

– A Max, già! Che lei, cara Silvia, abbia male interpretato i suggerimenti di lui nella disposizione della catena?

– È probabile! è probabile! – esclamò il Bernaldez, ridendo.

– Lei, signor Meis, che ne pensa? – mi domandò il Paleari, a cui il Bernaldez non andava proprio a genio.

– Eh, di sicuro, questo pare, – dissi io.

Ma la Caporale negò recisamente col capo.

– E allora? – riprese il signor Anselmo. – Come si spiega? Max violento! E quando mai? Che ne dici tu, Terenzio?

1 *Aquí... cachetes!*: Qui si danno pugni!

Non diceva nulla, Terenzio, protetto dalla semioscurità: alzò le spalle, e basta.

– Via – diss'io allora alla Caporale. – Vogliamo contentare il signor Anselmo, signorina? Domandiamo a Max una spiegazione: che se poi egli si dimostrerà di nuovo spirito... di poco spirito, lasceremo andare. Dico bene, signor Papiano?

– Benissimo! – rispose questi. – Domandiamo, domandiamo pure. Io ci sto.

– Ma non ci sto io, così! – rimbeccò la Caporale, rivolta proprio a lui.

– Lo dice a me? – fece Papiano. – Ma se lei vuol lasciare andare...

– Sì, sarebbe meglio, – arrischiò timidamente Adriana.

Ma subito il signor Anselmo le diede su la voce:

– Ecco la paurosa! Son puerilità, perbacco! Scusi, lo dico anche a lei, Silvia! Lei conosce bene lo spirito che le è familiare, e sa che questa è la prima volta che... Sarebbe un peccato, via! perché – spiacevole quanto si voglia quest'incidente – i fenomeni accennavano questa sera a manifestarsi con insolita energia.

– Troppa! – esclamò il Bernaldez, sghignazzando e promovendo il riso degli altri.

– E io, – aggiunsi, – non vorrei buscarmi un pugno su quest'occhio qui...

– *Ni tampoco ió!* – aggiunse Pepita.

– A sedere! – ordinò allora Papiano, risolutamente. – Seguiamo il consiglio del signor Meis. Proviamoci a domandare una spiegazione. Se i fenomeni si rivelano di nuovo con troppa violenza, smetteremo. A sedere!

E soffiò sul lanternino.

Io cercai al bujo la mano di Adriana, ch'era fredda e tremante. Per rispettare il suo timore, non gliela strinsi in prima; pian piano, gradatamente, gliela premetti, come per infonderle calore, e, col calore, la fiducia che tutto adesso sarebbe proceduto tranquillamente. Non poteva esser dubbio, infatti, che Papiano, forse pentito della violenza a cui s'era lasciato andare, aveva cangiato avviso. A ogni modo avremmo certo avuto un momento di tregua;

poi forse, io e Adriana, in quel bujo, saremmo stati il bersaglio di Max. «Ebbene,» dissi tra me, «se il giuoco diventerà troppo pesante, lo faremo durar poco. Non permetterò che Adriana sia tormentata.»

Intanto il signor Anselmo s'era messo a parlare con Max, proprio come si parla a qualcuno vero e reale, lì presente.

– Ci sei?

Due colpi, lievi, sul tavolino. C'era!

– E come va, Max, – domandò il Paleari, in tono d'amorevole rimprovero, – che tu, tanto buono, tanto gentile, hai trattato così malamente la signorina Silvia? Ce lo vuoi dire?

Questa volta il tavolino si agitò dapprima un poco, quindi tre colpi secchi e sodi risonarono nel mezzo di esso. Tre colpi: dunque, *no*: non ce lo voleva dire.

– Non insistiamo! – si rimise il signor Anselmo. – Tu sei forse ancora un po' alterato, eh, Max? Lo sento, ti conosco... ti conosco... Vorresti dirci almeno se la catena così disposta ti accontenta?

Non aveva il Paleari finito di far questa domanda, ch'io sentii picchiarmi rapidamente due volte su la fronte, quasi con la punta di un dito.

– Sì! – esclamai subito, denunciando il fenomeno; e strinsi la mano d'Adriana.

Debbo confessare che quel «toccamento» inatteso mi fece pure, lì per lì, una strana impressione. Ero sicuro che, se avessi levato a tempo la mano, avrei ghermito quella di Papiano, e tuttavia... La delicata leggerezza del tocco e la precisione erano state, a ogni modo, meravigliose. Poi, ripeto, non me l'aspettavo. Ma perché intanto Papiano aveva scelto me per manifestar la sua remissione? Aveva voluto con quel segno tranquillarmi, o era esso all'incontro una sfida e significava: «*Adesso vedrai se son contento*»?

– Bravo, Max! – esclamò il signor Anselmo.

E io, tra me:

«(Bravo, sì! Che fitta di scapaccioni ti darei!)»

– Ora, se non ti dispiace – riprese il padron di casa, – vorresti darci un segno del tuo buon animo verso di noi?

Cinque colpi sul tavolino intimarono: – *Parlate!*

– Che significa? – domandò la signora Candida, impaurita.

– Che bisogna parlare, – spiegò Papiano, tranquillamente.

E Pepita:

– A chi?

– Ma a chi vuol lei, signorina! Parli col suo vicino, per esempio.

– Forte?

– Sì, – disse il signor Anselmo. – Questo vuol dire, signor Meis, che Max ci prepara intanto qualche bella manifestazione. Forse una luce... chi sa! Parliamo, parliamo...

E che dire? Io già parlavo da un pezzo con la mano d'Adriana, e non pensavo, ahimè, non pensavo più a nulla! Tenevo a quella manina un lungo discorso intenso, stringente, e pur carezzevole, che essa ascoltava tremante e abbandonata; già l'avevo costretta a cedermi le dita, a intrecciarle con le mie. Un'ardente ebbrezza mi aveva preso, che godeva dello spasimo che le costava lo sforzo di reprimer la sua foga smaniosa per esprimersi invece con le maniere d'una dolce tenerezza, come voleva il candore di quella timida anima soave.

Ora, in tempo che le nostre mani facevano questo discorso fitto fitto, io cominciai ad avvertire come uno strofinìo alla traversa, tra le due gambe posteriori della seggiola; e mi turbai. Papiano non poteva col piede arrivare fin là; e, quand'anche, la traversa fra le gambe anteriori gliel'avrebbe impedito. Che si fosse alzato dal tavolino e fosse venuto dietro alla mia seggiola? Ma, in questo caso, la signora Candida, se non era proprio scema, avrebbe dovuto avvertirlo. Prima di comunicare a gli altri il fenomeno, avrei voluto in qualche modo spiegarmelo; ma poi pensai che, avendo ottenuto ciò che mi premeva, ora, quasi per obbligo, mi conveniva secondar la frode, senz'altro indugio, per non irritare maggiormente Papiano. E avviai a dire[1] quel che sentivo.

1 *avviai a dire*: cominciai a dire.

– Davvero? – esclamò Papiano, dal suo posto, con una meraviglia che mi parve sincera.

Né minor meraviglia dimostrò la signorina Caporale.

Sentii rizzarmi i capelli su la fronte. Dunque, quel fenomeno era vero?

– Strofinìo? – domandò ansiosamente il signor Anselmo. – Come sarebbe? come sarebbe?

– Ma sì! – confermai, quasi stizzito. – E séguita! Come se ci fosse qua dietro un cagnolino... ecco!

Un alto scoppio di risa accolse questa mia spiegazione.

– Ma è Minerva! è Minerva! – gridò Pepita Pantogada.

– Chi è Minerva? – domandai, mortificato.

– Ma la mia cagnetta! – riprese quella, ridendo ancora. – *La viechia mia, segnore, che se grata así soto tute le sedie.*[1] *Con permisso! con permisso!*

Il Bernaldez accese un altro fiammifero, e Pepita s'alzò per prendere quella cagnetta, che si chiamava *Minerva*, e accucciarsela in grembo.

– Ora mi spiego, – disse contrariato il signor Anselmo, – ora mi spiego la irritazione di Max. C'è poca serietà, questa sera, ecco!

Per il signor Anselmo, forse, sì: ma – a dir vero – non ce ne fu molta di più per noi nelle sere successive, rispetto allo spiritismo, s'intende.

Chi poté più badare alle prodezze di Max nel bujo? Il tavolino scricchiolava, si moveva, parlava con picchi sodi o lievi; altri picchi s'udivano su le cartelle[2] delle nostre seggiole e, or qua or là, su i mobili della camera, e raspamenti, strascichii e altri rumori; strane luci fosforiche, come fuochi fatui, si accendevano nell'aria per un tratto, vagolando, e anche il lenzuolo si rischiarava e si gonfiava come una vela; e un tavolinetto porta-sigari si fece parecchie passeggiatine per la camera e una volta finanche balzò sul tavolino intorno al quale sedevamo in catena; e la chitarra come se avesse messo le ali, volò dal cassettone su cui era

---

1 *La viechia... sedie*: La mia vecchia, signore, che si gratta così sotto tutte le sedie.

2 *cartelle*: spalliere delle seggiole.

posata e venne a strimpellar su noi... Mi parve però che Max manifestasse meglio le sue eminenti facoltà musicali coi sonaglioli d'un collaretto da cane, che a un certo punto fu messo al collo della signorina Caporale; il che parve al signor Anselmo uno scherzo affettuoso e graziosissimo di Max; ma la signorina Caporale non lo gradì molto.

Era entrato evidentemente in iscena, protetto dal bujo, Scipione, il fratello di Papiano, con istruzioni particolarissime. Costui era davvero epilettico, ma non così idiota come il fratello Terenzio e lui stesso volevano dare a intendere. Con la lunga abitudine dell'oscurità, doveva aver fatto l'occhio a vederci al bujo. In verità, non potrei dire fino a che punto egli si dimostrasse destro in quelle frodi congegnate avanti col fratello e con la Caporale; per noi, cioè per me e per Adriana, per Pepita e il Bernaldez, poteva far quello che gli piaceva e tutto andava bene, comunque lo facesse: lì, egli non doveva contentare che il signor Anselmo e la signora Candida; e pareva vi riuscisse a meraviglia. È vero bensì, che né l'uno né l'altra erano di difficile contentatura. Oh, il signor Anselmo gongolava di gioja; pareva in certi momenti un ragazzetto al teatrino delle marionette; e a certe sue esclamazioni puerili io soffrivo, non solo per l'avvilimento che mi cagionava il vedere un uomo, non certamente sciocco, dimostrarsi tale fino all'inverosimile; ma anche perché Adriana mi faceva comprendere che provava rimorso a godere così, a scapito della serietà del padre, approfittandosi della ridicola dabbenaggine di lui.

Questo solo turbava di tratto in tratto la nostra gioja. Eppure, conoscendo Papiano, avrebbe dovuto nascermi il sospetto che, se egli si rassegnava a lasciarmi accanto Adriana e, contrariamente a' miei timori, non ci faceva mai disturbare dallo spirito di Max, anzi pareva che ci favorisse e ci proteggesse, doveva aver fatto qualche altra pensata. Ma era tale in quei momenti la gioja che mi procurava la libertà indisturbata nel bujo, che questo sospetto non mi s'affacciò affatto.

– No! – strillò a un certo punto la signorina Pantogada.

E subito il signor Anselmo:

– Dica, dica, signorina! che è stato? che ha sentito?

Anche il Bernaldez la spinse a dire, premurosamente; e allora Pepita:

– *Aquí, su un lado, una careccia...*

– Con la mano? – domandò il Paleari. – Delicata, è vero? Fredda, furtiva e delicata... Oh, Max, se vuole, sa esser gentile con le donne! Vediamo un po', Max, potresti rifar la carezza alla signorina?

– *Aquí está! aquí está!* – si mise a gridare subito Pepita ridendo.

– Che vuol dire? – domandò il signor Anselmo.

– Rifà, rifà... *m'acareccia!*

– E un bacio, Max? – propose allora il Paleari.

– No! – strillò Pepita, di nuovo.

Ma un bel bacione sonoro le fu scoccato su la guancia.

Quasi involontariamente io mi recai allora la mano di Adriana alla bocca; poi, non contento, mi chinai a cercar la bocca di lei, e così il primo bacio, bacio lungo e muto, fu scambiato fra noi.

Che seguì? ci volle un pezzo, prima ch'io smarrito di confusione e di vergogna, potessi riavermi in quell'improvviso disordine. S'erano accorti di quel nostro bacio? Gridavano. Uno, due fiammiferi, accesi; poi anche la candela, quella stessa che stava entro il lanternino dal vetro rosso. E tutti in piedi! Perché? Perché? Un gran colpo, un colpo formidabile, come vibrato da un pugno di gigante invisibile, tonò sul tavolino, così, in piena luce. Allibimmo tutti e, più di ogni altro, Papiano e la signorina Caporale.

– Scipione! Scipione! – chiamò Terenzio.

L'epilettico era caduto per terra e rantolava stranamente.

– A sedere! – gridò il signor Anselmo. – È caduto in *trance* anche lui! Ecco, ecco, il tavolino si muove, si solleva, si solleva... La levitazione! Bravo, Max! Evviva!

E davvero il tavolino, senza che nessuno lo toccasse, si levò alto più d'un palmo dal suolo e poi ricadde pesantemente.

La Caporale, livida, tremante, atterrita, venne a nascondere la faccia sul mio petto. La signorina Pantogada e la governante scapparono via dalla camera, mentre il Paleari gridava irritatissimo:

– No, qua, perbacco! Non rompete la catena! Ora viene il meglio! Max! Max!

– Ma che Max! – esclamò Papiano, scrollandosi alla fine dal terrore che lo teneva inchiodato e accorrendo al fratello per scuoterlo e richiamarlo in sé.

Il ricordo del bacio fu per il momento soffocato in me dallo stupore per quella rivelazione veramente strana e inesplicabile, a cui avevo assistito. Se, come sosteneva il Paleari, la forza misteriosa che aveva agito in quel momento, alla luce, sotto gli occhi miei, proveniva da uno spirito invisibile, evidentemente, questo spirito non era quello di Max: bastava guardar Papiano e la signorina Caporale per convincersene. Quel Max, lo avevano inventato loro. Chi dunque aveva agito? chi aveva avventato sul tavolino quel pugno formidabile?

Tante cose lette nei libri del Paleari mi balzarono in tumulto alla mente;[1] e, con un brivido, pensai a quello sconosciuto che s'era annegato nella gora del molino alla *Stìa*, a cui io avevo tolto il compianto de' suoi e degli estranei.

«Se fosse lui!» dissi tra me. «Se fosse venuto a trovarmi, qua, per vendicarsi, svelando ogni cosa...»

Il Paleari intanto, che – solo – non aveva provato né meraviglia né sgomento, non riusciva ancora a capacitarsi come un fenomeno così semplice e comune, quale la levitazione del tavolino, ci avesse tanto impressionato, dopo quel po' po' di meraviglie a cui avevamo precedentemente assistito. Per lui contava ben poco che il fenomeno si fosse manifestato alla luce. Piuttosto non sapeva spiegarsi come mai Scipione si trovasse là, in camera mia, mentr'egli lo credeva a letto.

– Mi fa specie, – diceva – perché di solito questo poveretto non si cura di nulla. Ma si vede che queste nostre se-

1 *la forza... mente*: è ambigua la posizione di Pirandello a proposito della parapsicologia: da un lato irride alle pratiche spiritiche, intrecciandole peraltro agli approcci amorosi di Adriano Meis, dall'altro le accredita di una qualche inspiegabile realtà.

dute misteriose gli han destato una certa curiosità: sarà venuto a spiare, sarà entrato furtivamente, e allora... pàffete, acchiappato! Perché è innegabile, sa, signor Meis, che i fenomeni straordinarii della medianità traggono in gran parte origine dalla nevrosi epilettica, catalettica e isterica. Max prende da tutti, sottrae anche a noi buona parte d'energia nervosa, e se ne vale per la produzione dei fenomeni.[1] È accertato! Non si sente anche lei, difatti, come se le avessero sottratto qualche cosa?

– Ancora no, per dire la verità.

Quasi fino all'alba mi rivoltai sul letto, fantasticando di quell'infelice, sepolto nel cimitero di Miragno, sotto il mio nome. Chi era? Donde veniva? Perché si era ucciso? Forse voleva che quella sua triste fine si sapesse: era stata forse riparazione, espiazione... e io me n'ero approfittato! Più d'una volta, al bujo – lo confesso – gelai di paura. Quel pugno, lì, sul tavolino, in camera mia, non lo avevo udito io solo. Lo aveva scagliato lui? E non era egli ancor lì, nel silenzio, presente e invisibile, accanto a me? Stavo in orecchi,[2] se m'avvenisse di cogliere qualche rumore nella camera. Poi m'addormentai e feci sogni paurosi.

Il giorno appresso aprii le finestre alla luce.


## XV · IO E L'OMBRA MIA

Mi è avvenuto più volte, svegliandomi nel cuor della notte (la notte, in questo caso, non dimostra veramente d'aver cuore), mi è avvenuto di provare al bujo, nel silenzio, una strana meraviglia, uno strano impaccio al ricordo di qualche cosa fatta durante il giorno, alla luce, senz'abbadarci; e ho domandato allora a me stesso se, a determinar le nostre azioni, non concorrano anche i colori,

1 *Max... fenomeni*: cfr. Ch. W. Leadbeater, *Le plan Astral*, cit., cap. X, p. 112.
2 *in orecchi*: a orecchio teso.

la vista delle cose circostanti, il vario frastuono della vita.[1] Ma sì, senza dubbio; e chi sa quant'altre cose! Non viviamo noi, secondo il signor Anselmo, in relazione con l'universo? Ora sta a vedere quante sciocchezze questo maledetto universo ci fa commettere, di cui poi chiamiamo responsabile la misera coscienza nostra, tirata da forze esterne, abbagliata da una luce che è fuor di lei. E, all'incontro, quante deliberazioni prese, quanti disegni architettati, quanti espedienti macchinati durante la notte non appajono poi vani e non crollano e non sfumano alla luce del giorno? Com'altro è il giorno, altro la notte, così forse una cosa siamo noi di giorno, altra di notte: miserabilissima cosa, ahimè, così di notte come di giorno.

So che, aprendo dopo quaranta giorni le finestre della mia camera, io non provai alcuna gioja nel riveder la luce. Il ricordo di ciò che avevo fatto in quei giorni al bujo me la offuscò orribilmente. Tutte le ragioni e le scuse e le persuasioni che in quel bujo avevano avuto il loro peso e il loro valore, non ne ebbero più alcuno, appena spalancate le finestre, o ne ebbero un altro al tutto opposto. E invano quel povero me che per tanto tempo se n'era stato con le finestre chiuse e aveva fatto di tutto per alleviarsi la noja smaniosa della prigionia, ora – timido come un cane bastonato – andava appresso a quell'altro me che aveva aperte le finestre e si destava alla luce del giorno, accigliato, severo, impetuoso; invano cercava di stornarlo dai foschi pensieri, inducendolo a compiacersi piuttosto, dinanzi allo specchio, del buon esito dell'operazione e della barba ricresciuta e anche del pallore che in qualche modo m'ingentiliva l'aspetto.

---

1 *se, a determinar... vita*: è la tesi, cara a Pirandello, derivata da Alfred Binet, *Les alterations de la personnalité*, Paris, Alcan 1892: cfr. soprattutto pp. 214 sgg. e pp. 258 sgg. Sulla nota influenza dello psicologo francese sulla poetica pirandelliana cfr. C. Vicentini, *L'estetica di Pirandello*, Milano, Mursia, 1970, p. 129; G. Macchia, *Binet, Proust, Pirandello*, in *Pirandello o la stanza della tortura*, Milano, Mondadori, 1981, pp. 147-161; G. Andersson, *Arte e teoria. Studi sulla poetica del giovane Pirandello*, Stoccolma, Almqvist & Wiksell, 1966, p. 81.

«Imbecille, che hai fatto? che hai fatto?»

Che avevo fatto? Niente, siamo giusti! Avevo fatto all'amore. Al bujo – era colpa mia? – non avevo veduto più ostacoli, e avevo perduto il ritegno che m'ero imposto. Papiano voleva togliermi Adriana; la signorina Caporale me l'aveva data, me l'aveva fatta sedere accanto, e s'era buscato un pugno sulla bocca, poverina; io soffrivo, e – naturalmente – per quelle sofferenze credevo com'ogni altro sciagurato (leggi uomo) d'aver diritto a un compenso, e – poiché l'avevo allato – me l'ero preso; lì si facevano gli esperimenti della morte, e Adriana, accanto a me, era la vita, la vita che aspetta un bacio per schiudersi alla gioja; ora Manuel Bernaldez aveva baciato al bujo la sua Pepita, e allora anch'io...

– Ah!

Mi buttai su la poltrona, con le mani su la faccia. Mi sentivo fremere le labbra al ricordo di quel bacio. Adriana! Adriana! Che speranze le avevo acceso in cuore con quel bacio? Mia sposa, è vero? Aperte le finestre, festa per tutti!

Rimasi, non so per quanto tempo, lì su quella poltrona, a pensare, ora con gli occhi sbarrati, ora restringendomi tutto in me, rabbiosamente, come per schermirmi da un fitto spasimo interno. Vedevo finalmente: vedevo in tutta la sua crudezza la frode della mia illusione: che cos'era in fondo ciò che m'era sembrata la più grande delle fortune, nella prima ebbrezza della mia liberazione.

Avevo già sperimentato come la mia libertà, che a principio m'era parsa senza limiti, ne avesse purtroppo nella scarsezza del mio denaro; poi m'ero anche accorto ch'essa più propriamente avrebbe potuto chiamarsi solitudine e noja, e che mi condannava a una terribile pena: quella della compagnia di me stesso; mi ero allora accostato agli altri; ma il proponimento di guardarmi bene dal riallacciare, foss'anche debolissimamente, le fila recise, a che era valso? Ecco: s'erano riallacciate da sé, quelle fila; e la vita, per quanto io, già in guardia, mi fossi opposto, la vita mi aveva trascinato, con la sua foga irresistibile: la vita che non era più per me. Ah, ora me n'accorgevo veramente, ora che non potevo più con vani pretesti, con infingimenti quasi puerili, con pietose, meschinissime scuse impedirmi di assumer coscienza del mio sentimento per Adriana, attenuare il valore delle mie intenzioni, delle mie parole, de' miei atti. Troppe cose, senza parlare, le avevo detto, stringendole la mano, inducendola a intrecciar con le mie le sue dita; e un bacio, un bacio infine aveva suggellato il nostro amore. Ora, come risponder coi fatti alla promessa? Potevo far mia Adriana? Ma nella gora del molino, là alla *Stìa*, ci avevano buttato me quelle due buone donne, Romilda e la vedova Pescatore; non ci s'eran mica buttate loro! E libera dunque era rimasta lei, mia moglie; non io, che m'ero acconciato a fare il morto, lusingandomi di poter diventare un altro uomo, vivere un'altra vita. Un altr'uomo, sì, ma a patto di non far nulla. E che uomo dunque? Un'ombra d'uomo! E che vita? Finché m'ero contentato di star chiuso in me e di veder vivere gli altri, sì, avevo potuto bene o male salvar l'illusione ch'io stessi vivendo un'altra vita; ma ora che a questa m'ero accostato fino a cogliere un bacio da due care labbra, ecco, mi toccava a ritrarmene inorridito, come se avessi baciato Adriana con le labbra d'un morto, d'un morto che non poteva rivivere per lei! Labbra mercenarie, sì, avrei potuto baciarne; ma che sapor di vita in quelle labbra? Oh, se Adriana, conoscendo il mio strano caso... Lei? No... no... che! neanche a pensarci! Lei, così pura, così timida... Ma se pur l'amore fosse stato in lei più forte di tutto, più forte d'ogni riguardo sociale... ah povera Adriana, e come avrei potuto io chiuderla con me nel vuoto della mia sorte, farla compagna d'un uomo che non poteva in alcun modo dichiararsi e provarsi vivo? Che fare? che fare?

Due colpi all'uscio mi fecero balzar dalla poltrona. Era lei, Adriana.

Per quanto con uno sforzo violento cercassi di arrestare in me il tumulto dei sentimenti, non potei impedire che non le apparissi almeno turbato. Turbata era anche lei, ma dal pudore, che non le consentiva di mostrarsi lieta, come avrebbe voluto, di rivedermi finalmente gua-

rito, alla luce, e contento... No? Perché no?... Alzò appena gli occhi a guardarmi; arrossì; mi porse una busta:

– Ecco, per lei...

– Una lettera?

– Non credo. Sarà la nota del dottor Ambrosini. Il
servo vuol sapere se c'è risposta.

Le tremava la voce. Sorrise.

– Subito, – diss'io; ma un'improvvisa tenerezza mi
prese, comprendendo ch'ella era venuta con la scusa di
quella nota per aver da me una parola che la raffermasse
nelle sue speranze; un'angosciosa, profonda pietà mi vin-
se, pietà di lei e di me, pietà crudele, che mi spingeva irresistibilmente a carezzarla, a carezzare in lei il mio dolore, il quale soltanto in lei, che pur ne era la causa, poteva trovar conforto. E pur sapendo che mi sarei compromesso ancor più, non seppi resistere: le porsi ambo le
mani. Ella, fiduciosa, ma col volto in fiamme, alzò pian
piano le sue e le pose sulle mie. Mi attirai allora la sua
testina bionda sul petto e le passai una mano su i capelli.

– Povera Adriana!

– Perché? – mi domandò, sotto la carezza. – Non siamo contenti?

– Sì...

– E allora perché povera?

Ebbi in quel momento un impeto di ribellione, fui
tentato di svelarle tutto, di risponderle: «Perché? senti:
io ti amo, e non posso, non debbo amarti! Se tu vuoi però...». Ma dàlli! Che poteva volere quella mite creatura?
Mi premetti forte sul petto la sua testina, e sentii che sarei stato molto più crudele se dalla gioja suprema a cui
ella, ignara, si sentiva in quel punto inalzata dall'amore,
io l'avessi fatta precipitare nell'abisso della disperazione
ch'era in me.

– Perché, – dissi, lasciandola, – perché so tante cose,
per cui lei non può esser contenta...

Ebbe come uno smarrimento penosissimo, nel vedersi,
così d'un tratto, sciolta dalle mie braccia. Si aspettava forse, dopo quelle carezze, che io le dessi del tu? Mi
guardò e, notando la mia agitazione, domandò esitante:

– Cose... che sa lei... per sé, o qui... di casa mia?

Le risposi col gesto: «Qui, qui» per togliermi la tentazione che di punto in punto mi vinceva, di parlare, di aprirmi con lei.

L'avessi fatto! Cagionandole subito quell'unico, forte dolore, gliene avrei risparmiato altri, e io non mi sarei cacciato in nuovi e più aspri garbugli. Ma troppo recente era allora la mia triste scoperta, avevo ancor bisogno d'approfondirla bene, e l'amore e la pietà mi toglievano il coraggio d'infrangere così d'un tratto le speranze di lei e la mia vita stessa, cioè quell'ombra d'illusione che di essa, finché tacevo, poteva ancora restarmi. Sentivo poi quanto odiosa sarebbe stata la dichiarazione che avrei dovuto farle, che io, cioè, avevo moglie ancora. Sì! sì! Svelandole che non ero Adriano Meis, io tornavo ad essere Mattia Pascal, MORTO E ANCORA AMMOGLIATO! Come si possono dire siffatte cose? Era il colmo, questo, della persecuzione che una moglie possa esercitare sul proprio marito: liberarsene lei, riconoscendolo morto nel cadavere d'un povero annegato, e pesare ancora, dopo la morte, su lui, addosso a lui, così. Io avrei potuto ribellarmi, è vero, dichiararmi vivo, allora... Ma chi, al posto mio, non si sarebbe regolato come me? Tutti, tutti, come me, in quel punto, nei panni miei, avrebbero stimato certo una fortuna potersi liberare in un modo così inatteso, insperato, insperabile, della moglie, della suocera, dei debiti, d'un'egra e misera esistenza come quella mia. Potevo mai pensare, allora, che neanche morto mi sarei liberato della moglie? lei, sì, di me, e io no di lei? e che la vita che m'ero veduta dinanzi libera libera libera, non fosse in fondo che una illusione, la quale non poteva ridursi in realtà, se non superficialissimamente, e più schiava che mai, schiava delle finzioni, delle menzogne che con tanto disgusto m'ero veduto costretto a usare, schiava del timore d'essere scoperto, pur senza aver commesso alcun delitto?

Adriana riconobbe che non aveva in casa, veramente, di che esser contenta; ma ora... E con gli occhi e con un mesto sorriso mi domandò se mai per me potesse rappresentare un ostacolo ciò che per lei era cagione di dolore. «No, è vero?» chiedeva quello sguardo e quel mesto sorriso.

– Oh, ma paghiamo il dottor Ambrosini! – esclamai, fingendo di ricordarmi improvvisamente della nota e del servo che attendeva di là. Lacerai la busta e, senza pôr tempo in mezzo, sforzandomi d'assumere un tono scherzoso:

– Seicento lire! – dissi. – Guardi un po', Adriana: la Natura fa una delle sue solite stramberie; per tanti anni mi condanna a portare un occhio, diciamo così, disobbediente; io soffro dolori e prigionia per correggere lo sbaglio di lei, e ora per giunta mi tocca a pagare. Le sembra giusto?

Adriana sorrise con pena.

– Forse, – disse, – il dottor Ambrosini non sarebbe contento se lei gli rispondesse di rivolgersi alla Natura per il pagamento. Credo che si aspetti anche d'esser ringraziato, perché l'occhio...

– Le par che stia bene?

Ella si sforzò a guardarmi, e disse piano, riabbassando subito gli occhi:

– Sì... Pare un altro...

– Io o l'occhio?

– Lei.

– Forse con questa barbaccia...

– No... Perché? Le sta bene...

Me lo sarei cavato con un dito, quell'occhio! Che m'importava più d'averlo a posto?

– Eppure, – dissi, – forse esso, per conto suo, era più contento prima. Ora mi dà un certo fastidio... Basta. Passerà!

Mi recai allo stipetto a muro, in cui tenevo il denaro. Allora Adriana accennò di volersene andare; io stupido, la trattenni; ma, già, come potevo prevedere? In tutti gl'impicci miei, grandi e piccini, sono stato, come s'è visto, soccorso sempre dalla fortuna. Ora ecco com'essa, anche questa volta, mi venne in ajuto.

Facendo per aprire lo stipetto, notai che la chiave non girava entro la serratura: spinsi appena appena e, subito, lo sportellino cedette: era aperto!

– Come! – esclamai. – Possibile ch'io l'abbia lasciato così?

Notando il mio improvviso turbamento, Adriana era diventata pallidissima. La guardai, e:

– Ma qui... guardi, signorina, qui qualcuno ha dovuto metter le mani!

C'era dentro lo stipetto un gran disordine: i miei biglietti di banca erano stati tratti dalla busta di cuojo, in cui li tenevo custoditi, ed erano lì sul palchetto sparpagliati. Adriana si nascose il volto con le mani, inorridita. Io raccolsi febbrilmente quei biglietti e mi diedi a contarli.

– Possibile? – esclamai, dopo aver contato, passandomi le mani tremanti su la fronte ghiaccia di sudore.

Adriana fu per mancare, ma si sorresse a un tavolinetto lì presso e domandò con una voce che non mi parve più la sua:

– Hanno rubato?

– Aspetti... aspetti... Com'è possibile? – dissi io.

E mi rimisi a contare, sforzando rabbiosamente le dita e la carta, come se, a furia di stropicciare, potessero da quei biglietti venir fuori gli altri che mancavano.

– Quanto? – mi domandò ella, scontraffatta dall'orrore, dal ribrezzo, appena ebbi finito di contare.

– Dodici... dodici mila lire... – balbettai. – Erano sessantacinque... sono cinquantatré! Conti lei...

Se non avessi fatto a tempo a sorreggerla, la povera Adriana sarebbe caduta per terra, come sotto una mazzata. Tuttavia, con uno sforzo supremo, ella poté riaversi ancora una volta, e singhiozzando, convulsa, cercò di sciogliersi da me che volevo adagiarla su la poltrona e fece per spingersi verso l'uscio:

– Chiamo il babbo! chiamo il babbo!

– No! – le gridai, trattenendola e costringendola a sedere. – Non si agiti così, per carità! Lei mi fa più male... Io non voglio, non voglio! Che c'entra lei? Per carità, si calmi. Mi lasci prima accertare, perché... sì, lo stipetto era aperto, ma io non posso, non voglio credere ancora a un furto così ingente... Stia buona, via!

E daccapo, per un ultimo scrupolo, tornai a contare i

biglietti; pur sapendo di certo che tutto il mio denaro stava lì, in quello stipetto, mi diedi a rovistare da per tutto,
anche dove non era in alcun modo possibile ch'io avessi
lasciato una tal somma, tranne che non fossi stato colto da
un momento di pazzia. E per indurmi a quella ricerca che
m'appariva a mano a mano sempre più sciocca e vana, mi
sforzavo di credere inverosimile l'audacia del ladro. Ma
Adriana, quasi farneticando, con le mani sul volto, con la
voce rotta dai singhiozzi:

– È inutile! è inutile! – gemeva. – Ladro... ladro... anche ladro!... Tutto congegnato avanti... Ho sentito, nel
bujo... m'è nato il sospetto... ma non volli credere ch'egli
potesse arrivare fino a tanto...

Papiano, sì: il ladro non poteva esser altri che lui; lui,
per mezzo del fratello, durante quelle sedute spiritiche...

– Ma come mai, – gemette ella, angosciata, – come mai
teneva lei tanto denaro, così, in casa?

Mi voltai a guardarla, inebetito. Che risponderle? Potevo dirle che per forza, nella condizione mia, dovevo tener
con me il denaro? potevo dirle che mi era interdetto d'in-
vestirlo in qualche modo, d'affidarlo a qualcuno? che non
avrei potuto neanche lasciarlo in deposito in qualche banca, giacché, se poi per caso fosse sorta qualche difficoltà
non improbabile per ritirarlo, non avrei più avuto modo
di far riconoscere il mio diritto su esso?

E, per non apparire stupito, fui crudele:

– Potevo mai supporre? – dissi.

Adriana si coprì di nuovo il volto con le mani, gemendo, straziata:

– Dio! Dio! Dio!

Lo sgomento che avrebbe dovuto assalire il ladro nel
commettere il furto, invase me, invece, al pensiero di ciò
che sarebbe avvenuto. Papiano non poteva certo supporre
ch'io incolpassi di quel furto il pittore spagnuolo o il signor Anselmo, la signorina Caporale o la serva di casa o lo
spirito di Max: doveva esser certo che avrei incolpato lui,
lui e il fratello: eppure, ecco, ci s'era messo, quasi sfidan-
domi.

E io? che potevo far io? Denunziarlo? E come? Ma

niente, niente, niente! io non potevo far niente! ancora una volta, niente! Mi sentii atterrato, annichilito. Era la seconda scoperta, in quel giorno! Conoscevo il ladro, e non potevo denunziarlo. Che diritto avevo io alla protezione della legge? Io ero fuori d'ogni legge. Chi ero io? Nessuno! Non esistevo io, per la legge. E chiunque, ormai, poteva rubarmi; e io, zitto!

Ma, tutto questo, Papiano non poteva saperlo. E dunque?

– Come ha potuto farlo? – dissi quasi tra me. – Da che gli è potuto venire tanto ardire?

Adriana levò il volto dalle mani e mi guardò stupita, come per dire: «E non lo sai?».

– Ah, già! – feci, comprendendo a un tratto.

– Ma lei lo denunzierà! – esclamò ella, levandosi in piedi. – Mi lasci, la prego, mi lasci chiamare il babbo... Lo denunzierà subito!

Feci in tempo a trattenerla ancora una volta. Non ci mancava altro, che ora, per giunta, Adriana mi costringesse a denunziare il furto! Non bastava che mi avessero rubato, come niente, dodici mila lire? Dovevo anche temere che il furto si conoscesse; pregare, scongiurare Adriana che non lo gridasse forte, non lo dicesse a nessuno, per carità? Ma che! Adriana – e ora lo intendo bene – non poteva assolutamente permettere che io tacessi e obbligassi anche lei al silenzio, non poteva in verun modo accettare quella che pareva una mia generosità, per tante ragioni: prima per il suo amore, poi per l'onorabilità della sua casa, e anche per me e per l'odio ch'ella portava al cognato.

Ma in quel frangente, la sua giusta ribellione mi parve proprio di più: esasperato, le gridai:

– Lei si starà zitta: gliel'impongo! Non dirà nulla a nessuno, ha capito? Vuole uno scandalo?

– No! no! – s'affrettò a protestare, piangendo, la povera Adriana. – Voglio liberar la mia casa dall'ignominia di quell'uomo!

– Ma egli negherà! – incalzai io. – E allora, lei, tutti di casa innanzi al giudice... Non capisce?

– Sì, benissimo! – rispose Adriana con fuoco, tutta vibrante di sdegno. – Neghi, neghi pure! Ma noi, per conto nostro, abbiamo altro, creda, da dire contro di lui. Lei lo denunzii, non abbia riguardo, non tema per noi... Ci farà un bene, creda, un gran bene! Vendicherà la povera sorella mia... Dovrebbe intenderlo, signor Meis, che mi offenderebbe, se non lo facesse. Io voglio, voglio che lei lo denunzii. Se non lo fa lei, lo farò io! Come vuole che io rimanga con mio padre sotto quest'onta! No! no! no! E poi...

Me la strinsi fra le braccia: non pensai più al denaro rubato, vedendola soffrire così, smaniare, disperata: e le promisi che avrei fatto com'ella voleva, purché si calmasse. No, che onta? non c'era alcuna onta per lei, né per il suo babbo; io sapevo su chi ricadeva la colpa di quel furto; Papiano aveva stimato che il mio amore per lei valesse bene dodicimila lire, e io dovevo dimostrargli di no? Denunziarlo? Ebbene, sì, l'avrei fatto, non per me, ma per liberar la casa di lei da quel miserabile: sì, ma a un patto: che ella prima di tutto si calmasse, non piangesse più così, via! via! e poi, che mi giurasse su quel che aveva di più caro al mondo, che non avrebbe parlato a nessuno, a nessuno, di quel furto, se prima io non consultavo un avvocato per tutte le conseguenze che, in tanta sovreccitazione, né io né lei potevamo prevedere.

– Me lo giura? Su ciò che ha di più caro?

Me lo giurò, e con uno sguardo, tra le lagrime, mi fece intendere su che cosa me lo giurava, che cosa avesse di più caro.

Povera Adriana!

Rimasi lì, solo, in mezzo alla camera, sbalordito, vuoto, annientato, come se tutto il mondo per me si fosse fatto vano. Quanto tempo passò prima ch'io mi riavessi? E come mi riebbi? Scemo... scemo!... Come uno scemo, andai a osservare lo sportello dello stipetto, per vedere se non ci fosse qualche traccia di violenza. No: nessuna traccia: era stato aperto pulitamente, con un grimaldello, mentr'io custodivo con tanta cura in tasca la chiave.

– *E non si sente lei*, – mi aveva domandato il Paleari alla fine dell'ultima seduta, – *non si sente lei come se le avessero sottratto qualche cosa?*

Dodici mila lire!

Di nuovo il pensiero della mia assoluta impotenza, della mia nullità, mi assalì, mi schiacciò. Il caso che potessero rubarmi e che io fossi costretto a restar zitto, e finanche con la paura che il furto fosse scoperto, come se l'avessi commesso io e non un ladro a mio danno, non mi s'era davvero affacciato alla mente.

Dodici mila lire? Ma poche! poche! Possono rubarmi tutto, levarmi fin la camicia di dosso; e io, zitto! Che diritto ho io di parlare? La prima cosa che mi domanderebbero, sarebbe questa: «E voi chi siete? Donde vi era venuto quel denaro?». Ma senza denunziarlo... vediamo un po'! se questa sera io lo afferro per il collo e gli grido: «Qua subito il denaro che hai tolto di là, dallo stipetto, pezzo di ladro!». Egli strilla; nega; può forse dirmi: «Sissignore, eccolo qua, l'ho preso per isbaglio...»? E allora? Ma c'è il caso che mi dia anche querela per diffamazione. Zitto, dunque, zitto! M'è sembrata una fortuna l'esser creduto morto? Ebbene, e sono morto davvero. Morto? Peggio che morto; me l'ha ricordato il signor Anselmo: i morti non debbono più morire, e io sì: io sono ancora vivo per la morte e morto per la vita. Che vita infatti può esser più la mia? La noja di prima, la solitudine, la compagnia di me stesso?

Mi nascosi il volto con le mani; caddi a sedere su la poltrona.

Ah, fossi stato almeno un mascalzone! avrei potuto forse adattarmi a restar così, sospeso nell'incertezza della sorte, abbandonato al caso, esposto a un rischio continuo, senza base, senza consistenza. Ma io? Io, no. E che fare, dunque? Andarmene via? E dove? E Adriana? Ma che potevo fare per lei? Nulla... nulla... Come andarmene però così, senz'alcuna spiegazione, dopo quanto era accaduto? Ella ne avrebbe cercato la causa in quel furto; avrebbe detto: «E perché ha voluto salvare il reo, e punir me innocente?». Ah no, no, povera Adriana! Ma, d'altra parte, non potendo far nulla come sperare di rendere men trista la mia parte verso di lei? Per forza dovevo dimostrarmi inconseguente e crudele. L'inconseguenza, la crudeltà erano della mia stessa sorte, e io per il primo ne soffrivo. Fin Papiano, il ladro, commettendo il furto, era stato più conseguente e men crudele di quel che pur troppo avrei dovuto dimostrarmi io.

Egli voleva Adriana, per non restituire al suocero la dote della prima moglie: io avevo voluto togliergli Adriana? e dunque la dote bisognava che la restituissi io, al Paleari.

Per ladro, conseguentissimo!

Ladro? Ma neanche ladro: perché la sottrazione, in fondo, sarebbe stata più apparente che reale: infatti, conoscendo egli l'onestà di Adriana, non poteva pensare ch'io volessi farne la mia amante: volevo certo farla mia moglie: ebbene allora avrei riavuto il mio denaro sotto forma di dote d'Adriana, e per di più avrei avuto una mogliettina saggia e buona: che cercavo di più?

Oh, io ero sicuro che, potendo aspettare, e se Adriana avesse avuto la forza di serbare il segreto, avremmo veduto Papiano attener la promessa[1] di restituire, anche prima dell'anno di comporto,[2] la dote della defunta moglie.

Quel denaro, è vero, non poteva più venire a me, perché Adriana non poteva esser mia: ma sarebbe andato a lei, se ella ora avesse saputo tacere, seguendo il mio consiglio, e se io mi fossi potuto trattenere ancora per qualche po' di tempo lì. Molta arte, molta arte avrei dovuto adoperare, e allora Adriana, se non altro, ci avrebbe forse guadagnato questo: la restituzione della sua dote.

M'acquietai un po', almeno per lei, pensando così. Ah, non per me! Per me rimaneva la crudezza della frode scoperta, quella de la mia illusione, di fronte a cui era nulla il furto delle dodici mila lire, era anzi un bene, se poteva risolversi in un vantaggio per Adriana.

Io mi vidi escluso per sempre dalla vita, senza possibilità di rientrarvi. Con quel lutto nel cuore, con quell'esperienza fatta, me ne sarei andato via, ora, da quella casa, a cui mi ero già abituato, in cui avevo trovato un po' di re-

1 *attener la promessa*: mantenere la promessa.
2 *anno di comporto*: dal linguaggio burocratico, tempo tollerato dopo una scadenza.

quie, in cui mi ero fatto quasi il nido; e di nuovo per le strade, senza meta, senza scopo, nel vuoto. La paura di ricader nei lacci della vita, mi avrebbe fatto tenere più lontano che mai dagli uomini, solo, solo, affatto solo, diffidente, ombroso; e il supplizio di Tantalo si sarebbe rinnovato per me.

Uscii di casa, come un matto. Mi ritrovai dopo un pezzo per la via Flaminia, vicino a Ponte Molle. Che ero andato a far lì? Mi guardai attorno; poi gli occhi mi s'affisarono su l'ombra del mio corpo, e rimasi un tratto a contemplarla; infine alzai un piede rabbiosamente su essa. Ma io no, io non potevo calpestarla, l'ombra mia.[1]

Chi era più ombra di noi due? io o lei?

Due ombre!

Là, là per terra; e ciascuno poteva passarci sopra: schiacciarmi la testa, schiacciarmi il cuore: e io, zitto; l'ombra, zitta.

L'ombra d'un morto: ecco la mia vita...

Passò un carro: rimasi lì fermo, apposta: prima il cavallo, con le quattro zampe, poi le ruote del carro.

– Là, così! forte, sul collo! Oh, oh, anche tu, cagnolino? Sù, da bravo, sì: alza un'anca! alza un'anca!

Scoppiai a ridere d'un maligno riso; il cagnolino scappò via, spaventato; il carrettiere si voltò a guardarmi. Allora mi mossi; e l'ombra, meco, dinanzi. Affrettai il passo per cacciarla sotto altri carri, sotto i piedi de' viandanti, voluttuosamente. Una smania mala mi aveva preso, quasi adunghiandomi il ventre; alla fine, non potei più vedermi davanti quella mia ombra; avrei voluto scuotermela dai piedi. Mi voltai; ma ecco; la avevo dietro, ora.

«E se mi metto a correre,» pensai, «mi seguirà!»

Mi stropicciai forte la fronte, per paura che stessi per ammattire, per farmene una fissazione. Ma sì! così era! il simbolo, lo spettro della mia vita era quell'ombra: ero io,

---

1 *alzai... mia*: sul tema dell'uomo che calpesta l'ombra, peraltro già annunciato a p. 129, si veda *E due!*, in *Novelle per un anno*, Milano, Mondadori, 1985, vol. I, pp. 176-85; cfr. anche Ch.W. Leadbeater, *Le plan astral*, cit., pp. 50-53. Una fonte del tema nella novella *Storia straordinaria di Peter Schlemihl* di Adelbert von Chamisso, del 1814.

là per terra, esposto alla mercé dei piedi altrui. Ecco quello che restava di Mattia Pascal, morto alla *Stìa*: la sua ombra per le vie di Roma.

Ma aveva un cuore, quell'ombra, e non poteva amare; aveva denari, quell'ombra, e ciascuno poteva rubarglieli; aveva una testa, ma per pensare e comprendere ch'era la testa di un'ombra, e non l'ombra d'una testa. Proprio così!

Allora la sentii come cosa viva, e sentii dolore per essa, come il cavallo e le ruote del carro e i piedi de' viandanti ne avessero veramente fatto strazio. E non volli lasciarla più lì, esposta, per terra. Passò un tram, e vi montai.

Rientrando in casa...

## XVI · IL RITRATTO DI MINERVA

Già prima che mi fosse aperta la porta, indovinai che qualcosa di grave doveva essere accaduto in casa: sentivo gridare Papiano e il Paleari. Mi venne incontro, tutta sconvolta, la Caporale:

– È dunque vero? Dodici mila lire?

M'arrestai, ansante, smarrito. Scipione Papiano, l'epilettico, attraversò in quel momento la saletta d'ingresso, scalzo, con le scarpe in mano, pallidissimo, senza giacca; mentre il fratello strillava di là:

– E ora denunzii! denunzii!

Subito una fiera stizza m'assalì contro Adriana che, non ostante il divieto, non ostante il giuramento, aveva parlato.

– Chi l'ha detto? – gridai alla Caporale. – Non è vero niente: ho ritrovato il denaro!

La Caporale mi guardò stupita:

– Il denaro? Ritrovato? Davvero? Ah, Dio sia lodato! – esclamò, levando le braccia; e corse, seguita da me, ad annunziare esultante nel salotto da pranzo, dove Papiano e il Paleari gridavano e Adriana piangeva: – Ritrovato! ritrovato! Ecco il signor Meis! Ha ritrovato il denaro!

– Come!

– Ritrovato?

– Possibile?

Restarono trasecolati tutti e tre; ma Adriana e il padre, col volto in fiamme; Papiano, all'incontro, terreo, scontraffatto.

Lo fissai per un istante. Dovevo essere più pallido di lui, e vibravo tutto. Egli abbassò gli occhi, come atterrito, e si lasciò cader dalle mani la giacca del fratello. Gli andai innanzi, quasi a petto, e gli tesi la mano.

– Mi scusi tanto; lei, e tutti... mi scusino, – dissi.

– No! – gridò Adriana, indignata; ma subito si premé il fazzoletto su la bocca.

Papiano la guardò, e non ardì di porgermi la mano. Allora io ripetei:

– Mi scusi... – e protesi ancor più la mano, per sentire la sua, come tremava. Pareva la mano d'un morto, e anche gli occhi, torbidi e quasi spenti, parevano d'un morto.

– Sono proprio dolente, – soggiunsi, – dello scompiglio, del grave dispiacere che, senza volerlo, ho cagionato.

– Ma no... cioè, sì... veramente, – balbettò il Paleari, – ecco, era una cosa che... sì, non poteva essere, perbacco! Felicissimo, signor Meis, sono proprio felicissimo che lei abbia ritrovato codesto denaro, perché...

Papiano sbuffò, si passò ambo le mani su la fronte sudata e sul capo e, voltandoci le spalle, si pose a guardare verso il terrazzino.

– Ho fatto come quel tale... – ripresi, forzandomi a sorridere. – Cercavo l'asino e c'ero sopra. Avevo le dodici mila lire qua, nel portafogli, con me.

Ma Adriana, a questo punto, non poté più reggere:

– Ma se lei, – disse, – ha guardato, me presente, da per tutto, anche nel portafogli; se lì, nello stipetto...

– Sì, signorina, – la interruppi, con fredda e severa fermezza. – Ma ho cercato male, evidentemente, dal punto che le ho ritrovate... Chiedo anzi scusa a lei in special modo, che per la mia storditaggine, ha dovuto soffrire più degli altri. Ma spero che...

– No! no! no! – gridò Adriana, rompendo in singhioz-zi e uscendo precipitosamente dalla stanza, seguìta dalla Caporale.

– Non capisco... – fece il Paleari, stordito.

Papiano si voltò, irosamente:

– Io me ne vado lo stesso, oggi... Pare che, ormai, non ci sia più bisogno di... di...

S'interruppe, come se si sentisse mancare il fiato; volle volgersi a me, ma non gli bastò l'animo di guardarmi in faccia:

– Io... io non ho potuto, creda, neanche dire di no... quando mi hanno... qua, preso in mezzo... Mi son preci-pitato su mio fratello che... nella sua incoscienza... mala-to com'è... irresponsabile, cioè, credo... chi sa! si poteva immaginare, che... L'ho trascinato qua... una scena sel-vaggia! Mi son veduto costretto a spogliarlo... a frugargli addosso... da per tutto... negli abiti, fin nelle scarpe... E lui... ah!

Il pianto, a questo punto, gli fece impeto alla gola; gli occhi gli si gonfiarono di lagrime; e, come strozzato dal-l'angoscia, aggiunse:

– Così hanno veduto che... Ma già, se lei... Dopo que-sto, io me ne vado!

– Ma no! Nient'affatto! – diss'io allora. – Per causa mia? Lei deve rimanere qua! Me n'andrò io piuttosto!

– Che dice mai, signor Meis? – esclamò dolente, il Pa-leari.

Anche Papiano, impedito dal pianto che pur voleva soffocare, negò con la mano; poi disse:

– Dovevo... dovevo andarmene; anzi, tutto questo è accaduto perché io... così, innocentemente... annunziai che volevo andarmene, per via di mio fratello che non si può più tenere in casa... Il marchese, anzi, mi ha dato... – l'ho qua – una lettera per il direttore di una casa di sa-lute a Napoli, dove devo recarmi anche per altri docu-menti che gli bisognano... E mia cognata allora, che ha per lei... meritatamente, tanto... tanto riguardo... è salta-ta sù a dire che nessuno doveva muoversi di casa... che tutti dovevamo rimanere qua... perché lei... non so...

aveva scoperto... A me, questo! al proprio cognato!... l'ha detto proprio a me... forse perché io, miserabile ma onorato, debbo ancora restituire qua, a mio suocero...

– Ma che vai pensando, adesso! – esclamò, interrompendolo, il Paleari.

– No! – raffermò fieramente Papiano. – Io ci penso! ci penso bene, non dubitate! E se me ne vado... Povero, povero, povero Scipione!

Non riuscendo più a frenarsi, scoppiò in dirotto pianto.

– Ebbene, – fece il Paleari, intontito e commosso. – E che c'entra più adesso?

– Povero fratello mio! – seguitò Papiano, con tale schianto di sincerità, che anch'io mi sentii quasi agitare le viscere della misericordia.

Intesi in quello schianto il rimorso, ch'egli doveva provare in quel momento per il fratello, di cui si era servito, a cui avrebbe addossato la colpa del furto, se io lo avessi denunziato, e a cui poc'anzi aveva fatto patir l'affronto di quella perquisizione.

Nessuno meglio di lui sapeva ch'io non potevo aver ritrovato il danaro ch'egli mi aveva rubato. Quella mia inattesa dichiarazione, che lo salvava proprio nel punto in cui, vedendosi perduto, egli accusava il fratello o almeno lasciava intendere – secondo il disegno che doveva aver prima stabilito – che soltanto questi poteva essere l'autore del furto, lo aveva addirittura schiacciato. Ora piangeva per un bisogno irrefrenabile di dare uno sfogo all'animo così tremendamente percosso, e fors'anche perché sentiva che non poteva stare, se non così, piangente, di fronte a me. Con quel pianto egli mi si prostrava, mi s'inginocchiava quasi ai piedi, ma a patto ch'io mantenessi la mia affermazione, d'aver cioè ritrovato il denaro: che se io mi fossi approfittato di vederlo ora avvilito per tirarmi indietro, mi si sarebbe levato contro, furibondo. Egli – era già inteso – non sapeva e non doveva saper nulla di quel furto, e io, con quella mia affermazione, non salvavo che suo fratello, il quale, in fin de' conti, ov'io l'avessi denunziato, non avrebbe avuto forse a patir nulla, data la sua infermità; dal canto suo, ecco, egli s'impegnava, come già aveva lasciato intravedere, a restituir la dote al Paleari.

Tutto questo mi parve di comprendere da quel suo pianto. Esortato dal signor Anselmo e anche da me, alla fine egli si quietò; disse che sarebbe ritornato presto da Napoli, appena chiuso il fratello nella casa di salute, *liquidate le sue competenze in un certo negozio*[1] *che ultimamente aveva avviato colà in società con un suo amico*, e fatte le ricerche dei documenti che bisognavano al marchese.

– Anzi, a proposito, – conchiuse, rivolgendosi a me. – Chi ci pensava più? Il signor marchese mi aveva detto che, se non le dispiace, oggi... insieme con mio suocero e con Adriana...

– Ah, bravo, sì! – esclamò il signor Anselmo, senza lasciarlo finire. – Andremo tutti... benissimo! Mi pare che ci sia ragione di stare allegri, ora, perbacco! Che ne dice, signor Adriano?

– Per me... – feci io, aprendo le braccia.

– E allora, verso le quattro... Va bene? – propose Papiano, asciugandosi definitivamente gli occhi.

Mi ritirai in camera. Il mio pensiero corse subito ad Adriana, che se n'era scappata singhiozzando, dopo quella mia smentita. E se ora fosse venuta a domandarmi una spiegazione? Certo non poteva credere neanche lei, ch'io avessi davvero ritrovato il denaro. Che doveva ella dunque supporre? Ch'io, negando a quel modo il furto, avevo voluto punirla del mancato giuramento. Ma perché? Evidentemente perché dall'avvocato, a cui le avevo detto di voler ricorrere per consiglio prima di denunziare il furto, avevo saputo che anche lei e tutti di casa sarebbero stati chiamati responsabili di esso. Ebbene, e non mi aveva ella detto che volentieri avrebbe affrontato lo scandalo? Sì: ma io – era chiaro – io non avevo voluto: avevo preferito di sacrificar così dodici mila lire... E

1 *negozio*: affare.

dunque, doveva ella credere che fosse generosità da parte mia, sacrifizio per amor di lei? Ecco a quale altra menzogna mi costringeva la mia condizione: stomachevole menzogna, che mi faceva bello di una squisita, delicatissima prova d'amore, attribuendomi una generosità tanto più grande, quanto meno da lei richiesta e desiderata.

Ma no! Ma no! Ma no! Che andavo fantasticando? A ben altre conclusioni dovevo arrivare, seguendo la logica di quella mia menzogna necessaria e inevitabile. Che generosità! che sacrifizio! che prova d'amore! Avrei potuto forse lusingare più oltre quella povera fanciulla? Dovevo soffocarla, soffocarla, la mia passione; non rivolgere più ad Adriana né uno sguardo né una parola d'amore. E allora? Come avrebbe potuto ella mettere d'accordo quella mia apparente generosità col contegno che d'ora innanzi dovevo impormi di fronte a lei? Io ero dunque tratto per forza a profittar di quel furto ch'ella aveva svelato contro la mia volontà e che io avevo smentito, per troncare ogni relazione con lei. Ma che logica era questa? delle due l'una: o io avevo patito il furto, e allora per qual ragione, conoscendo il ladro, non lo denunziavo, e ritraevo invece da lei il mio amore, come se anch'ella ne fosse colpevole? o io avevo realmente ritrovato il denaro, e allora perché non seguitavo ad amarla?

Sentii soffocarmi dalla nausea, dall'ira, dall'odio per me stesso. Avessi almeno potuto dirle che non era generosità la mia; che io non potevo, in alcun modo, denunziare il furto... Ma dovevo pur dargliene una ragione... Eran forse denari rubati, i miei? Ella avrebbe potuto supporre anche questo... O dovevo dirle ch'ero un perseguitato, un fuggiasco compromesso, che doveva viver nell'ombra e non poteva legare alla sua sorte quella d'una donna? Altre menzogne alla povera fanciulla... Ma, d'altra parte, la verità ch'ora appariva a me stesso incredibile, una favola assurda, un sogno insensato, la verità potevo io dirgliela? Per non mentire anche adesso, dovevo confessarle d'aver mentito sempre? Ecco a che m'avrebbe condotto la rivelazione del mio stato. E a che pro? Non sarebbe stata né una scusa per me, né un rimedio per lei.

Tuttavia, sdegnato, esasperato com'ero in quel momento, avrei forse confessato tutto ad Adriana, se lei, invece di mandare la Caporale, fosse entrata di persona in camera mia a spiegarmi perché era venuta meno al giuramento.

La ragione m'era già nota: Papiano stesso me l'aveva detta. La Caporale soggiunse che Adriana era inconsolabile.

– E perché? – domandai, con forzata indifferenza.

– Perché non crede, – mi rispose, – che lei abbia davvero ritrovato il danaro.

Mi nacque lì per lì l'idea (che s'accordava, del resto, con le condizioni dell'animo mio, con la nausea che provavo di me stesso) l'idea di far perdere ad Adriana ogni stima di me, perché non mi amasse più, dimostrandomele falso, duro, volubile, interessato... Mi sarei punito così del male che le avevo fatto. Sul momento, sì, le avrei cagionato altro male, ma a fin di bene, per guarirla.

– Non crede? Come no? – dissi, con un tristo riso, alla Caporale. – Dodici mila lire, signorina... e che son rena? crede ella che sarei così tranquillo, se davvero me le avessero rubate?

– Ma Adriana mi ha detto... – si provò ad aggiungere quella.

– Sciocchezze! sciocchezze ! – troncai io. – È vero, guardi... sospettai per un momento... Ma dissi pure alla signorina Adriana che non credevo possibile il furto... E difatti, via! Che ragione, del resto, avrei io a dire che ho ritrovato il denaro, se non l'avessi davvero ritrovato?

La signorina Caporale si strinse ne le spalle.

– Forse Adriana crede che lei possa avere qualche ragione per...

– Ma no! ma no! – m'affrettai a interromperla. – Si tratta, ripeto, di dodici mila lire, signorina. Fossero state trenta, quaranta lire, eh via!... Non ho di queste idee generose, creda pure... Che diamine! ci vorrebbe un eroe...

Quando la signorina Caporale andò via, per riferire ad Adriana le mie parole, mi torsi le mani, me le addentai. Dovevo regolarmi proprio così? Approfittarmi di quel furto, come se con quel denaro rubato volessi pagarla, compensarla delle speranze deluse? Ah, era vile questo mio modo d'agire! Avrebbe certo gridato di rabbia, ella, di là, e mi avrebbe disprezzato... senza comprendere che il suo dolore era anche il mio. Ebbene, così doveva essere! Ella doveva odiarmi, disprezzarmi, com'io mi odiavo e mi disprezzavo. E anzi per inferocire di più contro me stesso, per far crescere il suo disprezzo, mi sarei mostrato ora tenerissimo verso Papiano, verso il suo nemico, come per compensarlo a gli occhi di lei del sospetto concepito a suo carico. Sì, sì, e avrei stordito così anche il mio ladro, sì, fino a far credere a tutti ch'io fossi pazzo... E ancora più, ancora più: non dovevamo or ora andare in casa del marchese Giglio? ebbene, mi sarei messo, quel giorno stesso, a far la corte alla signorina Pantogada.

– Mi disprezzerai ancor più, così, Adriana! – gemetti, rovesciandomi sul letto. – Che altro, che altro posso fare per te?

Poco dopo le quattro, venne a picchiare all'uscio della mia camera il signor Anselmo.

– Eccomi, – gli dissi, e mi recai addosso il pastrano. – Son pronto.

– Viene così? – mi domandò il Paleari, guardandomi meravigliato.

– Perché? – feci io.

Ma mi accorsi subito che avevo ancora in capo il berrettino da viaggio, che solevo portare per casa. Me lo cacciai in tasca e tolsi dall'attaccapanni il cappello, mentre il signor Anselmo rideva, rideva come se lui...

– Dove va, signor Anselmo?

– Ma guardi un po' come stavo per andare anch'io – rispose tra le risa, additandomi le pantofole ai piedi. – Vada, vada di là; c'è Adriana...

– Viene anche lei? – domandai.

– Non voleva venire, – disse, avviandosi per la sua camera, il Paleari. – Ma l'ho persuasa. Vada: è nel salotto da pranzo, già pronta...

Con che sguardo duro, di rampogna, m'accolse in quella stanza la signorina Caporale! Ella, che aveva tanto sofferto per amore e che s'era sentita tante volte confortare dalla dolce fanciulla ignara, ora che Adriana sapeva, ora che Adriana era ferita, voleva confortarla lei a sua volta, grata, premurosa; e si ribellava contro di me, perché le pareva ingiusto ch'io facessi soffrire una così buona e bella creatura. Lei, sì, lei non era bella e non era buona, e dunque se gli uomini con lei si mostravano cattivi, almeno un'ombra di scusa potevano averla. Ma perché far soffrire così Adriana?

Questo mi disse il suo sguardo, e m'invitò a guardar colei ch'io facevo soffrire.

Com'era pallida! Le si vedeva ancora negli occhi che aveva pianto. Chi sa che sforzo, nell'angoscia, le era costato il doversi abbigliare per uscire con me...

Non ostante l'animo con cui mi recai a quella visita, la figura e la casa del marchese Giglio d'Auletta mi destarono una certa curiosità.

Sapevo che egli stava a Roma perché, ormai, per la restaurazione del Regno delle Due Sicilie non vedeva altro espediente se non nella lotta per il trionfo del potere temporale: restituita Roma al Pontefice, l'unità d'Italia si sarebbe sfasciata, e allora... chi sa!

Non voleva arrischiar profezie, il marchese. Per il momento, il suo cómpito era ben definito: lotta senza quartiere, là, nel campo clericale. E la sua casa era frequentata dai più intransigenti prelati della Curia, dai paladini più fervidi del partito nero.[1]

Quel giorno, però, nel vasto salone splendidamente arredato non trovammo nessuno. Cioè, no. C'era, nel mezzo, un cavalletto, che reggeva una tela a metà abbozzata, la quale voleva essere il ritratto di *Minerva*, della cagnetta di Pepita, tutta nera, sdrajata su una poltrona tutta bianca, la testa allungata su le due zampine davanti.

– Opera del pittore Bernaldez, – ci annunziò gravemente Papiano, come se facesse una presentazione, che da parte nostra richiedesse un profondissimo inchino.

1 *partito nero*: il partito filopapalino.

Entrarono dapprima Pepita Pantogada e la governante, signora Candida.

Avevo veduto l'una e l'altra nella semioscurità della mia camera: ora, alla luce, la signorina Pantogada mi parve un'altra; non in tutto veramente, ma nel naso... Possibile che avesse quel naso in casa mia? Me l'ero figurata con un nasetto all'insù, ardito, e invece aquilino lo aveva, e robusto. Ma era pur bella così: bruna, sfavillante negli occhi, coi capelli lucidi, nerissimi e ondulati; le labbra fine, taglienti, accese. L'abito scuro, punteggiato di bianco, le stava dipinto sul corpo svelto e formoso. La mite bellezza bionda d'Adriana, accanto a lei, impallidiva.

E finalmente potei spiegarmi che cosa avesse in capo la signora Candida! Una magnifica parrucca fulva, riccioluta, e – su la parrucca – un ampio fazzoletto di seta cilestrina, anzi uno scialle, annodato artisticamente sotto il mento. Quanto vivace la cornice, tanto squallida la faccina magra e floscia, tuttoché[1] imbiaccata, lisciata, imbellettata.

*Minerva*, intanto, la vecchia cagnetta, co' suoi sforzati rochi abbajamenti, non lasciava fare i convenevoli. La povera bestiola però non abbajava a noi; abbajava al cavalletto, abbajava alla poltrona bianca, che dovevano esser per lei arnesi di tortura: protesta e sfogo d'anima esasperata. Quel maledetto ordegno dalle tre lunghe zampe avrebbe voluto farlo fuggire dal salone; ma poiché esso rimaneva lì, immobile e minaccioso, si ritraeva lei, abbajando, e poi gli saltava contro, digrignando i denti, e tornava a ritrarsi, furibonda.

Piccola, tozza, grassa su le quattro zampine troppo esili, *Minerva* era veramente sgraziata; gli occhi già appannati dalla vecchiaja e i peli della testa incanutiti; sul dorso poi, presso l'attaccatura della coda, era tutta spelata per l'abitudine di grattarsi furiosamente sotto gli scaffali, alle traverse delle seggiole, dovunque e comunque le venisse fatto. Ne sapevo qualche cosa.

Pepita tutt'a un tratto la afferrò pel collo e la gettò in braccio alla signora Candida, gridandole:

1 *tuttoché*: benché.

– *Cito!*

Entrò, in quella, di furia don Ignazio Giglio d'Auletta. Curvo, quasi spezzato in due, corse alla sua poltrona presso la finestra, e – appena seduto – ponendosi il bastone tra le gambe, trasse un profondo respiro e sorrise alla sua stanchezza mortale. Il volto estenuato, solcato tutto di rughe verticali, raso, era d'un pallore cadaverico, ma gli occhi, all'incontro, eran vivacissimi, ardenti, quasi giovanili. Gli s'allungavano in guisa strana su le gote, su le tempie, certe grosse ciocche di capelli, che parevan lingue di cenere bagnata.

Ci accolse con molta cordialità, parlando con spiccato accento napoletano; pregò quindi il suo segretario di seguitare a mostrarmi i ricordi di cui era pieno il salone e che attestavano la sua fedeltà alla dinastia dei Borboni. Quando fummo innanzi a un quadretto coperto da un mantino verde, su cui era ricamata in oro questa leggenda: «*Non nascondo, – riparo; alzami e leggi*», egli pregò Papiano di staccar dalla parete il quadretto e di recarglielo. C'era sotto, riparata dal vetro e incorniciata, una lettera di Pietro Ulloa [1] che, nel settembre del 1860, cioè agli ultimi aneliti del regno, invitava il marchese Giglio d'Auletta a far parte del Ministero che non si poté poi costituire: accanto c'era la minuta della lettera d'accettazione del marchese: fiera lettera che bollava tutti coloro che s'erano rifiutati di assumere la responsabilità del potere in quel momento di supremo pericolo e d'angoscioso scompiglio, di fronte al nemico, al filibustiere Garibaldi già quasi alle porte di Napoli.

Leggendo ad alta voce questo documento, il vecchio s'accese e si commosse tanto, che, sebbene ciò ch'ei leggeva fosse affatto contrario al mio sentimento, pure mi destò ammirazione. Era stato anch'egli, dal canto suo, un eroe. N'ebbi un'altra prova, quando egli stesso mi volle narrar la storia di un certo giglio di legno dorato, ch'era

---

1 *Pietro Ulloa*: uomo politico napoletano, fu incaricato nel 1860 da Francesco II di Borbone di formare un nuovo governo che non ebbe il tempo di realizzare; seguì il re a Gaeta e quindi a Roma, in esilio.

pur lì, nel salone. La mattina del 5 settembre 1860 il Re usciva dalla Reggia di Napoli in un legnetto[1] scoperto insieme con la Regina e due gentiluomini di corte: arrivato il legnetto in via di Chiaja dovette fermarsi per un intoppo di carri e di vetture innanzi a una farmacia che aveva su l'insegna i gigli d'oro. Una scala, appoggiata all'insegna, impediva il transito. Alcuni operaj, saliti su quella scala, staccavano dall'insegna i gigli. Il Re se n'accorse e additò con la mano alla Regina quell'atto di vile prudenza del farmacista che pure in altri tempi aveva sollecitato l'onore di fregiar la sua bottega di quel simbolo regale. Egli, il marchese d'Auletta, si trovava in quel momento a passare di là: indignato, furente, s'era precipitato entro la farmacia, aveva afferrato per il bavero della giacca quel vile, gli aveva mostrato il Re lì fuori, gli aveva poi sputato in faccia e, brandendo uno di quei gigli staccati, s'era messo a gridare tra la ressa: «Viva il Re!».

Questo giglio di legno gli ricordava ora, lì nel salotto, quella triste mattina di settembre, e una delle ultime passeggiate del suo Sovrano per le vie di Napoli; ed egli se ne gloriava quasi quanto della *chiave d'oro* di gentiluomo di camera e dell'insegna di cavaliere di San Gennaro e di tant'altre onorificenze che facevano bella mostra di sé nel salone, sotto i due grandi ritratti a olio di Ferdinando e di Francesco II.

Poco dopo, per attuare il mio tristo disegno, io lasciai il marchese col Paleari e Papiano, e m'accostai a Pepita.

M'accorsi subito ch'ella era molto nervosa e impaziente. Volle per prima cosa saper l'ora da me.

– Quattro e *meccio*? Bene! bene!

Che fossero però le quattro e *meccio* non aveva certamente dovuto farle piacere: lo argomentai da quel «*Bene! bene!*» a denti stretti e dal volubile e quasi aggressivo discorso in cui subito dopo si lanciò contro l'Italia e più contro Roma così gonfia di sé per il suo passato. Mi disse, tra l'altro, che anche loro, in Ispagna, avevano

1 *legnetto*: cfr. p. 77, n. 2.

*tambien* un Colosseo come il nostro, della stessa antichità; ma non se ne curavano né punto né poco:

– *Piedra muerta!*

Valeva senza fine di più, per loro, una *Plaza de toros*. Sì, e per lei segnatamente, più di tutti i capolavori dell'arte antica, quel ritratto di *Minerva* del pittore Manuel Bernaldez che tardava a venire. L'impazienza di Pepita non proveniva da altro, ed era già al colmo. Fremeva, parlando; si passava rapidissimamente, di tratto in tratto, un dito sul naso; si mordeva il labbro; apriva e chiudeva le mani, e gli occhi le andavano sempre lì, all'uscio.

Finalmente il Bernaldez fu annunziato dal cameriere, e si presentò accaldato, sudato, come se avesse corso. Subito Pepita gli voltò le spalle e si sforzò d'assumere un contegno freddo e indifferente; ma quando egli, dopo aver salutato il marchese, si avvicinò a noi, o meglio a lei e, parlandole nella sua lingua, chiese scusa del ritardo, ella non seppe contenersi più e gli rispose con vertiginosa rapidità:

– Prima de tuto lei parli taliano, porqué aquí siamo a Roma, dove ci sono aquesti segnori che no comprendono lo espagnolo, e no me par bona crianza che lei parli con migo espagnolo. Poi le digo che me ne importa niente del su' retardo e che podeva pasarse de la escusa.[1]

Quegli, mortificatissimo, sorrise nervosamente e s'inchinò; poi le chiese se poteva riprendere il ritratto, essendoci ancora un po' di luce.

– Ma comodo! – gli rispose lei con la stessa aria e lo stesso tono. – *Lei puede pintar senza de mi o tambien borrar lo pintado, come glie par.*[2]

Manuel Bernaldez tornò a inchinarsi e si rivolse alla signora Candida che teneva ancora in braccio la cagnetta.

Ricominciò allora per *Minerva* il supplizio. Ma a un supplizio ben più crudele fu sottoposto il suo carnefice: Pepita, per punirlo del ritardo, prese a sfoggiar con me tanta civetteria, che mi parve anche troppa per lo scopo a cui

1 *pasarse de la escusa*: evitare la scusa.
2 *Lei... glie par*: «Lei può dipingere senza di me o anche cancellare il dipinto come le pare».

tendevo. Volgendo di sfuggita qualche sguardo ad Adriana, m'accorgevo di quant'ella soffrisse. Il supplizio non era dunque soltanto per il Bernaldez e per *Minerva*; era anche per lei e per me. Mi sentivo il volto in fiamme, come se man mano mi ubriacasse il dispetto che sapevo di cagionare a quel povero giovane, il quale tuttavia non m'ispirava pietà: pietà, lì dentro, m'ispirava soltanto Adriana; e, poiché io dovevo farla soffrire, non m'importava che soffrisse anche lui della stessa pena: anzi quanto più lui ne soffriva, tanto meno mi pareva che dovesse soffrirne Adriana. A poco a poco, la violenza che ciascuno di noi faceva a se stesso crebbe e si tese fino a tal punto, che per forza doveva in qualche modo scoppiare.

Ne diede il pretesto *Minerva*. Non tenuta quel giorno in soggezione dallo sguardo della padroncina, essa, appena il pittore staccava gli occhi da lei per rivolgerli alla tela, zitta zitta, si levava dalla positura voluta, cacciava le zampine e il musetto nell'insenatura tra la spalliera e il piano della poltrona, come se volesse ficcarsi e nascondersi lì, e presentava al pittore il di dietro, bello scoperto, come un o, scotendo quasi a dileggio la coda ritta. Già parecchie volte la signora Candida la aveva rimessa a posto. Aspettando, il Bernaldez sbuffava, coglieva a volo qualche mia parola rivolta a Pepita e la commentava borbottando sotto sotto fra sé. Più d'una volta, essendomene accorto, fui sul punto d'intimargli: «Parli forte!». Ma egli alla fine non ne poté più, e gridò a Pepita:

– Prego: faccia almeno star ferma la bestia!

– *Vestia*, [1] *vestia, vestia...* – scattò Pepita, agitando le mani per aria, eccitatissima. – Sarà *vestia*, ma non glie se dice!

– Chi sa che capisce, poverina... – mi venne da osservare a mo' di scusa, rivolto al Bernaldez.

La frase poteva veramente prestarsi a una doppia interpretazione; me ne accorsi dopo averla proferita. Io volevo dire: «Chi sa che cosa immagina che le si faccia». Ma il Bernaldez prese in altro senso le mie parole, e con estrema violenza, figgendomi gli occhi negli occhi, rimbeccò:

1 *Vestia*: bestia.

– Ciò che dimostra di non capir lei!

Sotto lo sguardo fermo e provocante di lui, nell'eccitazione in cui mi trovavo anch'io, non potei fare a meno di rispondergli:

– Ma io capisco, signor mio, che lei sarà magari un gran pittore...

– Che cos'è? – domandò il marchese, notando il nostro fare aggressivo.

Il Bernaldez, perdendo ogni dominio su se stesso, s'alzò e venne a piantarmisi di faccia:

– Un gran pittore... Finisca!

– Un gran pittore, ecco... ma di poco garbo, mi pare; e fa paura alle cagnette, – gli dissi io allora, risoluto e sprezzante.

– Sta bene, fece lui. – Vedremo se alle cagnette soltanto!

E si ritirò.

Pepita improvvisamente ruppe in un pianto strano, convulso, e cadde svenuta tra le braccia della signora Candida e di Papiano.

Nella confusione sopravvenuta, mentr'io con gli altri mi facevo a guardar la Pantogada adagiata sul canapè, mi sentii afferrar per un braccio e mi vidi sopra di nuovo il Bernaldez, ch'era tornato indietro. Feci in tempo a ghermirgli la mano levata su me e lo respinsi con forza, ma egli mi si lanciò contro ancora una volta e mi sfiorò appena il viso con la mano. Io mi avventai, furibondo; ma Papiano e il Paleari accorsero a trattenermi, mentre il Bernaldez si ritraeva gridandomi:

– Se l'abbia per dato! Ai suoi ordini!... Qua conoscono il mio indirizzo!

Il marchese s'era levato a metà dalla poltrona, tutto fremente, e gridava contro l'aggressore; io mi dibattevo intanto fra il Paleari e Papiano, che mi impedivano di correre a raggiungere colui. Tentò di calmarmi anche il marchese, dicendomi che, da gentiluomo, io dovevo mandar due amici per dare una buona lezione a quel villano, che aveva osato di mostrar così poco rispetto per la sua casa.

Fremente in tutto il corpo, senza più fiato, gli chiesi appena scusa per lo spiacevole incidente e scappai via, seguito dal Paleari e da Papiano. Adriana rimase presso la svenuta, ch'era stata condotta di là.

Mi toccava ora a pregare il mio ladro che mi facesse da testimonio: lui e il Paleari: a chi altri avrei potuto rivolgermi?

– Io? – esclamò, candido e stupito, il signor Anselmo. – Ma che! Nossignore! Dice sul serio? – (e sorrideva). – Non m'intendo di tali faccende, io, signor Meis... Via, via, ragazzate, sciocchezze, scusi...

– Lei lo farà per me, – gli gridai energicamente, non potendo entrare in quel momento in discussione con lui. – Andrà con suo genero a trovare quel signore, e...

– Ma io non vado! Ma che dice! – m'interruppe. – Mi domandi qualunque altro servizio: son pronto a servirla; ma questo, no: non è per me, prima di tutto; e poi, via, glie l'ho detto: ragazzate! Non bisogna dare importanza... Che c'entra...

– Questo, no! questo, no! – interloquì Papiano vedendomi smaniare. – C'entra benissimo! Il signor Meis ha tutto il diritto d'esigere una soddisfazione; direi anzi che è in obbligo, sicuro! deve, deve...

– Andrà dunque lei con un suo amico, – dissi, non aspettandomi anche da lui un rifiuto.

Ma Papiano aprì le braccia addoloratissimo.

– Si figuri con che cuore vorrei farlo!

– E non lo fa? – gli gridai forte, in mezzo alla strada.

– Piano, signor Meis, – pregò egli, umile. – Guardi... Senta: mi consideri... consideri la mia infelicissima condizione di subalterno... di miserabile segretario del marchese... servo, servo, servo...

– Che ci ha da vedere? Il marchese stesso... ha sentito?

– Sissignore! Ma domani? Quel clericale... di fronte al partito... col segretario che s'impiccia in questioni cavalleresche... Ah, santo Dio, lei non sa che miserie! E poi, quella fraschetta, ha veduto? è innamorata, come una gatta, del pittore, di quel farabutto... Domani fanno la pace, e allora io, scusi, come mi trovo? Ci vado di mezzo! Abbia pazienza, signor Meis, mi consideri... È proprio così.

– Mi vogliono dunque lasciar solo in questo frangente? – proruppi ancora una volta, esasperato. – Io non conosco nessuno, qua a Roma!

– ...Ma c'è il rimedio! C'è il rimedio! – s'affrettò a consigliarmi Papiano. – Glielo volevo dir subito... Tanto io, quanto mio suocero, creda, ci troveremmo imbrogliati; siamo disadatti... Lei ha ragione, lei freme, lo vedo: il sangue non è acqua. Ebbene, si rivolga subito a due ufficiali del regio esercito: non possono negarsi di rappresentare un gentiluomo come lei in una partita d'onore. Lei si presenta, espone loro il caso... Non è la prima volta che càpita loro di rendere questo servizio a un forestiere.

Eravamo arrivati al portone di casa; dissi a Papiano: – Sta bene! – e lo piantai lì, col suocero, avviandomi solo, fosco, senza direzione.

Mi s'era ancora una volta riaffacciato il pensiero schiacciante della mia assoluta impotenza. Potevo fare un duello nella condizione mia? Non volevo ancora capirlo ch'io non potevo far più nulla? Due ufficiali? Sì. Ma avrebbero voluto prima sapere, e con fondamento, ch'io mi fossi. Ah, pure in faccia potevano sputarmi, schiaffeggiarmi, bastonarmi: dovevo pregare che picchiassero sodo, sì, quanto volevano, ma senza gridare, senza far troppo rumore... Due ufficiali! E se per poco avessi loro scoperto il mio vero stato, ma prima di tutto non m'avrebbero creduto, chi sa che avrebbero sospettato; e poi sarebbe stato inutile, come per Adriana: pur credendomi, m'avrebbero consigliato di rifarmi prima vivo, giacché un morto, via, non si trova nelle debite condizioni di fronte al codice cavalleresco...

E dunque dovevo soffrirmi in pace l'affronto, come già il furto? Insultato, quasi schiaffeggiato, sfidato, andarmene via come un vile, sparir così, nel bujo dell'intollerabile sorte che mi attendeva, spregevole, odioso a me stesso?

No, no! E come avrei potuto più vivere? come sopportar la mia vita? No, no, basta! basta! Mi fermai. Mi vidi vacillar tutto all'intorno; sentii mancarmi le gambe al sorgere improvviso d'un sentimento oscuro, che mi comunicò un brivido dal capo alle piante.

«Ma almeno prima, prima...» dissi tra me, vaneggiando, «almeno prima tentare... perché no? se mi venisse fatto... Almeno tentare... per non rimaner di fronte a me stesso così vile... Se mi venisse fatto... avrei meno schifo di me... Tanto, non ho più nulla da perdere... Perché non tentare?»

Ero a due passi dal Caffè Aragno. «Là, là, allo sbaraglio!» E, nel cieco orgasmo che mi spronava, entrai.

Nella prima sala, attorno a un tavolino, c'erano cinque o sei ufficiali d'artiglieria e, come uno d'essi, vedendomi arrestar lì presso torbido, esitante, si voltò a guardarmi, io gli accennai un saluto, e con voce rotta dall'affanno:

– Prego... scusi... – gli dissi. – Potrei dirle una parola?

Era un giovanottino senza baffi, che doveva essere uscito quell'anno stesso dall'Accademia, tenente. Si alzò subito e mi s'appressò, con molta cortesia.

– Dica pure, signore...

– Ecco, mi presento da me: Adriano Meis. Sono forestiere, e non conosco nessuno... Ho avuto una... una lite, sì... Avrei bisogno di due padrini... Non saprei a chi rivolgermi... Se lei con un suo compagno volesse...

Sorpreso, perplesso, quegli stette un po' a squadrarmi, poi si voltò verso i compagni, chiamò:

– Grigliotti!

Questi, ch'era un tenente anziano, con un pajo di baffoni all'insù, la caramella incastrata per forza in un occhio, lisciato, impomatato, si levò, seguitando a parlare coi compagni (pronunziava l'*erre* alla francese) e ci s'avvicinò, facendomi un lieve, compassato inchino. Vedendolo alzare, fui sul punto di dire al tenentino: «Quello, no, per carità! quello, no!». Ma certo nessun altro del crocchio, come riconobbi poi, poteva esser più designato di colui alla bisogna. Aveva su la punta delle dita tutti gli articoli del codice cavalleresco.

Non potrei qui riferire per filo e per segno tutto ciò che egli si compiacque di dirmi intorno al mio caso, tutto ciò che pretendeva da me... dovevo telegrafare, non so come, non so a chi, esporre, determinare, andare dal colonnello... *ça va sans dire*... come aveva fatto lui, quando non era ancora sotto le armi, e gli era capitato a Pavia lo stesso mio caso... Perché, in materia cavalleresca... e giù, giù, articoli e precedenti e controversie e giurì d'onore e che so io.

Avevo cominciato a sentirmi tra le spine fin dal primo vederlo: figurarsi ora, sentendolo sproloquiare così! A un certo punto, non ne potei più: tutto il sangue m'era montato alla testa: proruppi:

– Ma sissignore! ma lo so! Sta bene... lei dice bene; ma come vuole ch'io telegrafi, adesso? Io son solo! Io voglio battermi, ecco! battermi subito, domani stesso, se è possibile... senza tante storie! Che vuole ch'io ne sappia? Io mi son rivolto a loro con la speranza che non ci fosse bisogno di tante formalità, di tante inezie, di tante sciocchezze, mi scusi!

Dopo questa sfuriata, la conversazione diventò quasi diverbio e terminò improvvisamente con uno scoppio di risa sguajate di tutti quegli ufficiali. Scappai via, fuori di me, avvampato in volto, come se mi avessero preso a scudisciate. Mi recai le mani alla testa, quasi per arrestar la ragione che mi fuggiva; e, inseguito da quelle risa, m'allontanai di furia, per cacciarmi, per nascondermi in qualche posto... Dove? A casa? Ne provai orrore. E andai, andai all'impazzata; poi, man mano rallentai il passo e alla fine, arrangolato,[1] mi fermai, come se non potessi più trascinar l'anima, frustata da quel dileggio, fremebonda e piena d'una plumbea tetraggine angosciosa. Rimasi un pezzo attonito; poi mi mossi di nuovo, senza più pensare, alleggerito d'un tratto, in modo strano, d'ogni ambascia, quasi istupidito; e ripresi a vagare, non so per quanto tempo, fermandomi qua e là a guardar nelle vetrine delle botteghe, che man mano si serravano, e mi pareva che si serrassero per me, per sempre; e che le vie a poco a poco si spopolassero, perché io restassi solo, nella notte, errabondo, tra case tacite, buje, con tutte le porte, tutte le finestre serrate, serrate per me, per sempre: tutta la vita si rinserrava, si spegneva, ammutoliva con quella notte; e io

1 *arrangolato*: travagliato, sconvolto.

già la vedevo come da lontano, come se essa non avesse più senso né scopo per me. Ed ecco, alla fine, senza volerlo, quasi guidato dal sentimento oscuro che mi aveva invaso tutto, maturandomisi dentro man mano, mi ritrovai sul Ponte Margherita, appoggiato al parapetto, a guardare con occhi sbarrati il fiume nero nella notte.

«Là?»

Un brivido mi colse, di sgomento, che fece d'un subito insorgere con impeto rabbioso tutte le mie vitali energie armate di un sentimento d'odio feroce contro coloro che, da lontano, m'obbligavano a finire, come avevan voluto, là, nel molino della *Stìa*. Esse, Romilda e la madre, mi avevan gettato in questi frangenti: ah, io non avrei mai pensato di simulare un suicidio per liberarmi di loro. Ed ecco, ora, dopo essermi aggirato due anni, come un'ombra, in quella illusione di vita oltre la morte, mi vedevo costretto, forzato, trascinato pei capelli a eseguire su me la loro condanna. Mi avevano ucciso davvero! Ed esse, esse sole si erano liberate di me...

Un fremito di ribellione mi scosse. E non potevo io vendicarmi di loro, invece d'uccidermi? Chi stavo io per uccidere? Un morto... nessuno...

Restai, come abbagliato da una strana luce improvvisa. Vendicarmi! Dunque, ritornar lì, a Miragno? uscire da quella menzogna che mi soffocava, divenuta ormai insostenibile; ritornar vivo per loro castigo, col mio vero nome, nelle mie vere condizioni, con le mie vere e proprie infelicità? Ma le presenti? Potevo scuotermele di dosso, così, come un fardello esoso che si possa gettar via? No, no, no! Sentivo di non poterlo fare. E smaniavo lì, sul ponte, ancora incerto della mia sorte.

Frattanto, ecco, nella tasca del mio pastrano palpavo, stringevo con le dita irrequiete qualcosa che non riuscivo a capir che fosse. Alla fine, con uno scatto di rabbia, la trassi fuori. Era il mio berrettino da viaggio, quello che, uscendo di casa per far visita al marchese Giglio, m'ero cacciato in tasca, senza badarci. Feci per gittarlo al fiume, ma – sul punto – un'idea mi balenò; una riflessione, fatta durante il viaggio da Alenga a Torino, mi tornò chiara alla memoria.

«Qua,» dissi, quasi inconsciamente, tra me, «su questo parapetto... il cappello... il bastone... Sì! Com'esse là, nella gora del molino, Mattia Pascal; io, qua, ora, Adriano Meis... una volta per uno! Ritorno vivo; mi vendicherò!»

Un sussulto di gioja, anzi un impeto di pazzia m'investì, mi sollevò. Ma sì! ma sì! Io non dovevo uccider me, un morto, io dovevo uccidere quella folle, assurda finzione che m'aveva torturato, straziato due anni, quell'Adriano Meis, condannato a essere un vile, un bugiardo, un miserabile; quell'Adriano Meis dovevo uccidere, che essendo, com'era, un nome falso, avrebbe dovuto aver pure di stoppa il cervello, di cartapesta il cuore, di gomma le vene, nelle quali un po' d'acqua tinta avrebbe dovuto scorrere, invece di sangue: allora sì! Via, dunque, giù, giù, tristo fantoccio odioso! Annegato, là, come Mattia Pascal! Una volta per uno! Quell'ombra di vita, sorta da una menzogna macabra, si sarebbe chiusa degnamente, così, con una menzogna macabra! E riparavo tutto! Che altra soddisfazione avrei potuto dare ad Adriana per il male che le avevo fatto? Ma l'affronto di quel farabutto dovevo tenermelo? Mi aveva investito a tradimento, il vigliacco! Oh, io ero ben sicuro di non aver paura di lui. Non io, non io, ma Adriano Meis aveva ricevuto l'insulto. Ed ora, ecco, Adriano Meis s'uccideva.

Non c'era altra via di scampo per me!

Un tremore, intanto, mi aveva preso, come se io dovessi veramente uccidere qualcuno. Ma il cervello mi s'era d'un tratto snebbiato, il cuore alleggerito, e godevo d'una quasi ilare lucidità di spirito.

Mi guardai attorno. Sospettai che di là, sul Lungotevere, ci potesse essere qualcuno, qualche guardia, che – vedendomi da un pezzo sul ponte – si fosse fermata a spiarmi. Volli accertarmene: andai, guardai prima nella Piazza della Libertà, poi per il Lungotevere dei Mellini. Nessuno! Tornai allora indietro; ma, prima di rifarmi sul ponte, mi fermai tra gli alberi, sotto un fanale: strappai un foglietto dal taccuino e vi scrissi col lapis: *Adriano Meis*. Che altro? Nulla. L'indirizzo e la data. Bastava così. Era tutto lì, Adriano Meis, in quel cappello, in quel bastone.

Avrei lasciato tutto, là, a casa, abiti, libri... Il denaro, dopo il furto, l'avevo con me.

Ritornai sul ponte, cheto, chinato. Mi tremavano le gambe, e il cuore mi tempestava in petto. Scelsi il posto meno illuminato dai fanali, e subito mi tolsi il cappello, infissi nel nastro il biglietto ripiegato, poi lo posai sul parapetto, col bastone accanto; mi cacciai in capo il provvidenziale berrettino da viaggio che m'aveva salvato, e via, cercando l'ombra, come un ladro, senza volgermi addietro.

## XVII · RINCARNAZIONE

Arrivai alla stazione in tempo per il treno delle dodici e dieci per Pisa.

Preso il biglietto, mi rincantucciai in un vagone di seconda classe, con la visiera del berrettino calcata fin sul naso, non tanto per nascondermi, quanto per non vedere. Ma vedevo lo stesso, col pensiero: avevo l'incubo di quel cappellaccio e di quel bastone, lasciati lì, sul parapetto del ponte. Ecco, forse qualcuno, in quel momento, passando di là, li scorgeva... o forse già qualche guardia notturna era corsa in questura a dar l'avviso... E io ero ancora a Roma! Che s'aspettava? Non tiravo più fiato...

Finalmente il convoglio si scrollò. Per fortuna ero rimasto solo nello scompartimento. Balzai in piedi, levai le braccia, trassi un interminabile respiro di sollievo, come se mi fossi tolto un macigno di sul petto. Ah! tornavo a esser vivo, a esser io, io, Mattia Pascal. Lo avrei gridato forte a tutti, ora: «Io, io, Mattia Pascal! Sono io! Non sono morto! Eccomi qua!». E non dover più mentire, non dover più temere d'essere scoperto! Ancora no, veramente: finché non arrivavo a Miragno... Là, prima, dovevo dichiararmi, farmi riconoscer vivo, rinnestarmi alle mie radici sepolte... Folle! Come mi ero illuso che potesse vivere un tronco reciso dalle sue radici? Eppure, eppure, ecco, ricordavo l'altro viaggio, quello da Alenga a Torino: m'ero stimato felice, allo stesso modo, allora. Folle! La liberazione! dicevo... M'era parsa quella la liberazione! Sì, con la cappa di piombo della menzogna addosso! Una cappa di piombo addosso a un'ombra... Ora avrei avuto di nuovo la moglie addosso, è vero, e quella suocera... Ma non le avevo forse avute addosso anche da morto? Ora almeno ero vivo, e agguerrito. Ah, ce la saremmo veduta!

Mi pareva, a ripensarci, addirittura inverosimile la leggerezza con cui, due anni addietro, m'ero gettato fuori d'ogni legge, alla ventura. E mi rivedevo nei primi giorni, beato nell'incoscienza, o piuttosto nella follia, a Torino, e poi man mano nelle altre città, in pellegrinaggio, muto, solo, chiuso in me, nel sentimento di ciò che mi pareva allora la mia felicità; ed eccomi in Germania, lungo il Reno, su un piroscafo: era un sogno? no, c'ero stato davvero! ah, se avessi potuto durar sempre in quelle condizioni; viaggiare, forestiere della vita... Ma a Milano, poi... quel povero cucciolotto che volevo comperare da un vecchio cerinajo... Cominciavo già ad accorgermi... E poi... ah poi!

Ripiombai col pensiero a Roma; entrai come un'ombra nella casa abbandonata. Dormivano tutti? Adriana, forse, no... m'aspetta ancora, aspetta che io rincasi; le avranno detto che sono andato in cerca di due padrini, per battermi col Bernaldez; non mi sente ancora rincasare, e teme e piange...

Mi premetti forte le mani sul volto, sentendomi stringere il cuore d'angoscia.

– Ma se io per te non potevo esser vivo, Adriana, – gemetti, – meglio che tu ora mi sappia morto! morte le labbra che colsero un bacio dalla tua bocca, povera Adriana... Dimentica! Dimentica!

Ah, che sarebbe avvenuto in quella casa, nella prossima mattina, quando qualcuno della questura si sarebbe presentato a dar l'annunzio? A qual ragione, passato il primo sbalordimento, avrebbero attribuito il mio suicidio? Al duello imminente? Ma no! Sarebbe stato, per lo meno, molto strano che un uomo, il quale non aveva mai dato prova d'essere un codardo, si fosse ucciso per paura di un duello... E allora? Perché non potevo trovar padrini? Futile pretesto! O forse... chi sa! era possibile che ci fosse sotto, in quella mia strana esistenza, qualche mistero...

Oh, sì: l'avrebbero senza dubbio pensato! M'uccidevo così, senz'alcuna ragione apparente, senza averne prima dimostrato in qualche modo l'intenzione. Sì: qualche stranezza, più d'una, l'avevo commessa in quegli ultimi giorni: quel pasticcio del furto, prima sospettato, poi improvvisamente smentito... Oh che forse quei denari non erano miei? dovevo forse restituirli a qualcuno? m'ero indebitamente appropriato d'una parte di essi e avevo tentato di farmi credere vittima d'un furto, poi m'ero pentito, e, in fine, ucciso? Chi sa! Certo ero stato un uomo misteriosissimo: non un amico, non una lettera, mai, da nessuna parte...

Quanto avrei fatto meglio a scrivere qualche cosa in quel bigliettino, oltre il nome, la data e l'indirizzo: una ragione qualunque del suicidio. Ma in quel momento... E poi, che ragione?

«Chi sa come e quanto,» pensai, smaniando, «strilleranno adesso i giornali di questo Adriano Meis misterioso... Salterà certo fuori quel mio famoso cugino, quel tal Francesco Meis torinese, ajuto-agente, a dar le sue informazioni alla questura: si faranno ricerche, su la traccia di queste informazioni, e chi sa che cosa ne verrà fuori. Sì, ma i danari? l'eredità? Adriana li ha veduti, tutti que' miei biglietti di banca... Figuriamoci Papiano! Assalto allo stipetto! Ma lo troverà vuoto... E allora, perduti? in fondo al fiume? Peccato! peccato! Che rabbia non averli rubati tutti a tempo! La questura sequestrerà i miei abiti, i miei libri... A chi andranno? Oh! almeno un ricordo alla povera Adriana! Con che occhi guarderà ella, ormai, quella mia camera deserta?»

Così, domande, supposizioni, pensieri, sentimenti tumultuavano in me, mentre il treno rombava nella notte. Non mi davano requie.

Stimai prudente fermarmi qualche giorno a Pisa per non stabilire una relazione tra la ricomparsa di Mattia Pascal a Miragno e la scomparsa di Adriano Meis a Roma, relazione che avrebbe potuto facilmente saltare a gli occhi, specie se i giornali di Roma avessero troppo parlato di questo suicidio. Avrei aspettato a Pisa i giornali di Roma, quelli de la sera e quelli del mattino; poi, se non si fosse fatto troppo chiasso, prima che a Miragno, mi sarei recato a Oneglia da mio fratello Roberto, a sperimentare su lui l'impressione che avrebbe fatto la mia resurrezione. Ma dovevo assolutamente vietarmi di fare il minimo accenno alla mia permanenza in Roma, alle avventure, ai casi che m'erano occorsi. Di quei due anni e mesi d'assenza avrei dato fantastiche notizie, di lontani viaggi... Ah, ora, ritornando vivo, avrei potuto anch'io prendermi il gusto di dire bugie, tante, tante, tante, anche della forza di quelle del cavalier Tito Lenzi, e più grosse ancora!

Mi restavano più di cinquantadue mila lire. I creditori, sapendomi morto da due anni, s'erano certo contentati del podere della *Stìa* col mulino. Venduto l'uno e l'altro, s'erano forse aggiustati alla meglio: non mi avrebbero più molestato. Avrei pensato io, se mai, a non farmi più molestare. Con cinquantadue mila lire, a Miragno, via, non dico grasso, avrei potuto vivere discretamente.

Lasciato il treno a Pisa, prima di tutto mi recai a comperare un cappello, della forma e della dimensione di quelli che Mattia Pascal ai suoi dì soleva portare; subito dopo mi feci tagliar la chioma di quell'imbecille d'Adriano Meis.

– Corti, belli corti, eh? – dissi al barbiere.

M'era già un po' ricresciuta la barba, e ora, coi capelli corti, ecco che cominciai a riprender il mio primo aspetto, ma di molto migliorato, più fino, già... ma sì, ringentilito. L'occhio non era più storto, eh! non era più quello caratteristico di Mattia Pascal.

Ecco, qualche cosa d'Adriano Meis mi sarebbe tuttavia rimasta in faccia. Ma somigliavo pur tanto a Roberto, ora; oh, quanto non avrei mai supposto.

Il guajo fu, quando – dopo essermi liberato di tutti quei capellacci – mi rimisi in capo il cappello comperato po' c'anzi: mi sprofondò fin su la nuca! Dovetti rimediare, con l'ajuto del barbiere, ponendo un giro di carta sotto la fodera.

Per non entrare così, con le mani vuote, in un albergo, comperai una valigia: ci avrei messo dentro, per il momento, l'abito che indossavo e il pastrano. Mi toccava rifornirmi di tutto, non potendo sperare che, dopo tanto tempo, là a Miragno, mia moglie avesse conservato qualche mio vestito e la biancheria. Comperai l'abito bell'e fatto, in un negozio, e me lo lasciai addosso; con la valigia nuova, scesi all'*Hôtel Nettuno*.

Ero già stato a Pisa quand'ero Adriano Meis, ed ero sceso allora all'*Albergo di Londra*. Avevo già ammirato tutte le meraviglie d'arte della città; ora, stremato di forze per le emozioni violente, digiuno dalla mattina del giorno avanti, cascavo di fame e di sonno. Presi qualche cibo, e quindi dormii quasi fino a sera.

Appena sveglio, però, caddi in preda a una fosca smania crescente. Quella giornata quasi non avvertita da me, tra le prime faccende e poi in quel sonno di piombo in cui ero caduto, chi sa intanto com'era passata lì, in casa Paleari! Rimescolìo, sbalordimento, curiosità morbosa di estranei, indagini frettolose, sospetti, strampalate ipotesi, insinuazioni, vane ricerche; e i miei abiti e i miei libri, là, guardati con quella costernazione che ispirano gli oggetti appartenenti a qualcuno tragicamente morto.

E io avevo dormito! E ora, in questa impazienza angosciosa, avrei dovuto aspettare fino alla mattina del giorno seguente, per saper qualche cosa dai giornali di Roma.

Frattanto, non potendo correre a Miragno, o almeno a Oneglia, mi toccava a rimanere in una bella condizione, dentro una specie di parentesi di due, di tre giorni e fors'anche più: morto di là, a Miragno, come Mattia Pascal; morto di qua, a Roma, come Adriano Meis.

Non sapendo che fare, sperando di distrarmi un po' da tante costernazioni, portai questi due morti a spasso per Pisa.

Oh, fu una piacevolissima passeggiata! Adriano Meis, che c'era stato, voleva quasi quasi far da guida e da cicerone a Mattia Pascal; ma questi oppresso da tante cose che andava rivolgendo in mente, si scrollava con fosche maniere, scoteva un braccio come per levarsi di torno quell'ombra esosa, capelluta, in abito lungo, col cappellaccio a larghe tese e con gli occhiali.

«Va' via! va'! Tornatene al fiume, affogato!»

Ma ricordavo che anche Adriano Meis, passeggiando due anni addietro per le vie di Pisa, s'era sentito importunato, infastidito allo stesso modo dall'ombra, ugualmente esosa,[1] di Mattia Pascal, e avrebbe voluto con lo stesso gesto cavarsela dai piedi, ricacciandola nella gora del molino, là, alla *Stìa*. Il meglio era non dar confidenza a nessuno dei due. O bianco campanile, tu potevi pendere da una parte; io, tra quei due, né di qua né di là.

Come Dio volle, arrivai finalmente a superare quella nuova interminabile nottata d'ambascia e ad avere in mano i giornali di Roma.

Non dirò che, alla lettura, mi tranquillassi: non potevo. La costernazione che mi teneva, fu però presto ovviata dal vedere che alla notizia del mio suicidio i giornali avevano dato le proporzioni d'uno dei soliti fatti di cronaca. Dicevano tutti, sù per giù, la stessa cosa: del cappello, del bastone trovati sul Ponte Margherita, col laconico bigliettino; ch'ero torinese, uomo alquanto singolare, e che s'ignoravano le ragioni che mi avevano spinto al triste passo. Uno però avanzava la supposizione che ci fosse di mezzo una «ragione intima», fondandosi sul «diverbio con un giovane pittore spagnuolo, in casa di un notissimo personaggio del mondo clericale».

Un altro diceva «probabilmente per dissesti finanziarii». Notizie vaghe, insomma, e brevi. Solo un giornale del mattino, solito di narrar diffusamente i fatti del giorno, accennava «alla sorpresa e al dolore della famiglia del cavalier Anselmo Paleari, caposezione al Ministero della pubblica istruzione, ora a riposo, presso cui il Meis abitava, molto stimato per il suo riserbo e pe' suoi modi cortesi». – Grazie! – Anche questo giornale, riferendo la sfida corsa col pittore spagnuolo M. B., lasciava intendere che la ragione del suicidio dovesse cercarsi in una segreta passione amorosa.

1 *esosa*: odiosa.

M'ero ucciso per Pepita Pantogada, insomma. Ma, alla fine, meglio così. Il nome d'Adriana non era venuto fuori, né s'era fatto alcun cenno de' miei biglietti di banca. La questura dunque, avrebbe indagato nascostamente. Ma su quali tracce?

Potevo partire per Oneglia.

Trovai Roberto in villa, per la vendemmia. Quel ch'io provassi nel rivedere la mia bella riviera, in cui credevo di non dover più metter piede, sarà facile intendere. Ma la gioia m'era turbata dall'ansia d'arrivare, dall'apprensione d'esser riconosciuto per via da qualche estraneo prima che dai parenti, dall'emozione di punto in punto crescente che mi cagionava il pensiero di ciò che avrebbero essi provato nel rivedermi vivo, d'un tratto, innanzi a loro. Mi s'annebbiava la vista, a pensarci, mi s'oscuravano il cielo e il mare, il sangue mi frizzava per le vene, il cuore mi batteva in tumulto. E mi pareva di non arrivar mai!

Quando, finalmente, il servo venne ad aprire il cancello della graziosa villa, recata in dote a Berto dalla moglie, mi sembrò, attraversando il viale, ch'io tornassi veramente dall'altro mondo.

– Favorisca, – mi disse il servo, cedendomi il passo su l'entrata della villa. – Chi debbo annunziare?

Non mi trovai più in gola la voce per rispondergli. Nascondendo lo sforzo con un sorriso, balbettai:

– Di'... dite... ditegli che... sì, c'è... c'è... un suo amico... intimo, che... che viene da lontano... Così...

Per lo meno quel servo dovette credermi balbuziente. Depose la mia valigia accanto all'attaccapanni e m'invitò a entrare nel salotto lì presso.

Fremevo nell'attesa, ridevo, sbuffavo, mi guardavo attorno, in quel salottino chiaro, ben messo, arredato di mobili nuovi di lacca verdina. Vidi a un tratto, su la soglia dell'uscio per cui ero entrato, un bel bimbetto, di circa quattr'anni, con un piccolo annaffiatojo in una mano e un rastrellino nell'altra. Mi guardava con tanto d'occhi.

Provai una tenerezza indicibile: doveva essere un mio nipotino, il figlio maggiore di Berto; mi chinai, gli accennai con la mano di farsi avanti; ma gli feci paura; scappò via.

Sentii in quel punto schiudere l'altro uscio del salotto. Mi rizzai, gli occhi mi s'intorbidarono dalla commozione, una specie di riso convulso mi gorgogliò in gola.

Roberto era rimasto innanzi a me, turbato, quasi stordito.

– Con chi...? – fece.

– Berto! – gli gridai, aprendo le braccia. – Non mi riconosci?

Diventò pallidissimo, al suono della mia voce, si passò rapidamente una mano su la fronte e su gli occhi, vacillò, balbettando:

– Com'è... com'è... com'è?

Ma io fui pronto a sorreggerlo, quantunque egli si traesse indietro, quasi per paura.

– Son io! Mattia! non aver paura! Non sono morto... Mi vedi? Toccami! Sono io, Roberto. Non sono mai stato più vivo d'adesso! Sù, sù, sù...

– Mattia! Mattia! Mattia! – prese a dire il povero Berto, non credendo ancora agli occhi suoi. – Ma com'è? Tu? Oh Dio... com'è? Fratello mio! Caro Mattia!

E m'abbracciò forte, forte, forte. Mi misi a piangere come un bambino.

– Com'è? – riprese a domandar Berto che piangeva anche lui. – Com'è? com'è?

– Eccomi qua... Vedi? Son tornato... non dall'altro mondo, no... sono stato sempre in questo mondaccio... Sù... Ora ti dirò...

Tenendomi forte per le braccia, col volto pieno di lagrime, Roberto mi guardava ancora trasecolato:

– Ma come... se là...?

– Non ero io... Ti dirò. M'hanno scambiato... Io ero lontano da Miragno e ho saputo, come l'hai saputo forse tu, da un giornale, il mio suicidio alla *Stìa*.

– Non eri dunque tu? – esclamò Berto. – E che hai fatto?

– Il morto. Sta' zitto. Ti racconterò tutto. Per ora non posso. Ti dico questo soltanto, che sono andato di qua e di là, credendomi felice, dapprima, sai?: poi, per... per tante vicissitudini, mi sono accorto che avevo sbagliato, che fare il morto non è una bella professione: ed eccomi qua: mi rifaccio vivo.

– *Mattia*, l'ho sempre detto io, *Mattia, matto*... Matto! matto! matto! – esclamò Berto. – Ah che gioja m'hai dato! Chi poteva aspettarsela? Mattia vivo... qua! Ma sai che non ci so credere ancora? Lasciati guardare... Mi sembri un altro!

– Vedi che mi sono aggiustato anche l'occhio?

– Ah già, sì... per questo mi pareva... non so... ti guardavo, ti guardavo... Benone! Sù, andiamo di là, da mia moglie... Oh! Ma aspetta... tu...

Si fermò improvvisamente e mi guardò, sconvolto:

– Tu vuoi tornare a Miragno?

– Certamente, stasera.

– Dunque non sai nulla?

Si coprì il volto con le mani e gemette:

– Disgraziato! Che hai fatto... che hai fatto...? Ma non sai che tua moglie...?

– Morta? – esclamai, restando.

– No! Peggio! Ha... ha ripreso marito!

Trasecolai.

– Marito?

– Sì, Pomino! Ho ricevuto la partecipazione. Sarà più d'un anno.

– Pomino? Pomino, marito di... – balbettai; ma subito un riso amaro, come un rigurgito di bile, mi saltò alla gola, e risi, risi fragorosamente.

Roberto mi guardava sbalordito, forse temendo che fossi levato di cervello.

– Ridi?

– Ma sì! ma si! ma sì! – gli gridai, scotendolo per le braccia. – Tanto meglio! Questo è il colmo della mia fortuna!

– Che dici? – scattò Roberto, quasi rabbiosamente.

– Fortuna? Ma se tu ora vai lì...

– Subito ci corro, figùrati!

– Ma non sai dunque che ti tocca a riprendertela?

– Io? Come!

– Ma certo! – raffermò Berto, mentre sbalordito lo guardavo io, ora, a mia volta. – Il secondo matrimonio s'annulla, e tu sei obbligato a riprendertela.

Sentii sconvolgermi tutto.

– Come! Che legge è questa? – gridai. – Mia moglie si rimarita, ed io... Ma che? Sta' zitto! Non è possibile!

– E io ti dico invece che è proprio così! – sostenne Berto. – Aspetta: c'è di là mio cognato. Te lo spiegherà meglio lui, che è dottore in legge. Vieni... o meglio, no: attendi un po' qua: mia moglie è incinta; non vorrei che, per quanto ti conosca poco, le potesse far male un'impressione troppo forte... Vado a prevenirla... Attendi, eh?

E mi tenne la mano fin sulla soglia dell'uscio, come se temesse ancora, che – lasciandomi per un momento – io potessi sparir di nuovo.

Rimasto solo, mi misi a fare in quel salottino le volte del leone.[1] «Rimaritata! con Pomino! Ma sicuro... Anche la stessa moglie. Lui – eh già! – la aveva amata prima. Non gli sarà parso vero! E anche lei... figuriamoci! Ricca, moglie di Pomino... E mentre lei qua s'era rimaritata, io là a Roma... E ora devo riprendermela! Ma possibile?»

Poco dopo, Roberto venne a chiamarmi tutto esultante. Ero ormai però tanto scombussolato da questa notizia inattesa, che non potei rispondere alla festa che mi fecero mia cognata e la madre e il fratello di lei. Berto se n'accorse, e interpellò subito il cognato su ciò che mi premeva soprattutto di sapere.

– Ma che legge è questa? – proruppi ancora una volta. – Scusi! Questa è legge turca!

Il giovane avvocato sorrise, rassettandosi le lenti sul naso, con aria di superiorità.

– Ma pure è così, – mi rispose. – Roberto ha ragione. Non rammento con precisione l'articolo, ma il caso è previsto dal codice: il secondo matrimonio diventa nullo, alla ricomparsa del primo coniuge.

---

1 *fare... le volte del leone*: andare avanti e indietro come un leone in gabbia.

– E io devo riprendermi, – esclamai irosamente, – una donna che, a saputa di tutti, è stata per un anno intero in funzione di moglie con un altr'uomo, il quale...

– Ma per colpa sua, scusi, caro signor Pascal! – m'interruppe l'avvocatino, sempre sorridente.

– Per colpa mia? Come? – feci io. – Quella buona donna sbaglia, prima di tutto, riconoscendomi nel cadavere d'un disgraziato che s'annega, poi s'affretta a riprender marito, e la colpa è mia? e io devo riprendermela?

– Certo, – replicò quegli, – dal momento che lei, signor Pascal, non volle correggere a tempo, prima cioè del termine prescritto dalla legge per contrarre un secondo matrimonio, lo sbaglio di sua moglie, sbaglio che poté anche – non nego – essere in mala fede. Lei lo accettò, quel falso riconoscimento, e se ne avvalse... Oh, badi: io la lodo di questo: per me ha fatto benissimo. Mi fa specie, anzi, che lei ritorni a ingarbugliarsi nell'intrico di queste nostre stupide leggi sociali. Io, ne' panni suoi, non mi sarei fatto più vivo.

La calma, la saccenteria spavalda di questo giovanottino laureato di fresco m'irritarono.

– Ma perché lei non sa che cosa voglia dire! – gli risposi, scrollando le spalle.

– Come! – riprese lui. – Si può dare maggior fortuna, maggior felicità di questa?

– Sì, la provi! la provi! – esclamai, voltandomi verso Berto, per piantarlo lì, con la sua presunzione.

Ma anche da questo lato trovai spine.

– Oh, a proposito, – mi domandò mio fratello, – e come hai fatto, in tutto questo tempo, per...?

E stropicciò il pollice e l'indice, per significare quattrini.

– Come ho fatto? – gli risposi. – Storia lunga! Non sono adesso in condizione di narrartela. Ma ne ho avuti, sai? quattrini, e ne ho ancora: non credere dunque ch'io ritorni ora a Miragno perché ne sia a corto!

– Ah, ti ostini a tornarci? – insistette Berto, – anche dopo queste notizie?

– Ma si sa che ci torno! – esclamai. – Ti pare che, dopo

quello che ho sperimentato e sofferto, voglia fare ancora il morto? No, caro mio: là, là; voglio le mie carte in regola, voglio risentirmi vivo, ben vivo, e anche a costo di riprendermi la moglie. Di' un po', è ancora viva la madre... la vedova Pescatore?

– Oh, non so, – mi rispose Berto. – Comprenderai che, dopo il secondo matrimonio... Ma credo di sì, che sia viva...

– Mi sento meglio! – esclamai. – Ma non importa! Mi vendicherò! Non son più quello di prima, sai? Soltanto mi dispiace che sarà una fortuna per quell'imbecille di Pomino!

Risero tutti. Il servo venne intanto ad annunziare ch'era in tavola. Dovetti fermarmi a desinare; ma fremevo di tanta impazienza, che non m'accorsi nemmeno di mangiare; sentii però infine che avevo divorato. La fiera, in me, s'era rifocillata, per prepararsi all'imminente assalto.

Berto mi propose di trattenermi almeno per quella sera in villa: la mattina seguente saremmo andati insieme a Miragno. Voleva godersi la scena del mio ritorno impreveduto alla vita, quel mio piombar come un nibbio là sul nido di Pomino. Ma io non tenevo più alle mosse, e non volli saperne: lo pregai di lasciarmi andar solo, e quella sera stessa, senz'altro indugio.

Partii col treno delle otto: fra mezz'ora, a Miragno.


XVIII · IL FU MATTIA PASCAL

Tra l'ansia e la rabbia (non sapevo che mi agitasse di più, ma eran forse una cosa sola: ansiosa rabbia, rabbiosa ansia) non mi curai più se altri mi riconoscesse prima di scendere o appena sceso a Miragno.

M'ero cacciato in un vagone di prima classe, per unica precauzione. Era sera; e del resto, l'esperimento fatto su Berto mi rassicurava: radicata com'era in tutti la certezza della mia trista morte, ormai di due anni lontana, nessuno avrebbe più potuto pensare ch'io fossi Mattia Pascal.

Mi provai a sporgere il capo dal finestrino, sperando che la vista dei noti luoghi mi destasse qualche altra emozione meno violenta; ma non valse che a farmi crescer l'ansia e la rabbia. Sotto la luna, intravidi da lontano il clivio della *Stìa*.

– Assassine! – fischiai tra i denti. – Là... Ma ora...

Quante cose, sbalordito dall'inattesa notizia, mi ero dimenticato di domandare a Roberto! Il podere, il molino erano stati davvero venduti? o eran tuttora, per comune accordo dei creditori, sotto un'amministrazione provvisoria? E Malagna era morto? E zia Scolastica?

Non mi pareva che fossero passati soltanto due anni e mesi; un'eternità mi pareva, e che – come erano accaduti a me casi straordinarii – dovessero parimenti esserne accaduti a Miragno. Eppure niente, forse, vi era accaduto, oltre quel matrimonio di Romilda con Pomino, normalissimo in sé, e che solo adesso, per la mia ricomparsa, sarebbe diventato straordinario.

Dove mi sarei diretto, appena sceso a Miragno? Dove s'era composto il nido la nuova coppia?

Troppo umile per Pomino, ricco e figlio unico, la casa in cui io, poveretto, avevo abitato. E poi Pomino, tenero di cuore, ci si sarebbe trovato certo a disagio, lì, con l'inevitabile ricordo di me. Forse s'era accasato col padre, nel *Palazzo*. Figurarsi la vedova Pescatore, che arie da matrona, adesso! e quel povero cavalier Pomino, Gerolamo I, delicato, gentile, mansueto, tra le grinfie della megera! Che scene! Né il padre, certo, né il figlio avevano avuto il coraggio di levarsela dai piedi. E ora, ecco – ah che rabbia! – li avrei liberati io...

Sì, là, a casa Pomino, dovevo indirizzarmi: che se anche non ce li avessi trovati, avrei potuto sapere dalla portinaja dove andarli a scovare.

Oh paesello mio addormentato, che scompiglio dimani, alla notizia della mia resurrezione!

C'era la luna, quella sera, e però tutti i lampioncini erano spenti, al solito, per le vie quasi deserte, essendo l'ora della cena pei più.

Avevo quasi perduto, per la estrema eccitazione nervosa, la sensibilità delle gambe: andavo, come se non toccassi terra coi piedi. Non saprei ridire in che animo fossi: ho soltanto l'impressione come d'una enorme, omerica risata che, nell'orgasmo violento, mi sconvolgeva tutte le viscere, senza poter scoppiare: se fosse scoppiata, avrebbe fatto balzar fuori, come denti, i selci della via, e vacillar le case.

Giunsi in un attimo a casa Pomino; ma in quella specie di bacheca che è nell'androne non trovai la vecchia portinaja; fremendo, attendevo da qualche minuto, quando su un battente del portone scorsi una fascia di lutto stinta e polverosa, inchiodata lì, evidentemente, da parecchi mesi. Chi era morto? La vedova Pescatore? Il cavalier Pomino? Uno dei due, certamente. Forse il cavaliere... In questo caso, i miei due colombi, li avrei trovati sù, senz'altro, insediati nel *Palazzo*. Non potei aspettar più oltre: mi lanciai a balzi sù per la scala. Alla seconda branca, ecco la portinaja.

– Il cavalier Pomino?

Dallo stupore con cui quella vecchia tartaruga mi guardò, compresi che proprio il povero cavaliere doveva esser morto.

– Il figlio! il figlio! – mi corressi subito, riprendendo a salire.

Non so che cosa borbottasse tra sé la vecchia per le scale. A pie' dell'ultima branca[1] dovetti fermarmi: non tiravo più fiato! guardai la porta; pensai: «Forse cenano ancora, tutti e tre a tavola... senz'alcun sospetto. Fra pochi istanti, appena avrò bussato a quella porta, la loro vita sarà sconvolta... Ecco, è in mia mano ancora la sorte che pende loro sul capo».

Salii gli ultimi scalini. Col cordoncino del campanello in mano, mentre il cuore mi balzava in gola, tesi l'orecchio. Nessun rumore. E in quel silenzio ascoltai il *tin-tin* lento del campanello, tirato appena, pian piano.

Tutto il sangue m'affluì alla testa, e gli orecchi presero a ronzarmi, come se quel lieve tintinno che s'era spento

---

1 *branca*: rampa.

nel silenzio, m'avesse invece squillato dentro furiosamente e intronato.

Poco dopo, riconobbi con un sussulto, di là dalla porta, la voce della vedova Pescatore.

– Chi è?

Non potei, lì per lì, rispondere: mi strinsi le pugna al petto come per impedir che il cuore mi balzasse fuori. Poi, con voce cupa, quasi sillabando, dissi:

– Mattia Pascal.

– Chi?! – strillò la voce di dentro.

– Mattia Pascal, – ripetei, incavernando ancor più la voce.

Sentii scappare la vecchia strega, certo atterrita, e subito immaginai che cosa in quel momento accadeva di là. Sarebbe venuto l'uomo, adesso: Pomino: il coraggioso!

Ma prima bisognò ch'io risonassi, come dianzi pian piano.

Appena Pomino, spalancata di furia la porta, mi vide – erto – col petto in fuori – innanzi a sé – retrocesse esterrefatto. M'avanzai, gridando:

– Mattia Pascal! Dall'altro mondo.

Pomino cadde a sedere per terra, con un gran tonfo, sulle natiche, le braccia puntate indietro, gli occhi sbarrati:

– Mattia! Tu?!

La vedova Pescatore, accorsa col lume in mano, cacciò uno strillo acutissimo, da partoriente. Io richiusi la porta con una pedata, e d'un balzo le tolsi il lume, che già le cadeva di mano.

– Zitta! – le gridai sul muso. – Mi prendete per un fantasma davvero?

– Vivo?! – fece lei, allibita, con le mani tra i capelli.

– Vivo! vivo! vivo! – seguitai io, con gioja feroce. – Mi riconosceste morto, è vero? affogato là?

– E di dove vieni? – mi chiese con terrore.

– Dal molino, strega! – le urlai. – Tieni qua il lume, guardami bene! Sono io? mi riconosci? o ti sembro ancora quel disgraziato che s'affogò alla *Stìa*?

– Non eri tu?

– Crepa, megera! Io sono qua, vivo! Sù, alzati tu, bel tomo! Dov'è Romilda?

– Per carità... – gemette Pomino, levandosi in fretta. – La piccina... ho paura... il latte...

Lo afferrai per un braccio, restando io, ora, a mia volta:

– Che piccina?

– Mia... mia figlia... – balbettò Pomino.

– Ah che assassinio! – gridò la Pescatore.

Non potei rispondere ancora sotto l'impressione di questa nuova notizia.

– Tua figlia?... – mormorai. – Una figlia, per giunta?... E questa, ora...

– Mamma, da Romilda, per carità... – scongiurò Pomino.

Ma troppo tardi. Romilda, col busto slacciato, la poppante al seno, tutta in disordine, come se – alle grida – si fosse levata di letto in fretta e in furia, si fece innanzi, m'intravide:

– Mattia! – e cadde tra le braccia di Pomino e della madre, che la trascinarono via, lasciando, nello scompiglio, la piccina in braccio a me, accorso con loro.

Restai al bujo, là, nella sala d'ingresso, con quella gracile bimbetta in braccio, che vagiva con la vocina agra di latte. Costernato, sconvolto, sentivo ancora negli orecchi il grido della donna ch'era stata mia, e che ora, ecco, era madre di questa bimba non mia, non mia! mentre la mia, ah, non la aveva amata, lei, allora! E dunque, no, io ora, no, perdio! non dovevo aver pietà di questa, né di loro. S'era rimaritata? E io ora... – Ma seguitava a vagire quella piccina, a vagire; e allora... che fare? per quietarla, me l'adagiai sul petto e cominciai a batterle pian pianino una mano su le spallucce e a dondolarla passeggiando. L'odio mi sbollì, l'impeto cedette. E a poco a poco la bimba si tacque.

Pomino chiamò nel bujo con sgomento:

– Mattia!... La piccina!...

– Sta' zitto! L'ho qua, – gli risposi.

– E che fai?

– Me la mangio... Che faccio!... L'avete buttata in

braccio a me... Ora lasciamela stare! S'è quietata. Dov'è Romilda?

Accostandomisi, tutto tremante e sospeso, come una cagna che veda in mano al padrone la sua cucciola:

– Romilda? Perché? – mi domandò.

– Perché voglio parlarle! – gli risposi ruvidamente.

– È svenuta, sai?

– Svenuta? La faremo rinvenire.

Pomino mi si parò davanti, supplichevole:

– Per carità... senti... ho paura... come mai, tu... vivo!... Dove sei stato?... Ah, Dio... Senti... Non potresti parlare con me?

– No! – gli gridai. – Con lei devo parlare. Tu, qua, non rappresenti più nulla.

– Come! io?

– Il tuo matrimonio s'annulla.

– Come... che dici? E la piccina?

– La piccina... la piccina... – masticai. – Svergognati! In due anni, marito e moglie, e una figliuola! Zitta, carina, zitta! Andiamo dalla mamma... Sù, conducimi! Di dove si prende?

Appena entrai nella camera da letto con la bimba in braccio, la vedova Pescatore fece per saltarmi addosso, come una jena.

La respinsi con una furiosa bracciata:

– Andate là, voi! Qua c'è vostro genero: se avete da strillare, strillate con lui. Io non vi conosco!

Mi chinai verso Romilda, che piangeva disperatamente, e le porsi la figliuola:

– Sù, tieni... Piangi? Che piangi? Piangi perché son vivo? Mi volevi morto? Guardami... sù, guardami in faccia! Vivo o morto?

Ella si provò, tra le lagrime, ad alzar gli occhi su me, e con voce rotta dai singhiozzi, balbettò:

– Ma... come... tu? che... che hai fatto?

– Io, che ho fatto? – sogghignai. – Lo domandi a me, che ho fatto? Tu hai ripreso marito... quello sciocco là!... tu hai messo al mondo una figliuola, e hai il coraggio di domandare a me che ho fatto?

– E ora? – gemette Pomino, coprendosi il volto con le mani.

– Ma tu, tu... dove sei stato? Se ti sei finto morto e te ne sei scappato... – prese a strillar la Pescatore, facendosi avanti con le braccia levate.

Glien'afferrai uno, glielo storsi e le urlai:

– Zitta, vi ripeto! Statevene zitta, voi, perché, se vi sento fiatare, perdo la pietà che m'ispira codesto imbecille di vostro genero e quella creaturina là, e faccio valer la legge! Sapete che dice la legge? Ch'io ora devo riprendermi Romilda...

– Mia figlia? tu? Tu sei pazzo! – inveì, imperterrita, colei.

Ma Pomino, sotto la mia minaccia, le si accostò subito a scongiurarla di tacere, di calmarsi, per amor di Dio.

La megera allora lasciò me, e prese a inveire contro di lui, melenso, sciocco, buono a nulla e che non sapeva far altro che piangere e disperarsi come una femminuccia...

Scoppiai a ridere, fino ad averne male ai fianchi.

– Finitela! – gridai, quando potei frenarmi. – Gliela lascio! la lascio a lui volentieri! Mi credete sul serio così pazzo da ridiventar vostro genero? Ah, povero Pomino! Povero amico mio, scusami, sai? se t'ho detto imbecille; ma hai sentito? te l'ha detto anche lei, tua suocera, e ti posso giurare che, anche prima, me l'aveva detto Romilda, nostra moglie... sì, proprio lei, che le parevi imbecille, stupido, insipido... e non so che altro. È vero, Romilda? di' la verità... Sù, sù, smetti di piangere, cara: rassèttati: guarda, puoi far male alla tua piccina, così... Io ora sono vivo – vedi? – e voglio stare allegro... *Allegro*! come diceva un certo ubriaco amico mio... Allegro, Pomino! Ti pare che voglia lasciare una figliuola senza mamma? Ohibò! Ho già un figliuolo senza babbo... Vedi, Romilda? Abbiamo fatto pari e patta: io ho un figlio, che è figlio di Malagna, e tu ormai hai una figlia, che è figlia di Pomino. Se Dio vuole, li mariteremo insieme, un giorno! Ormai quel figliuolo là non ti deve far più dispetto... Parliamo di cose allegre... Ditemi come tu e tua madre avete fatto a riconoscermi morto, là, alla *Stìa*...

– Ma anch'io! – esclamò Pomino, esasperato. – Ma tutto il paese! Non esse sole!

– Bravi! bravi! Tanto dunque mi somigliava?

– La tua stessa statura... la tua barba... vestito come te, di nero... e poi, scomparso da tanti giorni...

– E già, me n'ero scappato, hai sentito? Come se non m'avessero fatto scappar loro... Costei, costei... Eppure stavo per ritornare, sai? Ma sì, carico d'oro! Quando... che è, che non è, morto, affogato, putrefatto... e riconosciuto, per giunta! Grazie a Dio, mi sono scialato, due anni; mentre voi, qua: fidanzamento, nozze, luna di miele, feste, gioje, la figliuola... chi muore giace, eh? e chi vive si dà pace...

– E ora? come si fa ora? – ripeté Pomino, gemendo, tra le spine. – Questo dico io!

Romilda s'alzò per adagiar la bimba nella cuna.

– Andiamo, andiamo di là, – diss'io. – La piccina s'è riaddormentata. Discuteremo di là.

Ci recammo nella sala da pranzo, dove, sulla tavola ancora apparecchiata, erano i resti della cena. Tutto tremante, stralunato, scontraffatto[1] nel pallore cadaverico, battendo di continuo le palpebre su gli occhietti diventati scialbi, forati in mezzo da due punti neri, acuti di spasimo, Pomino si grattava la fronte e diceva, quasi vaneggiando:

– Vivo... vivo... Come si fa? come si fa?

– Non mi seccare! – gli gridai. – Adesso vedremo, ti dico.

Romilda, indossata la veste da camera, venne a raggiungerci. Io rimasi a guardarla alla luce, ammirato: era ridivenuta bella come un tempo, anzi più formosa.

– Fammiti vedere... – le dissi. – Permetti, Pomino? Non c'è niente di male: sono marito anch'io, anzi prima e più di te. Non ti vergognare, via, Romilda! Guarda, guarda come si torce Mino! Ma che ti posso fare se non son morto davvero?

– Così non è possibile! – sbuffò Pomino, livido.

---

1 *scontraffatto*: stravolto.

– S'inquieta! – feci, ammiccando, a Romilda. – No,
via, calmati, Mino... Ti ho detto che te la lascio, e man-
tengo la parola. Solo, aspetta... con permesso!

Mi accostai a Romilda e le scoccai un bel bacione su la
guancia.

– Mattia! – gridò Pomino, fremente.

Scoppiai a ridere di nuovo.

– Geloso? di me? Va' là! Ho il diritto della precedenza.
Del resto, sù, Romilda, cancella, cancella... Guarda, venendo, supponevo (scusami, sai, Romilda), supponevo, caro Mino, che t'avrei fatto un gran piacere, a liberartene, e
ti confesso che questo pensiero m'affliggeva moltissimo,
perché volevo vendicarmi, e vorrei ancora, non credere,
togliendoti adesso Romilda, adesso che vedo che le vuoi
bene e che lei... sì, mi pare un sogno, mi pare quella di
tant'anni fa... ricordi, eh, Romilda?... Non piangere! ti ri-
metti a piangere? Ah, bei tempi... sì, non tornano più!...
Via, via: voi ora avete una figliuola, e dunque non se ne
parli più! Vi lascio in pace, che diamine!

– Ma il matrimonio s'annulla? – gridò Pomino.

– E tu lascialo annullare! – gli dissi. – Si annullerà *pro
forma*, se mai: non farò valere i miei diritti e non mi farò
neppure riconoscer vivo ufficialmente, se proprio non mi
costringono. Mi basta che tutti mi rivedano e mi risappia-
no vivo di fatto, per uscir da questa morte, che è morte
vera, credetelo! Già lo vedi: Romilda, qua, ha potuto divenir tua moglie... il resto non m'importa! Tu hai contratto pubblicamente il matrimonio; è noto a tutti che lei è,
da un anno, tua moglie, e tale rimarrà. Chi vuoi che si cu-
ri più del valor legale del suo primo matrimonio? Acqua
passata... Romilda *fu* mia moglie: ora, da un anno, *è tua*,
madre d'una tua bambina. Dopo un mese non se ne parlerà più. Dico bene, doppia suocera?

La Pescatore, cupa, aggrondata, approvò col capo. Ma
Pomino, nel crescente orgasmo, domandò:

– E tu rimarrai qua, a Miragno?

– Sì, e verrò qualche sera a prendermi in casa tua una
tazza di caffè o a bere un bicchier di vino alla vostra salute.

– Questo, no! – scattò la Pescatore, balzando in piedi.

– Ma se scherza!... – osservò Romilda, con gli occhi bassi.

Io m'ero messo a ridere come dianzi.

– Vedi, Romilda? – le dissi. – Hanno paura che riprendiamo a fare all'amore... Sarebbe pur carina! No, no: non tormentiamo Pomino... Vuol dire che se lui non mi vuole più in casa, mi metterò a passeggiare giù per la strada, sotto le tue finestre. Va bene? E ti farò tante belle serenate.

Pomino, pallido, vibrante, passeggiava per la stanza, brontolando:

– Non è possibile... non è possibile...

A un certo punto s'arrestò e disse:

– Sta di fatto che lei... con te, qua, vivo, non sarà più mia moglie...

– E tu fa' conto che io sia morto! – gli risposi tranquillamente.

Riprese a passeggiare:

– Questo conto non posso più farlo!

– E tu non lo fare. Ma, via, credi davvero – soggiunsi, – che vorrò darti fastidio, se Romilda non vuole? deve dirlo lei... Sù, di', Romilda, chi è più bello? io o lui?

– Ma io dico di fronte alla legge! di fronte alla legge! – gridò egli, arrestandosi di nuovo.

Romilda lo guardava, angustiata e sospesa.

– In questo caso, – gli feci osservare, – mi sembra che più di tutti, scusa, dovrei risentirmi io, che vedrò d'ora innanzi la mia bella *quondam* metà[1] convivere maritalmente con te.

– Ma anche lei, – rimbeccò Pomino, – non essendo più mia moglie...

– Oh, insomma, – sbuffai, – volevo vendicarmi e non mi vendico; ti lascio la moglie, ti lascio in pace, e non ti contenti? Sù, Romilda, alzati! andiamocene via, noi due! Ti propongo un bel viaggetto di nozze... Ci divertiremo! Lascia questo pedante seccatore. Pretende ch'io vada a buttarmi davvero nella gora del molino, alla *Stìa*.

– Non pretendo questo! – proruppe Pomino al colmo

---

1 *la mia bella* quondam *metà*: la mia bella metà di un tempo.

dell'esasperazione. – Ma vattene, almeno! Vattene via, poiché ti piacque di farti creder morto! Vattene subito, lontano, senza farti vedere da nessuno. Perché io qua... con te... vivo...

Mi alzai; gli battei una mano su la spalla per calmarlo e gli risposi, prima di tutto, ch'ero già stato a Oneglia, da mio fratello, e che perciò tutti, là, a quest'ora, mi sapevano vivo, e che domani, inevitabilmente, la notizia sarebbe arrivata a Miragno; poi:

– Morto di nuovo? lontano da Miragno? Tu scherzi, mio caro! – esclamai. – Va' là: fa' il marito in pace, senza soggezione... Il tuo matrimonio, comunque sia, s'è celebrato. Tutti approveranno, considerando che c'è di mezzo una creaturina. Ti prometto e giuro che non verrò mai a importunarti, neanche per una miserrima tazza di caffè, neanche per godere del dolce, esilarante spettacolo del vostro amore, della vostra concordia, della vostra felicità edificata su la mia morte... Ingrati! Scommetto che nessuno, neanche tu, sviscerato amico, nessuno di voi è andato ad appendere una corona, a lasciare un fiore su la tomba mia, là nel camposanto... Di', è vero? Rispondi!

– Ti va di scherzare!... – fece Pomino, scrollandosi.

– Scherzare? Ma nient'affatto! Là c'è davvero il cadavere di un uomo, e non si scherza! Ci sei stato?

– No... non... non ne ho avuto il coraggio... – borbottò Pomino.

– Ma di prendermi la moglie, sì, birbaccione!

– E tu a me? – diss'egli allora, pronto. – Tu a me non l'avevi tolta, prima, da vivo?

– Io? – esclamai. – E dàlli! Ma se non ti volle lei! Lo vuoi dunque ripetuto che le sembravi proprio uno sciocco? Diglielo tu, Romilda, per favore: vedi, m'accusa di tradimento... Ora, che c'entra! è tuo marito, e non se ne parla più; ma io non ci ho colpa... Sù, sù. Ci andrò io domani da quel povero morto, abbandonato là, senza un fiore, senza una lacrima... Di', c'è almeno una lapide su la fossa?

– Sì – s'affrettò a rispondermi Pomino. – A spese del Municipio... Il povero babbo...

– Mi lesse l'elogio funebre, lo so! Se quel pover'uomo sentiva... Che c'è scritto su la lapide?

– Non so... La dettò Lodoletta.

– Figuriamoci! – sospirai. – Basta. Lasciamo anche questo discorso. Raccontami, raccontami piuttosto come vi siete sposati così presto... Ah, come poco mi piangesti, vedovella mia... Forse niente, eh? di' sù, possibile ch'io non debba sentir la tua voce? Guarda: è già notte avanzata... appena spunterà il giorno, io andrò via, e sarà come non ci avessimo mai conosciuto... Approfittiamoci di queste poche ore. Sù, dimmi...

Romilda si strinse nelle spalle, guardò Pomino, sorrise nervosamente: poi, riabbassando gli occhi e guardandosi le mani:

– Che posso dire? Certo che piansi...

– E non te lo meritavi! – brontolò la Pescatore.

– Grazie! Ma infine, via... fu poco, è vero? – ripresi. – Codesti begli occhi, che pur s'ingannarono così facilmente, non ebbero a sciuparsi molto, di certo.

– Rimanemmo assai male, – disse, a mo' di scusa, Romilda. – E se non fosse stato per lui...

– Bravo Pomino! – esclamai. – Ma quella canaglia di Malagna, niente?

– Niente, – rispose, dura, asciutta, la Pescatore. – Tutto fece lui...

E additò Pomino.

– Cioè... cioè... – corresse questi, – il povero babbo... Sai ch'era al Municipio? Bene, fece prima accordare una pensioncina, data la sciagura... e poi...

– Poi accondiscese alle nozze?

– Felicissimo! E ci volle qua, tutti, con sé... Mah! Da due mesi...

E prese a narrarmi la malattia e la morte del padre; l'amore di lui per Romilda e per la nipotina; il compianto che la sua morte aveva raccolto in tutto il paese. Io domandai allora notizie della zia Scolastica, tanto amica del cavalier Pomino. La vedova Pescatore, che si ricordava ancora del batuffolo di pasta appiastratole in faccia dalla terribile vecchia, si agitò sulla sedia. Pomino mi rispose che non la vedeva più da due anni, ma che era viva; poi, a sua volta, mi domandò che avevo fatto io, dov'ero stato, ecc. Dissi quel tanto che potevo senza far nomi né di luoghi né di persone, per dimostrare che non m'ero affatto spassato in quei due anni. E così, conversando insieme, aspettammo l'alba del giorno in cui doveva pubblicamente affermarsi la mia resurrezione.

Eravamo stanchi della veglia e delle forti emozioni provate; eravamo anche infreddoliti. Per riscaldarci un po', Romilda volle preparare con le sue mani il caffè. Nel porgermi la tazza, mi guardò, con su le labbra un lieve, mesto sorriso, quasi lontano, e disse:

– Tu, al solito, senza zucchero, è vero?

Che lesse in quell'attimo negli occhi miei? Abbassò subito lo sguardo.

In quella livida luce dell'alba, sentii stringermi la gola da un nodo di pianto inatteso, e guardai Pomino odiosamente. Ma il caffè mi fumava sotto il naso, inebriandomi del suo aroma e cominciai a sorbirlo lentamente. Domandai quindi a Pomino il permesso di lasciare a casa sua la valigia, fino a tanto che non avessi trovato un alloggio: avrei poi mandato qualcuno a ritirarla.

– Ma sì! ma sì! – mi rispose egli, premuroso. – Anzi non te ne curare: penserò io a fartela portare...

– Oh, – dissi, – tanto è vuota, sai?... A proposito, Romilda: avresti ancora, per caso, qualcosa di mio... abiti, biancheria?

– No, nulla... – mi rispose, dolente, aprendo le mani. – Capirai... dopo la disgrazia...

– Chi poteva immaginarselo? – esclamò Pomino.

Ma giurerei ch'egli, l'avaro Pomino, aveva al collo un mio antico fazzoletto di seta.

– Basta. Addio, eh! Buona fortuna! – diss'io, salutando, con gli occhi fermi su Romilda, che non volle guardarmi. Ma la mano le tremò, nel ricambiarmi il saluto. – Addio! Addio!

Sceso giù in istrada, mi trovai ancora una volta sperduto, pur qui, nel mio stesso paesello nativo: solo, senza casa, senza mèta.

«E ora?» domandai a me stesso. «Dove vado?»

Mi avviai, guardando la gente che passava. Ma che! Nessuno mi riconosceva? Eppure ero ormai tal quale: tutti, vedendomi, avrebbero potuto almeno pensare: «Ma guarda quel forestiero là, come somiglia al povero Mattia Pascal! Se avesse l'occhio un po' storto, si direbbe proprio lui». Ma che! Nessuno mi riconosceva, perché nessuno pensava più a me. Non destavo neppure curiosità, la minima sorpresa... E io che m'ero immaginato uno scoppio, uno scompiglio, appena mi fossi mostrato per le vie! Nel disinganno profondo, provai un avvilimento, un dispetto, un'amarezza che non saprei ridire; e il dispetto e l'avvilimento mi trattenevano dallo stuzzicar l'attenzione di coloro che io, dal canto mio, riconoscevo bene: sfido! dopo due anni... Ah, che vuol dir morire! Nessuno, nessuno si ricordava più di me, come se non fossi mai esistito...

Due volte percorsi da un capo all'altro il paese, senza che nessuno mi fermasse. Al colmo dell'irritazione, pensai di ritornar da Pomino, per dichiarargli che i patti non mi convenivano e vendicarmi sopra lui dell'affronto che mi pareva tutto il paese mi facesse non riconoscendomi più. Ma né Romilda con le buone mi avrebbe seguito, né io per il momento avrei saputo dove condurla. Dovevo almeno prima cercarmi una casa. Pensai d'andare al Municipio, all'ufficio dello stato civile, per farmi subito cancellare dal registro dei morti; ma, via facendo, mutai pensiero e mi ridussi invece a questa biblioteca di Santa Maria Liberale, dove trovai al mio posto il reverendo amico don Eligio Pellegrinotto, il quale non mi riconobbe neanche lui, lì per lì. Don Eligio veramente sostiene che mi riconobbe subito e che soltanto aspettò ch'io pronunziassi il mio nome per buttarmi le braccia al collo, parendogli impossibile che fossi io, e non potendo abbracciar subito uno che gli *pareva* Mattia Pascal. Sarà pure così! Le prime feste me le ebbi da lui, calorosissime; poi egli volle per forza ricondurmi seco in paese per cancellarmi dall'animo la cattiva impressione che la dimenticanza dei miei concittadini mi aveva fatto.

Ma io ora, per ripicco, non voglio descrivere quel che

seguì alla farmacia del Brìsigo prima, poi al *Caffè dell'U-nione*, quando don Eligio, ancor tutto esultante, mi presentò redivivo. Si sparse in un baleno la notizia, e tutti accorsero a vedermi e a tempestarmi di domande. Volevano sapere da me chi fosse allora colui che s'era annegato alla *Stìa*, come se non mi avessero riconosciuto loro: tutti, a uno a uno. E dunque ero io, proprio io: donde tornavo? dall'altro mondo! che avevo fatto? il morto! Presi il partito di non rimuovermi da queste due risposte, e lasciar tutti stizziti nell'orgasmo della curiosità, che durò parecchi e parecchi giorni. Né più fortunato degli altri fu l'amico Lodoletta che venne a «intervistarmi» per il *Foglietto*. Invano, per commuovermi, per tirarmi a parlare mi portò una copia del suo giornale di due anni avanti, con la mia necrologia. Gli dissi che la sapevo a memoria, perché all'Inferno il *Foglietto* era molto diffuso.

– Eh, altro! Grazie caro! Anche della lapide... Andrò a vederla, sai?

Rinunzio a trascrivere il suo nuovo *pezzo forte* della domenica seguente che recava a grosse lettere il titolo: MATTIA PASCAL È VIVO!

Tra i pochi che non vollero farsi vedere, oltre ai miei creditori, fu Batta Malagna, che pure – mi dissero – aveva due anni avanti mostrato una gran pena per il mio barbaro suicidio. Ci credo. Tanta pena allora, sapendomi sparito per sempre, quanto dispiacere adesso, sapendomi ritornato alla vita. Vedo il perché di quella e di questo.

E Oliva? L'ho incontrata per via, qualche domenica, all'uscita della messa, col suo bambino di cinque anni per mano, florido e bello come lei: – mio figlio! Ella mi ha guardato con occhi affettuosi e ridenti, che m'han detto in un baleno tante cose...

Basta. Io ora vivo in pace, insieme con la mia vecchia zia Scolastica, che mi ha voluto offrir ricetto in casa sua. La mia bislacca avventura m'ha rialzato d'un tratto nella stima di lei. Dormo nello stesso letto in cui morì la povera mamma mia, e passo gran parte del giorno qua, in biblioteca, in compagnia di don Eligio, che è ancora ben lontano dal dare assetto e ordine ai vecchi libri polverosi.

Ho messo circa sei mesi a scrivere questa mia strana storia, ajutato da lui. Di quanto è scritto qui egli serberà il segreto, come se l'avesse saputo sotto il sigillo della confessione.

Abbiamo discusso a lungo insieme su i casi miei, e spesso io gli ho dichiarato di non saper vedere che frutto se ne possa cavare.

– Intanto, questo, – egli mi dice: – che fuori della legge e fuori di quelle particolarità, liete o tristi che sieno, per cui noi siamo noi, caro signor Pascal, non è possibile vivere.

Ma io gli faccio osservare che non sono affatto rientrato né nella legge, né nelle mie particolarità. Mia moglie è moglie di Pomino, e io non saprei proprio dire ch'io mi sia.

Nel cimitero di Miragno, su la fossa di quel povero ignoto che s'uccise alla *Stìa*, c'è ancora la lapide dettata da Lodoletta:

COLPITO DA AVVERSI FATI
## MATTIA PASCAL
BIBLIOTECARIO
CVOR GENEROSO ANIMA APERTA
QVI VOLONTARIO
RIPOSA

LA PIETÀ DEI CONCITTADINI
QVESTA LAPIDE POSE

Io vi ho portato la corona di fiori promessa e ogni tanto mi reco a vedermi morto e sepolto là. Qualche curioso mi segue da lontano; poi, al ritorno, s'accompagna con me, sorride, e – considerando la mia condizione – mi domanda:

– Ma voi, insomma, si può sapere chi siete?

Mi stringo nelle spalle, socchiudo gli occhi e gli rispondo:

– Eh, caro mio... Io sono il fu Mattia Pascal.

Il signor Alberto Heintz, di Buffalo negli Stati Uniti, al bivio tra l'amore della moglie e quello d'una signorina ventenne, pensa bene di invitar l'una e l'altra a un convegno per prendere insieme con lui una decisione.

Le due donne e il signor Heintz si trovano puntuali al luogo convenuto; discutono a lungo, e alla fine si mettono d'accordo.

Decidono di darsi la morte tutti e tre.

La signora Heintz ritorna a casa; si tira una revolverata e muore. Il signor Heintz, allora, e la sua innamorata signorina ventenne, visto che con la morte della signora Heintz ogni ostacolo alla loro felice unione è rimosso, riconoscono di non aver più ragione d'uccidersi e risolvono di rimanere in vita e di sposarsi. Diversamente però risolve l'autorità giudiziaria, e li trae in arresto.

Conclusione volgarissima.

(Vedere i giornali di New York del 25 gennaio 1921, edizione del mattino.)

\*

Poniamo che un disgraziato scrittor di commedie abbia la cattiva ispirazione di portare sulla scena un caso simile.

---

1 *Avvertenza... fantasia*: questo testo fu pubblicato, fino alla metà (*...si scopre nuda»*, p. 245), su «L'Idea nazionale» del 22 giugno 1921 con il titolo *Gli scrupoli della fantasia*, in risposta alle critiche suscitate non soltanto dalle precedenti edizioni del romanzo, ma soprattutto dalle recenti opere drammaturgiche di Pirandello (si ricordi che, nel maggio del '21, la prima dei *Sei personaggi in cerca d'autore* aveva suscitato clamorose reazioni del pubblico e della critica). L'*Avvertenza*, nella stesura completa qui proposta, apparve, in appendice al romanzo, nell'edizione Bemporad, di Firenze, sempre nel '21, e fu mantenuta in tutte le successive riedizioni.

*Si può esser sicuri che la sua fantasia si farà scrupolo prima di tutto di sanare con eroici rimedii l'assurdità di quel suicidio della signora Heintz, per renderlo in qualche modo verosimile.*

*Ma si può essere ugualmente sicuri, che, pur con tutti i rimedii eroici escogitati dallo scrittor di commedie, novantanove critici drammatici su cento giudicheranno assurdo quel suicidio e inverosimile la commedia.*

*Perché la vita, per tutte le sfacciate assurdità, piccole e grandi, di cui beatamente è piena, ha l'inestimabile privilegio di poter fare a meno di quella stupidissima verosimiglianza, a cui l'arte crede suo dovere obbedire.*

*Le assurdità della vita non hanno bisogno di parer verosimili, perché sono vere. All'opposto di quelle dell'arte che, per parer vere, hanno bisogno d'esser verosimili. E allora, verosimili, non sono più assurdità.*

*Un caso della vita può essere assurdo; un'opera d'arte, se è opera d'arte, no.*

*Ne segue che tacciare d'assurdità e d'inverosimiglianza, in nome della vita, un'opera d'arte è balordaggine.*

*In nome dell'arte, sì; in nome della vita, no.*

\*

*C'è nella storia naturale un regno studiato dalla zoologia, perché popolato dagli animali.*

*Tra i tanti animali che lo popolano è compreso anche l'uomo.*

*E lo zoologo sì, può parlare dell'uomo e dire, per esempio, che non è un quadrupede ma un bipede, e che non ha la coda, vuoi come la scimmia, vuoi come l'asino, vuoi come il pavone.*

*All'uomo di cui parla lo zoologo non può mai capitar la disgrazia di perdere, poniamo, una gamba e di farsela mettere di legno; di perdere un occhio e di farselo mettere di vetro. L'uomo dello zoologo ha sempre due gambe, di cui nessuna di legno; sempre due occhi, di cui nessuno di vetro.*

*E contraddire allo zoologo è impossibile. Perché lo zoologo, se gli presentate un tale con una gamba di legno o con un*

241

*occhio di vetro, vi risponde che egli non lo conosce, perché quello non è* l'uomo, *ma* un uomo.

*È vero però che noi tutti, a nostra volta, possiamo rispondere allo zoologo che* l'uomo *ch'egli conosce non esiste, e che invece esistono* gli uomini, *di cui nessuno è uguale all'altro e che possono anche avere per disgrazia una gamba di legno o un occhio di vetro.*

*Si domanda a questo punto se vogliono esser considerati come zoologi o come critici letterarii quei tali signori che, giudicando un romanzo o una novella o una commedia, condannano questo o quel personaggio, questa o quella rappresentazione di fatti o di sentimenti, non già in nome dell'arte come sarebbe giusto, ma in nome d'una* umanità *che sembra essi conoscano a perfezione, come se realmente in astratto esistesse, fuori cioè di quell'infinita varietà d'uomini capaci di commettere tutte quelle sullodate assurdità* che non hanno bisogno di parer verosimili, perché sono vere.

\*

*Intanto, per l'esperienza che dal canto mio ho potuto fare d'una tal critica, il bello è questo: che mentre lo zoologo riconosce che l'uomo si distingue dalle altre bestie anche per il fatto che l'uomo ragiona e che le bestie non ragionano; il ragionamento appunto (vale a dire ciò che è più proprio dell'uomo) è apparso tante volte ai signori critici, non come un eccesso se mai, ma anzi come un difetto d'umanità in tanti miei non allegri personaggi. Perché pare che* umanità, *per loro, sia qualche cosa che più consista nel sentimento che nel ragionamento.*

*Ma volendo parlare così astrattamente come codesti critici fanno, non è forse vero che mai l'uomo tanto appassionatamente ragiona (o sragiona, che è lo stesso), come quando soffre, perché appunto delle sue sofferenze vuol veder la radice, e chi gliele ha date, e se e quanto sia stato giusto il darglielе; mentre, quando gode, si piglia il godimento e non ragiona, come se il godere fosse suo diritto?*

*Dovere delle bestie è il soffrire senza ragionare. Chi soffre e ragiona (appunto perché soffre), per quei signori critici non è* umano; *perché pare che, chi soffra, debba esser soltanto be-stia, e che soltanto quando sia* bestia, *sia per essi* umano.

*

*Ma di recente ho pur trovato un critico, a cui son molto grato.*

*A proposito della mia* disumana *e, pare, inguaribile «cere-bralità» e paradossale inverosimiglianza delle mie favole e dei miei personaggi, egli ha domandato a quegli altri critici donde attingevano il criterio per giudicare siffattamente il mondo della mia arte.* [1]

*«Dalla cosiddetta vita normale?» ha domandato. «Ma co-s'è questa se non un sistema di rapporti, che noi scegliamo nel caos degli eventi quotidiani e che arbitrariamente qualifi-chiamo* normale?» *Per concludere che «non si può giudicare il mondo d'un artista con un criterio di giudizio attinto altro-ve che da questo mondo medesimo».*

*Debbo aggiungere, per dar credito a questo critico presso gli altri critici, che non ostante questo, anzi proprio per que-sto, anch'egli poi giudica sfavorevolmente l'opera mia: perché gli pare, cioè, ch'io non sappia dar valore e senso universal-mente umano alle mie favole e ai miei personaggi; tanto da lasciar perplesso chi deve giudicarli, se io non abbia inteso piuttosto limitarmi a riprodurre certi curiosi casi, certe parti-colarissime situazioni psicologiche.*

*Ma se il valore e il senso* universalmente umano *di certe mie favole e di certi miei personaggi, nel contrasto, com'egli dice, tra realtà e illusione, tra volto individuale ed immagine sociale di esso, consistesse innanzi tutto nel senso e nel valore da dare a quel primo contrasto, il quale, per una beffa co-stante della vita, ci si scopre sempre inconsistente, in quanto che,* necessariamente *purtroppo, ogni realtà d'oggi è destina-ta a scoprircisi illusione domani, ma illusione* necessaria, *se purtroppo fuori di essa non c'è per noi altra realtà?* [2] *Se consi-*

1 *egli ha... arte*: è Adriano Tilgher in *Il teatro dello specchio*, da «La Stampa», 18-19 agosto 1920.
2 *ci si scopre... realtà*: cfr. *Sei personaggi in cerca d'autore*, ed. cit., p. 126; *Uno, nessuno e centomila*, in L. Pirandello, *Tutti i romanzi*, ed. cit., vol. II, p. 800.

*stesse appunto in questo, che un uomo o una donna, messi da altri o da se stessi in una penosa situazione, socialmente anormale, assurda per quanto si voglia, vi durano, la sopportano, la rappresentano davanti agli altri, finché non la vedono, sia pure per la loro cecità o incredibile buonafede; perché appena la vedono come a uno specchio che sia posto loro davanti, non la sopportano più, ne provan tutto l'orrore e la infrangono o, se non possono infrangerla, se ne senton morire? Se consistesse appunto in questo, che una situazione, socialmente anormale, si accetta, anche vedendola a uno specchio, che in questo caso ci para davanti la nostra stessa illusione; e allora la si rappresenta, soffrendone tutto il martirio, finché la rappresentazione di essa sia possibile dentro la maschera soffocante che da noi stessi ci siamo imposta o che da altri o da una crudele necessità ci sia stata imposta, cioè fintanto che sotto questa maschera un sentimento nostro, troppo vivo, non sia ferito così addentro, che la ribellione alla fine prorompa e quella maschera si stracci e si calpesti?*

«Allora, di colpo» dice il critico «un fiotto d'umanità invade questi personaggi, le marionette divengono improvvisamente creature di carne e di sangue, e parole che bruciano l'anima e straziano il cuore escono dalle loro labbra.»

E sfido! Hanno scoperto il loro nudo volto individuale sotto quella maschera, che li rendeva marionette di se stessi,[1] o in mano agli altri; che li faceva in prima apparir duri, legnosi, angolosi, senza finitezza e senza delicatezza, complicati e strapiombanti,[2] come ogni cosa combinata e messa sù non liberamente ma per necessità, in una situazione anormale, inverosimile, paradossale, tale insomma che essi alla fine non han potuto più sopportarla e l'hanno rotta.

L'arruffío, se c'è, dunque è voluto; il macchinismo, se c'è, dunque è voluto; ma non da me: bensì dalla favola stessa, dagli stessi personaggi; e si scopre subito, difatti: spesso è concertato apposta e messo sotto gli occhi nell'atto stesso di concertarlo e di combinarlo: è la maschera per una

1 *marionette di se stessi*: cfr. *Ciascuno a suo modo*, ed. cit., pp. 197-98.
2 *strapiombanti*: non diritti a piombo.

*Rappresentazione; il giuoco delle parti;*[1] *quello che vorremmo o dovremmo essere; quello che agli altri pare che siamo; mentre quel che siamo, non lo sappiamo, fino a un certo punto, neanche noi stessi; la goffa, incerta metafora di noi; la costruzione, spesso arzigogolata, che facciamo di noi, o che gli altri fanno di noi: dunque, davvero, un macchinismo, sì, in cui ciascuno volutamente, ripeto, è la marionetta di se stesso; e poi, alla fine, il calcio che manda all'aria tutta la baracca.*

*Credo che non mi resti che di congratularmi con la mia fantasia se, con tutti i suoi scrupoli, ha fatto apparir come difetti reali, quelli ch'eran voluti da lei: difetti di quella fittizia costruzione che i personaggi stessi han messo su di sé e della loro vita, o che altri ha messo sù per loro: i difetti insomma della* maschera *finché non si scopre* nuda.[2]

\*

*Ma una consolazione più grande m'è venuta dalla vita, o dalla cronaca quotidiana, a distanza di circa vent'anni dalla prima pubblicazione di questo mio romanzo* Il fu Mattia Pascal, *che ancora una volta oggi si ristampa.*

*Neppure ad esso, quando apparve per la prima volta, mancò, pur tra il consenso quasi unanime, chi lo tacciasse d'inverosimiglianza.*

*Ebbene, la vita ha voluto darmi la prova della verità di esso in una misura veramente eccezionale, fin nella minuzia di certi caratteristici particolari spontaneamente trovati dalla mia fantasia.*

*Ecco quanto si leggeva nel* Corriere della Sera *del 27 marzo 1920:*

1 *il giuoco delle parti*: così il titolo di un famoso dramma pirandelliano messo in scena nel 1918 e pubblicato l'anno dopo. Si ricordi che proprio questo è il testo che sta allestendo la compagnia dei *Sei personaggi in cerca d'autore* (1921) quando è interrotta dalla visita dei «sei personaggi».

2 *maschera... nuda*: *Maschere nude* è il titolo che Pirandello diede alla prima raccolta in quattro volumi dei suoi lavori teatrali che apparve presso Treves (Milano) nel 1918; titolo che fu mantenuto per tutte le successive riedizioni ampliate dell'opera.

# L'OMAGGIO DI UN VIVO ALLA
## PROPRIA TOMBA

Un singolare caso di bigamìa, dovuto all'affermata ma non sussistente morte di un marito, si è rivelato in questi giorni. Risaliamo brevemente all'antefatto. Nel reparto Calvairate il 26 dicembre 1916 alcuni contadini pescavano dalle acque del canale delle «Cinque chiuse» il cadavere di un uomo rivestito di maglia e pantaloni color marrone. Del rinvenimento fu dato avviso ai carabinieri che iniziarono le investigazioni. Poco dopo il cadavere veniva identificato da tale Maria Tedeschi, ancor piacente donna sulla quarantina, e da certi Luigi Longoni e Luigi Majoli, per quello dell'elettricista Ambrogio Casati di Luigi, nato nel 1869, marito della Tedeschi. In realtà l'annegato assomigliava molto al Casati.

Quella testimonianza, a quanto ora è risultato, sarebbe stata alquanto interessata, specie per il Majoli e per la Tedeschi. Il vero Casati era vivo! Era, però, in carcere ancora dal 21 febbraio dell'anno precedente per un reato contro la proprietà e da tempo viveva diviso, sebbene non legalmente, dalla moglie. Dopo sette mesi di gramaglie, la Tedeschi passava a nuove nozze col Majoli, senza urtare contro nessuno scoglio burocratico. Il Casati finì di scontare la pena l'8 marzo del 1917 e solo in questi giorni egli apprese di essere... morto e che sua moglie si era rimaritata ed era scomparsa. Seppe tutto ciò quando si recò all'Ufficio di anagrafe in piazza Missori, avendo bisogno di un documento. L'impiegato, allo sportello, inesorabilmente gli osservò:

– Ma voi siete morto! Il vostro domicilio legale è al cimitero di Musocco, campo comune 44, fossa n. 550...

Ogni protesta di colui che voleva essere dichiarato vivo fu inutile. Il Casati si propone di far riconoscere i suoi diritti alla... resurrezione, e non appena rettificato, per quanto lo riguarda, lo stato civile, la presunta vedova rimaritata vedrà annullato il secondo matrimonio.

Intanto la stranissima avventura non ha punto afflitto il Casati: anzi si direbbe che l'ha messo di buon umore, e, desideroso di nuove emozioni, ha voluto far una capatina alla... propria tomba e come atto di omaggio alla sua memoria, ha deposto sul tumulo un fragrante mazzo di fiori e vi ha acceso un lumino votivo!

*Il presunto suicidio in un canale; il cadavere estratto e riconosciuto dalla moglie e da chi poi sarà secondo marito di lei; il ritorno del finto morto e finanche l'omaggio alla propria tomba! Tutti i dati di fatto, naturalmente senza tutto quell'altro che doveva dare al fatto valore e senso* universalmente umano.*

*Non posso supporre che il signor Ambrogio Casati, elettricista, abbia letto il mio romanzo e recato i fiori alla sua tomba per imitazione del fu Mattia Pascal.*

*La vita, intanto, col suo beatissimo dispregio d'ogni verosimiglianza, poté trovare un prete e un sindaco che unirono in matrimonio il signor Maioli e la signora Tedeschi senza curarsi di conoscere un dato di fatto, di cui pur forse era facilissimo aver notizia, che cioè il marito signor Casati si trovava in carcere e non sottoterra.*

*La fantasia si sarebbe fatto scrupolo, certamente, di passar sopra a un tal dato di fatto; e ora gode, ripensando alla taccia di inverosimiglianza che anche allora le fu data, di far conoscere di quali reali inverosimiglianze sia capace la vita, anche nei romanzi che, senza saperlo, essa copia dall'arte.*

# INDICE

## IL FU MATTIA PASCAL

i grandi libri Garzanti

## Antico Testamento

*Salmi - Cantico dei cantici*
*Giobbe - Ecclesiaste*

## Greci

Aristofane
*Gli Acarnesi - Le Nuvole -*
*Le Vespe - Gli Uccelli*
Aristofane
*Le Vespe - Gli Uccelli* ☐☐
Callimaco
*Inni - Chioma di*
*Berenice* ☐☐
Epitteto
*Manuale* ☐☐
Erodoto
*Le Storie: Libri I-II.*
*Lidi - Persiani - Egizi* ☐☐
Erodoto
*Le Storie: Libri III-IV.*
*L'impero persiano* ☐☐
Erodoto
*Le Storie: Libri V-VI-VII.*
*I Persiani contro i*
*Greci* ☐☐
Erodoto
*Le Storie: Libri VIII-IX.*
*La vittoria della*
*Grecia* ☐☐

Eschilo
*Orestea* ☐☐
Eschilo
*Prometeo incatenato -*
*I Persiani - I sette contro*
*Tebe - Le supplici* ☐☐
Esiodo
*Opere e giorni* ☐☐
Euripide
*Medea - Ippolito* ☐☐
Euripide
*Elena - Ione* ☐☐
Euripide
*Ecuba - Elettra* ☐☐
Euripide
*Ifigenia in Tauride -*
*Baccanti* ☐☐
Euripide
*Andromaca - Troiane* ☐☐
Lirici greci ☐☐
Luciano
*Racconti fantastici*
Marco Aurelio
*A se stesso (pensieri)* ☐☐

Omero
*Odissea*
Omero
*Iliade*
Pindaro
*Olimpiche* ☐☐
Platone
*Apologia di Socrate - Critone*
*- Fedone - Il convito*
Porfirio
*Sentenze* ☐☐
Procopio
*Carte segrete* ☐☐
Senofonte
*Anabasi* ☐☐
Sofocle
*Edipo re - Edipo a Colono -*
*Antigone* ☐☐
Sofocle
*Aiace - Elettra - Trachinie -*
*Filottete* ☐☐
Teocrito
*Idilli* ☐☐
Tucidide
*La guerra del Peloponneso*

## Latini

Abelardo
*Storia delle mie disgrazie -*
*Lettere d'amore di Abelardo*
*e Eloisa* (4)
Agostino
*Confessioni*
——
*Antologia Palatina* (9) ☐☐
Apuleio
*L'asino d'oro*

Catullo
*Le poesie* ☐☐
Cesare
*La guerra gallica* ☐☐
Cicerone
*Della divinazione* ☐☐
Cicerone
*La vecchiaia -*
*L'amicizia* ☐☐

Cicerone
*Difesa di Archia -*
*Difesa di Milone* ☐☐
Livio
*Storia di Roma:*
*Libri I-II. Dai Re alla*
*Repubblica* ☐☐
Livio
*Storia di Roma:*
*Libri III-IV. Lotte civili*
*e conquiste militari* ☐☐

| Livio | Ovidio | Tacito |
| --- | --- | --- |
| *Storia di Roma: Libri V-VI ·* | *Amori* | *Annali* |
| *Il sacco di Roma e le lotte per il* | Ovidio | Tacito |
| *Consolato* | *Tristia* | *Storie* |
| Livio | Persio | Tacito |
| *Storia di Roma:* | *Le satire* | *Agricola - Germania -* |
| *Libri VII-VIII · Il conflitto* | Plauto | *Dialogo sull'oratoria* |
| *con i Sanniti* | *Anfitrione - Bacchidi -* | Terenzio |
| Lucrezio | *Menecmi* | *Le commedie* |
| *La natura* | Plauto | Tibullo |
| Marziale | *Casina - Pseudolo* | *Elegie* |
| *Epigrammi* | Sallustio | Virgilio |
| Orazio | *La congiura di Catilina* | *Bucoliche* |
| *Epistole* | Seneca | Virgilio |
| Orazio | *Medea - Fedra - Tieste* | *Georgiche* |
| *Le satire* | Seneca | Virgilio |
| Orazio | *Lettere a Lucilio* | *Eneide* |
| *Odi-Epodi* | Svetonio | |
| | *Vita dei Cesari* | |

## Italiani

| Abba | Boine | Dante |
| --- | --- | --- |
| *Da Quarto al Volturno* | *Il peccato - Plausi e botte -* | *Le rime* |
| Alfieri | *Frantumi - Altri scritti* | Dante |
| *Vita* | Boito, A. | *Convivio* |
| Alfieri | *Opere* | Dante |
| *Tragedie* | Boito, C. | *Monarchia* |
| Alfieri | *Senso - Storielle vane* | Dante |
| *Saul* | Calandra | *De vulgari eloquentia* |
| Alfieri | *La bufera* | Dante |
| *Mirra* | Campana | *Commedia - Inferno* |
| Alfieri | *Canti Orfici e altre poesie* | Dante |
| *Filippo* | Capuana | *Commedia - Purgatorio* |
| Aretino | *Il marchese di Roccaverdina* | Dante |
| *Ragionamento-Dialogo* | Carducci | *Commedia - Paradiso* |
| Ariosto | *Poesie* | Da Ponte |
| *Orlando furioso* | Carducci | *Memorie - Libretti* |
| Bandi | *Prose* | *mozartiani: Le nozze di* |
| *I Mille: da Genova a Capua* | Casanova | *Figaro - Don Giovanni -* |
| Beccaria | *Memorie scritte da lui* | *Così fan tutte* |
| *Dei delitti e delle pene -* | *medesimo* | Della Casa |
| *Consulte criminali* | Castiglione | *Galateo* |
| Belli | *Il Libro del Cortegiano* | De Marchi |
| *Sonetti* | Cattaneo | *Demetrio Pianelli* |
| Boccaccio | *Notizie sulla Lombardia -* | De Roberto |
| *Decameron* | *La città* | *I Viceré* |
| Boccaccio | D'Annunzio | De Roberto |
| *Elegia di madonna* | *Poesie* | *L'illusione* |
| *Fiammetta - Corbaccio* | D'Annunzio | De Sanctis |
| Boiardo | *Prose* | *Un viaggio elettorale* |
| *Orlando innamorato* | Dante | De Sanctis |
| Boiardo | *Vita nuova* | *La giovinezza* |
| *Canzoniere* | | |

## Francesi

Shakespeare
*Troilo e Cressida - Timone di Atene*
Shakespeare
*Il mercante di Venezia - Misura per misura - Come vi piace*
Shakespeare
*La bisbetica domata - I due gentiluomini di Verona - Molto rumore per nulla*
Shakespeare
*I sonetti* ⊞
Shakespeare
*Romeo e Giulietta* ⊞
Shakespeare
*Amleto* ⊞
Shakespeare
*La tempesta* ⊞
Shakespeare
*Antonio e Cleopatra* ⊞
Shakespeare
*Il mercante di Venezia* ⊞
Shakespeare
*Coriolano* ⊞
Shakespeare
*Riccardo III* ⊞
Shakespeare
*Tito Andronico* ⊞
Shakespeare
*Macbeth* ⊞
Shakespeare
*La dodicesima notte* ⊞
Shakespeare
*Otello* ⊞
Shakespeare
*Come vi piace* ⊞

Shakespeare
*Molto rumore per nulla* ⊞
Shakespeare
*Pericle, principe di Tiro* ⊞
Shakespeare
*Il racconto d'inverno* ⊞
Shakespeare
*Re Lear* ⊞
Shakespeare
*Sogno d'una notte di mezza estate* ⊞
Shakespeare
*Enrico IV, parte prima* ⊞
Shakespeare
*Enrico V* ⊞
Shakespeare
*Le allegre comari di Windsor* ⊞
Shakespeare
*La bisbetica domata* ⊞
Shakespeare
*Pene d'amor perdute* ⊞
Shakespeare
*Giulio Cesare* ⊞
Shakespeare
*Enrico IV, parte seconda* ⊞
Shakespeare
*Re Giovanni* ⊞
Shakespeare
*Troilo e Cressida* ⊞
Shakespeare
*Cimbelino* ⊞
Shelley
*Frankenstein*
Sterne-Foscolo
*Viaggio sentimentale di Yorick lungo la Francia e l'Italia* ⊞

Sterne
*La vita e le opinioni di Tristram Shandy, gentiluomo* (8)
Stevenson
*Il Master di Ballantrae* (3)
Stevenson
*L'isola del tesoro* (3)
Stevenson
*Il ragazzo rapito*
Stevenson
*Weir di Hermiston*
Stevenson
*Lo strano caso del dottor Jekill e del signor Hyde*
Swift
*I viaggi di Gulliver*
Thackeray
*La fiera della vanità*
Wells
*Racconti* (3)
Wilde
*Il ritratto di Dorian Gray*
Wilde
*Il ventaglio di Lady Windermere - L'importanza di essere Fedele - Salomé*
Woolf
*Gita al faro*
Woolf
*Orlando* (9)
Woolf
*Gli anni* (9)
Yeats
*Il ciclo di Cuchulain* ⊞

**I titoli contrassegnati con numero tra parentesi sono pubblicati su licenza degli Editori:**

(1) Il Saggiatore
(2) De Donato
(3) Mursia
(4) Rusconi
(5) Guanda

(6) Feltrinelli
(7) Scheiwiller
(8) Einaudi
(9) Mondadori
(10) Longanesi

⊞ Titoli con testo a fronte

Periodico settimanale   497   19 gennaio 1993

Direttore responsabile Gina Lagorio

Pubblicazione registrata
presso il Tribunale di Milano n. 141 del 17-4-1981

Finito di stampare il 15 marzo 1994
dalla Garzanti Editore s.p.a., Milano

Spedizione in abbonamento postale
Tariffa ridotta editoriale
Autorizzazione n. Z. 280961/3/VE del 9-12-1980
Direzione provinciale P.T. Milano

 Associata all'Unione Stampa Periodica Italiana